mtb

Zum Buch:

Einst war sie Franziska Bach, aufstrebende Schauspielerin in Berlin – jetzt ist Klara Himmel brave Hausfrau in einem winzigen Dorf. Seitdem sie im Zeugenschutzprogramm ist, langweilt sich Klara in Mordsacker beinahe zu Tode. Einen kleinen Lichtblick gibt es erst, als der Schweinebauer Siggi Schlönkamp erstickt in seiner Güllegrube aufgefunden wird. Denn da ihr Mann, der Dorfpolizist verhindert ist, nutzt Klara die Gelegenheit für ein Abenteuer. Polizeiarbeit beherrscht sie im Schlaf – schließlich war ihre größte Fernsehrolle die der Kommissarin im „Vorstadtrevier"! Das kann doch in echt auch nicht so schwer sein …

„Cathrin Moellers Roman einer absurden Selbstsuche ist so rasend komisch wie liebenswert schräg. Darauf eine Spreewaldgurke!"

Buchjournal über „Die Spreewaldgurkenverschwörung"

Zur Autorin:

In der Grundschule ließ Cathrin Moeller noch andere für sich schreiben: Ihre Mutter verfasste die verhassten Deutsch-Aufsätze. Erst später, in ihrem Beruf als Theaterpädagogin, entdeckte sie den Spaß am Schreiben. Seitdem schleicht sie sich täglich morgens um fünf Uhr ins Wohnzimmer und kuschelt sich mit dem Hund Giovanni aufs Sofa, wo sie ihre Geschichten erfindet.

Lieferbare Titel:

Wolfgang muss weg
Die Spreewaldgurkenverschwörung

Cathrin Moeller

Mordsacker

Roman

mtb

MIRA® TASCHENBUCH
Band 26032

FSC
MIX
Papier
FSC® C014496

1. Auflage: Juli 2017

Deutsche Originalausgabe

Dieses Werk wurde vermittelt durch die Autoren- und Projektagentur Gerd F. Rumler (München)

Umschlaggestaltung: büropecher, Köln
Umschlagabbildung: fotofermer, Pumba1, martin951, ligora, mycola, TeodoraDjordjevic / ThinkstockPhotos
Redaktion: Maya Gause
Satz: GGP Media GmbH, Pößneck
Printed in Germany
Dieses Buch wurde auf FSC®-zertifiziertem Papier gedruckt.
ISBN 978-3-95649-681-3

www.mira-taschenbuch.de

Prolog

19. Februar 2016

„Guten Abend, meine Damen und Herren, ich begrüße Sie zur Tagesschau. Sachsen: Grölender Mob blockiert Bus mit Flüchtlingen …

… Rosenheim: Trotz trockenem Wetter bei Temperaturen zwischen fünf und vierzehn Grad kam es heute auf etlichen Straßen in Deutschland zu tragischen Unfällen mit tödlichem Ausgang.

Auf der B 15 bei Rosenheim raste am Morgen ein schwarzer Volvo V8 mit Berliner Kennzeichen von der Autobahn kommend mit erhöhter Geschwindigkeit durch eine Radarfalle. Einen Kilometer weiter verlor der Fahrer auf gerader Strecke die Kontrolle über das Fahrzeug und kam von der Straße ab. Der Wagen geriet auf dem Seitenstreifen ins Schleudern, prallte gegen einen Baum und ging in Flammen auf.

Wie die Feuerwehr berichtet, verstarben die drei Insassen noch am Unfallort. Bei den Toten handelte es sich um die Schauspielerin Franziska Bach, bekannt aus der Serie ‚Vorstadtrevier', sowie ihren Ehemann und ihre Tochter …“

Kapitel 1

„Moin, Mama!“ Sophie zog die Nase kraus, schob mich beiseite und stürmte im Stechschritt Richtung Küche: „Hier riecht’s komisch!“

„Jedenfalls besser als draußen. Den Gestank nach Gülle hält ja kein Mensch aus!“, konterte ich, schloss die Haustür und schaute verstimmt über den Rand der Brille auf die Fußspur, die ihre erdverkrusteten Gummistiefel im Flur hinterließen. Während ich meiner erwachsenen Tochter nachlief, knurrte ich sie an: „Könntest du dir bitte angewöhnen, diese Schlammbatzen vor dem Haus auszuziehen! Unsere Putzfrau hat Rücken.“

„Welche Putzfrau?“ Sie guckte mich mit großen Augen an.

Demonstrativ tippte ich mir auf die Brust und zischte: „Ich! Denn ich hab gerade frisch gewischt. Mir reicht es, dass dein Vater tonnenweise Erde im Haus verteilt, wenn er von seinen archäologischen Ausgrabungen aus dem Garten zurückkehrt.“

Mein wohlgerundetes Kind zog den Kopf ein und streifte sich augenblicklich brav die Knobelbecher von den Füßen – nur um sie dann in jahrelang antrainierter Manier mitten im Raum liegen zu lassen. Ich seufzte.

Schnuppernd reckte Sophie die Nase in die Luft. „Hast du was auf dem Herd?“

„Nein, aber im Rohr.“ Erschrocken riss ich die Arme hoch und rief: „Der Kuchen, arrrrr!“

Rasch schlängelte sie sich an mir vorbei zum Backofen und lugte durch die beschlagene Scheibe. „Mhmmm, lecker! Teersahne mit Kohlestreuseln.“

Sophie zerrte die Klappe auf. Eine Qualmwolke schoss heraus. Sie wich zurück, schnappte sich ein Wischtuch und zog die runde Aluminiumform mit dem schwarzen Inhalt aus dem Ofen. Erschrocken sprang sie zur Seite, ließ die Backform fallen und schrie: „Heiß!"

Es schepperte, und mein vor fünf Minuten noch glänzend weißer Fliesenboden sah aus wie nach einem Bombenangriff auf eine Konditorei ... oder ein Kohlekraftwerk. Angewidert kickte ich mit der Fußspitze ein schwarzes, qualmendes Bröckchen von mir. Somit wäre dann wohl der nächste Versuch, endlich eine gute Hausfrau zu werden, kläglich gescheitert.

„Ach, Sophie!", schimpfte ich frustriert.

Sie drehte den Wasserhahn der Spüle auf und kühlte ihre Finger unter dem fließenden Nass. „Den Klumpen hättest du sowieso keinem anbieten können! Außer du hattest vor, jemanden zu vergiften."

„Da gäbe es einige...", brummte ich und verschränkte trotzig die Arme vor der Brust.

Sie trocknete ihre Hände ab, ging auf die Knie und half mir, den klebrigen Quarkhaufen vom Boden zu kratzen. „Na ja!", sagte sie, ihre Finger ableckend. Der Geschmack begeisterte sie anscheinend wenig. Sie verdrehte die dunkelbraunen Augen, schaute in den Mülleimer und warf das aktuelle Ergebnis meiner Backkunst dorthin, wo die Vorgänger beerdigt lagen. Dabei fragte sie keck: „Der wievielte Versuch?"

„Phhhh, lass mich zählen!" Ich nahm die Finger zu Hilfe. „Der vierte ...", seufzte ich.

Meine Tochter schmunzelte, und ich rechtfertigte mich. „Übung macht den Meister! Du hast mich abgelenkt. Ich hätte ihn garantiert zum richtigen Zeitpunkt aus dem Ofen geholt."

„Ja, ja, wenn du gewusst hättest, was das Leben bringt, wärst du im Sandkasten sitzen geblieben.“ Sie kombinierte: „Du warst im Wohnzimmer.“

„Kurz“, log ich ungeniert.

Ihr Finger zeigte auf meinen Kopf: „Wozu dann die Lesebrille?“

„Wegen des Rezeptes.“ Ich legte die Sehhilfe auf das Fensterbrett.

Sophie huschte aus der Küche und kam im nächsten Moment zurück.

Typisch! Man konnte ihr nichts vormachen. Sie musste die Falschaussage natürlich mit einem Beweis widerlegen. Ein genetisch bedingter Defekt, den sie von Mutter und Vater gleichermaßen geerbt hatte. Vorwurfsvoll wedelte sie mit einem Buch, in dem ein Lesezeichen aus Zeitungspapier steckte. „Fitzek schreibt also neuerdings Kochbücher? Erwischt!“

Meine Tochter baute sich breitbeinig vor mir auf und guckte streng auf mich herunter.

Sah ich in ihr Gesicht, hatte ich das Gefühl, in einen Spiegel zu schauen, der mich um zwanzig Jahre verjüngte. Mundpartie und Augen waren eindeutig von mir. Die Haarfarbe sowie die Statur hatte sie allerdings von ihrem Vater geerbt. Leute, die uns nicht kannten, staunten oft auf den ersten Blick, dass diese große dunkelhaarige Frau meine Tochter war. Ich reichte ihr mit meinem rotblonden Naturlockenschopf knapp bis zur Schulter.

„Mama, beim Backen und Kochen ist es angebracht, dabeizubleiben. Kein Wunder, dass dir alles verbrennt, wenn du derweil im Wohnzimmer liest.“ Sie legte das Buch auf den verdreckten Tisch.

„Jaja“, wehrte ich ab und stöhnte. „Aus mir wird *nie* die perfekte Hausfrau.“

„Warum tust du es dir dann an?“, fragte sie ernsthaft und zeigte auf das Chaos in meiner Küche.

„Weil das hier eine Do-it-yourself-Gesellschaft ist und es keine Personen gibt, die einen Käsekuchen-Lieferservice mit der nötigen Diskretion anbieten. Außerdem bemühe ich mich um Integration in die Gemeinschaft“, konterte ich und räumte die benutzten Rührschüsseln und Löffel in die Spüle.

Meine Tochter lehnte sich mit dem Rücken an die Küchenzeile, schlug die Beine übereinander, verschränkte die Arme vor der Brust und kombinierte in ihrer Denkerpose: „Die Landfrauen veranstalten morgen zum Osterfeuer einen Kuchenbasar. Womit haben dich Anette und ihr Gefolge erpresst? Du backst doch niemals freiwillig.“

„Quatsch! Ich bin nicht erpressbar“, widersprach ich kleinlaut. Dabei wischte ich den teigverklebten Tisch ab. Erklärend fügte ich hinzu: „Anette hat mir vor zwei Wochen vorgeschwärmt, wie dein Vater auf ihre Schweinsrouladen abfährt. Ich habe in einem Anfall von Minderwertigkeitsgefühlen damit angegeben, dass er mir beim ersten Bissen meines selbst gebackenen Käsekuchens nach Omas Rezept einen Heiratsantrag gemacht hat.“

Anette war die viel zu attraktive neue Kollegin meines Mannes. Seit wir in Mordsacker gelandet waren, verging kaum ein Tag, ohne dass ich mich über die großbrüstige Dorfpolizistin aufregte.

Sophie verzog das Gesicht zum Fragezeichen. „Ein Käsekuchen? Selbst gebacken, von dir? Hab ich da was verpasst? Ich war zehn, als ihr geheiratet habt.“

„Ha, ha! Irgendetwas musste ich Anettes blöden Rouladen schließlich entgegensetzen“, sagte ich verächtlich und schleuderte den Lappen in die Spüle.

Amüsiert rief sie: „Du willst deinen Ruf retten. Vergiss es!“

Lachte mich meine Tochter etwa aus? In bester Rumpelstilzchenmanier presste ich die Lippen fest zusammen und stampfte auf.

Sie beschwerte sich: „Kuchen gab es bei uns nie, und von anderen essbaren Dingen wollen wir gar nicht reden."

Ich stemmte die Hände in die Hüften und protestierte: „Erstens bin ich emanzipiert und kann mit einem Dosenöffner umgehen. Zweitens gibt es Wichtigeres im Leben als Rouladen und Käsekuchen. Wozu existieren Bäcker und Restaurants? Wovon sollen diese armen Menschen ihre Miete bezahlen, wenn jeder selbst backt und kocht?"

Wütend bereitete ich auf dem Tisch alles für einen erneuten Versuch vor. Es konnte doch nicht so schwer sein, so eine blöde Käsetorte zu produzieren, dachte ich trotzig und redete dabei weiter: „Bisher habe ich die Vervollkommnung meiner fachlichen Kompetenz in der Herstellung von Speisen bewusst zum Gemeinwohl der Gesellschaft vernachlässigt."

„Und jetzt?", fragte Sophie mit hochgezogenen Augenbrauen.

Ich wich ihrem Blick aus.

„Jetzt zwingen mich die Umstände zum Umdenken", erwiderte ich dann kühl.

„Du hast Angst um Papa!" Sie konnte sich ein freches Grinsen nicht verbeißen.

Ich schnappte mir ein rohes Ei, drehte es wie ein Wurfgeschoss in der Hand und klagte: „Anette bringt ihm jeden Tag selbst gekochtes Essen auf die Dienststelle mit. Und wenn beide Feierabend haben, findet sie einen Vorwand, um bei ihm vorbeizuschauen. Ständig steht sie mit irgendwelchen Pflanzensetzlingen oder Ratgebern für den Aufbau seines Gartenimperiums am Zaun."

„Und Papa?"

„Hat bereits fünf Kilo zugenommen."

„Aha." Sie amüsierte sich über meinen Groll.

Ich spürte, wie mein Blutdruck stieg, weil schon der Gedanke an diese Frau mich unheimlich aufregte. Um Dampf abzulassen, schlug ich das Ei mit voller Wucht am Schüsselrand auf. Es zerplatzte geräuschvoll. Während ich die Schalenteile mit dem Löffel aus der Schüssel fischte, beklagte ich mich weiter über meinen Mann: „Stundenlang fachsimpelt er mit ihr. Als ob es nicht genug wäre, dass sie den halben Tag auf der Arbeit miteinander verbringen. Ich komme mir daneben vor wie bunte Luft."

Sophie fläzte sich mir gegenüber an den Tisch und stützte ihren Kopf mit beiden Händen ab. Dabei beäugte sie mich belustigt von unten: „Das ärgert dich also."

„Was?" Ich hielt inne. Ein Eierschalenrest ließ sich einfach nicht herauspulen. Ich legte den Löffel beiseite und fasste mit den Fingern in die glibberige Masse. *Igitt! Ich hasse rohe Eier.*

„Na, dass sie ein gemeinsames Thema haben und du im Moment außerhalb von Papas Universum stehst."

„Ich bin der letzte Punkt auf seiner alltäglichen Prioritätenliste! Wenn du sehen würdest, wie sie ihn anhimmelt …" Ich äffte Anette Schwanenfuß' schwärmerischen Blick nach.

„Du bist eifersüchtig", rief Sophie und lachte schallend.

Ich fühlte mich ertappt. „Bin ich nicht! Dein Vater steht nicht auf Vollbusige, sondern auf knackige Hintern. Ihrer ist so flach wie der Witz, dass Chirurgen eh alle Aufschneider sind", blaffte ich mein Kind beleidigt an.

„Haha!" Meine Tochter, die Ärztin, klopfte sich gelangweilt auf die Schenkel und spielte den Ball prompt zurück. „Da passt du mit fast fünfzig ja voll in Papas Beuteschema."

„Siebenundvierzig! Da sind noch drei Jahre Luft bis zum Verfallsdatum." Ich drehte mich um und zeigte ihr meine Kehrseite. „Außerdem tue ich mein Bestes, um sein Interesse an mir wachzuhalten." Mir stiegen Tränen in die Augen. „Anettes Brüste sind niemals echt."

„Doch, sind sie!", sagte Sophie wissend.

Der Damm brach, und das Wasser lief mir die Wange herunter. „Woher willst du das wissen?“

„Vergessen? Ich bin Ärztin. Manchmal kommen Menschen zu mir in die Praxis, um sich untersuchen zu lassen. Dafür ziehen sie ihre Kleider aus …“

„Kennst du einen guten Schönheitschirurgen?“ Ich wischte mir mit dem Unterarm die Augen trocken.

Ihr Gesichtsausdruck wechselte zu besorgt. „Wie sieht es denn mit eurem Sexualleben aus?“

Ich erstarrte. „Ich unterhalte mich doch nicht mit meiner Tochter über unser Sexualleben.“

„Mama, mein Interesse ist rein medizinisch. Irgendeinen Grund muss es ja für deine ständigen Stimmungsschwankungen in letzter Zeit geben … Nein, warte, eigentlich beobachte ich sie schon seit einem halben Jahr bei dir …“

Ich wich ihrem Blick aus und zerschlug das nächste Ei so ungeschickt, dass der größte Teil des glibberigen Inhaltes neben der Schüssel landete.

Sie lehnte sich auf ihrem Stuhl zurück und wartete auf meine Antwort.

Weil ich schwieg, fragte sie noch einmal: „Wann hattet ihr das letzte Mal Sex?“

„Oh, Sex? Was war das gleich?“ Ich kaute auf der Unterlippe herum.

Sophie verdrehte die Augen. „Dieses Ding, wo Mann und Frau …“

„Stimmt. Das haben wir praktiziert. Ja, ich erinnere mich an die Zeit. Da kreisten wir aber durch eine ferne Galaxie in einer anderen Umlaufbahn. Das ist Lichtjahre her“, sagte ich und winkte hilflos ab. „Meinst du, ich sollte in die Werkstatt zur Runderneuerung? Der Versuch, deinen Vater mit Spitzendessous zu verführen, hat damit geendet, dass er mir riet, ich solle mir doch bitte etwas anziehen, um mich nicht zu erkälten.“

Sophie fragte: „Habt ihr darüber geredet?"

„Nein! Ich bin kein Klinkenputzer, der seinen Körper wie einen Staubsauger feilbietet. Entweder erkennt er die Vorzüge dieses Auslaufmodells von allein, oder …" Unter Tränen zeigte ich auf mich.

„Dann werde ich das übernehmen", sagte sie.

„Das verbiete ich dir. Ich kläre das auf meine Weise." Um mich nicht noch mehr aufzuregen, lenkte ich das Gespräch auf ein anderes Thema. Schließlich konnte Sophie nichts dafür, dass ich seit Monaten so emotional labil war. „Aber sag mal, hast du eine neue Haarfarbe? Diese goldenen Lichtreflexe stehen dir gut."

Sie schaute verlegen. Ihren Mund umspielte ein geheimnisvolles Lächeln. „Danke."

Ich musterte sie von Kopf bis Fuß. Sie wirkte schlanker als sonst. Sophie hatte keine Probleme mit ihrer Körperfülle. Sie akzeptierte es, eine 42 zu tragen. Das strahlte sie jedenfalls aus. Die Rundungen saßen ja auch an den richtigen Stellen.

„Kann es sein, Frau Doktor, dass Ihr Arbeitgeber Sie nicht nur mit seiner Fachkenntnis beeindruckt? Gut sieht er ja aus, der Herr Landarzt. Oder gibt es einen anderen Adonis unter der Landbevölkerung, dem meine Schöne imponieren möchte?"

„Mal schauen", murmelte sie doppeldeutig und schlug ihrerseits zur Ablenkung den Fitzek auf, der vor ihr zwischen den Backzutaten lag. Das Lesezeichen fiel heraus. Sophie hob es vom Fußboden auf und las laut:

Tief betroffen nehmen wir Abschied von

Franziska Bach,

unserer allseits geschätzten Mitarbeiterin,
die am 19. Februar 2016 im Alter von
nur 47 Jahren auf tragische Weise bei einem
Autounfall ums Leben kam.

Du hast mit viel Engagement und Kreativität einen großen Beitrag dazu geleistet, dass unsere Schauspielschule zu einem Ort geworden ist, an dem junge Menschen ihren Traum von einem Beruf auf der Bühne verwirklichen können. Dafür werden wir Dir ewig dankbar sein und Dein Andenken stets bewahren.

Akademie der Darstellenden Künste

Berlin, 24. Februar 2016

„Mama!" Stöhnend klappte sie das Buch wieder zu und knallte es auf den Tisch zurück, mitten in die Eierschalen. „Hör auf, dir das immer wieder durchzulesen!", schimpfte sie.

Ihr besorgter Blick traf mich. Als ich versuchte, ihm auszuweichen, schossen mir noch mehr Tränen in die Augen. Verdammt! Diese Stimmungsschwankungen konnten nur die ersten Vorboten der Wechseljahre sein. Ich riss mich zusammen und wischte mir mit dem Handrücken übers Gesicht.

Sophie zog die Stirn in Falten. „Glaubst du etwa, Papa und mir sind die letzten fünf Wochen leichtgefallen?"

Oh Mann! Zum Glück wusste Sophie nicht, dass auch noch alles meine Schuld war. Denn allein wegen meines Fehlers hatten wir alles aufgeben und vom Ku'damm aufs Kuhdorf ziehen müssen. Ich schluckte dieses miese Gefühl, das mir die Kehle heraufkroch, herunter.

Es wurde immer anstrengender, das gespielte Lächeln nicht verrutschen zu lassen. „Ihr habt wenigstens eure Arbeit, aber ich sitze völlig sinnlos im Haus herum."

„Finde dich damit ab, dass es kein Zurück gibt", sagte sie.

Ihr Groll der ersten Wochen seit dem Umzug nach Mordsacker schien verraucht. Sie ist verliebt, dachte ich und sah ihr die Salsa tanzenden Hummeln im Bauch gewissermaßen an der Nasenspitze an. Dieses Glück gönnte ich ihr natürlich von Herzen.

Leider konnte ich mich mit meiner zukünftigen Rolle im Gegensatz zu Sophie nicht abfinden. Ich suhlte mich in einem Tümpel voll Selbstmitleid und jammerte auf höchstem Niveau.

Musste sich mein Mann ausgerechnet für diese Einöde entscheiden? Hier kann man sich ja nicht einmal mit dem Internet ablenken.

Als moderne Stadtpflanze fühlte ich mich ohne richtigen Handy- und Internetempfang wie ins Straflager nach Sibirien verbannt, total abgeschnitten von der Zivilisation und den Ureinwohnern dieses Landstriches hilflos ausgeliefert.

Mein Mann hatte mir bis heute keinen Vorwurf gemacht und auch gegenüber unserer Tochter dichtgehalten, was den Auslöser der strikten Veränderung unserer Lebensumstände anging. Trotzdem hatte ich das Gefühl, dass die Entscheidung, den Rest des Lebens in einem Kuhdorf mitten in der mecklenburgischen Pampa zu verbringen, seine kleine Rache an mir war, weil er wusste, wie ich über das Leben auf dem Lande dachte … und ja, weil ich uns diese ganze Scheiße hier wegen meiner Eifersucht eingebrockt hatte! Ich konnte mir die Haare raufen, wie ich wollte. Es änderte nichts an der Situation.

Ist es denn ein Wunder, wenn die Fantasie mit einem durchgeht, weil sich der eigene Mann monatelang im Sexstreik befindet, und dass man dann beginnt, ihm hinterherzuschnüffeln?

Sophie holte mich aus den Gedanken: „Wärst du lieber im Ruhrpott gelandet? Mit Jammern machst du es dir unnötig schwer. Ich habe *auch* Opfer gebracht und meinen Traumjob als Assistenzärztin für Herzchirurgie in der Charité gegen die Stelle in einer Landarztpraxis getauscht. Ich werde meine Freunde *ebenfalls* nie wieder sehen."

Ich strich ihr über die Hand. „Obwohl ich ja den Eindruck habe, dass dir die Veränderung nicht ungelegen kam, nachdem dich Mark mit dieser kleinen Krankenschwester betrogen hatte", versuchte ich ihr das Positive im Negativen bewusst zu machen. Bei anderen schaffte ich das im Moment komischerweise bereits wieder.

Sie zuckte abwehrend mit den Schultern. „Privat sicherlich, aber Allgemeinmedizinerin auf dem Land zu werden war nicht gerade das Ziel, für das ich sechs Jahre studiert habe."

Ich hielt ihre Hand fest. „Du bist jung und kannst, wenn Gras über die Sache gewachsen ist, mit deiner Karriere immer noch durchstarten. Es gibt andere Herzzentren als die Charité in Berlin."

„Im Moment ist unklar, ob ich das überhaupt will", nuschelte sie verschmitzt.

„Schön für dich", sagte ich möglichst ehrlich und versank tiefer in meinem Bottich voll klebrigem Selbstmitleid. Was mir Sophie natürlich gleich ansah.

„Mensch, Mama! Denkst du, Papa ist mit seinen Aufgaben als Halbtagspolizist, die ihm maximal die Jagd eines Karnickeldiebs bescheren, zufrieden? Der ist auch unterfordert, aber er orientiert sich neu."

Ich verbarg meine Scham hinter einer Maske aus Zorn. „Dein Vater ist zu einem ganz anderen Menschen mutiert. Ich erkenne ihn kaum wieder, so wie er in diesem Haus herumwerkelt und da draußen die Erde umpflügt. Neuerdings schippert er sogar mit dem Kahn auf dem See herum, wirft Netze aus und bringt mir tote Fische als Geschenk mit, die ich ihm zu allem Überfluss ausnehmen und braten soll", schnaubte ich verächtlich.

„Gib ihm bitte nicht die Schuld!"

Wenn du wüsstest, Kind. Ich drehte mich zur Spüle und schrubbte akribisch die verbrannten Kuchenreste aus der Form.

Sophies Worte bohrten sich wie ein Messer zwischen meine Schulterblätter. „Ihr habt doch garantiert darüber gesprochen, wie gefährlich der Undercover-Einsatz werden kann. Er hätte diesen Job nie ohne deine Zustimmung angenommen."

Das denkst du zumindest …

Ich schluckte. Meine Stimme klang belegt, als ich log: „Klar haben wir über die Konsequenzen geredet, dass wir vielleicht im Zeugenschutz landen und mit neuer Identität irgendwo unser Leben weiterführen müssen."

Vielleicht hatte ich wieder einmal nicht richtig zugehört. Hätte ich wirklich von seinem Undercover-Einsatz gewusst, wäre das alles nie passiert …

Aber das konnte ich Sophie nicht sagen. Jedenfalls jetzt noch nicht. Dafür hatte ich viel zu sehr Angst, dass sie mich hassen würde, denn ich allein war schuld daran, dass seine Tarnung aufgeflogen war.

„Aber ich habe doch nie damit gerechnet, dass es einmal passiert. Man nimmt schließlich auch Medikamente, obwohl der Beipackzettel auf die schlimmsten Nebenwirkungen hinweist, immer in der Hoffnung, dass es einen nicht trifft", sagte ich und drehte mich zu ihr um.

„Seine Informantin ist tot. Das Wichtigste ist doch, dass er … dass *wir* leben, Mama! Warum kannst du die Situation nicht als Chance nehmen, andere Dinge kennen und schätzen zu lernen? Ihr habt beide lange und hart geschuftet. Ihr habt euch die Auszeit beziehungsweise schon fast den Ruhestand verdient."

„Ruhestand! Ich bin siebenundvierzig, auf dem Höhepunkt meiner Karriere!", fauchte ich empört.

„Ach? Ich denke, das war damals die Hauptrolle in deiner einzigen Fernsehserie?"

„Ja, auch, aber dank meiner Mitarbeit ist die Akademie in den letzten Jahren erst zu dem geworden, was sie jetzt ist, eine anerkannte Ausbildungsstätte für Nachwuchstalente."

„Mag ja sein, bloß zu welchem Preis?"

Ich starrte sie mit offenem Mund an.

„Du hast deine gesamte Energie dafür verbraucht. Vielleicht tut der erzwungene Neuanfang euch ..." Sie verbesserte sich: „... uns als Familie gut. Wann hattet ihr vorher denn Zeit füreinander oder für mich?"

Ich stemmte die Hände in die Hüften. „Was willst du damit sagen, Sophie? Dass ich ... dass wir dich vernachlässigt haben?"

„Nein, aber mal ehrlich, bei uns hat sich doch immer alles um dich, deine Schauspielkarriere und später um die Akademie gedreht. Du hast mir und Papa schon lange nicht mehr zugehört. Selbst wenn du zu Hause anwesend warst, kreisten deine Gedanken um die Schauspielschule."

Ihr Vorwurf landete wie ein Faustschlag direkt in meiner Magengrube. Ich zuckte zusammen und starrte beschämt zu Boden.

Mein Mann, total sexy in grüne Arbeitslatzhose, Daunenjacke und geringelte Wollmütze gehüllt, klopfte forsch mit erdverkrusteten Händen, in denen er einen Kochtopf hielt, an die Terrassentür. Das unrasierte Gesicht glühte und glänzte verschwitzt. Wenn ich sein neues Hobby nicht mittlerweile gekannt hätte, wäre ich beim Anblick dieses Mannes erschrocken, weil ich den Typen in unserem Garten für einen verwahrlosten Straßendieb gehalten hätte.

Ich öffnete ihm und sagte zu Sophie: „Aber aus dir ist trotzdem etwas geworden, oder?"

„Das ist doch nicht das Thema", beharrte sie.

„Was ist nicht das Thema?", mischte sich Paul mit heiserer Stimme in unser Gespräch, latschte mit seinen Schlammbatzen rein und drückte mir den Topf in die Hand.

Ich winkte ab. „Ach, nix!"

„Mama langweilt sich, trauert wieder einmal ihrem Job hinterher und ..." Ich warnte sie mit einem Blick, den Mund zu halten.

„Petze!", platzte es aus mir heraus, und ich lenkte die Aufmerksamkeit auf den Topf, aus dem es aromatisch duftete.

Sophie wedelte mit dem Nachruf, gab ihrem Vater einen Kuss und fühlte seine Stirn. Erleichtert, dass sie das andere Thema nicht weiterverfolgte, atmete ich auf.

Pauls vorwurfsvoller Blick traf mich tief. Ich wich ihm aus.

Röchelnd zeigte mein Mann auf seinen Hals: „In dem Topf ist Medizin gegen meine Erkältung. Anette hat mir Hühnersuppe vorbeigebracht."

„Wie rührend." Ich stellte das Kochgeschirr schwungvoll auf den Herd und verschränkte die Arme vor der Brust.

Mein Gatte sah mich genauso besorgt an wie Sophie ihren Vater. „Papa, du hast Fieber und gehörst ins Bett." Sie drückte ihn auf den Küchenstuhl. „Mund auf!" Mir befahl sie mit Griff ins Leere: „Taschenlampe!"

Ich entfloh Pauls durchdringendem Blick, gehorchte ihr wie die Schwester am Instrumententisch im OP und schluckte die Tränen herunter, als mich die Erinnerungen übermannten.

Er war meine Jugendliebe, Sophie sein Kind. Von ihrer Existenz wusste er allerdings lange nichts, denn wir waren eine ganze Zeit getrennte Wege gegangen. Ich wollte ihn nicht mit dem Kind dazu zwingen, zu mir zurückzukehren. Das sollte er aus freien Stücken tun. Vor siebzehn Jahren hatten sich unsere Wege wieder gekreuzt – und kurz darauf hatten wir geheiratet.

Wir hatten uns damals wiederentdeckt, wie das Lieblingsbuch, von dem man glaubt, es in- und auswendig zu kennen, bis man plötzlich auf etwas Neues, etwas, das einem bis dahin verborgen war, stößt. Schön war es gewesen und aufregend, richtig romantisch. Leider waren diese Zeiten schon lange vorbei …

„Und? Sind seine Mandeln noch zu retten, oder soll ich die Narkose vorbereiten?“, fragte ich mit schwacher Stimme und schwenkte scherzhaft das Nudelholz, während ich zusah, wie Sophie ihrem Vater mit der starken Taschenlampe in den Hals leuchtete.

Niemand lachte.

Sophie stöhnte: „Total vereitert. Ich fahre gleich rüber und hole dir ein Antibiotikum aus der Praxis. Und du, Mama, solltest darüber nachdenken, was ich dir gesagt habe, und endlich diese Todesanzeige wegwerfen. Versuch doch wenigstens, dich auf die neue Situation einzustellen! Und, verdammt noch einmal, redet miteinander!“

„Tun wir doch!“, widersprach ich.

Paul schwieg. Er wirkte erschöpft.

Unsere Tochter zog ihre Stiefel an, von denen weitere Erdklumpen abfielen. Egal, der Fußboden war eh versaut!

Großmütig schaute ich darüber hinweg, drehte mich zur Spüle um und wischte fahrig mit dem Lappen über die mehlige Arbeitsfläche daneben. Dabei kämpfte ich mit dem nächsten Rohrbruch in meinen Augen.

Scheißwechseljahre! Oder steuerte ich geradewegs in eine Depression?

So etwas kannte ich nicht von mir. Bisher fand ich für jedes Problem eine Lösung, selbst wenn mir das Wasser bis zum Hals stand. Stets habe ich einen kühlen Kopf bewahrt und Strategien aus dem Hut gezaubert, auch wenn sie sich manchmal als falsch erwiesen haben.

Eine Franziska Bach gibt niemals auf!

Ich will mich ja nicht selbst loben, aber eigentlich bin ich eine Meisterin darin, Positives im Negativen zu sehen. Warum misslingt mir das jetzt? Franziska Bach ist tot, bis zur Unkenntlichkeit verbrannt, ausgelöscht. Jetzt war ich Klara Himmel und musste wahrscheinlich erst lernen, ein bisschen mehr wie Franziska zu sein. Ich atmete tief durch. Paul hustete.

Sophie kam noch mal zurück und fasste sich an den Kopf. „Jetzt habe ich wegen euch vergessen, dass ich Entwarnung geben wollte. Das offene Fenster, der zerschlagene Blumentopf am Boden heute Morgen sind nicht das Ergebnis eines Einbruchs in die Praxis, wie ich es erst vermutet habe. Nils und ich haben alles kontrolliert. Betäubungs- und Schmerzmittel, Geräte und Geld in der Kasse sind vollzählig. Ich hatte gestern Mittag das Fenster nur angelehnt und vergessen, es zu verriegeln. Am Abend tobte ja der Sturm. Ein Windstoß und peng!"

„Dann brauchen Anette und ich zum Gründonnerstag also nicht ausrücken und Überstunden anhäufen", antwortete Paul kaum hörbar.

„Du rückst heute und die nächsten Tage sowieso nirgendwohin. Ich schreibe dich krank. Und Mama sorgt dafür, dass du im Bett bleibst und dich auskurierst."

Ihr Handy klingelte. Sie zog es aus der Jackentasche. „Ja? Himmel!"

Sophie horchte. „Ich bin in drei Minuten da." Dann beendete sie das Gespräch und zog eine Augenbraue hoch. „Sorry, ich muss zu einem Notfall. Mit deinem Antibiotikum kann es also etwas dauern."

„Schlimm?", fragte ich und bekam keine Antwort mehr, denn Sophie rauschte im Eiltempo davon.

Kapitel 2

Mein Gatte machte Anstalten, wieder in seinem Garten zu verschwinden. Ein Zeichen dafür, dass er keinesfalls mit mir reden wollte und sich lieber todkrank in die Natur schleppte. Ein Punkt, in dem wir uns im Moment einig waren.

Seit dem *Vorfall* herrschte Funkstille zwischen uns. Wir redeten zwar miteinander, aber eben nur belangloses Zeug. *Darüber* zu sprechen, brachten wir beide nicht über die Lippen. Als wären wir nach einer Explosion, bei der unser Haus dem Erdboden gleichgemacht wurde, noch in den schwelenden Trümmern gleich zur Tagesordnung übergegangen. Die unausgesprochenen Fragen und Antworten standen wie eine unsichtbare Mauer aus Stahlbeton zwischen uns.

Ich hielt Paul zurück. „Du hörst auf deine Tochter und legst dich ins Bett, oder muss ich erst den Spaten verbrennen?", sprach ich mit ihm wie mit einem trotzigen Kind.

Er murrte, aber gehorchte und trottete nach oben ins Badezimmer.

Der Wasserhahn rauschte länger. Aha, er ließ sich ein Bad ein. Ungewöhnlich für meinen Mann, der sonst immer nur duschte. Also ging es ihm wirklich beschissen.

Ich folgte ihm. Er lag nackt mit geschlossenen Augen im heißen Badewasser. Bei jedem schweren Atemzug rasselte seine Lunge bedenklich. Während ich die verdreckten Arbeitsklamotten aufsammelte und in den Wäschekorb schmiss, krächzte er leise: „Meinst du nicht, unsere Tochter hat recht, und du solltest versuchen, mit deinem alten Leben abzuschließen? Warum fängst du nicht endlich an, dein Drehbuch zu schreiben, jetzt hättest du die Zeit dafür."

Mit leerem Blick starrte ich ihn an. „Möchtest du Ingwertee?"
Doch mein Mann ließ nicht locker.

„Ja, genau. *Franziska* …" Ich lachte freudlos auf. „*Franziska Bach* wusste, worüber sie schreiben wollte, was sie vom Leben wollte. Aber *Klara Himmel* hat überhaupt keine Träume mehr und nicht die geringste Inspiration. Klara Himmel schafft es noch nicht einmal, einen lächerlichen Käsekuchen zu backen."

Ups, das klang weitaus frustrierter, als ich es beabsichtigt hatte. Schnell suchte ich nach einem Vorwand, das unangenehme Gespräch zu beenden. „Ich koch dir jetzt deinen Tee. Hoffentlich brennt der mir nicht auch noch an, haha!"

Paul hielt meinen Arm fest. „Es tut mir leid, ich …"

Das überraschte mich. „Ja, mir auch …"

Als er mich zu sich heranzog, protestierte ich jedoch: „Du bist ansteckend! Los, ab ins Bett mit dir!"

„Franzi …" Er schlug die Augen nieder und verbesserte sich: „Klara!"

Unten im Flur klingelte das Telefon.

„Das Telefon!"

Paul hielt mich zurück: „Klara … wir …"

„Es könnte wichtig sein." Ich sprintete die Treppe herunter und ging ran.

„Hallo?", schallte mir eine bekannte Stimme aus dem Hörer entgegen.

„Klara Himmel. Sophie, bist du das?"

„Ja, Mama, oder klingt noch jemand anderes wie ich? Gib mir mal Paps", verlangte meine Tochter.

„Der liegt in der Badewanne."

„Dann bring ihm bitte das Telefon, es eilt!", befahl sie ungeduldig an meinem Ohr.

„Jaja, ich geh ja schon."

Ich reichte Paul das Gerät. „Siehst du, dringend!"

Er runzelte die Stirn.

„Sophie will dich sprechen."

Skeptisch blieb ich neben der Wanne stehen und hörte mit. Das hieß, ich konnte aus Pauls Mimik und den Grunzlauten, die er als Antworten von sich gab, nur raten, worum es ging. Irgendetwas Schlimmes war passiert.

Als er sie wegdrückte und im nächsten Moment aus der Wanne stieg, fragte ich neugierig: „Was ist denn los?"

„Sophies Notfall ist tot."

Ich erschrak. „Aber sie trifft doch keine Schuld?"

Paul trocknete sich wortlos im Gehen ab. Ich lief ihm ins Schlafzimmer hinterher, wo er nach frischer Wäsche im Schrank suchte. Nur dank mir fand er seine Unterhose letztendlich. Widerwillig zog er seine Uniform an und antwortete erst jetzt kurz und knapp auf meine Frage. „Nein."

„Was, nein?" Dass man dem Mann auch jedes Wort aus der Nase ziehen musste. „Orrrr, du warst noch nie besonders gesprächig …" Ich lief ihm wie ein Schatten hinterher. „… aber seit wir hier wohnen, hat die Sprachlosigkeit unserer Nachbarn voll auf dich abgefärbt."

Paul drehte sich zu mir um. „Siggi Schlönkamp ist in seiner Güllegrube erstickt. Sophie konnte nichts mehr für ihn tun, als den Totenschein auszustellen. Zufrieden?"

„Schlönkamp ist der Schweinebauer, oder?"

Er nickte und schlüpfte in seine dreckigen Schuhe.

„Hat ihn jemand reingeschubst?"

„Sieht eher nach einem Unfall beim Säubern der leeren Güllegrube aus." Er nahm den Schlüssel der Polizeiwache vom Haken.

Ich tänzelte aufgeregt um ihn herum. „Verstehe, er hat die Gasbildung unterschätzt."

Er öffnete bereits die Haustür. „Du kennst ja die Prozedur bei unnatürlichen Todesfällen."

„Bist du als Halbtagsdorfpolizist überhaupt befugt, in so einem Fall zu ermitteln?", fragte ich.

Pauls Blick versteinerte. Ups! Da war ich übers Ziel hinausgeschossen.

Nachdem er tief Luft geholt hatte, sagte er etwas zu beiläufig: „Natürlich nicht, Klara. Ich sperre lediglich den Tatort für Unbefugte ab, sichere erste Spuren und warte auf weitere Anordnungen von oben."

„Entschuldige, ich vergaß, wie erniedrigend es für dich sein muss, plötzlich den Handlanger zu spielen", murmelte ich betreten.

Das künstliche Lächeln im Gesicht meines Gatten gefror zu einer Maske. „Ich kann damit umgehen, keine Verantwortung zu haben. Ist doch auch mal ganz angenehm. Mir bleibt viel mehr Freizeit", erwiderte er mechanisch, als hätte er sich diese Worte wieder und wieder durch den Kopf gehen lassen, um sich selbst davon zu überzeugen – was ihm offensichtlich nicht gelungen war.

„Warum musst du eigentlich diesen Fall übernehmen? Ruf Anette an! Du bist krank", forderte ich ihn auf.

„Das hätte Sophie längst getan. Anette ist zwar hübsch anzusehen und eine hervorragende Köchin, aber als Polizistin in solchen Angelegenheiten völlig unbrauchbar. Das hat unsere Tochter bereits erkannt."

Paul stürmte hustend aus dem Haus. Ich seufzte und starrte von Weitem auf das Chaos in meiner Küche.

Einen Käsekuchenversuch gab ich mir noch. Dafür brauchte ich allerdings neuen Quark. Ich schaute an mir herunter. So konnte ich mich auf keinen Fall der Menschheit präsentieren. Also zog ich den Schlabberlook aus.

Ich wählte ein schlichtes Jil-Sander-Outfit in Pastell, trug einen Hauch Maharani Intense von Patrizia Nicolai auf, schminkte das Gesicht im angesagten Nude Look und schlüpfte in himmelblaue Manolo Blahniks zur passenden Handtasche von Prada. In Modefragen besaß ich stets ein stilsicheres Händchen.

Den matschigen Spuren eines Treckers ausweichend, stöckelte ich hoch konzentriert dreihundert Meter die Dorfstraße zum Hofladen des Bauern Fries herunter.

„Moin!“, grüßte ein grobschlächtiger Mann in Gummistiefeln mit heruntergezogener Mütze, ohne dass er mich ansah, den Mund öffnete oder sich ein Gesichtsmuskel bei ihm bewegte. In diesem verdammten Dorf schienen alle Bauchredner zu sein. Er stapfte an mir vorbei, und ich hörte noch, wie er in den ungepflegten Bart – oder wohin auch immer – brummte: „Se süht man nippnäsig ut, de optakelte Zeeg us de Stadt.“

Hochnäsig und aufgetakelt? Ich?

Irritiert drehte ich mich im Weiterlaufen um und schnappte empört nach Luft. Dabei blieb ich mit dem Absatz im Kopfsteinpflaster hängen. Ich stolperte und konnte mich zum Glück im letzten Moment am Zaun neben mir festhalten. „Dieser freche … Autsch! Manno!“

Jetzt hatte ich mir meine Lieblingsschuhe ruiniert!

Ich sprang wie ein aufgescheuchtes Huhn auf dem nackten Fuß zur Seite, weil ein Hund kläffend seinen verfilzten Schädel durch die morschen Holzlatten steckte. „Aus!“, zischte ich ihn wütend an. Die wandelnde Flohkiste knurrte bedrohlich zurück.

„Okay, du hast gewonnen. Der Klügere gibt nach.“

Ich klaubte meinen anderen Schuh von der Straße und humpelte drei Schritte weiter, bis ich mich außerhalb der Reichweite des schlecht gelaunten Köters befand. Den Knöchel reibend, betrachtete ich den Lackschaden an meinen ehemals edlen Pumps. Kein Wunder, dass die Damenwelt von Mordsacker ihre Füße völlig stillos in ollen Holzpantinen und Gummistiefeln verpackte.

Aber ohne mich – nie würde ich mich derart gehen lassen. Ich schlüpfte in den ramponierten Schuh und marschierte hoch erhobenen Hauptes weiter.

Ein roter Traktor mit einem dampfenden Tankanhänger, aus dem eine sauer stinkende Flüssigkeit tropfte, raste im Affentempo aus der nächsten Einfahrt und kreuzte meinen Weg. Ich stoppte abrupt und entkam im letzten Moment dem Tod durch Zerquetschen. Mir stockte der Atem.

Zu manchen Zeiten ist diese Dorfstraße gefährlicher als der Ku'damm zum Feierabendverkehr.

Doch zu früh gefreut: Schlammklumpen flogen wie Kanonenkugeln durch die Luft. Ich hielt mir schützend den Arm vors Gesicht. Zu spät! Ich spürte, wie die stinkende Pampe mir von Nase und Wangen herunterlief. „Igitt!"

Hatte der Treckerfahrer gerade gelacht? „Ey!", brüllte ich ihm ungalant hinterher. Er fuhr einfach weiter.

Ich schaute an mir herunter. Mein heller Trenchcoat sah aus wie frisch gesprenkelt und roch, als hätte ich ihn mit Gülle weichgespült. „Blähhh!" Ich kratzte mir die schwarzen Flecken vom Ärmel, erkannte aber sofort, dass es sinnlos war, und gab frustriert auf.

Hoffentlich fraß sich das Zeug nicht ins Gewebe. Der Mantel musste sofort in die Reinigung. Die befand sich allerdings 30 Kilometer entfernt in der nächsten Stadt. Keine Ahnung, ob man den Stoff in die Waschmaschine stecken konnte.

Genauso mies gelaunt wie der aggressive Köter hinter dem Gartenzaun stolzierte ich weiter unter den kugelförmig geschnittenen Akazien entlang, die den Fußweg säumten. In Anbetracht der Minustemperaturen und des zu erwartenden Schnees zu Ostern hielten sie ihre Blätter noch eingeklappt.

Wenn mir jetzt irgendeiner in die Quere kommt, der kann was erleben!

Kapitel 3

Im Hofladen von Bauer Fries war es überraschend voll. Die Dorfbevölkerung hatte also wegen der bevorstehenden Feiertage Angst zu verhungern.

Mehrere Frauen mit modischen Wollsocken in ausgelatschten Schlappen standen halb verdeckt hinter den gut sortierten Regalen. Vom Kohlkopf bis zur Grillkohle fand man darin alles, was man für den Alltag des fröhlichen Landlebens so brauchte. Sie diskutierten lautstark.

Ich schnappte mir einen Korb, und urplötzlich wurde es totenstill im Laden. Rotwangige Gesichter guckten um die Ecke. Ich spürte, wie mich die Kittelschürzenfraktion von Kopf bis Fuß musterte. Die Damen rümpften ihre Nasen. Ich gaffte frech zurück. Sie steckten die orangeblonden und kastanienlilafarbigen Köpfe zusammen und tuschelten.

Spiegeln hilft, den Gegner zu verunsichern! Das hatte ich mal irgendwo gelesen. Dieser „Gegner" in Form von fünf alternden Amazonen strotzte allerdings vor Selbstbewusstsein und ließ sich den Heimvorteil keinesfalls streitig machen.

Okay, Mädels, an meinem modischen Gespür muss ich unbedingt arbeiten! Hier draußen auf dem Lande lagen eher ausgebeulte Trainingshosen und fusselige Strickjacken zu verblassten T-Shirts im Trend. Kein Wunder, dass sich den Damen beim Anblick meines verdreckten Großstadtlooks die gegelten Ponys noch weiter aufstellten.

„Moin!", grüßte ich in der Eingeborenensprache – Sprache ist schließlich das A und O bei der Integration – und schenkte der schaulustigen Menge mein schönstes Roter-Teppich-Lächeln.

„Die Frau Himmel! Ja, guten Tag! Was kann ich für Sie tun?“, fragte mich die dralle Ladenbesitzerin Bärbel Fries überfreundlich, während sie aus dem Pulk zu mir hervorschoss und mir den Arm tätschelte.

Irritiert räusperte ich mich und sagte kurz angebunden: „Quark, ein Pfund oder besser ein Kilo, und einen Viertelliter Sahne.“ Ich hasse vertrauliche Gesten von Menschen, mit denen ich kaum Kontakt habe.

Bärbel Fries zog die buschigen, viel zu dunklen Augenbrauen hoch. Ich atmete flach, um nicht von der Wolke billigen Parfüms betäubt zu werden, die sie wie eine Dunstglocke umhüllte. Ihr in grellem Pink geschminkter Mund verzog sich etwas spöttisch. „Quark ist heute aus. Den gibt's erst wieder am Samstag.“

„Das ist dann aber ein kleines bisschen zu spät!“ Obwohl ich leicht panisch wurde, lächelte ich, um mir nichts anmerken zu lassen. Die Tratschtanten durften niemals erfahren, dass ich heute Morgen schon ein Käsekuchenmassaker angerichtet hatte. Als schlechte Hausfrau wurde man in Mordsacker bestimmt sofort mit Fackeln und Mistgabeln aus dem Dorf getrieben!

„Oh, da backen Sie wohl mehrere Quarktorten für den Kuchenbasar morgen?“

Sie hat also gespeichert, dass ich gestern drei Kilo Quark gekauft habe, und reimt sich zusammen, was ich damit anfangen könnte. Ob die Buch darüber führte, was die Nachbarn so verzehrten?

„Die Anette hat mir verraten, dass Sie ein Spezialrezept Ihrer Großmutter verwenden, das, mit dem Sie damals Ihren Mann geködert haben. Wir sind alle sooooo gespannt, wie der Kuchen schmeckt“, flötete sie mir zwinkernd zu.

Dünn lächelnd fragte ich: „Tatsächlich, hat sie das erzählt?“ Mehr fiel mir dazu nicht ein. Am liebsten hätte ich diese Dumpfbacke Anette Schwanenfuß auf der Stelle erwürgt. Dafür gab es dann bestimmt doppelt lebenslänglich für Polizistenmord. Wenigstens würde ich sie zur Rede stellen, auch wenn ich damit eine Anzeige wegen Beamtenbeleidigung riskierte. Dass sie meine Notlüge gleich im ganzen Dorf herumposaunt hatte, war eindeutig eine Verletzung der Privatsphäre. Wie stehe ich denn morgen da, wenn ich diesen verdammten Käsekuchen nicht vorweisen kann?

Da hatte ich mir wieder selbst ein Bein gestellt.

Aber, okay: Schiet happens! Klara Himmel braucht eine Strategie zur Lösung des Problems.

Mir fiel der Cheesecake in meinem Berliner Lieblingscafé ein. Gegen Aufpreis lieferten die bestimmt bis ins Nirgendwo, also in meine neue Heimat. Ich musste nachher gleich dort anrufen und per Expressversand bestellen.

„Tja, da kann man nix machen." Ich zog resigniert die Schultern hoch. Die dicke Bärbel schüttelte den blond gefärbten Schopf.

„Dann steuere ich morgen leider nur zwei Torten zum Basar bei", log ich, ohne rot zu werden.

„Da machen Sie sich keinen Kopf, ich habe auch nur einen Pistazienstreuselkuchen und eine Wolkentorte gebacken."

Ich schluckte.

„Darf es sonst noch etwas sein?"

„Nein, eigentlich ..." Meine Aufmerksamkeit war kurz abgelenkt, weil ich mitkriegte, dass die anderen Hübschen im Laden hinter dem Regal über Sophie und Schlönkamps Unfall redeten.

„Ich schau mich noch um. Bei den bezaubernden Sachen, die Sie hier haben ... ", sagte ich. Schnurstracks steuerte ich auf den Haufen grellbunter Gummistiefel mit Herzchenaufdruck zu, die in unterschiedlichen Größen vor dem Regal standen, hinter dem sich die Lästerschwestern ereiferten. Ich probierte einen Stiefel und lauschte.

„… da konnte die Frau Doktor auch nichts mehr machen."

„Ich glaub ja nicht an einen Unfall. Der Siggi ist doch nicht so blöd, das Gas in der Grube zu unterschätzen. Der hat Erfahrung …"

„… Ich wette, dass da einer nachgeholfen hat."

„Meinst du?"

„Aber wer soll …?"

„Da gibt es einige, die ihn lieber tot als lebendig sehen würden."

„Du denkst an Hannes …"

„Hör auf, solche Gerüchte in die Welt zu setzen. Der verklagt dich am Ende noch."

„Unser neuer Dorfsheriff wird die Wahrheit schon herausfinden."

Neben den Gummistiefeln interessierte ich mich brennend für eingelegte weiße Bohnen, nahm eine Dose aus dem Regal und tat so, als ob ich alle Inhaltsstoffe studierte. Wer mich beobachtete, dachte bestimmt, dass ich übermenschliche Fähigkeiten besaß, denn ohne Lupe konnte die winzige Ameisenschrift garantiert kein Mensch lesen.

Ich lugte heimlich durch eine Lücke. Eine Kleine mit Brille winkte ab und zischte verächtlich: „Der Sheriff? Du denkst wohl, dass neue Besen immer gut kehren. Wer es aber mit über fünfzig bloß zum Obermeister geschafft hat und einen Teilzeitposten auf dem Land annimmt, hat entweder keine Lust zu arbeiten oder keine Ahnung von seinem Job …"

Das gab es ja wohl nicht! Die Luft anhaltend, kroch ich fast ins Regal hinein, um nichts zu verpassen.

„Well seggt dat?", fragte eine Große mit bunten Glitzerohrringen.

„Mein Sohn, der ist Hauptkommissar bei der Kriminalpolizei in Hamburg. Der muss es ja wissen."

„Gut sieht er aus."

„Wer? Gudruns Sohn?“
„Der Himmel.“
„Es gab schon besseres Wetter zu Ostern.“
„Mensch, ich rede von unserem neuen Sheriff.“
„Das hat ja wohl nichts zu sagen.“
„Anette ist richtig vernarrt in den.“
„Es heißt, er war krank, Herzinfarkt.“
Na wartet, ihr blöden Puten, meinen Mann zieht ihr nicht durch den Dreck, von wegen keine Ahnung von seinem Job! Mein armer Paul ist als Dorfpolizist mit seinen Fähigkeiten völlig unterfordert. Ihr habt keine Ahnung, mit wem ihr es zu tun habt!

Am liebsten würde ich …

Nein, wir mussten unauffällig bleiben. Denn der überaus erfolgreiche Hauptkommissar Martin Bach war tot. Zusammen mit Frau und Tochter bei einem Autounfall bis zur Unkenntlichkeit verbrannt.

Innerlich kochend, äußerlich bemüht lässig, schob ich die Bohnendose zwischen ihre Artgenossen in die Lücke.

Erhobenen Hauptes stolzierte ich um das Regal herum, drängelte mich an dem Weibernest zur Marmeladenauslage vorbei und sagte in meinem arrogantesten Ton: „Entschuldigung, darf ich mal bitte.“

„Ach, die Frau Himmel …“, säuselten die Damen erschrocken, als hätten sie mich beim Betreten des Ladens übersehen. Einige färbten sich dunkelrot. Alle waren mucksmäuschenstill. Anscheinend piesackte sie nun doch das schlechte Gewissen. Und natürlich die Frage, ob ich ihre Unterhaltung mitangehört hatte …

„Danke!“, hauchte ich überheblich und schmiss irgendeine Marmelade in den Korb. Sie starrten mich entgeistert an. Ich folgte ihren Blicken und schaute an mir herunter. An den Füßen trug ich immer noch einen Gummistiefel und einen Pumps.

„Die sind hübsch, oder?“ Ich drehte das Gummistiefelbein demonstrativ vor ihnen hin und her. „Und so bequem.“ Dabei drückten sie mir vorne die Zehen ab.

„Wissen Sie, ob das mit Schlönkamp nun ein Unfall oder Mord war?“, fragte mich der Glitzerohrring neugierig.

„Iiiich?“

Die Kleine mit Brille stemmte ihre Hände in die breiten Hüften. „Na! Ihre Tochter hat doch Ihren Mann zum Tatort gerufen.“

„Das ist bei unnatürlichen Todesfällen reine Routine“, antwortete ich überlegen. Elegant drehte ich ab, knickte um und haute mit dem Arm beinahe eine Kartoffelkiste herunter. Einige der Erdäpfel kullerten durch den Laden. Eilig sammelte ich sie auf.

„Da hat sich so manche Zugezogene auf ihren Trittchen hier bei uns die Knochen gebrochen.“

„Joh, upen Deerp ist dat eben anders!“

Schnell wollte ich meinen herumliegenden Pumps gegen den Gummistiefel am Fuß tauschen. Die Monstrosität saß leider bombenfest, wie angewachsen. Ohne einen Stuhl kam ich da nie wieder raus.

Die Damenfront verfolgte mich mit ihren Blicken.

„Sag ich doch!“, merkte eine Blasse an und redete weiter, weil die anderen sie fragend anglotzten: „Bei ‚Polizeiruf 110‘ und beim ‚Tatort‘ entpuppen sich die Unfälle meist als getarnte Morde.“

„Ach so!“, raunte der Chor. Die Aufklärung von Schlönkamps Tod beschäftigte sie. Der Mob verlangte, dass Paul ihnen den Täter präsentierte und zum Fraß vorwarf.

Ich begriff, dass dieser Fall die große Chance für meinen Mann war, sich im Dorf Respekt zu verschaffen. Und dass sie kein gutes Haar an ihm lassen würden, wenn er sich einen Fehler erlaubte …

„Die sind dann aber von Auftragskillern oder der Mafia verübt worden. Ich glaube nicht, dass die Cosa Nostra Interesse am Tod eines Schweinebauern hat“, plapperte Bärbel Fries – die offensichtlich zu viele Krimiserien im Fernsehen guckte – dazwischen und reichte mir den anderen Gummistiefel, aus dem sie einen zusammengeknüllten Klumpen Papier gepult hatte. Oh, deshalb drückte der Schuh an meinem linken Fuß. Ich hatte beim Anprobieren vergessen, es herauszunehmen.

Die Blasse konterte: „Vielleicht die Fleischmafia?“

„Steffi! Geht wieder mal die Fantasie mit dir durch?“, warf der Glitzerohrring ein.

Steffi verteidigte ihre Mordtheorie: „Siggis Geschäfte waren jedenfalls nicht immer so koscher, wie ihr denkt. Das mit dem Bio ist alles Schwindel. Die ziehen den Leuten nur das Geld aus der Tasche. Niemand kann mir weismachen, dass der seinen Tieren kein Antibiotikum gegeben hat, wenn die Viecher kränkelten. Hört man doch ständig von solchen Skandalen: Antibiotika im Bioschweinefleisch.“

Ich probierte den zweiten Stiefel an. Der passte perfekt. Trotzdem! Die Dinger sahen einfach potthässlich aus. Bärbel Fries fasste sich an die Stirn. „Dazu fällt mir glatt die Bestellung Ihres Mannes ein, Frau Himmel. Moment!“

Hatte sich Paul etwa auch lila Gummistiefel mit rosa Herzchen bestellt?

Sie verschwand in der Tür hinter dem Verkaufstresen. Ich wollte die hässlichen Herzchenstiefel an meinen Füßen eigentlich gerne schnellstmöglich loswerden, aber die Damen umringten mich, begutachteten die modische Entgleisung und quatschten durcheinander: „Schick, schick! Und vor allem so bequem, damit kannst du um den Erdball laufen. Schwitzfüße kriegt man auch nicht. Also, ich hab mir die bei Anke im Versand bestellt, da gab’s Rabatt. Stellt euch vor: Nimm zwei Paar, zahl eins! Ein richtiges Schnäppchen.“

Bärbel Fries kam mit einem Paket unterm Arm wieder rein, warf es auf den Tresen und hackte Zahlen in ihre Kasse, während sie vor sich hin murmelte: „Drei Pfund Schwienhaxen für Ihren Mann … macht 33,67 Euro plus eine Hagebuttenmarmelade zu 3,21 Euro."

Sie schaute an mir herunter: „Brauchen Sie für Ihre Hochhackigen 'ne Tüte?" Ohne die Antwort abzuwarten, tippte sie wieder auf ihre Tastatur ein. „Ein paar Gummistiefel zu 48,95 Euro, ergibt zusammen 85,83 Euro."

Sprachlos starrte ich einen Moment auf das Fleisch und meine Füße. Derweil tratschten die Frauen im Hintergrund weiter, dass es mir in den Ohren rauschte. „Das konnte sich der Schlönkamp gar nicht leisten, dass sich die Schweine untereinander anstecken", zischelte die eine gerade.

„Hast du mal in seinen Stall geguckt? Unter Biohaltung stelle ich mir was anderes vor."

„Der hat doch einmal so einem Tierschützer, der Fotos geschossen hat, einen Knüppel an den Kopf geworfen?"

„Das ist mindestens zwei, drei Jahre her."

„Siggi Schlönkamp ist … äh … Siggi war nicht gerade ein sanfter Kerl."

„Eher der wilde Eber."

Die Frauen kicherten.

Mir entglitten die Gesichtszüge. Bärbel Fries sah mich irritiert an. „Alles Bio und ganz frisch. Da müssen Sie beim Braten den Deckel drauf lassen, sonst jumpt ihnen dat Swien aus de Braadpann."

Wie ferngesteuert legte ich zwei Fünfzigeuroscheine auf den Tisch, steckte das Wechselgeld ein und verstaute die Haxen mit spitzen Fingern in einem schwarzen Ramani-Stoffbeutel, den ich stets in der Handtasche mitführte. Dann packte ich meine Pumps dazu und watschelte in Gummistiefeln aus dem Laden.

Kapitel 4

Als ich zu Hause ankam, lag Paul bibbernd in eine Decke eingerollt auf dem Sofa. Mit Blick auf meine Füße stöhnte er: „Schicke Schuhe. Wo warst du denn?"

„Deine Haxen abholen." Ich knallte das tote Fleisch samt Beutel auf den Tisch. Es klirrte. Das Marmeladenglas! Eilig brachte ich den tropfenden Sack in die Küchenspüle, las die Scherben heraus und spülte die klebrige Masse aus den Pumps. Ich hasse Hagebuttenmarmelade, besonders in Manolo Blahniks. Einmal quer durchs Dorf gelaufen, und ich hatte mir die Lieblingsklamotten versaut.

Zurück im Wohnzimmer, baute ich mich breitbeinig vor meinem Mann auf. „Also, wenn du denkst, dass ich mich hinstelle und dieses tote Fleisch zu etwas Essbarem verarbeite, muss ich dich leider enttäuschen."

Paul röchelte erschöpft. „Aber einen Tee kochst du mir?"

„Wieso isst du neuerdings ständig Schweinefleisch? Das ist erstens völlig ungesund, und zweitens, denk an die Tiere."

„Das ist Bio, Schatz." Er hustete. „Das Fleisch direkt vom Bauern ist doch mit dem abgepackten Billigfleisch im Supermarkt aus der Massentierhaltung nicht zu vergleichen."

„Woher willst du das so genau wissen?"

„Weil es direkt von Schlönkamps Hof kommt. Der ist, oder besser gesagt: war, ein ausgezeichneter Biobauer."

„Hast du dir seinen Stall angesehen, wie er die Tiere hält?"

Paul verdrehte genervt die Augen. „Schnäuzelchen, reg dich ab. Wenn du es nicht übers Herz bringst, mir eine Haxe zu braten, gibst du Anette das Fleisch, die hat damit kein Problem und macht es gern."

„So weit kommt's noch!"

Er drehte sich zur Wand um: „Im Moment habe ich sowieso kaum Appetit."

„War das nun ein Unfall oder Mord?", fragte ich.

„Ein Unfall ohne sichtbare Fremdeinwirkung."

Ich trat neben das Sofa. „Das hast du in gerade einmal einer Stunde herausgefunden?"

Paul drehte sich ächzend zu mir: „Schlönkamp hat fahrlässig gehandelt, ist allein mit einer Leiter in die Grube gestiegen. Er hatte zwar ein Sauerstoffgerät dabei, aber da unten wohl die Zeit vergessen."

„Die Flasche war schneller leer, als er gedacht hat?", bohrte ich weiter.

Paul schloss die Augen und drehte sich wieder zur Wand. „Sieht so aus."

Ich sprach zu seinem Rücken: „Die kann doch jemand manipuliert haben, oder?"

Genervt grunzend verkroch er sich unter der Decke. „Die Bauerntochter hat bestätigt, dass sie die Sauerstoffflaschen stets überprüft haben, bevor einer von ihnen in die Grube gestiegen ist."

„Und wenn ihm jemand die Leiter weggenommen hat, während er da unten herumgekrochen ist?"

„Jetzt geht das wieder los!" Paul drehte sein Gesicht zu mir um.

„Was?"

„Deine Verschwörungstheorien! Wer ist eigentlich bei der Polizei, ich oder du?"

„Ich frag ja nur."

„Du fragst nicht nur. Du reimst dir eine Story zusammen."

„Berufskrankheit. Schließlich habe ich einmal als Kommissarin ermittelt. Da wittert man hinter einem unnatürlichen Todesfall gelegentlich ein Komplott."

Paul setzte sich auf und prustete los. „Fernsehkommissarin! Du hast eine Rolle gespielt.“

„Das macht ja wohl kaum einen Unterschied. Ich musste genauso denken wie du.“

„Und weil du ein Mal nach Drehbuch einen Täter gefasst hast, glaubst du, die Expertin zu sein.“

Ich verschränkte die Arme vor der Brust und reckte die Nase in die Höhe. „Außerdem munkelt die weibliche Dorfbevölkerung, dass Schlönkamp keinesfalls so blöd war, die Gasbildung in der Güllegrube zu unterschätzen. Sie meinten, dass er einige Feinde hatte, die ihn lieber tot als lebendig gesehen hätten. Sie haben auch bezweifelt, dass er die Voraussetzungen für das Biogütesiegel erfüllt, und ihm krumme Geschäfte unterstellt.“

„Seit wann bist du für Dorftratsch und Klatsch empfänglich?“ Er legte sich wieder hin.

„In Gerüchten steckt immer ein Fünkchen Wahrheit, hier, wo jeder jeden kennt und im Gegensatz zum anonymen Großstadtdschungel alles von seinem Nachbarn mitbekommt.“

Paul schnaufte. „Nutze deine Fantasie und schreib eine Geschichte. Ich hab jetzt keine Lust, mir von dir einreden zu lassen, dass Schlönkamp ermordet wurde. Es war eindeutig ein Unfall. Sophie sieht das genauso.“ Demonstrativ schloss er die Augen.

„Die ist keine Rechtsmedizinerin“, warf ich zu meiner Verteidigung ein.

„Klara, bitte! Mir geht es dreckig. Ich muss schlafen, brauche einen Tee und das Antibiotikum, das Sophie gleich bringt.“

„Wer hat ihn denn gefunden?“, fragte ich skeptisch und konnte meine Neugier kaum zügeln.

Seine Augenlider klappten wieder hoch wie das Visier einer Ritterrüstung. „Entdeckt haben ihn seine Frau und seine Tochter.“

„Vielleicht wollte die Gattin ihn loswerden? Vielleicht hatte

Schlönkamps Gemahlin ja ein Verhältnis mit einem anderen. Die Landfrauen haben da vorhin im Hofladen von einem Hannes gefaselt. Weißt du, wer im Dorf mit Vornamen Hannes heißt?", redete ich auf ihn ein, ohne Luft zu holen.

Paul hustete. „Klara, Schluss jetzt!"

„Die Frau hat vermutlich nur darauf gewartet, dass er in die Grube steigt, und ihm die Leiter weggenommen. Der Mann ist jämmerlich erstickt." Hartnäckig versuchte ich ihn von meiner Theorie zu überzeugen.

Aber davon wollte Paul nichts hören. „Die Leiter stand aber in der Grube!", krächzte er wütend und hielt sich dann mit dem Sofakissen die Ohren zu.

Ich beugte mich zu ihm herunter und sprach extra laut in seinen Hörschutz: „Die hat sie natürlich wieder reingestellt, bevor sie Sophie angerufen hat. Das wäre sonst viel zu offensichtlich."

„Klara, du nervst!" Paul gab auf und warf das Kissen nach mir. „Würdest du jetzt bitte deinem todkranken Mann einen Ingwertee kochen?"

Obwohl die Neugierde in mir nagte, hörte ich vorerst auf, ihn zu löchern, und maulte: „Vorhin musste ich dich mit Gewaltandrohung davon abhalten, im Garten herumzuwühlen, und jetzt willst du wegen läppischer Halsschmerzen, dass ich den Pfarrer rufe, damit er dir die letzte Ölung verpasst ..."

Vor mich hin nörgelnd, trottete ich in die Küche. „Todkrank! Dass Männer immer so maßlos übertreiben müssen." Fragte sich echt, wer hier von uns beiden die Drama-Queen war.

Ich warf den Wasserkocher an und schnitt den Ingwer klein, hielt inne und dachte: Vielleicht ist das keine so blöde Idee mit der Geschichte. Vor meinem geistigen Auge sah ich bereits das fertige Drehbuch für den Pilotfilm einer Vorabendserie: Tod in der Güllegrube, ein Dorfkrimi von Klara Himmel. Oder sollte ich mich gleich an einem Roman versuchen? Herr Fitzek hatte schließlich das Schriftstellern auch nicht beruflich gelernt, sondern war Radiomoderator. Es gab ja keine Berufsausbildung für Autoren, jeder konnte sein Glück versuchen.

Ja! Das wäre eine Herausforderung, die dem neuen Leben in der Einöde einen Sinn gäbe. Und wenn ich es bis zur Veröffentlichung schaffte? Dann wäre das ein Zeichen des Schicksals, ich hätte meine Bestimmung gefunden. Ich konnte immer besser Situationen für Figuren im Geiste erfinden, als sie nachspielen, das hatte ich schon bei meiner Filmkarriere einsehen müssen. Natürlich würde ich ein geschlossenes Pseudonym verwenden. Niemand durfte schließlich wissen, dass die einstige Schauspielerin Franziska Bach noch existierte ... Plötzlich verrauchte meine Frühlingsdepression vom Vormittag. Eine regelrechte Goldgräberstimmung kam in mir auf.

Ich lächelte in mich hinein und schnitt weiter. Ja, der Gedanke gefiel mir. Der Wasserkocher zischte und schaltete sich automatisch aus. Ich übergoss den Ingwer mit der dampfenden Flüssigkeit und ließ ihn ziehen.

Es klingelte. Ich öffnete die Haustür. Sophie stand davor und reichte mir eine Packung Tabletten. „Papa soll alle sechs Stunden eine nehmen, bis sie aufgebraucht sind. Liegt er im Bett?"

„Auf dem Sofa. Kommst du nicht rein?"

„Ich muss noch einmal nach Frau Schlönkamp sehen."

„Aha!"

„Was aha?"

„Wie hat sie denn reagiert, als ihr Mann tot aus der Grube geborgen wurde?", wollte ich wissen.

„Mit einem Nervenzusammenbruch. Was soll die Frage?"

„Ach, nur so", wiegelte ich ab.

Sophie stutzte und erwartete ganz offensichtlich eine Erklärung von mir.

„Ich war vorhin im Hofladen bei Bauer Fries …“, sagte ich und ließ eine bedeutungsschwangere Pause folgen.

„Etwa so?“ Amüsiert zeigte sie auf mein Outfit.

„Na und! Nur weil ich jetzt auf dem Dorf wohne, gehe ich doch nicht wie die anderen in der Jogginghose zum Einkaufen.“

Sophie fragte trocken: „Ich dachte, du wolltest dich integrieren.“

„Dafür muss ich ja nicht gleich meine Kultur aufgeben“, konterte ich.

Verschmitzt stimmte sie ein Kinderlied von Gerhard Schöne an: „Als mein gelber Wellensittich aus dem Fenster flog, hackte eine Schar von Spatzen auf ihn ein, denn er sang wohl etwas anders und war nicht so grau wie sie, und das passt in Spatzenhirne nicht hinein.“

„Neid muss man sich eben erarbeiten.“

„Wenn du meinst.“

„Gut! Jil Sander, Gucci und Prada sind vielleicht für den kurzen Abstecher über die Dorfstraße etwas übertrieben“, lenkte ich ein und brachte das Gespräch lieber wieder auf Schlönkamp. „Also, die hiesige Damenwelt munkelt, dass dieser Schweinebauer niemals so blöd gewesen wäre, sich mit dem Gas in der Güllegrube zu vergiften. Es gebe einige, die ihn gerne tot gesehen hätten. Die Kittelschürzenfraktion hat von einem Hannes gefaselt. Und da dachte ich, vielleicht hat ja seine Frau ein Verhältnis mit einem Hannes und die Gelegenheit genutzt, ihren Mann um die Ecke zu bringen. Kennst du einen Hannes in unserem Dorf?“

„Der Birke heißt Hannes, aber mit dem hat Frau Schlönkamp bestimmt kein Verhältnis“, antwortete Sophie und guckte irritiert. „Was ist in der letzten Stunde passiert? Du sprühst ja vor Leben.“

„Der Tod hat mich inspiriert.“

Sie riss entgeistert die Augen auf. Ich winkte ab und fragte: „Wieso kann Birke kein Verhältnis mit Frau Schlönkamp haben?"

Sie konterte: „Weil ... das unterliegt der ärztlichen Schweigepflicht."

„Komm, Sophie, ich sag's doch niemandem weiter."

Meine Tochter zögerte. „Er trinkt ziemlich viel ... das heißt, er ist ..."

„... ein impotenter Alkoholiker", beendete ich ihren Satz.

„Na ja! Letzteres ist in seinem körperlichen Zustand anzunehmen. Aber wehe, du redest mit jemandem darüber."

„Ich schweige wie ein Grab. Dein Vater meint, es war eindeutig ein Unfall und es sind keine Ermittlungen notwendig."

Sie fragte: „Du zweifelst doch nicht im Ernst an Papas Urteilsvermögen?"

Ich zuckte mit den Schultern.

„Der Schlönkamp hat fahrlässig gehandelt", sagte Sophie und begründete ihre Feststellung: „Auch mit Atemgerät steigt man niemals in eine Güllegrube, ohne dass jemand dabei ist und aufpasst. Da muss dir unter der Atemmaske einfach nur übel werden. Sobald du dir die Maske herunterreißt und einen Atemzug nimmst, ist alles vorbei."

Ich unterbreitete Sophie meine Theorie. Im Gegensatz zu Paul hörte sie mir interessiert zu. Ein Zeichen dafür, dass sie letzte Zweifel hatte? Schlussendlich schüttelte sie aber den Kopf. „Ich denke, Papa hat genug Erfahrung, um die Anzeichen von Fremdeinwirkung zu erkennen." Ihr Blick blieb nachdenklich.

„Vielleicht hat er was übersehen?", bohrte ich nach und gab zu bedenken: „Ihm geht es dreckig. So ein entzündeter Hals und eine verstopfte Nase trüben die Sinne." Ich erzählte ihr, wie die Landfrauen über ihren Vater hergezogen hatten.

„Was willst du jetzt tun?", fragte sie.

„Seinen Ruf retten und mich am Tatort ein bisschen umsehen. Ich könnte dich ja begleiten, wenn du …“, schlug ich vor.

Sophie unterbrach mich abrupt: „Mama, du hast doch überhaupt keine Ahnung von so was!“

„Ich bin eine Polizistenfrau. Dein Vater und ich haben so manchen seiner Fälle gemeinsam am Küchentisch aufgeklärt.“

Sie verschränkte die Arme vor der Brust und zog schmunzelnd die Augenbrauen hoch.

Wieso nahm mich niemand ernst?

Ich verteidigte mein Vorhaben. „Na ja! Wir haben darüber geredet und zusammen Strategien entwickelt, wie er vorgehen könnte, um den Täter zu fassen. Beim sonntäglichen ‚Tatort‘ weiß ich immer viel eher als er, wer und was dahintersteckt. Dein Vater hat oft betont, ich könne mehr um die Ecke denken als mancher seiner Kollegen. Außerdem war ich Filmkommissarin und kenne mich mit Ermittlungen aus.“

„Das ist nicht dein Ernst, oder? Was glaubst du, wie Papa reagiert, wenn du seine Fähigkeit anzweifelst, Spuren an einem Tatort zu identifizieren?“

„Er wird es mir hinterher danken.“

„Du stellst echt seine Kompetenz infrage.“

„Niemals im Allgemeinen, dein Vater war der beste Ermittler, sozusagen die Speerspitze der Berliner Kriminalpolizei, aber in diesem Fall … Sophie, er hat Fieber, ihm geht es schlecht. Du selbst hast ihm Bettruhe verordnet. Er hätte keinesfalls zu Schlönkamps rausfahren dürfen, sondern seine Kollegin Anette Schwanenfuß. Warum hast du sie eigentlich nicht gerufen?“

„Weil sie … damit überfordert gewesen wäre.“

„Siehst du! Sollen sie deinem Vater etwa Unprofessionalität und Schlampigkeit vorwerfen? Es geht um nichts Geringeres als seinen Ruf, den Respekt der Eingeborenen vor dem Hüter des Gesetzes.“

Dass ich die Ergebnisse meiner Schnüffelei in einem Roman verarbeiten wollte, verschwieg ich ihr vorerst. Letzteres fühlte sich auch mittlerweile wie eine Schnapsidee an. Viel wichtiger war es nun, Pauls Ehre und damit die unserer Familie zu retten.

Sophie presste die Lippen aufeinander. „Na los, dann komm mit, aber zieh dich bitte um!"

„Sind Regenjacke, Jeans und diese hübschen Gummistiefel genehm?"

„Ja." Sie trat ins Haus. „Beeil dich! Ich habe noch zwei weitere Hausbesuche." Kurzerhand übergab ich ihr die Tabletten. Sie brachte die Schachtel zu ihrem Vater. Ich verschwand ins Schlafzimmer, zog mich um, holte die Taschenlampe, eine Pinzette, Latexhandschuhe und mehrere Frühstückstüten, die ich in meine Anoraktasche neben Kuli und einem Notizheft steckte. Requisiten, die jeder anständige Detektiv bei sich tragen sollte. Außerdem konnte ich mich damit viel besser in meine Rolle als Ermittlerin hineinfühlen. Wenn ich etwas herausfinden wollte, musste ich den verstockten Eingeborenen gegenüber authentisch sein, um ihnen überhaupt ein Wort zu entlocken.

„Fertig. Wir können los!" Ich stellte Paul den Ingwertee auf den Couchtisch.

Er röchelte: „Wo wollt ihr denn hin?" Seine Augen glänzten glasig.

„Sophie hat noch Hausbesuche zu erledigen und nimmt mich gleich mit." Dabei zwinkerte ich meiner Tochter verschwörerisch zu. „Im Hofladen bei Fries gab es keinen Quark mehr. Ich brauche zwei Pfund für den Käsekuchen", log ich notgedrungen.

Oh Gott, der Käsekuchen für den Kuchenbasar! Ich durfte die Bestellung nachher auf keinen Fall vergessen.

Paul jammerte: „Du kannst mich doch in diesem Zustand nicht alleine lassen."

„Eigentlich bist du schon groß. Trink deinen Tee! Spätestens in zwei Stunden ist Mutti zurück. Hast du sonst noch einen Wunsch, mein Bär?“ Ich streichelte ihm den Kopf und lächelte bittersüß.

„Wenn deine Mutter mich so nennt, führt sie etwas im Schilde“, argwöhnte Paul und blinzelte mich aus zugeschwollenen Augen misstrauisch an.

„Schlaf jetzt, Papa!“ Sophie gab ihm einen Kuss auf die Stirn und zog ihm die Decke bis zum Kinn. Mein kluges Kind hielt sich gekonnt raus.

Ich hatte es noch nicht ein Mal erlebt, dass sie uns gegeneinander ausspielte. Im Gegenteil, sie gab gerne den Eheberater, wenn wir uns mal wieder stritten und festfuhren wie zwei Dickhäuter, die keinen Millimeter von ihrer Position abweichen wollten.

Kapitel 5

Der unsanierte Dreiseithof der Schlönkamps lag etwas außerhalb vom Dorf. Wir passierten das schmiedeeiserne Tor, parkten auf dem kopfsteingepflasterten Innenhof vor einem Brunnen und stiegen aus. Ich trat natürlich voll in den Schlamm. Bloß gut, dass ich die Gummistiefel angezogen hatte.

Aus einem seitlichen Stallgebäude drang aufgeregtes Schweinegequieke. Die Borstenviecher warteten offenbar ungeduldig auf ihre Abendfütterung. Wie spät war es eigentlich? Mit Blick zum Himmel nahm ich an, dass es etwa sechzehn Uhr sein musste. Obwohl man das bei dem trüben Wetter heute schwer einschätzen konnte.

Eine kühle Windböe blies sauren Gestank in meine Nase. Ich schluckte. Nichts gegen die gesunde Landluft, aber die von Dieselmotoren abgasgeschwängerte Berliner Luft zog ich diesem Mief eindeutig vor.

Die einst weiße Plastiktür zum zweistöckigen Wohnhaus, einem heruntergekommenen roten Backsteinbau, öffnete sich. Ein zierliches Mädchen mit langen Haaren, die sie wie ein Seidentuch umwehten, trat heraus. Zu ihrem Puppengesicht hätte eher ein rosa Kleidchen gepasst als der übergroße Blaumann, den sie trug. Ein Bein steckte in einem über dem Knie zusammengebundenen Müllsack, der einen Gipsfuß schützte. Unbeholfen humpelte sie die schiefen Betonstufen herunter. Ihre Augen sahen rot verheult aus. „Meine Mutter schläft jetzt. Ich muss die Tiere füttern", nuschelte sie zur Begrüßung knapp in Richtung Sophie, die gerade ihre Doktortasche aus dem Kofferraum hievte.

Ich schätzte das Mädchen auf höchstens fünfzehn Jahre. Eine der an die Hauswand gelehnten Krücken fiel um. Meine Tochter hob sie auf. „Das ist gut, aber ich will trotzdem noch einmal ihren Blutdruck messen. Und du solltest den Bruch schonen und das Bein hochlegen." Sie reichte dem Mädchen die Gehhilfe.

„Einer muss sich ja kümmern, jetzt, wo Vater …"

„Habt ihr keine Hilfskräfte?", fragte Sophie kopfschüttelnd.

„Den Piotr hat Vadder vor einer Woche gefeuert."

Noch ein Kandidat mit einem Motiv, dachte ich und mischte mich in das Gespräch ein. „Ich kann ihr ja derweil unter die Arme greifen, während du dich um Frau Schlönkamp kümmerst, Sophie. Wir wollen schließlich nicht, dass die Viecher verhungern."

Sophie presste erst verstört die Lippen aufeinander. In ihren Augen las ich: Das ist nicht dein Ernst, Mama! Dann stellte sie mich vor: „Meine Mutter, Klara Himmel."

„Du kannst ruhig Klara zu mir sagen." Ich reichte dem Mädchen die Hand zur Begrüßung, die sie gekonnt ignorierte. Was hatte ich auch erwartet? Schließlich brauchte sie ihre Hände, um sich auf die Krücken zu stützen.

Die Kleine wehrte ab: „Danke, aber ich schaffe das schon."

„Isabel, du bist so stur. Lass dir helfen!", sagte Sophie, zwinkerte mir aufmunternd zu und verschwand im Haus. Ich stand da wie bestellt und nicht abgeholt. Freundlich lächelnd betonte ich: „Isabel, was für ein hübscher Name!"

„Ja und?", erwiderte das Mädchen schroff und humpelte quer über den Hof zum Stall.

Ganz schön grantig, die Kleine. Ich heftete mich an ihre Fersen. „Was ist denn mit deinem Fuß passiert?"

„Angebrochen", brummte sie.

„Wie lange musst du den Gips noch tragen?"

„Das ist kein Gips, nur eine Gipsschiene", antwortete sie, ohne sich umzudrehen. „Vier Wochen."

„Dann ist es erst kürzlich passiert?"

Sie blieb stehen, musterte mich kühl und sagte patzig: „Um genau zu sein, gestern. Ich bin nach der Schule gestürzt und gleich in die Notaufnahme des Krankenhauses gebracht worden. Ist Ihre Neugierde jetzt befriedigt?"

„Entschuldigung, ich wollte dir nicht zu nahetreten."

Sie griff nach der Klinke der Stalltür und lenkte ein: „Sorry, dass ich so pampig reagiert habe, aber mein Vater ist gerade gestorben. Da ist der Gipsfuß mein kleinstes Problem." Nachdem sie die Tür geöffnet hatte, schlug mir der scharfe Geruch nach Tierexkrementen entgegen. „Wie viele Tiere musst du denn versorgen?", fragte ich mit erstickter Stimme.

Sie drehte einen Lichtschalter und antwortete. „156 Schweine." Der Schalter knisterte wie bei einem Kurzschluss. Sie fluchte.

Ich schluckte. „Das ist ja 'ne Menge."

„Heute Morgen waren es noch dreihundert. Trotzdem sind wir nur ein kleiner Hof", rief sie und humpelte mit prüfendem Blick zum anderen Ende des Stalls. Das Grunzkonzert schwoll an, und die Tiere steckten ihre Schnuten bettelnd durch die verdreckten Gitterstäbe.

Zögernd blieb ich in der Tür stehen. „Wie das?"

Sie drehte sich um, rollte mit den Augen und brüllte, um den Krach zu übertönen: „144 waren schlachtreif und wurden abgeholt. Sie haben keine Ahnung von Nutztierhaltung, oder?"

„Nein, wenn ich ehrlich bin, betrete ich das erste Mal in meinem Leben einen Stall", schrie ich zurück, setzte den Fuß über die Schwelle und beeilte mich, ihr durch die Gasse zu folgen. Dabei fokussierte ich mich auf das Ziel und guckte weder nach links noch nach rechts.

Sie fummelte an einem Sicherungskasten herum und fragte: „Essen Sie Fleisch?“

„Eigentlich bin ich überzeugte Vegetarierin. Ich bringe es nicht übers Herz, etwas zu essen, was Augen hat. Tiere haben eine Seele. Auch wenn der Bauer sie noch so gut hält, am Ende leiden sie alle im Todeskampf. Ich will mit meinem Konsum nicht dazu beitragen, dass quiekende Schweine brutal in den Schlachtraum geprügelt werden.“

Ein schiefes Lächeln huschte über ihre Lippen.

„Das kannst du als Tochter einer Bauernfamilie bestimmt nicht verstehen?“

„Leider haben wir es nicht in der Hand, wie mit den Tieren im Schlachthof umgegangen wird, wenn sie aus Geld-, Zeit- und Personalgründen nicht immer fachgerecht betäubt werden. Auch Bioschweine werden nicht totgestreichelt“, erklärte sie und drehte eine Sicherung rein. Das Licht ging an, und das ganze Ausmaß des Raumes wurde mir bewusst: Im Saustall sah es aus wie im Saustall.

Ich blickte in hungrige Schweineaugen von halbwüchsigen Jungtieren, die in ihren Buchten bis zu den Knöcheln im morastigen Stroh standen. In den versifften Tontrögen klebten die Reste der letzten tausend Mahlzeiten. Über den Knastzellen hingen eimergroße Lampen, deren Hässlichkeit sechsbeinige Krabbeltiere mit ihren Netzen umsponnen hatten. Mich schüttelte es. „Die sind ja süß!“, rief ich und hielt die Hände dicht am Körper. Daran zu denken, welches Schicksal den armen Tieren bevorstand, verbot ich mir.

„Wie alt sind die?“

„52 Tage.“ Sie erklärte: „Es sind immer noch Ferkel. Das ist der Aufzuchtstall. Nach circa 28 Tagen Säugezeit werden die Ferkel von den Sauen abgesetzt und in einem speziellen Stall aufgezogen. Wohliges Stallklima, einwandfreie Hygiene und abgestimmte Futtermittel sichern eine erfolgreiche Aufzucht.“

Das Wort Hygiene war anscheinend ein dehnbarer Begriff. Kinder, die in einem sterilen Umfeld aufgezogen werden, sind auch öfter krank als die, die im Dreck herumwühlen dürfen.

„Wie lang ist denn so ein Schweineleben? Oder anders gefragt: Wie läuft die Schweinezucht ab?“, fragte ich interessiert.

Isabel legte eine Krücke beiseite und prüfte die Anzeige an einem Kessel. „Nach etwa fünf bis sechs Jahren haben sie mit 110 bis 120 Kilo ihr Zielgewicht erreicht. Ab etwa 28 kg Lebendgewicht werden die Ferkel im Maststall weitergefüttert mit Getreide. Wir beziehen pestizid- und antibiotikafreien Weizen, Gerste und Mais von einem Biobauern. Ihre Mahlzeit wird ihnen mittlerweile von einem Computer gesteuert serviert.“

„Aha, du regelst die Fütterung also mit einem Knopfdruck?“

„Ja!“ Sie legte einen Hebel um. Rohre rauschten, und die Tröge füllten sich mit einer dampfenden Pampe, auf die sich die Tiere gierig stürzten. Dabei wurde gedrängelt und geschubst wie am Kaufhauswühltisch zum Schlussverkauf.

Ich zeigte auf die Schlacht am Schweinebuffet und rief: „Wie kannst du sicher sein, dass alle Ferkel genug zu fressen bekommen?“

„Sind die ersten gesättigt, gehen sie zur Seite, dann lege ich nach.“ Sie wartete einen Moment und drückte den Hebel ein zweites Mal um. Lautes Schmatzen erfüllte den Raum.

„Aber das Ausmisten erledigt keine Maschine?“, steuerte ich das Gespräch in Richtung Güllegrube.

Sie humpelte durch die Boxenreihen und kontrollierte Wasserbehälter, die in den Buchten hingen. „Leider nicht.“

„Wie oft müsst ihr denn ran?“

„Wir wechseln das Stroh drei Mal pro Woche“, sagte sie, humpelte zur Futterverteilstation und drehte an einem Rad. Erneut rauschten Rohre.

„Ganz schön aufwendig.“

„Das ist nötig, um Pilzinfektionen durch die Streu zu vermeiden.“ Sie wartete und verschloss das Ventil wieder. Das Schweinekonzert verstummte. Sie tranken.

„Und die Gülle?“

„Fließt unter den Tieren im Fußboden nach draußen hinter den Stall in zwei Auffanggruben ab.“ Ihre Augen füllten sich mit Tränen.

Ich presste die Lippen zusammen. „Mein Beileid, entschuldige, dass ich so nachbohre!“

Sie wischte ihre tropfende Nase mit dem Ärmel ab. Ich reichte ihr ein Papiertaschentuch, in das sie lautstark hineinschnäuzte. „Ist dein Vater immer allein da runtergestiegen?“, fragte ich in mitfühlendem Ton. Ja, das war etwas hinterhältig, aber sie war eine angehende Frau. Und Frauen verarbeiteten ihre Probleme, indem sie darüber redeten.

„Seit er diese Hüftoperation vor zwei Jahren hatte, haben ich oder Piotr den Job erledigt. Piotr ist weg. Und ich konnte nicht.“ Sie zeigte auf ihren Fuß. „Es ist alles meine Schuld.“ Schluchzend lief sie weiter.

„Nein!“ Ich folgte ihr rasch und drückte ihren Arm. Sie tat mir leid. „Du kannst doch nichts dafür. Haben du und deine Mutter gewusst, dass er die Grube säubern will?“

„Er hat es gestern beiläufig erwähnt, ich habe nicht richtig hingehört. Er hätte trotz Gasmaske niemals alleine … Scheiße! Ich hab wegen des Beins die Chance genutzt und einmal ausgeschlafen. Wir haben ab heute Schulferien. Ich kann sonst nie ausschlafen, weil ich immer im Stall mithelfen muss. Ich sollte mich schonen, und dann war ja angekündigt, dass sie die Schweine abholen. Das will ich nicht sehen.“

„Verstehe. Wie alt bist du eigentlich?“, fragte ich, um sie etwas abzulenken.

„Achtzehn."

Das erstaunte mich, sie wirkte viel jünger.

„Du gehst also noch zur Schule."

„Ich mache nächstes Jahr mein Abitur und wollte danach Landwirtschaft studieren." Sie ließ die Schultern hängen.

„Du willst später den Hof deiner Eltern übernehmen?"

„Ja, es gibt ja sonst niemanden. Abi und Studium kann ich nun vergessen."

Ich schaute sie mit sanftem Blick an.

„Hier muss es ja weitergehen. Meine Mutter kann den Hof nie alleine führen."

„Warum?"

„Sie kommt nicht aus der Landwirtschaft."

„Und wenn ihr jemanden anstellt?", schlug ich vor.

„Das kostet zu viel."

„Wirft der Hof nicht genügend ab? Biofleisch ist doch recht teuer", fragte ich scheinheilig und dachte an den Preis von Pauls Haxe.

„Die Kosten sind höher als bei konventioneller Schweinehaltung. Das Futter ist teurer, und der Tierarzt muss öfter kommen."

Sie hob die Hände. Eine Krücke fiel um. Ich fragte mit einem Blick und reichte sie ihr. Ungefragt erteilte sie mir eine weitere Lektion in Sachen Nutztierhaltung: „Bioschweine können zwar im Dreck wühlen, sammeln dabei aber auch allerhand Parasiten ein, die mit entsprechenden Naturheilmitteln wieder aus den Organismen der Tiere gespült werden müssen. Es kommt zu viel mehr Wundinfektionen durch Pilze im Stroh und im Getreide. Durch das Verbot von Antibiotika in der Bioschweinehaltung leiden sie länger an ihren Krankheiten, und Wunden verheilen schlechter." Sie drückte erneut den roten Knopf, um nun auch den langsamsten Schweinen ihre Mahlzeit zukommen zu lassen.

„Das klingt kritisch. Du beschäftigst dich wohl häufig mit dem Thema."

„Mein Vater war ein Verfechter von Bioschweinehaltung. Er hat sich an die Richtlinie gehalten, auch wenn … Punkt!"

„Auch wenn was?" Ich verscheuchte die Fliegen, die mein Parfüm besonders mochten.

„Nichts. Manchmal ist der Einsatz von Antibiotika im Sinne der Tiergesundheit unvermeidbar." Sie humpelte zum Stallende voran. Ich folgte ihr mit großen Schritten.

„Es gab Verstöße gegen die Richtlinien?"

„Nein! Wir haben uns immer daran gehalten. Das Gütesiegel war Vadder heilig." Sie öffnete die Tür, und ich staunte, dass sich dahinter ein weiterer Stall verbarg. Handgroße Ferkel hingen an den Zitzen von Sauen, die seitlich im Stroh lagen.

„Verdammt! Wieder ein zerdrücktes Tier." Das Mädchen öffnete eine Bucht, humpelte hinein, hob ein lebloses Ferkelchen auf und entsorgte es in einem Mülleimer.

„Passiert das oft?" Leicht schockiert verzog ich das Gesicht.

Isabel wischte sich die Hände an einem herumhängenden Lappen ab. „Leider."

„Hat deine Mutter deinen Vater gefunden?" Ups! Das war etwas unpassend. Eine sanftere Überleitung wäre irgendwie charmanter gewesen.

Das Mädchen erstarrte kurz, antwortete dann aber: „Wir beide, da war es schon zu spät."

„Und ihr habt nichts bemerkt?", bohrte ich so sanft wie möglich.

Schlönkamps Tochter musterte mich misstrauisch. „Wieso fragen Sie das alles?"

„Ich meine, dein Vater ist doch ein erfahrener Bauer, der hat die Gasbildung in der Güllegrube doch bestimmt nicht unterschätzt?"

Ihre Stimme nahm einen feindseligen Ton an: „Denken Sie etwa, wir haben was damit zu tun?"

„Nein, aber vielleicht habt ihr ja etwas gehört. War jemand anderes heute auf dem Hof?", bohrte ich weiter.

„Meine Mutter hat am Vormittag in der Küche Kuchen gebacken. Morgen veranstalten die Landfrauen ihren Kuchenbasar zum Osterfeuer."

Ich dachte mit Grauen an die vergessene Käsekuchenbestellung. Das musste ich nachher unbedingt erledigen.

„... und dann hat sie Mittagessen gekocht." Isabels Stimme klang nachdenklich. „Dabei hört sie immer laut Radio." Fragend sah sie mich an. „Der neue Polizist ist Ihr Mann, oder?"

Erwischt! Ich nickte. Sie humpelte zu einem Fass, neben dem ein Eimer stand, und wollte den Deckel abnehmen, wobei sie ihre Krücken jedoch behinderten. Sie fluchte. Ich eilte ihr zu Hilfe. Nachdenklich sah sie mich an. „Er hat uns das alles bereits gefragt. Sind Sie etwa auch bei der Polizei?"

Ich hustete hinter vorgehaltener Hand. „Mein Mann liegt mit einer üblen Grippe im Bett."

„Er klang ziemlich erkältet", bestätigte das Mädchen.

„Für ihn sah zwar alles nach einem Unfall aus, aber er hat einige letzte Zweifel. Deshalb gab er mir den Auftrag, dir und deiner Mutter ein paar Fragen zu stellen. Ich soll mich auch noch einmal am Tatort umsehen, weil er Angst hat, dass er vor Schnupfen und Fieber ein Indiz übersehen hat. Ich bin so etwas wie seine Assistentin", log ich ungeniert und fragte: „Wie kann ich dir helfen?"

Sie zog die Stirn in Falten. „Ich dachte immer, Anette ..."

„Die Anette ist viel zu qualifiziert für solche Aufgaben und kümmert sich um den wichtigen Papierkram", sagte ich und winkte ab.

Isabel schien noch zu zweifeln, ob sie mir trauen konnte. Sie zeigte auf den Eimer. „Jede Sau kriegt drei Eimer voll Kraftfutter in den Trog."

Eine kalte Nase stupste mich von hinten an die Hand. „Huch!" Ich erschrak und sprang zur Seite.

„Keine Angst, das ist Schnitzel."

Ein riesiges Schwein mit Hauern, die ihm seitlich wie abgefaulte Äste aus der Schnauze ragten, schleckte meine Finger so wonnevoll ab, dass ihm der Speichel nur so aus dem Maul heraustropfte.

„Der tut nichts, den hab ich eigenhändig mit der Flasche großgezogen, weil seine Muttersau an Milchdrüsenentzündung gestorben ist. Schnitzel ist der einzige Überlebende ihres letzten Wurfs."

Zögernd begrüßte ich den Eber: „Hallo, Schnitzel!" Er beäugte mich gefährlich interessiert aus zusammengekniffenen Äuglein. „Bringt man das denn fertig, aus so einem herzallerliebsten Tier Wurst zu machen?", fragte ich und wischte mir die bespuckten Finger an der Hose ab, bevor ich mir den Eimer schnappte.

Isabel fütterte ihr Lieblingsschwein mit einer Handvoll Erdnüssen, die sie aus der Brusttasche ihres Overalls gezaubert hatte. „Nee, mein Schnitzel hat Bestandsschutz. Der kommt mir nicht auf den Teller."

„Ihr habt also niemanden gehört?", knüpfte ich an den Gesprächsfaden vor Auftauchen des adoptierten Waisenschweins an. Selbiges senkte gerade brav das grün befleckte Hinterteil wie ein Hund bei Aussicht auf ein Leckerli.

Unter Isabels Aufsicht füllte ich die Schweinetröge, während sie mir weitere Informationen gab. „Ich habe oben in meinem Zimmer geschlafen. Das Fenster geht zum Hof raus. Erst als der Transporter vom Schlachthof in unsere Einfahrt gerumpelt kam, bin ich aufgewacht. Das war so gegen dreizehn Uhr. Mutter hat mich gerufen, weil es die Männer mit der Verladung eilig hatten und sie den Vadder weder im Stall noch auf dem Feld fanden."

„Niemand hat gewusst, dass er die Güllegrube säubern wollte?"

„Ich hab keine Ahnung. Wir haben ihn dann gesucht, und ich hab ihn gefunden, nachdem meine Mutter sagte, ich soll mal an den Gruben nachsehen, weil doch heute Morgen die Gülle abtransportiert wurde. Die Fahrer vom Schlachthof haben ihn geborgen, und Mudder hat den Notarzt gerufen. Dann ist sie selbst umgekippt."

„Also hat sie gewusst, was er vorhatte."

„Nein, sie hat ihn doch vorher überall gesucht und nicht gefunden. Sonst hätte sie mich schlafen lassen."

„Macht es dir etwas aus, mir die Grube zu zeigen?"

Sie zögerte, zeigte mit der Krücke auf eine Tür. „Gehen Sie da hinten aus dem Stall, dann kommen Sie direkt hin. Ich kann da jetzt nicht mitkommen."

„Verstehe. Darf ich?", fragte ich und stellte den Eimer ab. Isabel nickte, verschloss das Futterfass und kontrollierte, ob alle Sauen genügend Wasser hatten.

Zu Boden schauend, schlich ich um den Rand der zwei abgedeckten Gruben und hob den Deckel der linken an, weil Absperrband daneben flatterte. Nur einen kurzen Blick warf ich in das Einstiegsloch und wagte dabei nicht zu atmen. Ich hatte Angst, vom scharfen Ammoniakgeruch des Urins in der Umgebungsluft zu ersticken. Mir war echt schleierhaft, wie man da selbst mit einem Sauerstoffgerät freiwillig hineinklettern konnte.

In einer der Gruben stand eine Leiter. Ich zog die mitgebrachten Gummihandschuhe an und hob die Leiter an, um zu testen, wie schwer sie war. Wenn ich es als eins fünfundfünfzig kleine Frau locker schaffte, hätte Isabels Mutter auch kein Problem damit gehabt, von einem Mann mal ganz abgesehen.

Die Bauerntochter stand plötzlich hinter mir. Ich zuckte vor Schreck zusammen. Der Eber saß dekorativ wie ein Porzellanhund zu ihren Füßen.

„Was macht es denn notwendig, beim Reinigen in die Grube hineinzusteigen? Man könnte doch den Dreck von hier oben mit dem Wasserschlauch abspritzen?“, fragte ich interessiert.

Ihr Blick blieb an meinen Handschuhen hängen. Ich streifte sie mir wieder ab, während das Mädchen sprach: „Das Ventil vom Zufluss hinten in der Ecke verstopft regelmäßig durch Strohreste. Nach dem Auspumpen der Gülle aus der Grube muss es gesäubert werden, sonst gibt es einen Rückstau im Stall. Deshalb klettert einer von uns da runter. Das praktizieren wir, seit ich denken kann. Eigentlich geht es auch schnell. Ich brauche höchstens fünf Minuten. Man greift hinein, holt den Klumpen raus und steigt wieder hoch. Vielleicht hatte sich das Stroh festgesetzt.“

„Du meinst, er hat zu lange gebraucht“, stellte ich fest, steckte die Handschuhe ein und zückte die Taschenlampe. Dann müsste der Pfropfen noch im Rohrende stecken, im Schlamm liegen, oder Schlönkamp hatte ihn bei der Bergung in der Hand gehalten. Schweigend leuchtete ich den Grubenboden ab. Dort sah ich keinen Strohklumpen in der Pampe. Der Zufluss stand zur Hälfte in der Gülle. Schade. Ob der Tote Stroh festgehalten hatte, konnte ich nur Sophie fragen.

Ich suchte den umliegenden Schotterboden mit dem Lichtstrahl ab. Außer einer Zigarettenkippe unter einem Strauch mit drei abgebrochenen Zweigen sah ich nichts Besonderes. „Hat dein Vater geraucht?“, wollte ich wissen.

„Nein“, antwortete Isabel verwundert und folgte meinem Blick.

„Deine Mutter?“

„Sie hasst den Gestank."
„Und du?"
„Nee, ich stehe nicht auf Lungenkrebs."
Ich hob die Kippe mit der Pinzette auf, steckte sie in den Frühstücksbeutel, dabei fühlte ich mich so cool wie Officer Natalia Boa Vista aus „CSI Miami".
„Hast du eine Ahnung, wem die gehören könnte?"
Sie zuckte mit den Schultern. „Piotr raucht, und der hat ja hier hinten auch gearbeitet."
Ich schob die Tüte in die Jackentasche und fragte in unauffälligem Ton: „Wann hatte dein Vater ihn gleich gefeuert?"
„Vor einer Woche."
Okay, die Kippe hat niemals sieben Tage im Busch gelegen. Es hatte zwischendurch geregnet. Auch das sagte ich nicht laut, sondern fragte stattdessen: „Warum hat dein Vater ihn eigentlich entlassen?"
„Weil Piotr sich immer wieder seinen Anweisungen widersetzt hat."
„Der war doch bestimmt sauer, dass er den Job verloren hat?"
„Klar, aber Sie verdächtigen ihn umsonst."
Aha, sie hatte also längst geschnallt, worauf ich hinauswollte. Schlaues Mädchen.
„Piotr ist sofort ausgezogen und bei Bauer Fries eingezogen. Er hat dort im Kuhstall angefangen. Die haben ihn mit Kusshand genommen, weil er zupackt und fleißig ist."
„Du magst ihn, oder?" Ich verstaute meine Detektivutensilien und zog vorsichtshalber den Reißverschluss der Jackentasche zu. Nicht dass ich noch Beweise verlor. Ächzend verlagerte sie ihr Gewicht auf den Krücken. „Wir haben ihn alle gemocht ..."
„Bis auf deinen Vater", stellte ich fest.
„Sie hatten in einigen Dingen unterschiedliche Ansichten."

„Was waren das denn für Dinge?"

Isabel biss sich auf die Lippe. „Piotr hat den kranken Tieren manchmal heimlich Antibiotikum verabreicht. Als Vadder das letzte Woche mitgekriegt hat, ist er ausgerastet."

Ausgerechnet in diesem Moment, als es interessant wurde, stürmte Sophie um die Ecke. „Hier bist du, Mama. Komm, ich muss los! Frau Bandholz wartet bereits sehnsüchtig auf meinen Hausbesuch."

Zu Isabel sagte sie: „Ich habe deiner Mutter versprochen, mich um Hilfe für euch zu kümmern." Sophie zeigte auf das Bein des Mädchens und ergänzte streng: „Und du legst den Fuß hoch, sonst heilt der Bruch schief zusammen. Nächste Woche will ich dich in der Praxis sehen."

Isabel verzog keine Miene. Ich mischte mich ein. „Es klingt vielleicht pietätlos: Aber frag doch den Piotr, ob er wieder hilft. Jetzt, wo …" Gerade so konnte ich mir den Rest des Satzes verkneifen und ergänzte stattdessen: „Ich meine, weil ihr euch so gut mit ihm verstanden habt."

Auch dazu schwieg Isabel, schlug die Augen nieder und wollte davonhumpeln.

Rasch hielt ich sie am Ärmel zurück. „Weißt du was? Sophie und ich erledigen das. Wir fahren sowieso bei Bauer Fries vorbei. Wir melden uns, sobald wir eine Antwort von ihm haben."

Als wir kurz darauf im Auto saßen, fragte Sophie: „Wer ist Piotr?"

Ich fütterte meine Tochter mit den neuesten Informationen und wollte wissen: „Hatte Schlönkamp einen Strohklumpen in der Hand?"

„Nein. Wieso?" Sie startete und würgte den Motor gleich wieder ab. Dabei taxierte sie mich so misstrauisch, als ob sie vermutete, dass ich einen Banküberfall planen würde.

„Ach, das war nur so eine Vermutung. Fahr los!", befahl ich und rutschte ungeduldig auf dem Beifahrersitz herum.

„Dann setze ich dich bei Bauer Fries ab und sammle dich auf dem Rückweg wieder ein."

„Das Stück bis nach Hause kann ich laufen."

Sie schüttelte skeptisch den Kopf. „Mama, du wirkst leicht besessen."

„Quatsch, ich will nur helfen. Die Telefonnummer!"

Sophie krakelte Schlönkamps Nummer auf einen Zettel und warnte: „Wenn Papa das mitkriegt …"

„Mach dir keinen Kopf, dein Vater hat im Moment genug mit sich selbst zu tun."

Schweigend fuhren wir den kurzen Weg bis zum Hofladen, den ich locker in drei Minuten zu Fuß erreicht hätte.

Sophie bremste. „Wir sehen uns morgen zum Osterfeuer."

Der Kuchen fiel mir ein. „Später!", murmelte ich und wischte den Gedanken beiseite. Jetzt musste ich mich erst einmal um diesen Piotr kümmern.

„Später?"

Ich stieg aus und murmelte: „Unwichtig!"

Kapitel 6

Kuhmist stank eindeutig angenehmer als Schweinemist. Vermutlich lag das an der rein pflanzlichen Ernährung, dachte ich, als ich mich bei Bauer Fries nach Piotr Kravzyk umsah.

Ich fand ihn beim Ausmisten zwischen den Kühen im düsteren Stall. Plötzlich stand mir ein kerniger Jüngling mit rotblonden Engelslocken und kariertem Hemd gegenüber, dessen Gesicht genauso viele Sommersprossen wie meins zählte.

Auch andere Körperteile wiesen Ähnlichkeiten auf: Seine Oberarme waren so stark wie meine Oberschenkel. Dabei war ich eher der Birnentyp, oben schmal, unten wohlgerundet. Ich schätzte ihn auf höchstens Ende zwanzig, wenn überhaupt. Der rostfarbene Vollbart machte ihn um einiges älter. Ohne das Gestrüpp im Gesicht sähe er aus wie der pubertierende Rittmeister, dem Prinzessin Diana angeblich ihren zweiten Sohn verdankt.

„Piotr?", fragte ich und stellte mich, ihm die Hand reichend, vor. „Klara Himmel."

Er setzte die Mistgabel ab und ignorierte meinen Gruß, genau wie Isabel.

„Ja?"

„Ich komme von den Schlönkamps …", sagte ich und senkte den unbeachteten Arm.

Er antwortete in gebrochenem Deutsch und schaufelte dabei unbeirrt weiter. „Mit denen ich nichts mehr zu tun."

„Ihr alter Arbeitgeber ist heute Mittag tot aus der Güllegrube geborgen worden."

„Damit ich auch nichts zu tun", wehrte er ohne aufzublicken ab.

„Das hat *niemand* behauptet", beruhigte ich ihn schnell. Schließlich wollte ich, dass er mir gewogen blieb.

Verwundert hielt er inne. „Warum Sie dann bei mir?" Er schippte weiter Mist auf eine Schubkarre. „Ich hier viel Arbeit. Kuhen mussen bald haben Essen."

„Okay, dann machen wir es kurz. Ich brauche nur ein paar Informationen. Die Schlönkamp-Mädels sind mit der Versorgung der Schweine echt überfordert, stimmt's?", fragte ich in vertraulichem Ton an.

Huch, was zog denn da an mir? Ich trat zwei Schritte vor, um einer Kuh auszuweichen, die ihr Maul schon halb in meine Jackentasche gesteckt hatte, wohl in der Hoffnung, dort Leckerlis zu finden.

Unbeabsichtigt hatte ich mich damit in Piotrs Schusslinie gebracht. Oder war es seine Absicht? Plötzlich flog jedenfalls Kuhmist in hohem Bogen über meinen Kopf. Ich ging in Deckung und rief: „Außerdem hat Isabel einen angebrochenen Fuß. Sie hat gemeint, Sie haben sich immer gut mit ihr und ihrer Mutter verstanden. Und da dachte ich, jetzt, wo ..." Energisch wischte ich mir die stinkenden Bröckchen von der Jacke. Polizeiermittlung war wirklich Drecksarbeit.

„Das sie gesagt?" Er lachte bitter, drückte mir einfach die Mistgabel in die Hand, hob die volle Karre an und schob sie an mir vorbei aus dem Stall.

Schnell warf ich sein stinkendes Werkzeug von mir und folgte ihm im Stechschritt. Er kippte die Schubkarre an einem haushohen Misthaufen aus, stellte sie ab und zündete sich eine Zigarette an.

„Das ist gefährlich!" Ich zeigte auf den Glimmstängel.

„Ich nicht verstehn."

„Methangas. Ein Funken an der falschen Stelle, und der Laden explodiert."

Sein überhebliches Grinsen zeigte mir, dass er die Warnung

nicht ernst nahm. Oder dass es ihn kein bisschen kratzen würde, wenn der ganze Hof samt ihm in die Luft flöge. Er wirkte nervös, aufgebracht, tappte die ganze Zeit mit dem Fuß. Das Nikotin schien ihn jedoch etwas zu beruhigen. Drei Züge später sagte er bemüht cool: „Die Schlönkamp soll sich suchen anderen Deppen. "

„Wen meinen Sie damit, Isabel oder ihre Mutter?"

„Beide!" Piotr spuckte verächtlich auf den Boden vor sich.

„Warum? Ich denke, es gab nur Probleme mit Herrn Schlönkamp wegen des Antibiotikums für die Schweine."

„Die spinnen doch!", schrie er verächtlich und nahm einen kräftigen Zug, den er mir ins Gesicht pustete.

Ich hustete. „Können Sie mir erklären, was Sie meinen? Ich verstehe das nicht."

„Wie sagt man? Privatangelegenheit." Er trat die Kippe so vehement aus, als beabsichtigte er, mit dem Fuß einen Nagel in die Erde bis nach China zu rammen.

Aber so schnell ließ ich nicht locker. Ich musste ihn ganz dringend aus der Reserve locken, bevor er ganz zumachte. Provozierend blickte ich dem Bürschchen tief in die Augen und zischte: „Schlönkamp ist tot. Und *du* hattest mit ihm Streit, weil er dich gefeuert hat. Ist dir klar, dass du deshalb ein Verdächtiger bist?"

„Ich denke ... U...Unfall?", stotterte Piotr. Meine Taktik schien aufzugehen, er bekam nun doch Schiss.

„Aha!" Ich stellte mich breitbeinig hin, um mir den nötigen Respekt zu verschaffen, bevor ich fragte: „Woher willst du das so genau wissen?"

„Leute reden. Bist du Polizei?"

„Ähemm." Ich stemmte die Hände in die Hüften und reckte den Kopf nach oben, um trotz meiner geringen Körpergröße wenigstens mit seinem Brustkorb kommunizieren zu können. „Mein Mann, Paul Himmel, ist der neue Dorfpolizist. Er leitet die Ermittlungen in diesem Fall. Leider hat ihn eine schwere Grippe ins Bett gezwungen. Deshalb vertrete ich ihn als seine Assistentin", log ich heute wohl schon zum hundertsten Mal und lächelte honigkuchensüß, während ich ihm weiter auf den Zahn fühlte. „Womit hast du den Vormittag verbracht?"

Er nahm die Farbe seiner Haare an, wich meinem Blick aus und sagte: „Fischen."

„Ich nehme an, allein?"

Er zuckte zusammen. Mein rüder Ton imponierte ihm. Zeit, in meiner Polizistenrolle noch mehr Gas zu geben. Ich fummelte das Notizheft aus der Anoraktasche und krakelte seinen Namen und das gelogene Alibi hinein. Dabei konnte ich ohne Brille meine eigene Schrift überhaupt nicht erkennen.

Streng blickte ich ihn an. „Dir ist bewusst, dass wir das überprüfen werden?"

„Ja", sagte er kleinlaut und sah zu Boden.

Der hat eindeutig etwas zu verbergen, das ist sonnenklar!

„Dann würde ich jetzt gerne deinen Fang sehen." Ich klemmte den Stift in das Notizheft.

Erschrocken riss er seine Augen auf. „Aber … ich habe gegessen."

„Mit den Gräten?", fügte ich an. „Du musst mir nur die Gräten zeigen."

Innerlich frohlockte ich, weil er so offensichtlich nach einer Ausrede suchte, dass es einem schon fast leidtun konnte. Ich war eindeutig auf einer guten Spur!

„Du mitkommen", murmelte er schließlich und winkte mich zu sich heran.

Eins zu null für mich.

Zum Glück fiel mir im letzten Moment noch die ausgetretene Kippe ein. Die könnte ein wichtiges Beweisstück in diesem Fall werden, wenn man mit dem Zigarettenstummel vom Tatort einen DNA-Abgleich durchführte.

Piotr war schon losgeschlurft. Schnell bückte ich mich hinter seinem Rücken. Genau in diesem Moment drehte er sich plötzlich um. So ein Mist! „Schnirsänkel, gäfäählich!", schimpfte ich und zog die Schleife am oberen Rand meines Gummistiefels auf. Er wirkte höchst irritiert – lag es an meiner schlechten Imitation eines osteuropäischen Akzents, meiner unglaublich unattraktiven Fußbekleidung, oder hatte er durchschaut, dass ich auf seine DNA scharf war? Kalter Schweiß rann mir den Nacken herunter. Ich war so nah dran an einem Beweisstück, mit dem ich vielleicht den ganzen Fall aufklären konnte.

„Ist schon okay, ich bin gleich fertig", rief ich und schenkte ihm mein unschuldigstes Lächeln. Ein Hoch auf die Schauspielausbildung!

Zwar runzelte mein Verdächtiger die Stirn, lief aber endlich weiter. Ich grapschte die Kippe aus dem Mist – igitt! – und steckte sie mir in die Anoraktasche.

Piotr hatte mich zu seiner Unterkunft gebracht. Er wohnte mit zwei anderen Zeitarbeitern in einem schmucklosen Nebengebäude, das einem Container glich.

Das Dreibettzimmer mit Miniküche war sparsam möbliert. Handtücher hingen über Bettgiebeln und Stühlen. An einer quer durch den Raum gespannten Leine baumelten Socken und Unterhosen. Neben einem Bett lehnte eine Angel, und es roch durchdringend nach gebratenem Fisch, der anscheinend auf einem rostigen Zweiplatten-Campingkocher zubereitet worden war. Auf dem stand nämlich noch eine ölige Pfanne. Piotr öffnete den Mülleimerdeckel und zeigte hinein. „Dir reichen als Beweis?"

Ich inspizierte die Überreste seiner Mittagsmahlzeit akribisch: Köpfe, Schuppenreste und Mittelgräten mit Schwanzflosse mehrerer Forellen. Oder handelte es sich bei den Fischen um Karpfen?

Peinlich berührt wechselte nun ich die Farbe. „Forellen?“

„*Leszcz*“, brummte er kurz angebunden.

„Hä?“, fragte ich.

„Wie heißen … Bra…Brasse“, suchte er nach dem richtigen Wort. Ich taxierte den Inhalt des Mülleimers mit Röntgenblick: „Wer sagt denn, dass nicht einer deiner Zimmergenossen für die Mahlzeit gesorgt hat?“

„Du mir nicht glauben. Kollegen waren auf Feld. Du kannst fragen. Ich Kuchendienst“, antwortete er und zeigte auf einen handgeschriebenen Plan an der Wand. Wo unter Donnerstag „Piotr“ stand.

Kuchendienst?

Oh Gott, Kuchen!

Der Käsekuchen! Ich würde es nie rechtzeitig hinkriegen, welchen zu besorgen, und zum Gespött der Hausfrauen werden. Egal, das war jetzt gerade Nebensache.

Ich fing mich wieder, faltete in bester Kanzlerinnenmanier die Hände vorm Bauch und sagte: „Das beweist gar nichts. Du kannst die Fische vorne bei Wels in der Fischbude gekauft haben.“ Plötzlich kam mir eine Erkenntnis. „Moment mal. Mein Mann angelt auch regelmäßig. Im See gibt es keine Brassen.“

Der osteuropäische Tagelöhner kratzte sich am Kopf und wich meinem Blick aus. „Ich sitzen in Boot und warten … Heute gebissen kein Fisch. Ich gekauft.“

Das war doch eine Ausrede.

„Freunde immer fangen Fisch in See. Sie lachen, wenn ich fange nichts.“

„Warum bist du dann vorhin rot geworden, als ich dich nach deinem Alibi gefragt habe?“, wollte ich wissen, denn ich spürte, dass ich meinerseits den Fisch am Haken hatte.

„Ich nix Schein zum Fischen haben.“

Guck an!

„Du hast damit eine Ordnungswidrigkeit begangen“, blaffte

ich in energischem Ton an und überlegte. *Ist Angeln ohne Angelschein bereits eine Straftat?* „Okay, ich sehe heute einmal großzügig darüber hinweg, aber nur, weil dich das Anglerglück verlassen hat. Als Gegenleistung verrätst du mir den Grund, warum du den Schlönkamp-Frauen nicht helfen willst."

Er atmete hörbar aus. „Ist schwierig. Fünf Jahre. Immer viel Arbeit. Gute Geld, ich brauche für heiraten Maria in Polen. Aber die beiden Frauen wollten machen Liebe mit mir. Du verstehn?"

„Wie? Die Schlönkamp-Frauen haben dich angebaggert?"

Er nickte. „Ich lieben Maria."

„Und die beiden haben das nicht akzeptiert?"

Er presste die Lippen aufeinander.

Das reichte mir als Antwort. „Du hast sie mit deiner Ablehnung gekränkt. Deshalb haben sie dich wegen des Antibiotikums verpfiffen." *Unterschätze niemals eine verschmähte Frau.*

Ich marschierte grübelnd auf und ab, blieb schließlich stehen und fragte: „Hat Schlönkamp gewusst, dass seine Frau scharf auf dich war?"

„Der?" Piotr lachte verächtlich.

Ich kombinierte: „Bestimmt hat er selbst was am Laufen gehabt und sich ohnehin nicht mehr für Martina interessiert." Dann murmelte ich, mehr zu mir selbst: „Frau Schlönkamp war also praktisch untervögelt."

Dem armen Stallburschen fielen beinahe die Augen aus dem Kopf.

„Sorry, ich meine, ausgehungert nach ein bisschen Zärtlichkeit", verbesserte ich mich. „Hat sie ihren Mann geliebt?"

Er zuckte wieder ratlos mit den Schultern.

Ich legte ein Paar Socken zur Seite und stützte die Arme auf eine der Stuhllehnen: „Na, und war sie denn eifersüchtig auf seine Geliebte?"

„Eine? Alle sagen, er besteigen alles, das hat weniger Beine als seine Sauen."

Ich musste einen Moment überlegen, bis ich begriff, was der Landarbeiter mir sagen wollte. „Du meinst, er hat alles bestiegen, was zwei Beine weniger als seine Sauen hatte?"

„Das alle sagen."

Der Dorfklatsch hatte sich noch nicht bis zu mir herumgesprochen. „War sie eifersüchtig?"

„Verletzt." Piotr kaute die Buchstaben gleichgültig durch, bevor er sie verächtlich ausspuckte.

Typisch Mann, keine Ahnung von den Gefühlen einer Frau. Wir sind eifersüchtig, allerdings. Wir hassen und schwören Rache, wenn man uns betrügt. Denn es tut verdammt weh, wenn sich der Hahn abwendet, weil ihn andere Hennen interessieren, wie man in Mordsacker wahrscheinlich sagen würde.

Ich atmete tief durch. Würde ich Paul den Hals rumdrehen, wenn er mit Anette …? Ja, das würde ich!

„Mach deinen Angelschein!", sagte ich und verabschiedete mich von Piotr.

Kapitel 7

Nachdenklich überquerte ich die Straße, an deren Rand blaue Mülltonnen wie zum Gruß Spalier standen – da hatten wohl einige verpennt, dass morgen Feiertag war.

Traute ich dem polnischen Stallburschen den Mord am Schweinebauern Schlönkamp zu?

Mein Bauch sagte: Vielleicht.

Mein Kopf sagte: Für die Opferrolle wirkt er zu stolz.

Es klang ja fast so, als hätten ihn Isabell und Martina Schlönkamp vergewaltigt oder dazu angestiftet, den Tieren Antibiotika zu geben. Ich dachte an die zwei gesicherten Zigarettenkippen, die ich in meiner Jackentasche fühlte. Ein Dann-Abgleich würde mich weiter voranbringen.

Schnellen Schrittes lief ich nach Hause, auch weil ich fror. Der Wind blies auf dem Land einfach stärker. Außer seinem Rauschen und vereinzeltem Hundegebell herrschte beängstigende Stille. Der Vollmond hatte sich hinter dicken Regenwolken versteckt. Straßenlaternen beleuchteten die Dorfstraße spärlich.

In unserem Haus brannte kein Licht. Paul schlief also noch. Ich schlich mich hinein, zog mir im Flur Stiefel und Anorak aus. Irgendwie roch es hier nach Stall. Ich schnupperte an der aufgehängten Jacke. Puh, die muffelte! Ab damit in den Waschkeller.

Wieder oben angekommen, duftete es immer noch nach Stall. Ich schaute unter meine Gummistiefel und beschloss, sie besser vor die Tür neben Pauls zum Auslüften zu stellen. Nun sah es bei uns aus wie vor den anderen Behausungen in Mordsacker, wo man anhand der geparkten Treter erkennen konnte, wie viele Personen darin wohnten. Prüfend saugte ich die Luft durch die Nüstern. Das konnte doch nicht sein. Der Gestank saß fest in meiner Nase. Ingwer, da half nur Ingwer, der Rachen und Nase quasi von hinten aufräumte. In der Küche biss ich in die Wurzel hinein, bis mir die Augen tränten, und schnüffelte. Besser!

„Klara?“, röchelte Paul wie Darth Vader aus dem dunklen Wohnzimmer. „Wo warst du so lange?“

„Shoppen aufm Ku’damm.“

Er reagierte nicht auf den Witz. „Jetzt sind beide Seiten der Nase zu“, jammerte er.

Also Alarmstufe Rot. Ich fühlte seine Stirn. „Dein Ofen brennt ordentlich. Hier, nimm!“ Ich gab ihm sein Antibiotikum.

„Du warst über zwei Stunden weg“, klagte er nasal und vorwurfsvoll.

Gut, dass er im dunklen Wohnzimmer nicht sehen konnte, wie mir die Röte in die Wangen schoss. „Stell dir vor, ich habe mich verquatscht. Du und Sophie, ihr habt mir schließlich geraten, mehr Kontakt zu den Frauen im Dorf zu pflegen.“

„Pffffff“, röchelte mein Mann missmutig. „Und damit musst du ausgerechnet jetzt anfangen, wenn ich krank bin. Ich hätte in der Zeit sterben können.“ Er legte die Tablette auf die Zunge und verlangte mit einer Kopfbewegung nach der Tasse auf dem Couchtisch.

„Paul, du bist wehleidig! So schnell stirbt man nicht.“ Ich reichte ihm den kalt gewordenen Tee. „Sag mal, in welches Labor schickt ihr eigentlich die DNA-Analysen?“

„Wie kommst du denn darauf?“, hauchte er, trank einen Schluck, bekam die Tablette nicht herunter, würgte und spuckte sie auf seine Hand. „Bläh!“

„Gib her!“ Ich nahm ihm die Pille ab und lief damit in die Küche, wo ich sie mit dem Löffel im Wasserglas zerdrückte.

Wieder zurück, reichte ich ihm die Medizin und sprach weiter: „Ach, wir haben uns über Polizeiarbeit unterhalten. Es ging um Schlönkamps Unfall heute. Einige Frauen im Dorf sind ja immer noch der Meinung, dass er ermordet wurde. Das ist natürlich Quatsch. Du hast ja den Tatort auf Spuren nach Fremdeinwirkung untersucht. Jedenfalls habe ich behauptet, dass du alles, was du an Indizien findest, ins Labor nach Schwerin zur DNA-Analyse schickst."

Paul schüttelte den Kopf. „Nein. Für diese Gegend sind das kriminaltechnische Labor und die Rechtsmedizin Neustrelitz zuständig."

Affektiert lachte ich auf und winkte ab: „Da hab ich ja völligen Blödsinn erzählt. Wie peinlich!"

Nachdem ich meinen sterbenden Schwan in unser Schlafzimmer verfrachtet und ihm wie einem Kind die Brust eingerieben hatte, machte ich mich im Arbeitszimmer daran, einen Auftrag zur DNA-Analyse an das Neustrelitzer Labor zu tippen.

Pauls Unterschrift zu fälschen, war nicht das Problem. Aber wie kam ich an einen Briefkopf der Polizei?

Ich kramte seinen Arbeitsvertrag heraus, scannte ihn ein und bastelte mir daraus einen Briefbogen. Dann tütete ich die zwei Zigarettenkippen fachgerecht ein, wie ich es in meiner Rolle als Filmkommissarin Emma Schröter in der Serie „Vorstadtrevier" an der Seite des berühmten Jon Redder gemacht hatte. Obwohl ich damals einen Assistenten hatte. Hermann? Keine Ahnung mehr, wie der hieß ... Leider war es nur ein kurzer Ausflug ins Filmgeschäft. Nach fünf Episoden wurde ich als Emma Schröter bei der Überführung eines Schmugglerrings im Hamburger Hafen zwischen den Containern erschossen. Sie hatten mir mangels Talent gekündigt. Dabei war einfach das Drehbuch bekloppt.

Heute musste ich selbst laufen. In Pantoffeln und nur in die

Strickjacke gewickelt, rannte ich zum einzigen Postkasten gegenüber dem Friedhof, einmal quer über den Dorfplatz. Mit steif gefrorenen Fingern fummelte ich den Brief in den Schlitz des gelben Metallkastens.

Hhhhuuuuh, jetzt setzte doch tatsächlich Schneeregen ein. Ich reckte die Nase in die Höhe. Dicke, nasse Flocken platschten auf mein Gesicht.

Letztes Weihnachten hatten in Berlin noch die Bäume geblüht … Wir hatten bei achtzehn Grad mit offenem Wintermantel in einem Straßencafé auf dem Ku'damm gesessen und die Nasen in die Sonne gehalten. Quasi um die Ecke zu dem Mietshaus, in dem wir eine zauberhafte stuckverzierte Altbauwohnung bewohnten … Und hier zu Ostern bibberten wir noch bei Minusgraden.

Hach, du wunderbares Berlin, dachte ich wehmütig und huschte zurück in das schäbige neue Zuhause, das vermutlich vor dem Ersten Weltkrieg gebaut und vor unserem Blitzeinzug nur notdürftig renoviert worden war. Keine Frage, die Räume waren gut geschnitten und mit dem entsprechenden kostspieligen Material zum Wohntraum ausbaufähig. Deshalb waren Paul und der Architekt bei der Besichtigung vor Freude in Zuckungen geraten. Mir hatte bei dem Anblick jegliche Fantasie gefehlt. Dies lag aber eher daran, dass alles in mir dagegen rebellierte, weil wir gekommen waren, um zu bleiben.

Leise schloss ich die Haustür hinter mir, schüttelte den Schnee aus den Haaren und die Vergangenheit aus dem Kopf. Wenn ich nämlich darüber nachdachte, bekam ich diesen verkniffenen Zug um den Mund. Verbitterung machte alt. Also weg damit! Mit aller Macht quetschte ich die miesen Gefühle erfolgreich zurück in ihre Dose und verschraubte den Deckel fest.

Themenwechsel! *Wie komme ich ohne Pauls und Anettes*

Wissen an das Ergebnis des Abgleichs heran? Zögerlich klaubte ich Pauls Dienststellenschlüssel vom Haken. Von oben rief es wehleidig: „Klara?“

Ich erstarrte. „Ja, wer sonst?“ Selbst im Todeskampf gab mein Mann den Wachhund.

„Wo willst du schon wieder hin? Es ist spätabends.“

Ich stieg die Treppe hoch und zeigte mich ihm. „Schlaf jetzt. Ich gehe kurz zu Sophie rüber, okay? Ich bin gleich zurück“, beruhigte ich ihn und zog die Schlafzimmertür zu.

Wieder mit Pantoffeln statt fester Schuhe und Strick- statt Winterjacke, eilte ich die hundert Meter, vorbei an der Feuerwehr, zum Büro des Polizeipostens im Gemeindehaus. Vorsichtig schloss ich auf. Natürlich war die Dienststelle unbesetzt – was sollte in diesem Kaff schon mitten in der Nacht passieren? Da auch sonst niemand auf den Straßen unterwegs war, traute ich mich sogar, die Lampe auf Pauls Schreibtisch anzuknipsen. Hatte er nicht irgendwo einen Zettel mit den wichtigsten Telefonnummern? Aaah, hier! Kriminaltechnisches Labor Neustrelitz? Da ist es! Ich war schnell fündig geworden und wählte von seinem Festnetzanschluss aus die Nummer. So ein wichtiges Labor würde doch sicherlich rund um die Uhr besetzt sein.

Tatsächlich hob schon nach kurzer Zeit jemand ab.

Ich verstellte meine Stimme, sodass sie etwas höher und süßer klang, und flötete: „Schwanenfuß hier, Polizeidienststelle Mordsacker. Mit wem spreche ich bitte?“

„Hühnerbein, Bereitschaftsdienst“, hallte eine männliche Stimme aus dem Hörer, mit der ich sofort das Bild von Brad Pitt assoziierte.

„Herr … ähm, Hühnerbein, mein Kollege Martin B…, Himmel, Herrgott!“ Ich hustete. „Der Kollege Paul Himmel hat vorhin zwei Beweisstücke für Sie in die Post gegeben. Wir brauchen die DNA-Analysen und deren Vergleich *dringend* für eine brisante Mordermittlung. Wann können wir mit dem Ergebnis rechnen?“ Ich bemühte mich, möglichst professionell zu klingen und dem Laborheini gleichzeitig zu verdeutlichen, dass er sich *verdammt noch mal* beeilen sollte.

Der Mann am anderen Ende der Leitung schlug hingegen einen vertraulichen Ton an: „Na, vor Mittwoch wird das nüscht, Anette. Es ist Ostern.“

Mist. Ich kniff die Lippen zusammen und zwirbelte ratlos eine Locke um meinen Finger. Hühnerbein und Schwanenfuß waren also per Du. Wie blöd, dass ich seinen Vornamen nicht kannte.

Ich stützte mich mit den Ellenbogen am Tisch ab und bemühte mich, meine Stimme verführerisch klingen zu lassen, als ich ihn anbettelte: „Vielleicht kannst du die Sache ja ein bisschen beschleunigen und wenigstens bis Dienstag ... Jedenfalls wollte ich dich bitten, das Ergebnis an meine ... ach, Quatsch, an Paul Himmels Privatadresse zu senden. Die Dienstelle bleibt in der nächsten Woche unbesetzt. Wir haben Urlaub und sind nur in Rufbereitschaft.“

„Ihr habt ein Leben!“, staunte Hühnerbein. „Warum schickt ihr mir die Proben eigentlich mit der Post, wenn es so eine brandeilige Ermittlungssache ist? Hättest du die Proben heute gebracht, hätte ich sie in der Nacht analysieren und euch das Ergebnis morgen früh geben können.“

Natürlich! Klara, wie blöd kann man nur sein?

Ermattet ließ ich mich auf die Schreibtischkante sinken. „Ich ... ich schicke dir einen Kurier.“

„Schade ...“, sagte die sonore Stimme.

„Was, schade?“, fragte ich und riss die Augen auf.

„Dass du nicht selbst rüberkommst. Wir könnten mal wieder knick, knack ... Ich hab Erdbeeren und Sahne da. Das magst du doch so.“

Oh Gott! Die Fantasie ging ungewollt mit mir durch. Brad

Pitt und ich … nein, Anette! Anscheinend hatte der Schwanenfuß was mit dem Hühnerbein am Laufen. Ich hustete, mein Blick fiel auf einen Stapel Akten. „Ja, schade … Du, der lästige Papierkram frisst mich auf", redete ich mich raus.

„Dann werde ich wohl allein …"

Allein was?

„Interessiert dich gar nicht, wie es steht?"

„Doch, ähm", mein Kopfkino schaltete sich ein. Oh nein! Eigentlich wollte ich mir das Hühnerbein gerade nicht vorstellen, wie es … und machte mich auf eine unanständige Erklärung gefasst.

„743 Punkte. Das ist absoluter Rekord."

„Ah, 743 Punkte. Respekt."

Ich biss mir auf die Unterlippe. „Du, der Papierkram …" Bevor es hier zu intim wurde, wollte ich das Gespräch lieber abwürgen.

„Warte, jetzt sind es 812 Punkte. Ha! Bube, Dame, König, Ass! 967 Punkte! Ich habe die gesamte Reihe mit den Herzkarten abgeräumt", jubelte das Hühnerbein begeistert am anderen Ende der Leitung.

Jetzt begriff ich: Hühnerbein und Schwanenfuß hatten nichts Körperliches miteinander am Laufen, sondern zockten bei einem Kartenspiel um die Wette.

Zum Glück schien er zu verstehen und verabschiedete sich mit einem launigen „See you later, alligator!".

Erleichtert legte ich auf. Jetzt musste ich nur noch den Briefumschlag wieder aus dem Postkasten fischen und … Plötzlich ging das Deckenlicht an. Geblendet kniff ich die Augen zusammen.

Als ich sie langsam wieder öffnete, erblickte ich Anette, die in Habtachtstellung mit gezogener Waffe in der Tür stand. Noch bevor ich etwas zu meiner Verteidigung sagen konnte, ließ sie die Waffe bereits wieder sinken. „Ach, du bist's", sagte sie lediglich und steckte ihre Knarre zurück ins Holster am Gürtel ihrer verdammt straff sitzenden Uniform.

Nein, diese Brüste konnten einfach nicht echt sein. Und diese blonde Mähne saß tatsächlich auch bei Schneeregen tadellos. *Frechheit!*

Geistesgegenwärtig zog ich nacheinander Pauls Schreibtischschubladen auf und log kichernd: „Sorry, er hat das Handy vergessen." Meine Nase war heute sicher mindestens um zehn Zentimeter gewachsen. Ratlos zuckte ich mit den Schultern. „Keine Ahnung, wo es liegt."

„Wir können ihn ja anrufen", schlug sie vor und nahm den Festnetzhörer des Telefons an ihrem Schreibtisch ab, das garantiert zeitgleich mit der Erfindung des Zeppelins gebaut worden war. Ich konterte. „Das nützt nichts, hab ich bereits probiert. Der Akku ist leer." Dabei sah ich vor meinem geistigen Auge das Handy neben Pauls Kopf auf dem Nachttisch liegen und ergänzte: „Vielleicht hat Paul sich ja auch geirrt, in dem Zustand, in dem er …"

„Geht es ihm immer noch nicht besser?" Anettes Mundwinkel hingen kraftlos herunter. Mann, war die verknallt in meinen fast kahlköpfigen Steppenwolf. Das war doch ungerecht, dass Männer mit den Jahren für jüngere Frauen attraktiver wurden, gerade *weil* sie zerknitterten. „Er ist kurz vorm Verenden, ein Kerl halt. Sophie hat ihn krankgeschrieben, Bettruhe und Antibiotika verordnet."

„Der Arme, ich komme ihn morgen besuchen und bringe ihm Schweinsrouladen mit, die isst er ja so gerne."

„Ich glaube, das ist keine gute Idee. Er ist hochgradig ansteckend", wehrte ich ab und spürte, wie sich meine Nackenhaare aufrichteten. Diese Frau würde keinen Fuß in mein Haus setzen!

Die Enttäuschung spiegelte sich deutlich in Anettes Miene.

Ich klopfte ihr auf die Schulter: „Einer muss hier schließlich die Stellung halten."

„Dann sag ihm gute Besserung von mir“, bat sie kraftlos.

Vergiss es!

Ich säuselte: „Das mache ich ganz bestimmt. Ich muss dann mal wieder …“ Mit diesen Worten tänzelte ich zur Tür und zeigte übertrieben lächelnd auf den geschmacklosen Nippes, der sich auf allen Ablageflächen türmte: „Und schließ ordentlich ab, sonst klaut hier noch ein Einbrecher deine tolle Deko!“

Anette lächelte dümmlich. „Du findest es nicht zu kitschig?“

„Quatsch, es ist total originell!“ Demonstrativ trat ich einen Schritt zurück und taxierte die Fensterbank mit schrägem Kennerblick, bevor ich zwei der bunt bemalten Gipsfiguren anders zueinander anordnete. „So ergibt es ein harmonischeres Bild. Zu den Hasen fehlt vielleicht noch ein Fuchs, dann hättest du ein echtes Kunstwerk mit dem Titel *Wo sich Fuchs und Hase Gute Nacht sagen* geschaffen.“ Ich musste mich beherrschen ‚nicht loszuprusten, so wie Anette mit offenem Mund auf ihren Nippes starrte.

„Jaaaa, du hast recht“, sagte sie langsam, als würde bei ihr der Euro centweise rutschen, und öffnete ihre Schreibtischschublade. Jetzt kullerten mir beinahe die Augen raus, denn in dem Fach hortete die Polizeimeisterin unzählige Gipstierchen aller Art. Sie suchte einen Fuchs heraus und stellte ihn mittig zwischen die Hasen. „Gut so?“ Ihre Augen leuchteten vor Glück.

Ich hob den Daumen. „Yep! Besser hätte ich die Metapher von Mordsacker als einem weit abgelegenen, utopisch-harmonischen Ort, an dem sich selbst natürliche Feinde verstehen, nicht in Szene setzen können. Du bist eine wahre Künstlerin.“

Anette platzte beinahe vor Stolz. Ich stahl mich davon, bevor sie mir um den Hals fiel oder ein Autogramm gab.

Draußen glättete mir ein halb starker Sturm die Locken. Ich wickelte mich tief in die Wolljacke und stapfte in den vom Schneematsch durchgeweichten Hausschlappen zum Postkasten.

Die nächste Leerung war erst am Samstag. Klar, morgen am Karfreitag arbeitete keiner bei der Post. Ich schaute in den Schlitz. Der braune Umschlag lag obenauf. Vorsichtig guckte ich mich um. Niemand lief die Dorfstraße entlang. Mit hochgekrempeltem Ärmel versuchte ich, den Brief mit der Hand herauszuziehen. Mein Arm war zu dick. Ich kriegte ihn nicht zu fassen. Man müsste eine Wurstzange ... Ich huschte in unsere Garage.

Hier könnte Paul aber auch mal aufräumen! Ich suchte im Dickicht von Umzugskisten nach einem Grillbesteck. Fehlanzeige. Mir fiel eine Angel in die Hände, die er sich erst vor drei Wochen zur Ausübung seines neu entdeckten Hobbys gekauft hatte. Einen Versuch war es wert. Mit nassen Füßen latschte ich zurück über die Straße, fummelte den Haken an der Schnur durch den Schlitz, jonglierte ihn unter die Klebelasche des Umschlags und ...

„Was machen Sie denn da?“, donnerte eine Stimme aus dem Dunkeln zu mir herüber. Erschrocken drehte ich mich um.

„Frau Himmel!“ Der alte Hinrichsen schälte sich mit strengem Blick und seinem Schäferhund an der Leine aus dem Busch hinter mir. Ausgerechnet unser verknöcherter Nachbar, ein verwitweter Mittsiebziger, der Hecke und Bäume mit der Nagelschere bearbeitete und die Tauben züchtete, die uns ständig alle westseitigen Fensterbretter vollkackten, musste mir jetzt über den Weg laufen. Der dachte bestimmt, ich sei eine Diebin. Was könnte sonst ein Grund dafür sein, im Briefkasten zu angeln?

„Moin! Stürmisch heute, was? Mir ist da ein Brief reingerutscht, der da nicht reingehört“, entschuldigte ich mein Tun und zerrte an der Angel.

„Vergessen Sie's! Finger weg!“, polterte er im Befehlston eines Offiziers. Reflexartig stand ich stramm. Der Angelhaken hing fest.

„So kriegen Sie den Brief nie zurück." Er schob mich beiseite. „Was ich jetzt mache, verraten Sie aber keinesfalls Ihrem Mann."

„Auf keinen Fall!", bestätigte ich und wich zurück.

Der Alte befahl: „Gorbatschow, sitz!"

Der Hund senkte sein Hinterteil in Zeitlupe, während Hinrichsen ein Taschenmesser mit vielen ausklappbaren Werkzeugen zückte. Staunend riss ich den Mund auf, als mein Nachbar mit einem kurzen, mühelosen Ruck das Schloss des Postkastens knackte. Sprachlos entfernte ich den Angelhaken, schnappte mir den Umschlag und bedankte mich mit verschwörerischer Miene.

Stets wird man überrascht, da, wo man's nicht erwartet hat, fiel mir dazu nur Wilhelm Busch ein.

„Man hilft, wo man kann! Man ist ja kein Unmensch." Er salutierte vor mir. „Komm, Gorbi!", sagte er mit kurzem Blick auf den Vierbeiner und marschierte zu seinem Haus, als wäre nichts geschehen.

Kapitel 8

Ich brachte die Angel an ihren Platz zurück und holte mir auf leisen Sohlen Anorak, Sneakers und die Autoschlüssel aus dem Haus. Mit den Herzchengummistiefeln fand ich mich dem Anlass entsprechend etwas zu overdressed.

Paul schnarchte so laut, dass es durch die Schlafzimmertür bis in den Flur nach unten hallte, als feierte da oben ein perverser Serienkiller *das* Kettensägenmassaker seines Lebens. Als ich die Haustür leise hinter mir zuziehen wollte, verstummte das Gekreische, und Paul rief: „Klara?"

Ich antwortete: „Ja, wer sonst? Schlaf weiter!"

„Der Teepott ist leer", verkündete er vorwurfsvoll.

Ich rollte eindrucksvoll mit den Augen, was aufgrund des Mangels an Zuschauern verlorene Liebesmüh war, und ließ alles fallen. Sorgsam kochte ich einen frischen Tee und brachte ihn an Pauls Bett. Mein Göttergatte klappte die Lider in Zeitlupe hoch. „Ich glaube, es geht zu Ende", hauchte er und klang wie ein Hundertjähriger. Mitfühlend strich ich über seine geschorene Glatze und sagte in möglichst ernstem Tonfall: „Dann sollte ich dir wohl besser Stift und Papier bringen, damit du dein Testament aufsetzen kannst."

„Pah!" Mein Mann keuchte. „Ich habe nichts zu vererben." Unwirsch drehte er sich auf die Seite.

Als ich mich gerade dezent aus dem Zimmer stehlen wollte, fragte er: „Kommst du nicht ins Bett?"

„Es ist erst kurz nach acht. Außerdem schlafe ich besser im Gästezimmer. Dann kannst du dich in Ruhe erholen, und ich stecke mich nicht an."

„Und wenn mein Atem aussetzt?“

„Das höre ich bis in den Keller.“

„Schnarche ich so laut?“

„Außer einem kläglichen Rest hast du eine Armee mit deiner Kettensäge plattgemacht.“

Er setzte sich so gut es ging im Bett hin und schlürfte seinen Erkältungstee. Ich schüttelte ihm fürsorglich das Kopfkissen auf und druckste herum. „Nicht dass du dich wunderst, ich fahre kurz in die Stadt …“ Um seine Reaktion abzuwarten, machte ich eine Pause.

„Jetzt noch?“ Er drückte mir den Pott in die Hand und legte sich hin.

„Alle Käsekuchenversuchsobjekte liegen im Mülleimer. Im Hofladen gab es keinen Quark mehr, und der Besuch des Minisupermarktes im Nachbardorf war auch erfolglos. Der Rowo-Markt in Neustrelitz hat als einziger bis 22 Uhr geöffnet. Ich glaube, ich muss doch auf die Tiefkühltruhe mit den Angeboten von Koppelbart & Riese zurückgreifen, um den versprochenen Beitrag zum Kuchenbasar der Landfrauen abzuliefern.“

Paul knurrte: „Du nimmst das aber plötzlich ganz schön ernst mit deiner Integration in die Dorfgemeinschaft. Na ja, wenn du meinst. Fahr vorsichtig und denk an den Wildwechsel.“

„Jaja, ich passe auf!“

„Nimm das Handy mit!“, mahnte er noch heiser, als ich bereits auf dem Weg zur Tür war.

„Mach ich!“

Das brachte mich doch glatt auf eine Idee. Ich schnappte mir das verstaubte Tablet, das sein verwaistes Dasein in der Schreibtischschublade fristete, seitdem wir hier hinter den sieben Bergen in der internetfreien Wildnis wohnten.

Ich trat das Gaspedal bis zum Anschlag durch, als ich die einsame Landstraße entlangraste, ein von Weiden gesäumtes schwarzes Band. Die noch blattlosen Kronen der Bäume wölbten sich mit ihren ineinander verschlungenen Ästen schützend wie ein Tunneldach darüber.

Mein Bleifuß sorgte dafür, dass ich schon dreißig Minuten später in Neustrelitz war.

„Der Kurier ist da“, trällerte ich in die Wechselsprechanlage des rechtsmedizinischen Instituts, das auch das kriminaltechnische Labor beherbergte.

Der Türöffner summte. Ich trat in einen dunklen Flur, der steril nach Desinfektionsmittel roch. Das Licht ging an. Ein untersetzter Mann kam mir entgegen. Seinen weißen Kittel, der ihm im Umfang eine Nummer zu klein war, trug er offen. Der runde Kopf mit den Pausbacken saß wie bei einem Schneemann direkt auf dem Rumpf. Die letzten fünf Haarsträhnen hatte er mit Gel quer über die Glatze geklebt. Er begutachtete mich mit seinen Schweinsäuglein, während er ein sonores „Guten Abend“ über die vollen Lippen rollte, als schmeckte jeder Buchstabe nach heißer Schokolade.

Das ist Hühnerbein? Ich erkannte ihn an der Stimme und war enttäuscht. Wahrscheinlich würden Nutzer von Telefonsex-Hotlines zum größten Teil ähnlich ernüchtert reagieren, wenn sie sähen, wer da am anderen Ende der Leitung für erotische Stimmung sorgte. Es war eben alles eine Frage des Kopfkinos. In meinem Kopfkino spielte Hühnerbein nun leider die Rolle des schmierigen Typen, der ein kleines Mädchen mit dem Spruch „Komm, ich zeig dir mal meinen Hasen!“ aus dem Haus lockt.

Wortlos übergab ich dem Mann den Umschlag, damit ihn meine Stimme nicht stutzen ließ und er Verdacht schöpfte. Rechtsmediziner waren bestimmt ebenso gewitzt wie Polizisten. Ich nickte und machte auf dem Absatz kehrt.

„Brauchen Sie keine Empfangsbestätigung von mir?“, fragte er, als ich ihm schon den Rücken zugewendet hatte.

Was nun? An dieses Detail hatte ich natürlich nicht gedacht.

Langsam drehte ich mich um und imitierte Pauls Darth Vader Stimme: „Nein, Anette vertraut mir."

„Dann sind Sie von keinem Kurierdienst?"

„Ich glaub nicht, dass die um diese Zeit noch arbeiten. Ich wollte Anette nur helfen, weil ich sowieso in der Stadt unterwegs war ... Sie hat ja wegen des Toten so viele Formulare auszufüllen", rutschte es mir unbedacht heraus. Mist! Ich biss mir auf die Zunge. Mit leidendem Gesichtsausdruck täuschte ich einen Hustenanfall vor, um ihn abzulenken.

Wenig beeindruckt fragte der Brad Pitt für Arme: „Ein Toter?"

Ich winkte ab. „Ein Unfall, nichts Besonderes, aber Sie wissen ja, welchen Papierkram das nach sich zieht."

„Die stetig wachsende Bürokratie frisst uns noch mal auf", pflichtete er mir bei. „Na, dann bestellen Sie der Anette einen schönen Gruß. Und Ihnen gute Besserung." Er zeigte auf meinen Hals.

„Danke. Mach ich." Puh! Jetzt aber raus hier, bevor mir mein eigenes Mundwerk das Genick brach.

Auf dem Parkplatz vorm Rowo-Markt blieb ich im Auto sitzen, holte mein Tablet aus der Tasche und freute mich über das hervorragende Netz. Mal sehen, ob ich irgendetwas über den mit Biogütesiegel ausgezeichneten Schweinezüchter Schlönkamp im Internet fand. Neben diversen Artikeln im Archiv der lokalen Presse stieß ich auf die üblichen Anfeindungen von Tierschützern, die generell alle Fleischesser und -produzenten in die Kategorie Mörder einordneten.

Gut, aus der Ecke schien ihm niemand ... obwohl? Ich las den brisanten Bericht eines ehemaligen Biobauern:

Bei Tierhaltung nach biologischen Richtlinien geben die Sauen oft weniger Milch als in der konventionellen Zucht.

Das liegt am Futter. Deshalb ist der Konkurrenzkampf der Ferkel an den Zitzen härter. Beim Gerangel um den besten Platz an der Milchbar fügen sie sich häufiger Verletzungen zu, die sich im Stroh leichter entzünden. Ohne Antibiotika heilen die Wunden schlecht oder gar nicht.

Das grenzte ja an Tierquälerei. Das tote Ferkel fiel mir ein, dass Isabel vor meinen Augen entsorgt hatte. Piotr Kravzyk sah das garantiert genauso. Er war von Schlönkamp gefeuert worden, weil er den Tieren Antibiotika verabreicht hatte. Der Mann riskierte seinen Job nicht aus Spaß. Dahinter verbarg sich eine Haltung gegenüber Tierquälerei. Er wollte den Schweinchen helfen.

Nachdenklich lehnte ich mich zurück und schaute mich um. Alle Autos auf dem Parkplatz waren verschwunden und die Beleuchtung des Einkaufstempels auf Nachtmodus eingestellt. Der Käsekuchen! Jetzt hatte ich doch tatsächlich die Zeit verpasst. Der Markt hatte geschlossen.

Ich startete den Motor und fuhr los. Die telefonische Bestellung in meinem Berliner Lieblingscafé konnte ich auch vergessen. So kurzfristig lieferte kein Mensch. Blieb also nur die Tanke. Ich steuerte den Wagen an die nächste und einzige Zapfsäule auf meinem Weg aus der Stadt.

Auf einem Schild neben dem Nachtschalter prangte: *Wir haben von 8:00 bis 22:00 Uhr geöffnet.*

„Wie provinziell ist das denn? Wenn mir als Durchreisender das Benzin ausgeht, verbringe ich die Nacht im kalten Auto, oder wie?“, schimpfte ich vor mich hin. Nach einem geöffneten Restaurant Ausschau haltend, kurvte ich durch leer gefegte Straßen einer Stadt, deren Bürgersteige ab 20 Uhr hochgeklappt wurden. Hier war echt der Hund begraben.

„Ich werde gleich oval!“, fluchte ich und krallte meine Nägel fest ins Lenkrad.

Auf meiner Irrfahrt landete ich vor dem Hotel Schlossgarten. Üblicherweise verfügten Hotels doch über ein Restaurant? Ich quetschte mich in eine winzige Parkbucht. Na ja, vorne und hinten passte mindestens noch ein Kleinlaster rein, stellte ich beim Aussteigen fest und überquerte die Straße. An einem Schaukasten studierte ich die Speisekarte. Erleichtert atmete ich auf. Diverse hausgebackene Kuchen zählten zum ständigen Angebot. Vielleicht hatte ich ja Glück.

Eine gähnende Empfangsdame hockte einsam hinterm Tresen der antiquierten Lobby, die den Besucher in die Biedermeierzeit versetzte.

Ich steuerte sie direkt an, grüßte und fragte: „Könnte ich in Ihrem Restaurant zwei Käsekuchen kaufen?"

Sie sah auf ihre Uhr und musterte mich dann irritiert. „Das ist ein Witz, oder?"

„Nein? Ich möchte in der Tat zwei Käsekuchen kaufen."

Sie zwinkerte mir mit perfekt geschminkten Smokey Eyes zu. „Verstehe, eine Mutprobe. Das muss ich mir unbedingt für meinen Junggesellinnenabschied merken. Ich kenn das ja nur mit drei rohen Eiern." Sie schraubte sich hoch.

„Mal sehen, was ich machen kann", zwitscherte sie freundlich und verschwand im Restaurant. Jetzt schaute ich ihr verwirrt hinterher.

Eine Minute später kam sie mit zwei Stückchen Pflaumenkuchen auf einer Pappe zurück. „Der Rest vom Kuchenbuffet. Das macht dann 7,80 Euro." Ohne eine Antwort abzuwarten, tippte sie den Preis in ihre Kasse ein und wickelte den Kuchen in die mitgebrachte Folie.

Ich riss die Augen auf und zog die Mundwinkel runter. Eine ziemlich blöde Fratze. Die Empfangsdame lächelte mich warm und wimpernklimpernd an. Ihr symmetrisches Gesicht war so hübsch, dass man den Blick gar nicht abwenden mochte. Wie ferngesteuert zückte ich das Portemonnaie.

Kapitel 9

Als ich wieder im Auto saß, fragte ich kopfschüttelnd: „Wieso habe ich mir zu einem völlig überzogenen Preis vertrockneten Pflaumenkuchen andrehen lassen?“ Diese Frau hatte mich doch hypnotisiert!

Grmpf! Ich könnte ihn zurückbringen und mein Geld verlangen.

Ach nee … Der Feigling in mir gewann die Oberhand, und ich fuhr mit dem Folienpaket auf dem Beifahrersitz Richtung Mordsacker los.

Okay, dann konnte ich morgen eben keinen meiner berühmten Käsekuchen vorweisen. Ich könnte behaupten, dass der Hund sie gefressen hat. Wir hatten nur keinen Hund, das wusste Anette. Blöde Ausrede!

Aber eine Katze könnte sich unbemerkt in unser Haus geschlichen haben. Fressen unbeobachtete Minitiger herumstehende Kuchen? Ich hatte keine Ahnung. Anette besaß drei davon und kannte sich garantiert bestens mit dem Verhalten ihrer Haustiere aus. Ausrede gestrichen! Damit würde ich mich bestenfalls bis auf die Knochen vor ihr und den anderen Amazonen blamieren.

Mir passieren aber auch immer die Dinge, die sonst nur dämlichen Leuten passieren.

Wütend raufte ich mir die Locken. Der Countdown lief: Noch zwanzig Stunden bis zum Osterfeuer. Mir würde schon etwas einfallen, mir war bis jetzt immer etwas eingefallen, beruhigte ich mich.

Im Radio spielten sie einen Ausschnitt aus meinem geliebten

Musical *Tanz der Vampire*, das seit diesem Frühjahr wieder im Theater des Westens gastierte. Lauthals sang ich mit: „Steck den Himmel in Brand la, la, la … haha … die Welt gehört den Lügnern und den Rücksichtslosen …“ Dieser Text war so herrlich dramatisch. Früher, in der Großstadt, hätte ich jeden Tag ins Musical gehen können …

Oh, wie ich mein Berlin und unser Leben dort vermisste!

Die Augen schwammen mir weg. Ich schniefte und trat aufs Gas. Eigentlich war das Auto der einzige Ort, wo ich die Permanentbeschallung aus dem Äther der Stille vorzog. Paul hörte nie Radio beim Fahren. Angeblich lenkte es ihn ab. Mir half es, den Blick bewusst auf die Straße zu richten, anstatt gedankenverloren abzuschweifen.

Weiter ging die Fahrt, an vom Wind gepeitschten Bäumen vorbei. Es begann wie aus Eimern zu schütten. Die Scheibenwischer hinterließen schmierige Schlieren auf der Frontscheibe. Ich presste den Knopf, sodass die kläglichen letzten Tropfen der Reinigungsflüssigkeit herausspritzten. Es fiepte. Im Behälter war jetzt nur noch heiße Luft. Ich sah den Straßenverlauf wie durch einen Nebelschleier auf der Windschutzscheibe. „Narf!“, fluchte ich voller Inbrunst, stieg vom Gas und zuckte dann aber beim Ortsausgangsschild von Brisenow lässig mit den Schultern. Noch neun Kilometer bis zu unserem Kaff? Das schaffte ich blind!

Ein Auto kam mir entgegen und blendete mich mit seinem Fernlicht – das erste und einzige Fahrzeug auf der gesamten Strecke von Neustrelitz bis hier.

„Blödmann! Du sollst hundert Jahre alt werden, aber sofort!“ Ich kniff die Augen zu Schlitzen zusammen und fuhr stur weiter, anstatt zu bremsen.

Entweder litt das Reh, das nun die Szenerie betrat – zum ungünstigsten Zeitpunkt überhaupt, ich war ja quasi blind –, an Selbstüberschätzung und hielt sich für einen Panzer. Oder vielleicht war es auch einfach des Lebens im Walde überdrüssig geworden und hatte deshalb spontan beschlossen, seinem Leben auf dieser einsamen Landstraße ein Ende zu setzen. Es rannte jedenfalls direkt vor meiner Stoßstange über die Straße.

In letzter Sekunde riss ich das Lenkrad nach rechts herum.

Falsche Entscheidung!

Dabei hatte mir Paul eingebläut, den Wagen auf Spur zu halten, wenn mir so etwas einmal passierte.

Es gab einen dumpfen Schlag, als mein Auto im Straßengraben landete. Ich wurde heftig durchgeschüttelt, und mein Kopf prallte gegen die Rückenlehne.

Mein Herzschlag dröhnte in den Ohren. Ich guckte in den Rückspiegel, an mir herunter und bewegte die zitternden Glieder. Kein Blut, alles noch heile. Hui! Anscheinend hatte ich Glück gehabt.

„Beruhige dich, es ist nichts weiter passiert", sagte ich zu mir selbst. Aufatmend lehnte ich mich zurück.

Hatte ich das Tier erwischt? Es ging so schnell. Aber dann hätte es doch noch mehr gescheppert?

Regen prasselte aufs Dach. Im Radio sprach ein Pfarrer das Nachtgebet. „Ja, Himmel, Herrgott, Amen", motzte ich und würgte ihn ab.

Ich legte den Rückwärtsgang ein, um erst einmal aus dem Straßengraben zu fahren. Die Räder drehten durch. „Schhhhhhhheibenkleister!" Ich drückte das Gaspedal bis zum Anschlag. „Komm schoooooon!", feuerte ich mein Reisegefährt an. Die Blechhülle bewegte sich keinen Zentimeter. „Och nee!"

Vor Wut haute ich aufs Lenkrad. Dicke Tropfen platschten gegen die Scheibe. Mich fröstelte. „Und nun?"

Ich zog die Kapuze des Anoraks über den Kopf und den Reißverschluss bis zum Hals hoch. Dann stieg ich aus und guckte mir das Dilemma an. Eines der Vorderräder hing in der Luft. Kein Wunder, dass sich hier nichts bewegte.

Der Grill hatte eine kleine Delle, an der ein Fellfetzen klebte. Scheiße! Ich hatte das Reh also zumindest gestreift. Der totale Selbstmordversuch von Bambi war zwar gescheitert, aber es hatte sich dabei garantiert verletzt und humpelte jetzt als leichte Beute für jeden Fuchs durch den Wald. Meister Reineke war bestimmt dankbar, dass ihm jemand das Abendessen quasi auf dem Silbertablett serviert hatte.

Des einen Gewinn ist leider immer eines anderen Verlust, wurde mir urplötzlich klar. Schuldbewusst verzog ich das Gesicht. Nee, man rennt nicht, ohne nach links und rechts zu gucken, einfach über die Straße. Das gilt auch für Hirsche! Und dann noch an einer Stelle, wo erst in hundert Metern das Schild vor dem Wildwechsel warnt. Hier hatte Bambi eindeutig nichts verloren! Was kann der arglose Fahrbahnbenutzer denn dafür, wenn die Natur immer macht, was sie will! Trotzdem musste ich die Polizei und den Jäger verständigen. Ich verschränkte die Arme vor der klatschnassen Brust.

Die zuständige Polizei lag mit Fieber im Bett und kriegte garantiert einen Anfall von Schnappatmung. Das konnte in Pauls Zustand lebensbedrohlich sein. Das Risiko war zu groß … Und dass ich Anette wegen dieser Bagatelle den wohlverdienten Feierabend versaute, kam schon mal gar nicht in die Tüte. Nachher backte sie im Moment einen Kuchen für den Basar und machte mich später verantwortlich, wenn der wegen meiner Störung misslang. Oder sie vergaß in ihrer Dienstbeflissenheit die Schweinsrouladen auf dem Herd, und dann war ich schuld, dass ihr Haus abfackelte. Oder sie roch Lunte und erzählte den anderen Landfrauen vom Basar, dass ich heimlich Kuchen kaufen war. Man muss ja nicht gleich mit Kanonen auf Hinrichsens Tauben schießen, wenn sie einem das Fensterbrett vollkacken. Also: keine Polizei. Ich rief erst einmal Sophie an.

Ohne dass mich jemand aus dem Straßengraben zog, kam ich hier nämlich nicht weg.

Ich kramte das Handy aus der Handtasche hinter dem Fahrersitz. Kein Empfang. Was hatte ich anderes erwartet, mitten in der Pampa? Ich pfefferte das Telefon durch die offene Autotür auf den Beifahrersitz.

Weit und breit sah ich kein Licht, geschweige denn einen Menschen. Der Regen hatte meinen Anorak längst durchweicht. Nasse Haarsträhnen klebten mir auf Stirn und Wangen. Das Wasser tropfte mir von den Augenbrauen. Mir blieb wohl nichts anderes übrig, als nach Hause zu laufen.

„An sich ist der Mensch ja wasserdicht … und das goldene Seepferdchen hast du damals locker geschafft …“, murmelte ich und versuchte mich davon zu überzeugen, dass es kein Problem war, sich die restlichen sechs Kilometer schutzlos durch die Fluten zu kämpfen.

Ratlos starrte ich in die Finsternis. Paul würde mir abraten, den Helden zu spielen. Vielleicht hörte der Regen gleich auf. Auf die zehn Minuten kam es dann auch nicht mehr an.

Ich setzte mich also zurück hinters Steuer, wischte mir das Gesicht trocken und verriegelte die Tür. Der Pflaumenkuchen war in den Fußraum unter dem Handschuhfach gerutscht. Ich hob ihn auf, biss ein Stück ab und mampfte. Der Teig schmeckte staubtrocken und die Pflaumen angebrannt. Sie klebten mir zwischen den Zähnen. Ich pulte mit dem Finger im Mund herum. Jetzt bräuchte ich dringend einen Schluck Wasser, welche Ironie! Draußen ergoss sich die nächste Sintflut, und ich stand kurz vorm Verdursten. Ich könnte mich mit zum Himmel geöffneten Lippen auf die Straße stellen oder am Anorakstoff saugen, überlegte ich.

„Klara, jetzt hör mit deinen absurden Gedanken auf. Mach dir lieber einen Kopf, wie du hier wegkommst!“ Ich verschränkte die Arme vor der Brust.

Dass jemand um diese Zeit hier vorbeifuhr, war genauso wahrscheinlich, wie einen Quastenflosser auf dem Kilimandscharo zu treffen. Um mich von blöden Gedanken an herumirrende, tollwütige Viecher abzulenken – gab es hier nicht auch Wölfe im Wald? –, schaltete ich das Autoradio ein. Ein Nachrichtensprecher berichtete von einem Patienten, der am frühen Abend aus der forensischen Psychiatrie in Ueckermünde geflohen und vermutlich mit einem gestohlenen tarnfarbenen Trabant unterwegs war. „Der Fünfundvierzigjährige, der 1992 wegen mehrfachen Mordes und Vergewaltigungen angeklagt wurde, gilt immer noch als gefährlich. Sachdienliche Hinweise zum Aufenthalt des Gesuchten nimmt jede Polizeidienststelle …“ Das beruhigte mich ungemein. Ich schaltete das Radio wieder aus. Nichtwissen war im Moment für den Cortisolhaushalt in meinem Körper eindeutig gesünder. Mensch, Ueckermünde ist siebzig Kilometer entfernt. Also ich würde Richtung Osten nach Polen abhauen. Bestimmt war der Killer auch so schlau.

Ein Licht streifte den Horizont wie der Schein eines Leuchtturms. Da quälte sich doch tatsächlich noch ein anderes Auto durch die bärenarschfinstere Nacht! Freudig erregt sprang ich aus dem Wagen und winkte wie Robinson mit beiden Armen, aus Angst, man könnte mich in meinem roten Anorak mit einem Baum verwechseln.

Das Auto stoppte links am Fahrbahnrand. Ein Trabant in Tarnfarben. Der Killer schien ein Mensch zu sein, der von der Wand bis zur Tapete dachte. Wer ins Inland flüchtet, obwohl er fast über die Grenze spucken kann, besaß den IQ eines Toastbrots.

Mir wurde heiß und kalt zugleich.

Es dauerte mehrere Sekunden, bis ich die erste Schockstarre überwunden hatte. Ehe ich mich vor dem vermeintlichen Serienmörder in mein Auto retten konnte, war der Fahrer, ein ungepflegter, grobschlächtiger Riese, der obenrum im Partnerlook zu seinem Wagen gekleidet war – Armeejacke –, aus der Pappschachtel gestiegen. Er stand in seiner ganzen Hässlichkeit breitbeinig vor mir.

Ein schwarzer Hund sprang aus dem Fahrzeug und mich mit voller Wucht an. Der Mann bellte das Tier an: „Bodo, aus!“ Doch Bodo zog es vor, mir die Pflaumenkuchenkrümel vom Gesicht zu lecken.

Okay, von einem geklauten Hund, der den Namen Bodo ignorierte, hatte der Nachrichtensprecher nichts erwähnt. Ich gab es auf, mich tot zu stellen. Ook een Hund is een Minsk! *Ein Hund ist auch nur ein Mensch.* Wie sie hier so schön sagen.

Obwohl der Mann lauthals brüllte, wurde seine Frage vom prasselnden Regen übertönt: „All up stee?“ *Alles in Ordnung?*

Och, ich steh hier nur zum Spaß so rum und genieße die Aussicht. Ich brüllte zurück: „Ein Reh. Der Selbstmordattentäter hat mich nur gestreift und ist nach dem missglückten Anschlag in diese Richtung geflüchtet.“ Ich zeigte mit dem Arm zum Wald.

„Mrrr“, knurrte der Riese in seinen verfilzten Bart. Er stapfte in den Straßengraben, besah sich meine Kühlerhaube und den Grill und befahl: „Setz dich rein! Ick bün gleech wider her.“

Er holte ein Gewehr aus dem Kofferraum und verschwand mit seinem Vierbeiner im Dickicht.

Der vermeintliche Serienkiller entpuppte sich als Jäger. Ich hätte ihm vor Erleichterung um den Hals fallen können.

Es dauerte keine fünf Minuten, als der Schuss ertönte. Er hatte das Tier also gefunden und erlöst. Es tat mir leid, aber besser so, als wenn es langsam verendete.

Hund und Mann – der das tote Reh über der Schulter trug – schälten sich aus der Dunkelheit ins Licht der Scheinwerfer seines Autos. Er öffnete die Beifahrertür. Der Vierbeiner sprang hinein. Den Kadaver verfrachtete der Jäger samt Gewehr in den

Kofferraum. Es goss immer noch in Strömen, als kriegte jemand da oben einen Rohrbruch nicht in den Griff.

Er kam zu mir herüber. Ich ließ das Fenster herunter. Er fragte durch die offene Scheibe: „Hast du die Polizei gerufen?"

„Kein Netz", antwortete ich und bemerkte seine Fahne. Der hatte mindestens 1,8 Promille auf der Pfanne!

Ich musterte ihn genauer. Er knurrte wieder etwas Unverständliches in sein silbernes Gestrüpp um den Mund herum, das einen Kontrast zur rotädrigen Haut und den blutunterlaufenen Augen bildete. Gepflegtes Aussehen und ordentliche Kleidung rangierten eindeutig ganz unten auf der Prioritätenliste dieses Mannes.

Eigentlich wäre es mir lieber, wenn er weiterführe. Aber, wie hieß es so schön: In der Not frisst der Teufel Fliegen.

Hoffentlich handelte es sich bei dem Kerl nur um einen Säufer und keinen Vergewaltiger ...

Ha! Vielleicht ersparte mir ja der Zustand, dass mich die Männer in meinem Alter nur noch als bunte Luft wahrnahmen, eine unangenehme Erfahrung. Irgendeinen Vorteil gab es immer, schoss es mir durch den Kopf.

Ich schlug ihm vor: „Mir und dem Auto ist ja nix weiter passiert. Das Reh ist, dank Ihnen, fachgerecht entsorgt. Wenn Sie mir aus der misslichen Lage helfen", dabei zeigte ich auf den Straßengraben, „melde ich den Unfall morgen früh."

„Du hast eine Fahrbahnrandmarkierung umgefahren."

„Die kann man ja wieder aufrichten. Mein Mann liegt sowieso krank im Bett."

Er verzog das Gesicht zum Fragezeichen.

„Verzeihung, Klara Himmel", stellte ich mich vor. „Mein Mann ist der neue Dorfsheriff von Mordsacker und Umgebung." So, nun wusste er, wer vor ihm stand. Jetzt würde er sich zweimal überlegen, ob er mir etwas antun wollte.

„Besser wär's aber, die Polizei zu rufen."

Ich verzog das Gesicht, weil mich sein hochprozentiger Atem streifte.

Er kapierte. „Besser nich!“ Nuschelnd ergänzte er: „Birke“, und reichte mir eine raue Hand.

„Hannes Birke?“

„Jau?“

Ich spürte die Röte in mir aufsteigen. „Ich hab schon viel von Ihnen gehört.“

Misstrauisch kniff er die Augen zu Schlitzen zusammen. „Sooo? Wat has ju hern, me dirn?“ *Was hast du denn gehört, Mädchen?*

„Nicht der Rede wert.“ Ich winkte ab. „Ziehen Sie mich raus?“

„Muss ja!“ Es dauerte eine Weile, bis er sich nach dem Satz bewegte und weitersprach: „Dat is een ticken to swer for men Lütchen.” *Das ist etwas zu schwer für meinen Kleinen.* In Zeitlupe wischte er sich den Regen aus dem Gesicht. „Or geiht nich, givt nich!“ *Geht nicht, gibt's nicht!*

Er stieg in den Graben und versuchte, den Wagen rauszuschieben.

Ich folgte ihm und drückte meinen Körper ebenso wie er gegen die Kühlerhaube. „Geiht nich“, sagte ich in meinem besten Eingeborenisch.

Das Auto bewegte sich keinen Zentimeter und hing an dem Eisen unter dem Plastik der Fahrbahnrandmarkierung fest. Hilflos verschob er seine Mütze. „Is nich.“ Er gab auf und trat zurück auf die Straße. „Ich nehm dich mit ins Dorf.“ Er kaute die Worte so durch, dass sie kaum zu verstehen waren.

„Und mein Wagen?“

„Den schließt du ab.“

„Aber …“

„Den klaut keener.“ Birke kratzte sich am Kopf, nach dreißig Sekunden Stille lachte er auf. „Wie auch?“

Er stapfte zu seinem Trabi. Ich schnappte meine Handtasche und klaubte das Kuchenpaket vom Sitz. Aus Gewohnheit ließ ich nie etwas offen im Wageninneren liegen, nachdem mir einmal in Hamburg jemand wegen einer mit Lebensmitteln gefüllten Aldi-Tüte das Cabrio aufgeschlitzt hatte. Sicher war sicher. Was, wenn ein Wildschwein den Streuselteig riecht und vor Wut, weil es nicht an die Beute herankommt, das Auto noch tiefer in den Graben schubst? Wildschweine haben sehr feine Nasen.

Ich huschte meinem Retter hinterher, stieg zögerlich auf den Beifahrersitz, registrierte erneut seinen Schnapsgeruch und sagte schüchtern: „Sie sind angetrunken. Sie können in dem Zustand nicht Auto fahren."

„Natürlich kann ich das … Bin ja auch hergekommen", erwiderte er mit gleichmütiger Stimme.

„Ich mache mich mit strafbar, wenn ich Sie so fahren lasse. Geben Sie mir die Schlüssel!"

„Und dann?" Der Jäger grinste mich herausfordernd an.

„Fahre ich."

Er lachte schallend. „Sehe ich aus, als wäre ich lebensmüde? Frau am Steuer, Ungeheuer."

Gelangweilt von dem Spruch, verdrehte ich die Augen.

Er haute mit der Hand aufs Armaturenbrett. „Dat kommt überhaupt nich' in die Tüte, nee …"

„Vertrauen Sie mir, ich werde ihrem Rolls Roys keinen Getriebeschaden zufügen."

Er drehte sich zu dem Hund, der seinen Kopf durch den Spalt zwischen den Sitzen nach vorn geschoben hatte. „Has du des hörn, Bodo, wir solln de Dirn vertruun." *Hast du das gehört Bodo? Wir sollen ihr vertrauen.* Er zeigte auf mein Auto und grinste verhalten.

Ich rechtfertigte mich empört: „Ich fahre seit zwanzig Jahren unfallfrei!"

„Das sagen sie alle." Er startete den Motor.

„Entweder Sie lassen mich jetzt hinters Steuer, oder ich steige aus."

„Na los, dann steig aus."

Er griff über mich hinweg und öffnete die Beifahrertür. „Worauf wartest du noch?"

„Es ist dunkel und regnet. Seien Sie doch vernünftig!", appellierte ich an seine Vernunft und fügte drohend hinzu: „Wenn mein Mann Sie erwischt, sind Sie Ihren Lappen los. Und was machen Sie dann?"

„Du willst mich also anzeigen, obwohl ich dir geholfen habe?"

„Es ist ja zu Ihrem eigenen Schutz. Angenommen, Sie fahren in dem Zustand jemanden tot. Sie machen sich ewig Vorwürfe."

„Bestimmt nicht, wenn es den Richtigen trifft." Er würgte die Worte hervor wie madige Kirschen.

„War Siggi Schlönkamp der Richtige?", rutschte es mir heraus. „Ups!" Ich biss mir auf die Zunge.

Sein Blick verfinsterte sich noch mehr. „Los, steig aus!"

Er schaltete den Motor ab und öffnete die Fahrertür.

Mir wurde mulmig. Ich fragte: „Kuchen?", lächelte verkniffen und hielt ihm den Pflaumenkuchen vor die Nase.

Schweigend runzelte er die Stirn. Ich nahm mir das angebissene Stück und biss herzhaft hinein. „Der ist echt lecker, ein bisschen trocken, aber …", sagte ich mit vollem Mund.

„Du denkst doch nicht etwa, ich hab was mit Schlönkamps Tod zu tun?" Seine Augen sprühten Feuer.

„Nö, wie kommen Sie denn darauf?"

Er packte meinen Oberarm und zischte: „Ihr Weiber seid alle gleich." Ich verschluckte mich mit einem Krümel. Er ließ los. Ich hustete mir die Lunge aus dem Hals, ruderte mit den Armen, um ihm auf Indianisch deutlich zu machen: „Hilfe, ich ersticke!“ Er verstand und schlug mir mit der flachen Hand zwischen die Schulterblätter. Der Hund bellte mir ins Ohr. Meine Augen tränten. Ich fing mich wieder, atmete normal und schluckte.

Das kleine Drama schien den Birke davon überzeugt zu haben, dass er mich keinesfalls hier zurücklassen konnte, da ich ganz offensichtlich nicht überlebensfähig war. Jedenfalls warf er mir den Autoschlüssel in den Schoß, stieg aus, zündete sich eine Zigarette an und tauschte mit mir den Platz.

Er wirkte sichtlich nervös und rauchte hastig, als er sich auf den Beifahrersitz sinken ließ. Entweder weil er sein Leben in die Hand einer Frau gab oder weil er an Schlönkamps Tod schuld war?

Ich hasse es, wenn Leute im Auto rauchen. Also erfand ich eine Notlüge, denn ich kotzte wegen des Zigarettenqualms beinahe aufs Armaturenbrett. „Wissen Sie, dass Hunde als Passivraucher einen sehr aggressiven Lungenkrebs bekommen und elend zugrunde gehen?“ Raucher sind ja Egoisten, aber die meisten Hundebesitzer ändern ihre Gewohnheiten aus Rücksichtnahme gegenüber ihrem Tier.

Birke gehörte nicht dazu. Er qualmte ungerührt weiter – voll eklig. Ich startete den Motor, hustete und kurbelte das Fenster ein Stück herunter.

„Fahren wir, oder willst du hier übernachten? Rechts ist das Gas!“

„Danke für den Tipp. Da wäre ich allein nicht drauf gekommen.“ Ich schaute ihm direkt in die Augen. In der Tiefe des Mannes brodelte ein Vulkan. Das machte mich neugierig, und ich nahm die Herausforderung an, ihn zum Ausbruch zu bringen. „Im Dorf munkelt man, dass Sie Streit mit Schlönkamp hatten. Ich will ja nicht neugierig sein. Sie sind ein hilfsbereiter Mensch, da kann ich mir wahrlich schwer vorstellen, dass sich jemand mit Ihnen …“, plapperte ich und schwieg im nächsten

Moment, weil sein finsterer Blick unbeweglich auf meinem Gesicht ruhte. Hatte er mir überhaupt zugehört, oder überlegte er, wie er mich beseitigen konnte, weil ich das Geheimnis erraten hatte?

Birke schnaubte wütend. „Schlönkamp war ein arroganter Arsch, hat einen auf modernen Biofritzen gemacht und sich auf die Auszeichnung mit dem Gütesiegel was eingebildet! Was hat es ihm genützt?"

Eine Minute Stille. „Wie genützt?", fragte ich scheinheilig.

„Wirtschaftlich war er auf dem absteigenden Ast."

Gierig nahm der Jäger noch einen Zug von seiner Kippe.

„Immer mehr Leute achten doch beim Kauf auf Bioqualität." Dessen war ich mir sicher.

Er nickte mir zu und sagte: „Die Leute, die auf Bioqualität achten, kaufen aber selten Fleisch. Der trendbewusste Städter isst *vegaaan*, mindestens vegetarisch. Bei einigen kommt ab und zu Tierisches auf den Tisch. Und dann bestimmt keen Swien."

Ich gab ihm recht, verhielt ich mich doch genauso.

„Otto Normalverbraucher kauft Billigfleisch. Die Preise sind ohne Verluste für den Tierhalter mit konventioneller Zucht möglich", fügte er hinzu.

Ich erinnerte mich an die Aussage von Schlönkamps Tochter: Das Futter war teurer, und der Tierarzt musste öfter kommen. Birke kratzte sich unterm Pony. „Schlönkamp hatte sich mit der Umstellung seines Zuchtbetriebs verrannt. Das hat der Döspaddel Anfang des Jahres geschnallt … Kein Hotel, keine Gaststube, kein Metzger noch die Bärbel Fries haben ihm diese großen Mengen an Fleisch abgenommen, die er produzierte …"

„Verstehe, die Kosten waren höher als die Einnahmen."

„Und er hat einen Schuldigen gesucht."

„Der waren Sie?", fragte ich und schaltete in den zweiten

Gang, dass es knarzte, weil ich die Kupplung nur angetippt hatte. Ups!

Birke verzog das Gesicht, als hätte er heftige Zahnschmerzen, und sabbelte weiter. Für einen Mecklenburger war er ungewöhnlich gesprächig, was wahrscheinlich am Alkoholpegel in seinem Blut lag. Oder hatte er etwa Schuldgefühle, weil er ein Mörder war?

„Jau! Ich habe ihm angeblich mit meinem Wildschweinfleisch die Kunden weggenommen. Wir haben hier hohe Abschussquoten, weil die Borstenviecher sich vermehren wie die Karnickel und den Bauern die Felder umpflügen."

Mir schwante Böses. „Ich nehme an, Schlönkamp hat was dagegen unternommen."

„Er hat mich ruiniert." Birke quetschte die Kippe im überquellenden Ascher aus. Ich spürte, wie schwer es ihm fiel, die Fassung zu bewahren. Seine Hände zitterten. „Früher war ich der Wirt vom *Anker*, einer Gaststätte im Dorf. Die Auflagen erdrückten mich, die Einnahmen sanken. Ich hab den Laden aufgegeben, von der Jägerei gelebt und hab in meiner Garage eine kleine Privatkneipe eingerichtet, nur für die alten Stammgäste. Es reichte für das Nötigste, und ich war nicht auf staatliche Unterstützung angewiesen … bis Siggi mich im Januar wegen unerlaubten Gaststättenbetriebes und Wilderei angezeigt hat."

„Und?"

„Gestern sind die Nachzahlungsaufforderungen vom Finanzamt und von der Gewerbeaufsicht gekommen. Mein Jagdschein ist auch vorläufig weg, bis das Verfahren abgeschlossen ist. Eigentlich hätte ich mich gleich erschießen können."

Jetzt wurde es richtig interessant. Ich horchte auf. „Das haben Sie aber nicht. Sie haben den Biofritzen zur Rede gestellt?" Ich vergaß zu schalten. Das Getriebe meldete sich krächzend zu Wort, was Birke in dem Moment überhaupt nicht juckte, weil ihn das Thema Schlönkamp emotional aufwühlte. Er sagte verächtlich: „Ich habe ihn wie ein Hund angebettelt, er möge doch die Anzeige wegen Wilderei zurückziehen, denn das ist schlicht gelogen. Das hätte ich mir sparen können."

Ich kam vor Schreck aus der Spur. „Wann waren Sie denn bei ihm?"

Birke griff ins Lenkrad. „Pass auf, min deern!" Er beantwortete meine Frage: „Gestern, am späten Nachmittag, so gegen fünf. Siggi hat mich nur ausgelacht. Da hab ich ihm eine verpasst. Wir haben uns geprügelt." Er zeigte auf seine geschwollene Augenbraue, unter der ich bei genauerem Hinsehen einen Bluterguss entdeckte.

„Und dann?"

„Hab ich mich besoffen."

„Selbstmord auf Raten." Ich bremste am Ortseingangsschild ab.

„Was?"

„Ach nix. Wir sind da. Wo soll ich Sie hinbringen?"

„Vorletztes Haus am See."

Ich fuhr durchs Dorf und hielt vor einer windschiefen Lehmkate, der ein Schilfdach wie ein übergroßer Hut auf den Mauern saß. Die Minifenster und der Vorgartenzaun sahen marode aus. Der letzte Anstrich stammte höchstwahrscheinlich von den Wikingern aus dem Mittelalter. Oder bevölkerten damals die Schweden den Landstrich? Egal. Ich fragte: „Sie wohnen allein?"

„Nee, mit meiner Mutter. Sie ist dreiundneunzig, aber immer noch fit. Sie kümmert sich um die Hühner, den Garten und unsere Heike."

„Heike?"

„Milchkuh."

„Eine Kuh?"

„Jau."

Ich schaltete blitzschnell, das war meine Chance. „Da haben Sie vielleicht zufällig frischen Quark im Haus?“, fragte ich grinsend.

Seine Mimik verheimlichte, was er dachte. Ich erklärte ihm in wenigen Worten mein Dilemma. „Natürlich bezahle ich dafür.“

„Komm mit!“, forderte er mich auf.

„Aber nur, wenn es keine Umstände macht.“

Kapitel 10

Ich folgte Birke in seine Hütte. Es roch muffig, und ich vermied es, zu atmen. So gut es ging jedenfalls. Die Ausstattung des Hauses war, milde ausgedrückt, schlicht und erinnerte mich an Bauernhäuser des letzten Jahrhunderts, die wir während eines Kurzurlaubs im Spreewald im Museumsdorf Lehde besichtigt hatten.

Er ließ mich in der niedrigen Stube, die völlig chaotisch aussah, stehen und trat mit eingezogenem Kopf durch eine knarrende Holztür ins Nebenzimmer. Ein Würgreiz schnürte mir für einen Moment den Hals zu. Hielt ich jedoch weiter die Luft an, würde ich tot umfallen. Also atmete ich flach, bis ich mich an die Umgebungsluft gewöhnt hatte.

Er blökte laut: „Mudder, schläfst du schon?"

Ach nee, jetzt riss er seine alte, schwerhörige Mutter meinetwegen aus dem Bett. Peinlich berührt fummelte ich mit den Händen an meinem Anoraksaum herum.

Er kam zurückgestapft. „Sie ist gleich da, braucht einen Moment zum Anziehen", entschuldigte er sich und räumte die halb leere Schnapsflasche vom Tisch, neben der amtliche Briefe lagen. Als ich näher heranging, um herauszufinden, woher die Briefe genau stammten, interpretierte er mein Interesse falsch. „Darf ich dir einen Schnaps anbieten? Jetzt muss ja niemand mehr fahren."

Ich schüttelte verneinend den Kopf. „Sie haben doch nicht etwa Ihre Mutter wegen des Quarks geweckt?"

„Jau!"

Die Holztür öffnete sich, und ein hutzeliges Weiblein mit

zerzaustem Haar, das einem Vogelnest glich, schlurfte in viel zu großen Filzlatschen in die Stube. Sie blinzelte. „Wer hav ick meen Brill liggen laten?"

„Mudder, du hast dien Kopp ok nur för'n Frisör."

„Jau, ick bün een Dööspaddel!"

Der Sohn eilte ihr zu Hilfe, suchte im Schlafgemach, kam mit dem Drahtgestell in der Hand zurück und setzte sie der alten Frau direkt auf die Nase. „Best?"

Sie nickte, musterte mich. „Gauden Tach ook, meen Dirn. Schnieke süchst ut, as eene Prinzess. Ne wat bisde moi."

Sie bemerkte, dass ich sie nicht verstand – so gut war mein Eingeborenisch dann wohl doch noch nicht –, und fragte auf Hochdeutsch: „Wie viel Quark brauchst du denn?"

„Ein Kilo?"

„Also twee Pfund!" Sie rechnete. „Meen Kopp deit weh. Ob ich noch so viel im Fass habe?"

Sie schlich in Zeitlupe zu der anderen Tür, die von der Stube abging, drehte sich um und winkte mir zu, dass ich ihr folgen sollte. „Hannes, hol mir mal die kleine Kanne aus dem Stall."

„Die steht aber in der Stube."

„Ach, Tüünkram! Vertäl mee lever nix."

„Meentst dat?" Er kratzte sich am Kopf.

Sie stapfte in eine Art Vorratsraum hinter einer Küche, in der es an einer Wand noch einen gemauerten Kohleherd gab. Pfannen und Töpfe hingen wie tote Tiere von der Decke. Sie nahm eine Holzkelle, öffnete den Deckel eines Fasses, schöpfte ein wenig weiße Flüssigkeit heraus und kostete davon. Ein saurer Geruch drang in meine Nase.

Ihr Hannes kam zurück und schwang eine Milchkanne aus Aluminium, wie ich sie aus Kindertagen kannte.

Seine Mutter befahl: „Miss vier Liter, besser fünf ab."

Ich riss die Augen auf. „Aber ich brauche doch Quark?"

Die alte Frau wackelte unverständlich mit dem Kopf. „Aus der sauren Milch wird Quark. Bis wann brauchst du ihn denn?"

„... morgen Mittag? Ich wollte daraus zwei Käsekuchen für den Basar der Landfrauen zum Osterfeuer backen."

„Dann muss es schneller gehen, min Deern. Normal reift sie zwei Tage. Du füllst die saure Milch in einen Topf, den du mit einem Deckel verschließt. Der Topf kommt dann für zwei Stunden in den Backofen. Es darf aber nicht mehr als hundert Grad heiß sein, sonst wird es Kochkäse. Dann lässt du alles zwei Stunden lang abkühlen, gießt die Masse durch ein Sieb. Da legst du vorher eene Mullwindel oder ein Geschirrtuch rein. Danach heißt es pressen, damit die Molke rausfließt. Denn noch ein bis zwei Stunden abtropfen lassen, und der Quark ist fertig."

So einfach hätte ich mir das Herstellen von Quark nicht vorgestellt, dachte ich verblüfft.

„Frischer kriegst du den nich' mal in Bärbels Hofladen."

Der Hannes drückte mir die volle Milchkanne in die Hand.

„Was bekommen Sie dafür?", fragte ich.

Seine Mutter winkte ab. „Geschenkt! Hannes bringt mir morgen ein Stück von deinem Käsekuchen mit."

„Gerne. Danke schön! Sie haben mich, was das betrifft, echt gerettet", sagte ich und dachte beschämt an unser Auto, das im schlammigen Straßengraben vor den Toren des Dorfes steckte.

„Darauf trinken wir!" Mutter Birke hielt meinen Ärmel fest und wies ihren Sohn an: „Hannes, twee Lüttje!" Zu mir sagte sie: „Eene för di und eene för me." Ihr Junge gehorchte und goss uns Schnaps ein.

Wir stießen an: „De lang leevt, de warrt ok olt. Un de nich olt warn will, mutt froh starven. Proost!" Die alte Dame kippte den Korn in einem Zug. Ich trank ihn schluckweise und schüttelte mich, weil mir das Zeug den Hals wegbrannte.

„Up een Been kann ick nich stahn." Sie hielt ihrem Sohn erneut das Glas hin. Korn, Landluft und gesunde Ernährung schienen hervorragend zur Konservierung geeignet zu sein.

Bevor mich Mutter Birke unter den Tisch trank, sagte ich schnell Tschüss und machte mich auf den Heimweg.

Auf der Dorfstraße war mittlerweile die Happy Hour der Katzensinglebörse angebrochen, und ich bahnte mir mit meiner Fünfliterkanne saure Milch den Weg durch die jaulenden Vierbeiner. Alle zehn Meter blieb ich stehen, um die Last abzusetzen und in die andere Hand zu nehmen. Die geilen Pelzmützen fühlten sich von dem stöhnenden Zweibeiner (mir) in ihren erotischen Spielchen gestört. Sie fauchten gefährlich, wenn ich ihnen auf meinem Weg zu nahe kam oder es gar wagte, über sie hinwegzusteigen.

Die dachten wohl, nachts gehörte das Dorf ihnen! Am besten entschuldigte ich mich noch, dass ich hier wohnte. Empört fauchte ich zurück. Es wurde Zeit, dass die Miniaturtiger kapierten, dass es zweibeinige Mitbürger gab, die sich nicht pünktlich zum Sonnenuntergang in den Stall einsperrten.

Schnaufend und verschwitzt kam ich endlich zu Hause an. Alle Fenster waren dunkel. Ich schlich mich hinein und stellte die Milchkanne in der Küche ab. Dabei wagte ich kaum zu atmen. Dieses Mal kam jedoch kein Kommentar von oben. Mein Wachhund schlief also fest.

Ich schaute auf die Uhr am Herd. 23.56 Uhr. War ich so lange unterwegs gewesen? Ich beschloss, ins Bett zu gehen. Der Beitrag zum Kuchenbasar schien fürs Erste machbar. Die Quarkherstellung wirkte kinderleicht.

Das Auto? Oh! Paul würde mich killen … nicht wegen des Kratzers, sondern wegen der Lügen. Ich hatte behauptet, nach Neustrelitz zu fahren, um Quark zu kaufen. Er würde mir an der Nasenspitze ansehen, dass ich geflunkert hatte, und die Wahrheit mit einem Blick aus mir herauslocken. Dann würde ich nicht drum herum kommen, die Unterschriftenfälschung und meine Einmischung in die Ermittlungen zuzugeben. Der Gedanke piesackte mich wie ein Wanzenbiss.

Irgendwie musste ich das Auto unbemerkt in die Garage zurückkriegen, und zwar jetzt.

Ich schaute nach Paul. Er drehte sich um, hob den Kopf und blinzelte. Ich schnappte mir mein Kopfkissen und die Bettdecke.

„Hörst du mich noch atmen?"

„So laut und deutlich, dass ich kein Auge zubekomme."

Er knurrte und kuschelte sich in seine Decke.

„Ich gehe ins Arbeitszimmer, schlaf weiter", sagte ich und schlich hinaus.

Unten warf ich das Bettzeug aufs vorläufige Gästebett, ein ausziehbares Sofa. Das zukünftige Gästezimmer im Obergeschoss glich einer Rumpelkammer. Es war fünf Wochen nach dem Einzug immer noch bis zur weißen Holzdecke mit Kartons voller Bücher und Kram zugestellt.

Wer sollte uns auch besuchen? Freunde und Verwandte hielten uns für tot. Wer im Zeugenschutzprogramm landete, wurde meist offiziell für tot erklärt. Bei uns hatten sie einen Unfall mit unserem Auto inszeniert. Die verkohlten Leichen, die man fand, waren nur Puppen, die dann mit viel Trara beerdigt wurden. Solange wir uns daran hielten, jeglichen Kontakt zu unserem alten sozialen Umfeld zu unterlassen, waren wir in Sicherheit vor dem Mafiaboss Ricardo Perez, der ein Kopfgeld auf mich und meinen Mann ausgesetzt hatte, weil ich die einzige Zeugin des Mordes an Katharina Wolff war, die er kaltblütig erschossen hatte.

Abgesehen davon würden Tante Hille, meine Freundinnen Magda und Charlotte im Nachgang einen Schock erleiden, wenn sie erführen, dass sie vor leeren Särgen geheult hatten.

Ich schlich mich abermals aus dem Haus und lief zum anderen Ende des Dorfes, wo Sophie im ehemaligen Gutshaus über der Landarztpraxis ein Zweizimmerapartment bewohnte. Schummriges Licht drang durch ihre zugezogenen Vorhänge. Ich klingelte. Keine Reaktion. Abermals drückte ich den Messingknopf an der Pforte zum parkähnlichen Grundstück. Schemenhaft bewegten sich Schatten hinter den Fenstern im Obergeschoss der weißen Villa.

Los, Kind, das ist ein Notfall!

Eine Hand schob den Vorhang beiseite. Sophie lugte hinunter, eingehüllt in eine Bettdecke, unter der sie nackt zu sein schien. Ich winkte wie ein Fluglotse vom Bodenpersonal. Sie öffnete das Fenster und rief: „Mama, was machst du denn um diese Zeit hier? Ist was passiert?"

„Ja!" Ich trampelte ungeduldig hin und her.

„Mit Papa?"

„Nein, der schläft."

Sophie zog die Augenbrauen hoch.

Ich fragte drängelnd: „Lässt du mich rein?"

„Warte."

Ewigkeiten später brummte der Türsummer. Ich eilte durch den Vorgarten ins Haus die Treppe hinauf und stand vor der nächsten verschlossenen Tür. Dahinter hörte ich es rascheln und flüstern. Sie hatte also Besuch. Ich klopfte. Es dauerte noch mal hundert Jahre, bis Sophie öffnete.

Ihr Chef, der Praxisinhaber Nils Ackermann, zog sich die Schuhe im lang gestreckten Flur an. „Guten Abend, Frau Himmel", begrüßte er mich zufrieden lächelnd mit verwuscheltem Haar und glänzenden Augen. Er bemerkte meinen kurzen Blick auf den offenen Reißverschluss seiner Jeans und schloss ihn. „Tja, ich muss dann auch los. Wir können unsere Arbeitsberatung ja morgen fortsetzen", stotterte er etwas verlegen.

Ich konnte mir das Schmunzeln nicht verkneifen.

„Auf Wiedersehen, Dr. Ackermann!", sagte mein Kind förmlich und riss sich sichtlich zusammen, ihm zum Abschied nicht um den Hals zu fallen. Der blonde Arzt sprang die Treppe herunter und schloss die Tür schwungvoll.

Sophie motzte: „Hat dein Problem nicht Zeit bis morgen?" Ihre Haare sahen zerzaust aus, und sie war nachlässig in Jogginghose und Shirt gekleidet.

„Heute muss es erledigt werden, mein Schatz, heute. Es tut mir ja leid, dass ich dir die heiße Nacht versaut habe …"

„So ein Quatsch, Dr. Ackermann und ich haben nach unserer Fallbesprechung nur noch ein wenig geplaudert."

Sie bat mich herein. Mein Blick streifte umher. Sophie räumte hastig zwei Weingläser und halb volle Spaghettiteller weg. Ich setzte mich aufs Sofa und reichte ihr den dort herumliegenden BH. „Mir brauchst du nichts vorspielen. Von wegen Arbeitsbesprechung." Ich grinste.

„Was gibt's denn so Wichtiges, dass du mitten in der Nacht vor meiner Tür stehst?"

„Ich habe unser Auto in den Straßengraben gefahren."

Sie biss sich auf die Lippen. „Ach du Scheiße. Ist mit dir alles in Ordnung?"

„Jaja, mir ist nix passiert." Ich erzählte ihr die Geschichte. „Papa glaubt mir nie …"

„Das Umfahren der Fahrbahnrandmarkierung ist doch Sachbeschädigung. Du hast Fahrerflucht begangen."

„Quatsch! Das Plastikteil lässt sich wieder gerade biegen. Da merkt hinterher keiner was."

Sophie hatte einen Geistesblitz. „Warte, ich rufe Nils an, dass er zurückkommt. Mit seinem Pick-up kriegen wir den Audi rausgezogen."

Kapitel 11

Keine halbe Stunde später stand unser Auto wieder in der Garage.

Erleichtert stieg ich in die heiße Badewanne. Was für ein Tag! Dachte ich und schmunzelte. Aber immerhin aufregender als die letzten zwanzig zuvor. Hundemüde stellte ich mir vorsichtshalber den Wecker. Schließlich musste ich bis zum späten Nachmittag zwei Käsekuchen aus selbst produziertem Quark zustande bringen, um mit den hiesigen Landfrauen mithalten zu können.

Mir schwante nämlich, dass sie mir ihr Wissen um Schlönkamp und die Beziehungen des Bauern im Dorf nur preisgeben würden, wenn sie mich als ihresgleichen akzeptierten. Also blieb mir nichts anderes übrig, als während des Osterfeuers Augen und Ohren offen zu halten und die richtigen Fragen zu stellen. Hoffentlich schaffte ich es, den Damen und Herren in Gummistiefeln mehr als ein „Moin, moin, muss ja!“ zu entlocken.

Wenn ich Glück hatte, ergatterte ich von Birke ein Haar oder eine Zigarettenkippe, die sich auf DNA analysieren ließen. Ich setzte mich auf, schaltete die Schreibtischlampe an und schrieb mir die Tatverdächtigen und deren Motive in mein Notizheft:

Piotr Kravzyk: Rache, weil Schlönkamp ihn fristlos gekündigt hat?

Hannes Birke: Rache, weil Schlönkamp ihn ruiniert hat?

Frau Schlönkamp: Eifersucht, weil ihr Mann sie betrogen hat?

Wenn ja: Mit wem? Das wussten sicher die Landfrauen.

Die Gasmaske ging mir durch den Kopf. Sophie hatte erzählt, dass der Tote eine Gasmaske in der Hand gehalten und ein Sauerstoffgerät benutzt hatte. Bekam man die einfach so im Internet? Das musste ich unbedingt recherchieren. Wie lange konnte man überhaupt damit atmen?

Das würde ich am Morgen rauskriegen. Am besten schlief ich erst einmal. In fünf Stunden war die Nacht vorbei. Ich löschte das Licht und fiel auf dem Weg zu meinem Lager über den Aktenvernichter neben dem Schreibtisch. Es polterte.

Im nächsten Moment stand Paul im Schlafanzug mit erhobenem Holzknüppel in der Tür und drückte auf den Lichtschalter.

Erschrocken empörte ich mich. „Paul! Ich bin bloß auf dem Weg ins Bett gestolpert."

Der Wecker klingelte um sieben. Ich drückte ihn aus und drehte mich noch einmal um. Schwupps, lag ich am Boden. Die Kissen unter mir waren allesamt auseinandergerutscht. Mein Rücken fühlte sich so steif an wie ein gestärkter spanischer Kragen. Das Sofa war eindeutig zu unbequem.

Ich schälte mich vom Teppich, schob auf allen vieren die Einzelteile der Schlafstätte wieder zusammen und rollte mich schnarchend unter die Decke, um noch ein bisschen an meiner Nackenverspannung zu arbeiten.

Als ich aufwachte, war es draußen bereits taghell. Auf dem Schwarzen Brett in meinem Gehirn stand in Leuchtbuchstaben das Wort „Käsekuchen". Ich schreckte hoch. Verdammt, ich musste aufstehen. Der Quark brauchte sechs Stunden zum Reifen. Der Kuchen wollte dann auch noch gebacken sein.

Teil eins der Herstellung erledigte ich gleich im Nachthemd. Wie war das? Ofen auf 100 Grad heizen. Die saure Milch in einen Topf füllen und Deckel drauf. Die Töpfe waren zu klein. Das war ja mal wieder klar. Ein Hindernis gab es immer.

Ich teilte die Menge auf zwei Töpfe auf. Die passten natürlich nicht gleichzeitig ins Rohr. Okay, dann eben nacheinander. Ich rechnete und redete laut vor mich hin: „Jetzt ist es 7.45 Uhr, 9.45 Uhr wird Topf Nummer eins fertig sein, Topf Nummer zwei braucht dann bis 11.45 Uhr plus vier Stunden zum Abkühlen und Abtropfen." Das bedeutete, ich konnte Kuchen Nummer zwei gegen 16.00 Uhr zum Backen in den Ofen schieben. Dann backt er bis 17.00 Uhr. Ganz schön knapp.

Tschaka! Ich schaffe das!

Waschen, Zähne putzen, anziehen und aufräumen, ich beeilte mich. Den ausgiebigen Morgenkaffee mit Zeitungsstudium schenkte ich mir heute. Ich hatte jetzt Wichtigeres zu tun. Ich schnappte mein Tablet. Als ich aus der Tür zum einzigen empfangsfreundlichen Internetplatz auf dem Henkersberg stürzen wollte, krächzte Paul von oben: „Klara, bist du wach? Ich hab Durst."

„Grmpf!" Meinen sterbenden Schwan in der Dachkammer hätte ich bei dem Stress beinahe vergessen.

Ich eilte in Anorak, Jogginghose und Turnschuhen ins Schlafzimmer. Puh! Hier stinkt's wie im Affenhaus des Berliner Zoos, dachte ich und öffnete erst einmal das Fenster, bevor ich die Aufmerksamkeit meinem Pflegefall widmete. „Gut geschlafen?" Ich gab ihm einen Kuss auf die Stirn. Er musterte mich knurrend: „Wo willst du schon wieder hin?"

„Zum Bäcker! Muss ich dir jetzt über jeden Schritt Rechenschaft ablegen?" Ich schüttelte ihm das Kopfkissen auf und fragte: „Besser?"

Er hauchte: „Geht so!", und fasste sich an den Hals. „Meine Kehle ist staubtrocken. Ich kann kaum schlucken."

„Du bekommst gleich Ingwertee."

Er verzog das Gesicht: „Bläh! Mir wachsen bereits Ingwerwurzeln aus den Ohren."

„Jammer nicht rum! Hauptsache, es hilft." Ich reichte ihm seine Tabletten. „Hier, nimm dein Antibiotikum."

Er schluckte die Pille brav. „Es ist Feiertag. Der Bäcker hat heute geschlossen."

„Du kriegst aber auch alles mit. Eigentlich hatte ich die Absicht, joggen zu gehen, und wollte mir deinen Kommentar zu meinen sportlichen Anwandlungen ersparen."

„Dann viel Spaß. Ich kann ja derweil sterben."

„Paul, du nervst. Du wirst doch eine Weile selbstständig atmen können, ohne dass ich danebensitze und dir den Rhythmus vorgebe!", sagte ich empört und verschwand in die Küche.

Jetzt blieb mir noch eine knappe Stunde für die Internetrecherche. Da musste ich tatsächlich einen Sprint einlegen, um zur alten Ruine der mittelalterlichen Raubritterburg auf dem Henkersberg zu kommen.

Sieben Minuten später saß ich atemlos und mit hochrot verschwitztem Gesicht auf der morschen Holzbank unter der krüppeligen Sturmkiefer vor den verfallenen Steinmauern, die jeder touristische Flyer als historisches Highlight der Region anpries.

Die Sonne blinzelte unerwartet über den Horizont und verhieß einen ersten schönen Frühlingstag. Die Kirchenglocken im Dorf begannen zu läuten.

Keine Ahnung, woran es lag, am Licht, das die Umgebung in Honiggold tauchte, an der Wärme auf meiner Haut oder an diesem Geruch nach Krokussen und frischem Gras? Mir fiel Goethes „Osterspaziergang" ein.

Vom Eise befreit sind Strom und Bäche durch des Frühlings holden, belebenden Blick; im Tale grünet Hoffnungsglück; der alte Winter, in seiner Schwäche, zog sich in raue Berge zurück …

Den Rest hatte ich vergessen. Ein Lächeln huschte über meine Lippen. Ich seufzte: „Hach! Einfach nur sitzen und träumen." Für einen Moment hielt ich das Gesicht in die Sonne, schloss die Augen und genoss den Augenblick der Stille in der erwachenden Natur.

Als müsste ich mich vor mir selbst rechtfertigen, gab ich zu, den Frühling auf dem Ku'damm noch nie so intensiv mit allen Sinnen erlebt zu haben ...

So, das reichte jetzt aber auch mit dem Müßiggang. Wenn ich die Umstände von Schlönkamps Tod herausfinden wollte, hieß es, jetzt Hausaufgaben machen – Sonne und Frühling hin oder her. Ich packte das Tablet aus.

Gasmasken und Atemmasken gab's im Internet zuhauf, ich checkte das umfangreiche Angebot. Die Gefahr in einer Güllegrube bestand in der hohen Konzentration von CO_2 am Boden, da Kohlendioxid schwerer als Luft ist. Steigt der Bauer in die Grube, nützt ihm eine Atemmaske, die allein vor giftigen Luftpartikeln schützt, gar nichts.

Schlönkamp trug einen umgebungsluftunabhängigen Atemschutz mit Sauerstoffversorgung. Er hatte die Gefahr gekannt und entsprechend gehandelt.

Mit diesem System hätte er für fünfzehn Minuten unten bleiben können. Es gab zwei Möglichkeiten: Entweder war die Sauerstoffflasche nicht vollständig gefüllt gewesen. Aus Dummheit oder weil jemand die Flasche manipuliert hatte. Oder er war nicht mehr aus der Grube gekommen, weil jemand die Leiter weggenommen hatte. Fingerabdrücke des Täters an Sauerstoffflasche oder Leiter könnten den Beweis liefern.

Ich lehnte mich zurück und schlug die Beine übereinander. Wie kam ich da ran? Woher bekam ich die Vergleichsabdrücke, und wie wertete ich die Spuren ohne das entsprechende Computerprogramm aus?

Ratlos beschloss ich, den Rückweg anzutreten, und joggte los. Die einzige Möglichkeit, den Täter zu überführen, war wohl, ihn oder sie durch das Motiv zu entlarven. Ich musste ihn quasi dazu bringen, dass er sich mit seinem Verhalten selbst enttarnte, indem ich ihm eine Falle stellte.

Die ungewohnte sportliche Betätigung forderte plötzlich ihren Tribut: Kraftlos stolperte ich über eine Wurzel und konnte mich und das Tablet gerade noch davon abhalten, im Dreck zu landen. Früher hatte ich eine bessere Kondition gehabt. Ich musste unbedingt etwas gegen den Rost in den Knochen unternehmen. In Berlin hatte ich regelmäßig das Fitness Fürst besucht und stets nach den neuesten Trends geturnt: Zumba, Bokwa, Senfi, Barre Concept oder Polebatics …

Ich verdrängte das schlechte Gewissen gegenüber meinem Körper und widmete die Aufmerksamkeit wieder dem toten Schweinebauern. Wer hatte es auf ihn abgesehen und warum? Welche Alibis besaßen diese Personen zur Tatzeit?

Paul hatte recht behalten: So eine echte Ermittlung gestaltete sich weit schwieriger als im Film, wo der Darsteller nach Drehbuch handelt. Dafür war sie aber weitaus spannender.

Wenig später war ich zurück in meiner Küche und widmete mich den Rest der Zeit bis zum Osterfeuer der hauseigenen Backwarenherstellung. Zu meiner Überraschung gelangen Quark und Käsekuchen perfekt. Es bewahrheitete sich wieder: Am besten arbeitete ich unter Druck.

Paul hatte den Tag verschlafen. Gegen 17 Uhr kam Sophie, um nach ihrem Vater zu sehen. Stolz präsentierte ich ihr meine Backkünste. Mit einem „Mensch, Mama!“ wollte sie sich über das Kunstwerk hermachen, verzog enttäuscht das Gesicht, als ich ihr das Messer aus der Hand nahm. „Finger weg! Du kannst dir nachher beim Kuchenbasar ein Stück kaufen. Wie sieht das denn aus, wenn ich dort mit anderthalb Torten anrücke. Die Dorfsippe denkt am Ende noch, wir sind geizig.“

Sophie stemmte die Fäuste in die Hüften. „Du bietest etwas an, was du vorher überhaupt nicht gekostet hast?“ Ihr Blick sollte mich an unsere heimliche Aktion letzte Nacht erinnern. Das war Erpressung!

Verunsichert gab ich nach. „Ein winziges Stück gönne ich dir." Ich schnitt beide Kuchen auf.

„Mmhh! Das ist der leckerste Käsekuchen, den ich je gegessen habe", schwärmte sie mit vollem Mund.

„Echt?" Ich platzte vor Stolz.

„Den hast du nie selbst gebacken. Aus welchem Laden ist der? Komm, mir kannst du es sagen. Ich verrate es keinem."

„Manchmal erntet eben auch der dümmste Bauer den dicksten Kürbis", antwortete ich keck und strahlte bis über beide Ohren. Ich drapierte die Kuchenstücke mit kleinen Lücken auf einer Platte. „Vielleicht mache ich ja ein Café auf", verkündete ich halbherzig.

Sophie verschluckte sich beinahe. Ich wischte die Krümel vom Tisch. „Ein Scherz! Übrigens, mein Instinkt sagt mir, dass Schlönkamps Tod kein Unfall war", lenkte ich das Gespräch in Richtung Mordfall.

„Mama, hör auf! Du redest dir etwas ein, witterst ein Verbrechen, wo es keines gab."

Trotzig schleuderte ich den Lappen in die Spüle. „Du bist eine junge, unerfahrene Medizinerin …"

„Na, herzlichen Dank! Und du eine gelangweilte Hausfrau", maulte sie beleidigt.

Ich wusch die Backformen und das Messer ab. Dabei flüsterte ich, damit uns Paul nicht hörte: „Du weißt genau, wie ich das meine. Dein Vater kann auch einmal was übersehen haben. Er hat sich gestern den Toten und den Tatort dank seiner Grippeviren mit vernebelten Sinnen angeschaut."

„Bakterien."

„Meinetwegen! Mensch, Sophie, der Schlönkamp ist doch nicht erst seit gestern Schweinezüchter. So einer weiß, welcher Gefahr er sich in einer Güllegrube aussetzt. Deshalb ist er mit einem umgebungsluftunabhängigen Atemgerät da runtergestiegen."

Sie konterte: „Den Job hat sonst seine Tochter erledigt."

„Beide sind oder waren in der Freiwilligen Feuerwehr. Die wissen, was zu tun ist", erinnerte ich.

Sophie setzte sich nachdenklich an den Tisch. „Das Gerät war aber in Ordnung, lediglich der Sauerstoff darin aufgebraucht."

Ich gab zu bedenken: „Die Flasche könnte jemand manipuliert haben."

„Papa hat gesagt, Atemschlauch und Atemmaske waren völlig intakt. Schlönkamp bekam keine Luft mehr, hat sich reflexartig die Maske vom Gesicht gerissen und das Gemisch von CO_2, Schwefelgasen und Methan eingeatmet. Ich denke, er hat es einfach nur versäumt, rechtzeitig herauszuklettern. Durch die Konzentration von Schwefelwasserstoff im Blut wird man innerhalb weniger Atemzüge bewusstlos. Er ist erstickt. Sein Fehler war, dass er keinen zweiten Mann als Sicherung vor Ort hatte, der ihn herausziehen konnte."

Während ich das Messer abtrocknete, lehnte ich mich mit dem Rücken an die Küchenzeile und schüttelte verständnislos den Kopf. „Nehmen wir einmal an, du müsstest in so eine Grube steigen. Du benutzt ein Sauerstoffgerät. Dann würdest du doch vorher kontrollieren, für wie viel Zeit der Sauerstoff in der Flasche reicht, und eine Stoppuhr mitnehmen."

„Die hatte er …" Sophie versuchte, noch ein Kuchenstück zu mopsen.

Drohend zeigte ich mit dem Messer auf ihre Finger. „Er hatte eine Uhr um?"

„Wer hatte eine Uhr um?"

Wir fuhren erschrocken herum und riefen beide wie aus einem Munde: „Papa!" und „Paul!".

Mein Göttergatte stand im Schlafanzug in der Tür. Um den Hals hing ein dicker Schal.

„Hatte der Schlönkamp eine Art Stoppuhr um?“, fragte Sophie ihren Vater direkt.

Paul holte ein Glas aus dem Schrank und füllte es unter dem Wasserhahn. „Nein, er hatte sein Handy in der Tasche. Der Akku war leer. Beim Überprüfen ist mir aufgefallen, dass er die integrierte Stoppuhr auf zwölf Minuten programmiert hatte. Sie war bei sieben Minuten stehen geblieben.“ Er trank in großen Schlucken und stellte das benutzte Glas auf den Tisch.

„Das entscheidende Detail, was dich annehmen lässt, dass es sich um einen Unfall gehandelt hat?“, fragte ich eindringlich.

Mein Mann antwortete gereizt: „Klara, hör auf, an einen Mord zu glauben. Dafür gibt es kein Indiz.“ Er griff nach dem Kuchenteller, schnappte sich ein Stück und biss hinein. „Hm! Lecker, ist der von Anette?“

„Nein, von mir!“, sagte ich beleidigt und nahm es ihm weg, um es selbst zu essen. Er protestierte: „Ey!“

Ich blitzte ihn vorwurfsvoll an und attackierte ihn mit dem Messer: „Das ganze Haus riecht nach frisch gebackenem Kuchen.“

Paul riss die Arme über den Kopf. „Sorry, meine Schleimhäute sind dermaßen angeschwollen, dass die Riechzellen ihre Funktion versagen“, entschuldigte er sich und schielte nach dem Kuchenteller. „Ich hab sowieso keinen Hunger.“

„Du musst dich doch erinnern, das ist der Käsekuchen, wegen dem du Mama geheiratet hast“, sagte unsere Tochter verschmitzt.

„Das wüsste ich aber.“ Er zog seinen Schal fest und fragte Sophie mit leidendem Blick: „Kannst du mir mal in den Hals gucken? Ich hab das Gefühl, dass die Tabletten kein bisschen helfen.“

Sie schob die Unterlippe vor und legte ihm die Hand auf die Stirn. „Fühlt sich immer noch wie Fieber an.“

Ich foppte ihn: „Du hast zu viel von Anettes Schweinsrouladen gegessen. Das Antibiotikum im Fleisch hat dich gegen Sophies Behandlung mit Unacid resistent gemacht."

„Und du bist eingeschnappt, weil ich deinen Kuchen nicht würdige", konterte er.

„Nein, weil du mich nicht ernst nimmst."

„Wegen deiner Backkunst oder wegen Schlönkamp?"

„Beidem!"

Paul winkte genervt ab und murmelte: „Ich gehe wieder ins Bett. Könnte ich noch einen Tee haben, oder ist das zu viel verlangt?"

„Ich denke, dir wachsen die Ingwerknollen bereits aus den Ohren?", blaffte ich ihn an und sagte seufzend zu Sophie: „Das traut er mir zu, aber Käsekuchen gelingt nur Anette."

Kapitel 12

Auf dem Sportplatz vor dem Vereinshaus der „Gelben Strümpfe", dem ortsansässigen Fußballverein, war ein altes Armeezelt aufgebaut. Die Altherrenmannschaft feierte gern, obwohl sie eigentlich nichts zu feiern hatte, denn sie bildete seit Jahren das Schlusslicht der 4. Kreisklassentabelle. (Weiter konnte man nicht absteigen.)

Aber das war den dickbauchigen und grau melierten Jungs egal. Dann köpfte man die Bierflaschen eben zum Trost auf die Niederlage. Einen Grund zum Trinken gab es schließlich immer. Die harten Kerle rotteten sich abends gern in einer Gemeinschaftshöhle zusammen, wo Frauen unerwünscht waren. Was dem Cowboy sein Saloon ist, ist dem Dorfbewohner sein Vereinsheim.

Deshalb hatten die Angetrauten eine Gegenbewegung in Form der Landfrauen gegründet. Nur so konnte ich mir die Existenz dieses Strickliesel-Clubs auf dem Lande erklären. Außer in Lüdenscheid hatte ich jedenfalls noch nie etwas von „Stadtfrauen" gehört. In der zivilisierten Welt lenkten wir uns dank genügend außerhäuslicher Unterhaltung in Form von Cafés, Bars, Theater, Kino, Ausstellungen und Shoppingmeilen von der Abwesenheit der Ehemänner ab anstatt dank Mitgliedschaft in zwanghaften Verbindungen.

Helene Fischers „Atemlos" hallte über den Sportplatz, und die Menge fiel grölend mit ein.

Aus taktischen Gründen hatte ich mich heute Abend extra chic gemacht und dem allgemeinen Dorflook angepasst. Dafür steckte ich in einer abgewetzten Jeans, die ich in die neu erworbenen Herzchengummistiefel geschoben hatte. Darüber trug ich im Zwiebelprinzip ein vergilbtes T-Shirt, kariertes Holzfällerhemd (mein Putzoutfit), ausgebleichte Fusselstrickjacke und grellgrüne Daunenweste. Auf Make-up hatte ich natürlich auch verzichtet, meine roten Locken nachlässig zum Zopf gebunden und unter einem gestreiften Kopftuch versteckt, das ein Knoten im Nacken zusammenhielt. Vorne hing mir eine zu kurze Strähne heraus, die ich mit einer Haarklemme über dem linken Ohr fixierte. Auf mein geliebtes Parfüm von Hermès hatte ich verzichtet und nur einen geruchsneutralen Deostift benutzt.

Das Osterfeuer mit dem Rest der verbrannten Strohpuppe, die den sterbenden Winter symbolisiert, loderte wie ein Scheiterhaufen zur Hexenverbrennung, obwohl es damit überhaupt nichts zu tun hat, dachte ich beim Blick in die Flammen. Ich hielt kurz inne und genoss die Wärme im Gesicht.

Eine der Tratschtanten aus dem Hofladen quatschte mich von der Seite an: „Schönes Überbleibsel aus Zeiten, wo Frauen mit roten Haaren den Menschen Angst gemacht haben. Da können Sie wahrlich froh sein, dass Ihre Mutter Sie ein paar Hundert Jahre später geboren hat."

Ich drehte ihr das Gesicht zu und klärte sie über den tatsächlichen Ursprung des Brauches auf: „Falsch! Mit den Osterfeuern wurde bereits in heidnischer Zeit im Frühjahr die Sonne begrüßt. Sie galten als Kult zur Sicherung der Fruchtbarkeit, des Wachstums und der Ernte. Denn man versuchte so, die Sonne mit dem Frühlingsfeuer magisch auf die Erde herabzuziehen. Auch Flammenräder ließ man …"

„Schönen Abend!", unterbrach sie mich. Mund und Augen spiegelten wider, dass sie insgeheim *Klugscheißerin* dachte. Okay, ab jetzt würde ich mich lieber dumm stellen.

Funken flogen weit in den sternenübersäten Himmel. Kinder rannten herum und streckten Würstchen am Stock in die

Flammen. Männer und Frauen standen Bierflaschen haltend in Gruppen und schwiegen miteinander.

Ich watete mit meinen zwei Kuchenplatten über die dunkle Wiese zum Zelt. Die Leute saßen sich an den Biertischen stumm gegenüber, tranken und guckten in ihre Gläser. Bestimmt waren sie genau wie ich gerade erst angekommen. Da hatte ich ja kaum etwas verpasst.

Ich sagte zu einem Jeans-mit-Bügelfalten-Träger, der mir entgegenkam und den ich nicht kannte: „Hallo! Is' ja noch nich' viel los."

„Wieso? Dat Fest is' doch voll in Gange", nuschelte er und musterte mich wie ein Alien.

In Norddeutschland sind die Menschen eben etwas zurückhaltender, brauchen einen Ticken länger und das eine Bier mehr, um in Stimmung zu kommen. Verwundert stellte ich fest, dass die Einheimischen sich zur Feier des Tages herausgeputzt hatten. Der Spruch „Je später der Abend, je schöner die Gäste" traf auf mich bezogen heute keinesfalls zu. Verstand einer diesen Menschenschlag. Ich fiel wieder aus dem Rahmen. Nie konnte man es den Leuten recht machen.

Mich belächelnd, drehten sich einige nach mir um oder rümpften die Nase. Sophie stand am Kuchenbuffet und schwatzte mit Anette. Beide musterten mich von Kopf bis Fuß. Meine Tochter flüsterte mir ins Ohr, als sie mir einen Kuss auf die Wange hauchte: „Was ist denn mit dir passiert? Kommst du vom Stallausmisten?"

„Irren ist menschlich, mein Kind. Ich habe den Grad der Zivilisation dieses Menschenschlages unterschätzt", flüsterte ich ihr ins Ohr. Sie schlug vor: „Du kannst dich ja noch mal umziehen gehen."

„Nö, keine Lust. Ist der Ruf erst ruiniert, lebt es sich ganz ungeniert."

„Willst du was trinken?", fragte sie.

„Ich nehme auch so ein Frauenbier", antworte ich, auf ihre Flasche mit einem Biermixgetränk zeigend.

Sie schob sich durch die Menge zum Ausschank. Ich begrüßte Pauls Kollegin. „Hallo, Anette!" Mit siegessicherer Miene überreichte ich ihr die Folienpakete und sagte: „Der versprochene Käsekuchen nach Omas Rezept. Leider fehlen zwei Stückchen. Paul hat sich einfach nicht beherrschen können."

„Dann geht es ihm wieder besser?", erkundigte sie sich mitfühlend und gab die Kuchen an die Damen hinterm Buffet weiter, die sie auf dem Tisch zwischen den anderen Torten platzierten.

Ich winkte ab: „Nee, du, der liegt immer noch flach. Nicht einmal die Antibiotika helfen."

Sie zog mich ein Stück beiseite, weil wir dem Fotografen den Blick auf den Kuchenbasar versperrten. „Mist! Und das ausgerechnet jetzt, wo ich seine Hilfe nötig hätte."

„Wieso, ist was passiert?", fragte ich neugierig.

„Das kann man wohl sagen. Sachbeschädigung mit Fahrerflucht. Kannst du dir vorstellen, da hat jemand ein paar Kilometer vor Mordsacker einfach die Fahrbahnrandmarkierung demoliert und ist, ohne den Schaden zu melden, weitergefahren."

„Sicher?" Ich spürte, wie mir die Röte ins Gesicht schoss.

Anette stemmte die Hände in die Hüften. „Eine Bremsspur führt direkt in den Straßengraben."

„Echt? Wie hast du das denn mitgekriegt?", brüllte ich, um die einsetzende Musik – Rammstein – zu übertönen. Die alten Leute ringsum hielten sich die Ohren zu.

„Ich fahre jeden Morgen meine obligatorische Streife durch unser Revier, und da hab ich es gleich gemerkt."

Ich brüllte: „Waas?", weil ich sie wegen der lauten Musik kaum verstand.

„Na, daaass da etwas nicht stimmt." Sie trat nah an mich heran und rief mir ins Ohr: „Alle Fahrbahnrandmarkierungen standen aufrecht und nur eine einzige schief."

Ein stämmiger Mitfünfziger schien sich beim DJ zu beschweren. Es sah fast so aus, als böte er dem zahnlosen Vokuhila-Träger hinterm Mischpult Prügel an, der ein Basecap mit der Aufschrift *Harald* und ein T-Shirt trug, auf dem *Wild Tiger* stand. Die Musik brach ab. Die Männer brüllten sich an.

Ich trat einen Schritt von Anette zurück und konnte in Normallautstärke weiterfragen. „Ist denn das so schlimm?"

„Na, hör mal, wenn da nun ein Kind gestanden hätte", sagte sie empört und beobachtete aus dem Augenwinkel, was am Mischpult vor sich ging. Ich folgte ihrem Blick. DJ Wilder Tiger bekam gerade eine Watschen, dass es schepperte.

Anette schritt nicht ein. Überhaupt niemand unternahm etwas.

„Ähm!", wies ich auf die Prügelei hin: „Da kloppt jemand einem anderen den Kopp ein. Willst du die Streithähne nicht auseinanderbringen?"

Anette blieb wie festgetackert stehen und winkte gleichgültig ab.

Das gab es doch nicht! Da guckt die Polizei seelenruhig zu, wie jemand vorsätzlich eine Körperverletzung begeht, aber will den Verursacher der umgefahrenen Plastiksäule verhaften und am besten für Jahre hinter Gitter bringen?

Ich machte einen energischen Schritt in Richtung Schlägerei. Anette hielt mich am Arm zurück: „Wenn de Muskaten nich ordentlich späll deten, denn röp einer in dem Saal: Häm de Muskaten hück überhaupt schon Schacht kräng? Und dann kräign de erst mal Schacht, und denn häm se mal ordentlich opspäält."

„Was? Aber …", wollte ich protestieren.

„Gaanz ruhig. Wir Mäkelbörger, wir sehen dat en bisschen

anders." Ja, dass die Mecklenburger etwas speziell waren, war mir auch schon aufgefallen ...

Harald wischte sich die blutende Nase, hob ergeben die Hände und fummelte dann an seinen Reglern und Knöpfen herum.

De Plattfööt sangen: „Disco up'n Dörp, Disco up'n Dörp, Disco uff'm Land, juch he!" Die Mienen der Anwesenden im Zelt entspannten sich. Sie widmeten ihre Aufmerksamkeit wieder ihrem Bier oder der Cola mit Köm – ein Aquavit – vor ihren Nasen und tranken wortlos weiter.

Wenn ich in Berlin auf einer Party war, quatschten die Leute unentwegt. Auch wenn es nur dummes Zeug war, warf jeder seine Meinung in die Runde oder prahlte mit seinen Erfolgen. Hier schienen sich alle nur telepathisch zu unterhalten. Jedenfalls hatte ich das Gefühl, dass besonders die Männer ihren Mund wenig benutzten. Vielleicht hatten sie Angst, dass er vom Reden ausfranste?

Ich nahm den Faden unseres Gesprächs vor der Keilerei wieder auf und fragte Anette: „Was machst du jetzt?"

„Ich ermittle." Sie legte die Hand an den Gürtel, wo sie sonst ihre Waffe im Holster trug, und erklärte: „Hab gleich die Bremsspur ausgemessen. Zwölf Meter. Das Fahrzeug hat scharf gebremst. Wahrscheinlich ist es einem Hindernis ausgewichen. Der Fahrer hat das Lenkrad verrissen und ist in den Straßengraben gerutscht."

Sie nahm genüsslich einen Schluck aus ihrer Bierflasche, bevor sie weitersprach. „Bestimmt zu hohe Geschwindigkeit. Oder es war Alkohol im Spiel. Hoffentlich hat er niemanden totgefahren, die Leiche eingesackt und sie woanders entsorgt." Anette verzog den Mund besorgt.

Ich prustete: „Ist das nicht ein bisschen übertrieben?"

„Waaas?" Jetzt versuchte sie, die Musik zu übertönen.

„Mit der Leiche!"

Sie stellte sich breitbeinig hin, wedelte mit dem ausgestreckten Zeigefinger und richtete ihn wie eine Pistole auf meine Brust: „Den kriege ich!"

„Wie?" Erschrocken presste ich die Lippen aufeinander und vergaß einen Moment lang das Atmen.

Lächelnd weihte sie mich in ihren Plan ein: „Am Plastik der Fahrbahnrandmarkierung waren dunkelblaue Lackspuren. Über die Zusammensetzung des Lacks finden wir den Fahrzeugtyp raus, und dann schreibe ich das Fahrzeug zur Fahndung aus. Außerdem habe ich eine Belohnung in Höhe von fünfhundert Euro für sachdienliche Hinweise aus der Bevölkerung ausgeschrieben. Irgendjemand hat sicherlich in der letzten Nacht etwas gesehen."

Ich dachte an den abgebrannten Birke, der die Kohle gebrauchen konnte, und schluckte. „Woher willst du so genau wissen, dass es letzte Nacht passiert ist?"

„Weil ich gestern Abend gegen 21 Uhr von Neustrelitz gekommen bin, da standen alle Fahrbahnrandmarkierungen aufrecht wie die chinesische Terrakottaarmee", sagte Anette, schnappte sich ihr Bier vom Tisch und trank noch einen großen Schluck.

Ich versuchte, den Tatbestand als Belanglosigkeit herunterzuspielen: „Vielleicht ist der Fahrer ja nur einem Tier ausgewichen?"

„*Dann* kommt noch eine Anzeige wegen Wilderei hinzu, weil er es nicht gemeldet hat. Wir haben es hier garantiert mit mehreren Straftaten zu tun, da kommt der Täter nicht mit einem Bußgeld und dem Verlust des Führerscheins davon. Vielleicht müssen wir ihn sogar einsperren." Der Pitbull hatte eindeutig Blut geleckt.

Ich fragte zaghaft: „Wie viele Monate macht das denn?"

„Monate? Jahre!" Sie nickte eifrig.

Jetzt hätte ich auch ein Bier gebrauchen können. Besser

einen Schnaps. Wo blieb denn Sophie? Sie wollte mir doch was zu trinken bringen.

Anette sagte: „Das wäre dann meine erste Verhaftung."

Mir wurde übel. „Ich würde ja mit dir anstoßen, aber …" Mit einer Geste machte ich sie darauf aufmerksam, dass ich auf dem Trockenen saß. Sie griff unter die herunterhängende Tischdecke vom Kuchenbuffet und beförderte ein Bier zutage, öffnete es an ihrer Gürtelschnalle und drückte es mir in die Hand.

Ich stieß mit ihr an. „Prost. Auf deine Beförderung."

Anette atmete tief durch. „Bringt das kein Unglück, wenn wir das im Vorfeld begießen?", fragte sie unsicher.

„Paul wird schon dafür sorgen, so pflichtbewusst, wie du deinen Dienst versiehst."

Sie lächelte stolz.

Ich klopfte ihr auf die Schulter. „Ich lege bei ihm ein gutes Wort für dich ein."

„Das würdest du tun?"

„Na klar, warum denn nicht?" *Wenn du den Feind nicht bezwingen kannst, mach ihn zu deinem Freund! Das war doch so ein altes russisches Sprichwort?*

Eine Kurzhaarige unterbrach uns. Aus ihrem praktischen Einheitsschnitt, den viele der Dorfschönen trugen, stach vorne eine lila Strähne wie die Galionsfigur an einem Schiff heraus. Sie hielt eine bunte Serviette mit einem angebissenen Muffin in der Hand und kaute. „Also, dein Käsekuchen ist erste Sahne. Das Rezept musst du mir unbedingt geben."

Aha, wir waren beim vertrauten *Du* angelangt. „Das ist ein Familiengeheimnis, aber weil *du* es bist?"

Kleine Pause. Aus großen Augen glotzte sie mich starr an. Dann fiel der Groschen. „Oh, klar, ich bin Karen." Sie reichte mir ihre klebrige Hand. So! Madame hatte den Wink kapiert. Anette sagte mit dem Bier Richtung Zeltausgang zeigend: „Ihr gehört seit Kurzem die Pension *Zum Henker*."

„Wellnesshotel, bitte!“, verbesserte die Jungunternehmerin und schob sich die Krümelreste des Muffins in den Mund.

Anette erklärte mit einem Augenzwinkern: „Passend zum Namen quält sie die Gäste in ihrer Folterkammer.“

„Der Konkurrenzkampf in der Tourismusbranche ist groß“, verteidigte sich Karen und warf Anette einen bösen Blick zu. „Ich hab es nicht so gut wie du als Beamtin.“

Ich fragte: „Hier verbringen Menschen freiwillig ihren Urlaub?“

„Eben zu wenig“, antwortete Karen. „Um mithalten zu können, muss man sich was einfallen lassen. Wenn wir uns diesbezüglich einig werden und den Namen unseres Dorfes zum Programm machen würden, könnte man aus *Mordsacker* das reinste Krimierlebnisparadies machen. Da hätten wir alle was davon.“ Sie rieb demonstrativ Daumen und Zeigefinger und ergänzte dann enttäuscht: „Aber hier kocht jeder sein eigenes Süppchen, anstatt aus den historischen Gegebenheiten Kapital zu schlagen.“

Ich fragte keck: „Was bietest du denn in deiner Folterkammer an, Dominadienste?“

Anette übernahm die Antwort und verdrehte die Augen. „Extraharte Betten, unsanierte Zimmer, Klo überm Hof und als Henkersmahlzeit eingeschweißte Bockwurst mit Brötchen.“

„Ich setze bewusst auf den Verzicht. Warum suchen denn so viele Städter Erholung im Kloster oder latschen sich auf dem Jakobsweg freiwillig Blasen an die Füße?“, konterte Karen mit schriller Stimme, um die laute Musik zu übertönen.

„Weil Hape Kerkeling als Leithammel vorangeschritten ist, ein Buch über seine angebliche Erleuchtung geschrieben und so gut vermarktet hat, dass es eine Nation zur Bibel erhoben hat“, mischte sich der Glitzerohrring vom Vormittag aus Frieses Hofladen in unsere Diskussion ein. „Für das, was du vorhast, fehlt hier eindeutig der Promi.“

Mit einem Satz machte sie Karens Visionen zunichte. „Ich bin Steffi Wels“, stellte sie sich dann bei mir vor. „Also, dein Kuchen, echt spitze. Da wird es die amtierende Tortenkönigin dieses Jahr schwer haben, ihren Titel zu verteidigen.“ Demonstrativ boxte sie Anette gegen den Oberarm.

Karen konterte gegenüber Steffi: „Dein Fischburger Ibiza hat Matthias Schweighöfer jedenfalls nicht überzeugt, den neuen Blockbuster in unserem Dorf zu drehen, obwohl seine Eltern hier in der Region gewohnt haben.“

„Der Gosch auf Sylt hat auch klein angefangen“, zischte Steffi beleidigt und verschränkte die Arme vor der Brust.

Ich war eigentlich hier, um etwas über Schlönkamp und seinen Mörder herauszufinden. Anettes Ermittlungsstand, den Fahrerflüchtigen betreffend, interessierte mich auch brennend. Jetzt wollte ich aber doch wissen, was Karens Visionen von einem Krimierlebnisdorf mit der Geschichte von Mordsacker zu tun hatte. „Was hat denn Mordsacker, abgesehen vom gestrigen Tod des Schweinebauern, sonst so an Morden zu bieten gehabt, dass du daraus eine Pilgerstätte für erlebnishungrige Städter machen willst?“ Vielleicht gab es ja einen Zusammenhang oder ähnliche Fälle in der Geschichte, an denen man ein Muster erkennen konnte …

Karen antwortete mir als Erste. „Mordsacker heißt Mordsacker, weil es früher das Feld war, auf dem Raubritter Runibert Vanderlohe unterhalb seiner Burg die Überreste der Toten verscharrte, die er vorher ausgeraubt und oben auf dem Henkersberg eigenhändig zerhackt hatte.“

Nun hatte Steffi noch etwas hinzuzufügen: „Er war so was wie der Dexter des Mittelalters und hat angeblich nur die Arschlöcher gekillt, die es verdient hatten.“

Ich nuckelte an meinem Bier und fragte in die Runde: „Solche wie Schlönkamp?“

„Was wie Schlönkamp?“

„Alles, was ich bis jetzt von ihm gehört habe, läuft darauf hinaus, dass er auch ein Arschloch war", gab ich meine Schlussfolgerung kund.

„Ein Riesenarschloch!", riefen die drei im Chor.

Ich fragte: „Warum?"

„Weil er alle in seinem Umfeld terrorisiert hat. Wehe dem, der ihm in die Quere kam. Da kannte er keine Gnade", antwortete Steffi und ergänzte: „Da ist mir mein Ole lieber, auch wenn er etwas schwerfällig von Begriff ist und genauso viel redet wie seine Fische. Mit Martina hätte ich nicht tauschen wollen."

Karen sagte abfällig: „Und der Siggi hat sich genommen, was er wollte. Der hat alles bestiegen, was zwei Beine weniger hat als seine Sauen …"

„Ein richtiger Zuchteber eben." Steffi grinste.

Anette wedelte mit ihrer Bierflasche. „Mir liegt keine Anzeige wegen Vergewaltigung vor. Soweit ich weiß, haben alle freiwillig mitgemacht." Die beiden Frauen bekamen rote Köpfe. Sie zählten also auch zu den Auserwählten.

„Wie viele trauernde Witwen werden denn nächste Woche am Grab weinen? Oder besser, wie groß war sein Harem?", wollte ich wissen und ließ meinen Blick über die Köpfe im Zelt schweifen.

„Die Antwort ist einfacher, wenn du fragst, wie viele Frauen hier *nicht* mit ihm geschlafen haben. Da bleiben nämlich mit dir und deiner Tochter nur eine Handvoll übrig. Aber dass jemand um ihn weint, kann ich mir kaum vorstellen."

Ich riss vor Erstaunen die Augen auf. „Na, denn man Prost!"

„Auf das Schicksal, das für Gerechtigkeit gesorgt hat", rief Karen und zwinkerte mir zu.

Sie haben ihn also gehasst … oder erst geliebt und dann gehasst, weil er sie alle beschissen hat.

Zwei weitere Damen, die gerade mit sichtlichem Genuss Stücke meines Kuchens verspeisten, gesellten sich zu unserer

Runde. Beide trugen viel zu enge Shirts und viel zu kurze Röcke. Ich ließ meinen Blick über die Menge schweifen und fragte mich: Für welchen Kerl hatten sich die beiden Kühe auf Kalb getrimmt? Der einzig ansehnliche Mann, für den es sich gelohnt hätte, seine Selbstachtung aufzugeben, war Dr. Nils Ackermann. Der hat allerdings nur Augen für meine Tochter, dachte ich stolz. Okay! Schönheit war relativ und lag im Auge des Betrachters. Und ich hatte eine Mission. Deshalb log ich ihnen freundlich lächelnd ins Gesicht: „Schick. Hab ich was verpasst? Wird heute Abend die Miss Mordsacker gekürt?“ Die beiden fühlten sich geschmeichelt und kauten lächelnd weiter.

„Na ja! Ihr habt euch so herausgeputzt. Mit eurer Stilsicherheit kann ich einfach nicht mithalten.“ Lachend zeigte ich auf mein Outfit und zuckte gekünstelt mit den Schultern. Wozu war ich Schauspielerin.

Die Mädels lächelten mich mitleidig an.

„Mach dir nichts draus. Wir sind auf dem Dorf“, sagte Karen.

Steffi warf ein: „Hier kannst du zum Osterfest auch im Nachthemd erscheinen. Du backst prima Kuchen. Das ist es, was zählt.“

Die Daumen der Neuankömmlinge in unserer Runde flogen hoch. Sie lobten mich mit den Worten: „Also, dein Käsekuchen …“

Die Größere der beiden, die zu ihrem schrecklichen Outfit auch noch wie eine polnische Straßennutte geschminkt war, gab ihr Wissen kund: „Dor Sieg als Dordengönijin is ihr sicher. Der Schiri hat se einschdimmich jewähld.“ *Das klang ja nun auch nicht so, als wäre sie hier geboren.*

Anette verzog enttäuscht das Gesicht. Die sächsische Zuwandererin fuhr mit den langen Glitzerkrallen durch die pechschwarzen Extensions und sagte: „Na, sei froh, da mussde heide mal keenen ausgeben. Und Hühner hasde ja wohl jenug, of deim Hofe.“

Dann wandte sie sich mir zu: „Vielleichd kannsde mir das Rezebd ja in'dn Ladn bringn. Da häng'n mer's für alle ans Schwarze Bredd. Was sagd ihr, Mädels?“ Die anderen Mittvierzigerinnen nickten.

Da ich fragend das Gesicht verzog, redete sie weiter „Salon ‚Flodde Logge‘ … Drendfrisurn, Nacheldesign, Gosmedig und Andiädschin … Moniga Grabbes. Du kannsd ruhich Moni zu mir sachen.“

Die Kleinere mit knallbunter Elton-John-Brille, seiner Gesichtsform und Statur, streckte mir ebenfalls die rot lackierte Tatze entgegen und stellte sich als Anke Tietjen vor.

Karen ergänzte: „Unsere Postbotin.“

Anke reckte die Nase hoch und protestierte: „Nebenberuflich! Hauptberuflich bin ich selbstständige Handelsunternehmerin …“ Noch eine moderne Karrierefrau!

„Sie macht in Unterwäsche und Sextoys …“ Alle lachten süffisant. Anke winkte ab und stellte klar: „Ich habe einen florierenden Online-Shop mit vielseitigem Sortiment. Ich vertreibe Kleidung, Spielzeug …“ Steffi zwinkerte mir zu: „Gegen die Langeweile im Schlafzimmer …“

Anke zählte unbeirrt weiter auf: „Behältnisse zum Frischhalten …“

„Sie meint Tupperdosen …“, rief Karen in die Runde.

Anke gab der Wellnesshotelbesitzerin einen Klaps auf die Hand. „… und alles, was der Hausfrau das Sauberhalten ihrer vier Wände erleichtert.“

„Budzlabben!“, machte sich auch die Inhaberin der „Flodden Logge“ lustig.

„Okaaay“, sagte ich gedehnt und lachte mit.

„Na, und zusammen sind wir die Landfrauen“, verkündete Anette stolz.

„Wenn de willsd gannsde gerne bei uns middmachn, wir wird'n uns freun“, sagte Moni und suchte mit ihrem Blick die

Zustimmung der anderen, die daraufhin nickten. Sie stießen mit mir an, und wir begossen die Bruderschaft.

Karen merkte an: „Wir nehmen nicht jede in unseren Club. Es gibt da so ein paar Bedingungen."

„Ach?", fragte ich und trank einen weiteren Schluck.

Anette klopfte mir auf die Schulter. „Keine Sorge, mit deinem Backtalent hast du die Aufnahmeprüfung locker geschafft."

Verblüfft dachte ich: Dass ich mir einmal Respekt mit einem Käsekuchen verschaffe, wäre mir nie in den Sinn gekommen.

„Und was macht ihr da so in eurem *Club*?", wollte ich wissen.

Steffi verbesserte mich: „In *unserem* Club. Du gehörst ja jetzt dazu."

„Wir dauschen Rezebde und Zeidungn mid den neuesden Drends in der Mode und so, organisiern de Ivänds im Dorf ..."

„Schnacken und spüln och Kanaster."

„Wir treffen uns regelmäßig, jeden Freitag gegen sechs."

„Entweder bei Bärbel in Hofladen, in der Fischbude oder bei mir im Hotel."

„Reihum immer woanders, am nächsden Freidag s'immer bei mir im Salon. De Andje sdelld uns dann ihre neue Gollegdsion vor. Wie hessd das?"

„Peni-Party."

„Moni spendiert den Prosecco und macht uns die Nägel", warf Karen ein.

„Einen Backkurs nach deinem Rezept könnten wir in der Tagesordnung noch unterbringen?" Alle nickten.

Schweren Herzens sagte ich zu und gab vorab das „Familiengeheimnis" – das Käsekuchenrezept, das in Wirklichkeit von Superkoch.de war – preis. Dafür erntete ich freundschaftliche Bekundungen. Meine neuen Freundinnen versorgten mich mit Sekt und Wein. So schnell konnte ich gar nicht trinken.

Als Sophie endlich zurückkam und mir das mitgebrachte Bier geben wollte, fragte ich: „Muzzzzesd du erst den Hopfen pfffflückn?“ Sie musterte mich und zog ihre Hand wieder zurück. „Ich glaube, du hast genug.“

„Gibbb her! Isch bin nur ein biszzzen bschwipsszzt.“ Ich lachte laut, fuhr ihr durchs Haar und sagte zu den anderen Frauen in unserer illustren Runde: „Meine Sophie! Wenn ihr irgendwas habt, es zzzzzwickt und zzzzzzwackt, dann ... na, ihr wizzzzt schon!“ Ich verlor den Faden und fuchtelte mit dem Weinbecher herum, als würde mir so einfallen, was ich sagen wollte. „Sie izzzzt Äääääärstin ...“

„Mama, das wissen alle!“

„Eine guuute Äääärstin.“

„Mama!“

Feierlich erhob ich meinen Becher. „Sie hat ihr Schtudium mit Aussseichnung ... und in der Chari ...“

„Komm. Wir gehen an die frische Luft!“ Sophie schnappte meinen Arm und zog mich vor das Zelt. Drinnen schmetterte Reinhard May: „Über den Wolken muss die Freiheit wohl grenzenlos sein.“ Der Bauernchor schallte wie ein Echo hinterher.

In einer dunklen Ecke ließ sie mich los. „Dir darf man echt keinen Alkohol geben.“

„Finchen, ich bin doch nur schtolz auf dich“, sagte ich und wollte ihr einen Kuss auf die Wange drücken.

Sie hob beide Hände. „Hör auf, dich zu betrinken. Du hättest dich beinahe um Kopf und Kragen geredet!“ Und dann flüsterte sie leise, weil sie merkte, dass wir nicht die Einzigen waren, die etwas zu klären hatten: „Wie kannst du die Charité erwähnen!“

Sie drehte sich noch einmal um, vergewisserte sich, dass das Pärchen, das hinter einem Baum stritt, uns nicht gehört hatte. Der Kerl – geflochtener Kinnbart, tätowiert bis zum Haaransatz, Hardcore-Shirt, also Typ Möchtegernrocker – schmetterte sein Bierglas vor einer offensichtlich schwangeren Frau zu Boden und eilte im Stechschritt zurück ins Zelt.

Die haben genug mit sich zu tun, dachte ich beruhigt und entschuldigte mein Verhalten bei Sophie. „Das izzz mir so rausgerutscht."

„Am besten, ich bringe dich nach Hause."

„Nein, ich will doch noch ein bizzzen reschshe...sche... mich umhören." Langsam wurde ich wieder klar im Kopf. „Was denkst du, warum ich das hier veranstalte? Sie haben mich in ihre Gemeinschaft aufgenommen."

„Dann iss eine Bratwurst, damit du nüchtern wirst."

„Ich mag kein Schweinefleisch."

Ihr Blick war streng.

„Na gut! Eine Wurst. Versprochen. Und ich trinke nur noch Cola."

„Aber bitte ohne Köm."

Ich schlenderte wieder ins Zelt. Dort steppte jetzt, zu vorgerückter Stunde, der Bär. Meine neuen Freundinnen fegten im bunten Discolicht hüftkreisend über die Grasnarben des Sportplatzes. „Atemlos einfach raus, deine Augen ziehen mich aus!"

Dabei mochte ich, und ich dachte, dass ich hier im Namen der anwesenden Herren sprach, mir nicht unbedingt vorstellen, wie sie ohne ihre Tigerlilli- und Glitzershirts von Klingel, Wenz und Bader aussahen.

Ich holte mir eine Bratwurst, die überhaupt nicht bio war, und verdrückte sie mit drei Bissen. Sie schmeckte köstlich, und ich leckte meine fettigen Finger ab.

Irgendwie hatte ich Fleisch anders in Erinnerung gehabt. Das konnte natürlich auch daran liegen, dass meine Geschmacksnerven vom Alkohol betäubt waren. Ich vertrug eben nichts. So eine Sauforgie verkraftete meine Leber so schlecht wie ein Läufer, der untrainiert zum Marathon an den Start geht.

Langsam schärfte sich meine Wahrnehmung. Die Musik wurde lauter und die Menschen hässlicher. Ich setzte mich mit einem Becher Cola an eine der Bierzeltgarnituren und beobachtete meine Umgebung.

Neben mir hing ein Mann schnarchend über dem Tisch. Schlönkamps Frau Martina saß einem schwarzhaarigen Zopftypen in Lederjacke gegenüber. Sie redeten angeregt miteinander. Schau an! Keine Spur mehr von einem Nervenzusammenbruch. Trauer sah für mich anders aus. Ihr Blick blieb an einer Schwangeren hängen, die das Zelt betrat.

Stopp! Das war doch die, die draußen mit Frau Schlönkamps Gegenüber gestritten hatte. Der Möchtegernrocker würdigte sie keines Blickes. Ich kannte sie. Die arbeitete beim Bäcker. Frau Schlönkamps Miene versteinerte. Ich sah, wie sie sich abwandte.

Der Landfrauenclub formierte eine Polonaise, die singend durch den Saal zog: „Hier fliegen gleich die Löcher aus dem Käse …“ Wie ich das Lied und die damit verbundene Nötigung zum Lustigsein hasste. Überhaupt ging mir dieses Schlagergedöns von Herzschmerz und Trallala so was von auf die Nerven.

Die Polonaise erreichte meine Bank. Eine Hand zog mich unwirsch am Arm. Eigentlich würde ich in so einer Situation erst recht sitzen bleiben, aber hier ging es um mehr als einen Tanz. Ich lächelte gequält und reihte mich hinter Karen vor ihren schwitzenden Mann ein, der wie ein Nilpferd von einem Fuß auf den anderen stampfte und mir seine fleischigen Pranken an die Hüften legte.

Ja, Herr Richter, ich weiß, dass ich fast fünfzig bin und mit der Reife und Erfahrung meiner Altersklasse der Spruch „Ich war jung und brauchte das Geld“ nicht mehr als Entschuldigung zählt.

Mir blieb keine Wahl, wollte ich die frisch gewonnene Zugehörigkeit durch demonstrierte Arroganz nicht gleich wieder verlieren. Augen zu und durch, hieß die Devise.

Nach einer gefühlten Ewigkeit fielen wir im Rausch und völlig außer Puste nebeneinander auf die Holzbank. Karen und die Mädels gaben mir ein Bier. „Ich bleib besser bei Cola."

„Quatsch! Heute wird gefeiert."

„Kennst du den Vorteil des Landlebens?"

„Ihr werdet es mir sagen."

„Die Partys steigen gleich nebenan. Du findest auch besoffen immer den Weg ins Bett."

„Und wenn ich in die falsche Richtung abbiege?"

„Hat sich so mancher in einer lauen Sommernacht im Kahn am See wiedergefunden."

Alle lachten wissend, außer mir.

Ich bestellte eine Runde *Feiglinge*. Wir klopften die kleinen Fläschchen auf den Tisch und schütteten uns das klebrige Gesöff in den Rachen. „Sagt mal, Mädels, als die schwangere Blonde vom Bäcker vorhin zum Zelt reingekommen ist, hat die Schlönkamp-Witwe die aber giftig angeguckt. Hat das was zu bedeuten?"

Karen antwortete: „Und ob, es wird gemunkelt, dass das Kind von Siggi ist."

„Ich dachte, die Bäckerin ist mit dem Möchtegernrocker zusammen?", bluffte ich.

Moni sagte: „Is sie auch gewesen. Der Fridz und sie sind sogar verheiraded."

Steffi hob den Zeigefinger. „Noch!"

„Fritz?", fragte ich.

Anke antwortete: „Asmussen."

„Den hab ich hier noch nie gesehen."

„Der arbeitet ja auch auf Montage, er ist der Metzgersohn. Das heißt, der Sohn unseres ehemaligen Metzgers. Wir haben ja zehn Jahre keinen Fleischer im Dorf. Das hat sich einfach nicht mehr gelohnt", erklärte Steffi.

Karen zeigte mit dem Finger auf den Mann. „Jetzt, wo der Siggi tot ist, wird er den Scheidungsantrag bestimmt zurückziehen." Flüsternd verkündete sie das offene Geheimnis, das alle außer mir kannten: „Die haben drei Jahre an einem Kind gebastelt, das hat nie geklappt, und dann war sie plötzlich doch schwanger."

„Sie had sich eben anderweidig geholfen", kicherte Moni.

Steffi rollte mit den Augen. „Welcher Mann verkraftet das?"

„Und wie ist es rausgekommen?", fragte ich.

Alle zuckten geheimnisvoll mit den Schultern.

Ich bohrte weiter: „Wann haben sie sich denn getrennt?"

„Ledsden Sonndach had'r se rausgeschmiss'n."

„Ihr seid ja genauestens informiert", lobte ich mit erhobenem Daumen.

Steffi verriet mir zwinkernd: „Sie stand heulend mit 'nem Koffer vorm Imbiss und hat sich noch ein warmes Backfischbrötchen mit extra viel Remoulade bei mir geholt, bevor sie mit 'nem Taxi weg is'."

„Wusste Schlönkamps Frau von der Affäre?", fragte ich.

„Auf dem Dorf lassen sich solche Sachen in unmittelbarer Nachbarschaft kaum verheimlichen", warf Karen weise ein.

Ich heizte die Gerüchteküche an: „Jedenfalls haben Meike und der Rocker vorhin heftig draußen gestritten."

Steffi sprühte sich mit Deo unterm Arm ein und sagte: „Vielleicht will er sie jetzt doch zurück. Die waren seit dem Sandkasten unzertrennlich."

Puh! Eine widerliche Duftwolke streifte mich. Steffi fragte: „Willste auch mal? Das überdeckt alles."

Wohl wahr. Ich verneinte mit einer stets akzeptierten Ausrede: „Allergie!" Sie studierte die Inhaltsstoffe ihrer Sprühdose und versicherte: „Für Allergiker geeignet."

Um mir die weitere Diskussion zu ersparen, nahm ich das Angebot an und dieselte mich großzügig ein. Wenn ersticken, dann richtig!

Isabel humpelte zum Festzelt herein, orientierte sich und steuerte auf ihre Mutter zu. Leicht vorgebeugt raunte sie ihr etwas ins Ohr. Ihre Körpersprache drückte Unmut aus, als die Start-up-Witwe ihr antwortete. Das Mädchen zog wütend ab. Martina Schlönkamp unterhielt sich weiter angeregt mit einer Frau, die ich auch noch nie in unserem Dorf gesehen hatte.

Ich wandte mich wieder an die Mädels. „Mutter und Tochter scheinen aber nicht unbedingt ein Herz und eine Seele zu sein?"

„Isabel ist sauer, weil Martina verkaufen und in die Stadt ziehen will. Sie ist mit dem Leben im Dorf nie warm geworden. Deshalb ist sie auch nicht in unserem Club", meinte Steffi, und Karen ergänzte: „Wir hätten sie ja aufgenommen, aber sie hat sich immer von uns zurückgezogen."

„Sie denkt eben, sie ist was Besseres, nur weil sie aus der Stadt kommt", höhnte Anke. Ich legte nach: „Die Entscheidung ist aber schnell gefallen. Ich meine, ihr Mann ist erst gestern Mittag gestorben. Überhaupt, wie eine trauernde Witwe kommt sie mir nicht vor."

Alle drei sahen mich an.

„Mal ehrlich, würdet ihr in aller Seelenruhe zum Osterfeuer gehen, wenn eure Männer einen Tag vorher ins Gras gebissen hätten?"

Die drei Grazien warfen sich fragende Blicke zu. Moni sagte: „Vom Zu-Hause-Rumsidzen wird er ja auch nich wieder lebendsch."

Karen pflichtete mir bei: „Ein bisschen abartig ist das schon." Steffi empörte sich: „Pietätlos! Kein Wunder, dass sich Isabel für ihre Mutter schämt."

„Anstatt zu feiern, sollte sie ihrer Tochter besser im Stall helfen, aber dafür ist Madame sich ja zu fein", lästerte Anke. „Tja, dem Siggi waren *wir* damals ja alle nicht gut genug, es musste eine aus der Stadt sein."

„Heißt das, ihr wart mal auf Siggi Schlönkamp scharf?", fragte ich neugierig.

„Was heißt scharf?", rief die Fischbudengastronomin aus und warf die Arme entschuldigend in die Luft.

„Klar warst du auf ihn scharf. Wir waren alle auf ihn scharf. Er war der tollste Bursche aus der zehnten."

Steffi empörte sich: „Damals waren wir vierzehn!"

„Ich bin heilfroh, dass ich ihn nicht gekriegt habe."

„Komm, hör doch auf. Wir waren alle enttäuscht, als er von der Armee zurückgekommen ist, mit der schwangeren Martina im Schlepptau, die er in Berlin aufgegabelt und gleich geheiratet hat."

Hannes Birke betrat mit einem Bier in der Hand das Zelt.

Unsere Blicke begegneten sich. Er grüßte und setzte sich allein an einen der Holztische. Als ich sah, wie Anette auf ihn zusteuerte, sprang ich auf und eilte ebenfalls zu ihm. Wolle Petri und der Dorfchor schmetterten einträchtig: „Hölle, Hölle, Hölle!"

„Jetzt würde ich gerne tanzen?" Ich machte einen Knicks. Birke setzte sein Glas ab, leckte sich den Schaum von der Oberlippe und folgte mir aufs Parkett.

Karen, Monika und Steffi schauten mir verwundert hinterher. Hannes umfasste mit der Hand meine Taille und führte mich im Eins-zwei-drei-Konsumschritt, der einem Foxtrott nachempfunden war, ohne jegliches Rhythmusgefühl übers Gras, bis mir schwindelig wurde. Dass er mir dabei mehrmals auf die Füße trat, übersah ich großzügig. Hauptsache, er sprach nicht mit Anette.

Sie gab auf, ging zum wilden Harald und forderte ihn auf, ihr das Mikrofon zu reichen. Ich ahnte, was sie vorhatte. Hier, wo sich heute das gesamte Dorf versammelte, bot sich die beste Gelegenheit, ihr Anliegen vorzubringen. Schiet! Sie wollte für denjenigen die Belohnung ausrufen, der sachdienliche Hinweise zu dem Fahrzeug gab, das letzte Nacht im Straßengraben gelandet war.

Ich ließ Birke kurzerhand stehen, eilte zu Anette und riss ihr das Mikro aus der Hand: „Hallo, Leute!“ Ich hustete. Alle starrten auf meinen Mund. „Was soll ich sagen? Herzlichen Dank, dass ihr uns so … so herzlich in eure Gemeinschaft aufgenommen habt … den Paul, die Sophie und mich.“ Ich zeigte auf meine Tochter, die mit Nils Ackermann, der Sprechstundenhilfe und dem Tierarzt redend an der Zeltwand stand und bei meinen Worten die Augen eindrucksvoll verdrehte.

„Wir fühlen uns hier …“ Ich suchte nach dem passenden Wort. „… sauwohl. Deshalb gibt's jetzt eine Runde Freibier für alle!“

Das Zelt kochte. Applaus schlug mir entgegen. Lächelnd gab ich Anette das Mikro zurück. Natürlich hatte ich es so manipuliert, dass es nicht gleich funktionierte. Während sie den Fehler suchte, stürmte die Eingeborenenhorde nach draußen zum Bierwagen. Ich hakte Birke unter und zog ihn mit mir fort.

Anettes Ansage verpuffte im Stimmengewirr. Ich stieß mit dem Hannes an, bedankte mich wegen des Quarks, erkundigte mich nach seiner Mutter und gab ihm einen Schnaps nach dem anderen aus. Er nötigte mich, mitzutrinken. Irgendwann drehte sich alles, und ich tanzte laut singend Kasatschok. „Dsching … Dsching … Dschingis Khan, he, Leute, ho, Leute …“

Sophie klopfte mir auf die Schulter und rief: „Ich gehe und würde dich gerne nach Hause bringen.“

„Wazzz?“

„Weil du betrunken bist, Mann!“

„Quatsch, du spinnst, issssch bin höchstens ein bizzzeen beeeeschwippppppst.“

„Mutter, du lallst!“

„Geh nach Hauzze! Ich komme zzzon klar. Ich bin ja zzzhon

groooß, stimmt's?", fragte ich die Mädels und hatte Mühe, das Gleichgewicht zu halten.

Meine neue Clique antwortete im Chor: „Wir passen auf sie auf."

Sophie ging kopfschüttelnd.

Ich tanzte weiter. „Dsching … Dsching … Dschingis Khan, he, Leute, ho, Leute …"

Irgendwann packte der wilde Tiger ein. Wir tranken aus. Hannes Birke und einige andere lagen auf den Tischen und schnarchten. Die Mädels und ich schleppten uns kichernd aneinander festhaltend aus dem Zelt. Sie rückten mir die Krone gerade, auf der in geschwungenen Lettern *Tortenkönigin* stand. Dann drückten sie mir etwas Sperriges in die Hand, bevor sie mich auf Kurs zu unserem Haus schubsten.

Es dämmerte bereits. Wir torkelten in verschiedene Richtungen auseinander.

Mir war speiübel. Ich umklammerte den Henkel fest mit den Fingern, blieb stehen und atmete. Mir wurde schwarz vor Augen.

Puh! Wo bin ich?

Ich schaute mich um, alles verschwamm. „Links runter die Dorfstraße entlang!", befahl ich mir. *Reiß dich zusammen, Klara, nach zehn Schritten bist du zu Hause!* Ich lief, stützte mich mit der freien Hand an Laternenmasten ab, schwankte in eine Hecke, bog ab und überquerte die Straße. *Wo waren eigentlich die Häuser hin?* Vorsichtig setzte ich einen Fuß vor den anderen. Gott, war ich müde. „Dsching … Dsching … Dschingis Khan, he, Leute, ho, Leute …" Ich lächelte vor mich hin. *Erst mal kurz ausruhen.*

Kapitel 13

„Hört auf mit dem Quatsch. Ihr seid solche Idioten. Das ist die Frau vom Sheriff. Was denkt ihr, was der mit euch anstellt, wenn er sie in der Aufmachung im Internet wiederfindet?“

Kindliche Stimmen kicherten und sangen juchzend einen Reim: „Schweinebella stinkt nach Mist, weil sie mit den Sauen aus einem Trog frisst …“

Hä, Internet. Wo war ich? Hoppla! Ich lag … lag ich in einem Sarg?

Verwirrt ertastete ich Holzplanken unter meinen Händen. Etwas gackerte mir direkt ins Ohr. Ich öffnete die Augen.

Nee, kein Sarg! Über mir blauer Himmel. Vielleicht war ich ja tot.

Nee, im Himmel wäre mir garantiert nicht so schlecht.

„Booaaah!“ Boot! Ich lag in einem Boot, völlig steif. Etwas kitzelte in meiner Nase. Ich musste niesen, fasste mir ins Gesicht und hielt ein Büschel vertrockneter Algen in den Fingern. Drei halbwüchsige Jungs tanzten mit Angeln und Handys in der Hand, Fratzen schneidend, vor Isabel Schlönkamp herum. Mein Gehirn fügte die Einzelteile der Wahrnehmung langsam zu einem Bild zusammen: Die halben Hähnchen hatten mir einen Algenbart verpasst und wollten mich in dem Zustand heimlich mit dem gefiederten Monster fotografieren, dessen Käfig sie auf das Brett über meinem Kopf im Boot platziert hatten.

Ich guckte dem Tier direkt in die Augen. Das Huhn erschrak genauso wie ich.

Isabel verscheuchte die Jungs. Mein Schädel dröhnte. Das

Hühnergegacker pikste angenehm wie ein Nadelkissen. Langsam richtete ich den Oberkörper auf. Alles drehte sich, und der Kahn schaukelte an Land wie bei Windstärke sieben auf dem Meer.

Mein Magen rebellierte. „Ohhh!“ Ich legte mich besser wieder hin. Die Stimme der Schlönkamp-Tochter hallte aus dem Universum und fraß sich durch den wabernden Pudding, der mich umgab. „Aaallleeesss klaaarr?“ Die Worte klangen wie bei einer Schallplatte, die sich in Zeitlupe drehte.

Ein nasses, kratziges Wesen lutschte an meinem anderen Ohr. Obwohl ich erneut erschrak, schaffte ich es nur, den Kopf langsam herumzudrehen. Jede hektischere Bewegung hätte dafür gesorgt, dass er mir abfällt. Ich starrte in eine Schnauze mit Kieferfehlstellung. Das Schwein hauchte seinen üblen Mundgeruch direkt in meine Nase.

„Schnitzel, aus!“, rief Isabel und lenkte den rosa Borstenträger mit einer Handvoll Erdnüssen ab.

Wie praktisch, der fraß die gleich mit Schale, dachte ich und beging dummerweise noch einmal den Versuch, den Kopf zu heben. „Boah!“ Blöde Idee. Mein Magen wollte sich mit aller Macht nach außen stülpen. Ich bettete das Haupt hurtig auf die Holzplanke unter mir. Es geht doch nichts über ein gemütliches Kissen. Gleichmäßig atmen! Ein und aus und …

Im Hintergrund zwitscherten Vögel. Wasser plätscherte, und Schilf rauschte. Das Huhn gackerte ganz nah. Ich bat Isabel pantomimisch, mich von der akustischen Folter zu erlösen. Sie hob den Käfig aus dem Boot. Wie herrlich, diese Stille. „Wie spääät iszz's?“, hörte ich mich lallen.

„Kurz vor sieben.“

Was? Ich musste nach Hause. Paul hatte garantiert längst eine Vermisstenanzeige bei der Polizei aufgegeben. Ich stellte mir vor, wie er (im Schlafanzug) Anette (in Uniform) vorheulte, dass er nur mich liebte und ohne mich nicht weiterleben könnte!

Hühnerkacke! Wie konnte man sich nur so betrinken.

Isabel half mir langsam hoch und aus dem Boot, drückte mir eine Krone auf den Kopf und den Käfig samt Vogel in die Hand.

„Herzlichen Glückwunsch!“

„Herszzlichn Glückwunsch?“ Geburtstag hatte ich doch erst im Herbst. Soweit ich mich erinnern konnte, schrieben wir Ostern 2016. Jedenfalls, bevor mein Film gerissen war.

Ich musste mich noch mal setzen. Vorsichtig verfrachtete ich das Hinterteil auf das raue Holz eines weiteren Kahns, der umgekippt war. Hoffentlich zog ich mir keinen Splitter ein.

„Wossszu?“, fragte ich mit einer Zunge, die sich anfühlte, als hätte mir jemand den Mund mit Beton ausgegossen.

„Filmriss? Mhhhmmm?“

Meine Energie reichte nur für einen nonverbalen Mikroausdruck. Ich nickte quasi mit den Wimpernspitzen.

„Sie haben den Backwettbewerb gewonnen und sind zur Tortenkönigin von Mordsacker gekürt worden. Als Preis gab’s ein Huhn.“

Es dauerte bestimmt dreißig Sekunden, bis ich den Mund aufklappte: „Ah…ha.“ Die Luft mit Ton, die soeben meinem Mund entwichen war, stank garantiert wie eine ganze Kneipe. Okay, dann besaß ich jetzt wohl ein lebendes Huhn, dachte ich gleichgültig. Im Moment war ich nur froh, dass meine Vitalfunktionen noch auf Autopilot abliefen. Was fraß so ein Vogel denn? Ich würde Paul das Tier geben, der würde schon wissen, was zu tun war. Jetzt, wo er zum Bauern mutierte.

Mein Gehirn sprang wieder an. „Was machst *du* eigentlich so früh am See?“, fragte ich.

„Gassi gehen.“

„Mit einem Schwein?“

„Schnitzel ist intelligenter als mancher Hund. Passen Sie mal auf!“

Sie warf einen Stock. „Schnitzel, bring!"

Der Eber raste im Schweinsgalopp über den Sand, dass es stiebte, apportierte den Stock, machte Sitz, Platz und stellte sich tot für eine weitere Handvoll Erdnüsse.

Das Letzte hätte ich auch am liebsten getan. Halbherzig sagte ich: „Allerliebst!", und konzentrierte mich aufs Atmen.

„Ich bringe Sie besser nach Hause."

Ich zeigte auf ihren geschienten Fuß und konnte nur mit Mühe sprechen: „Das ist doch ein Umweg für dich. Sophie hat gesagt, du sollst dein Bein schonen."

„Ich weiß, ich muss eh im Stall arbeiten, da macht der kleine Umweg den Kohl auch nicht mehr fett."

„Ich habe mit Piotr geredet", sagte ich fast tonlos und versuchte, mit Isabels Unterstützung in den Stand zu kommen. „Er will nicht mehr bei euch arbeiten. Hilft dir wenigstens deine Mutter?"

„Die ist nicht für die Stallarbeit gemacht", antwortete das Mädchen bitter.

Ich stand. Sie hielt mich fest. Das Huhn im Käfig gackerte wieder aufgeregt, weil es wegen meines Gewackels hin und her rutschte.

„Phhhhh!" Angestrengt atmete ich aus. „Weißt du was, ich werde dir helfen, bis wir einen Ersatz für Piotr gefunden haben."

„Aber …"

„Was aber?"

„Ich habe kein Geld."

„Sieh es als eine Art unbezahltes Praktikum oder Nachbarschaftshilfe an." Ich schwankte beim ersten Schritt. Die Welt fuhr Kettenkarussell. „Allerdings muss ich erst nüchtern werden." Ich rülpste laut. Das Schwein starrte mich entgeistert an.

„Prost!", sagte ich und entschuldigte mich. „Sorry, der kam aus dem großen Zeh."

Isabel begleitete mich mit Schnitzel an der Leine nach Hause.

„Spätestens Mittag, eher Nachmittag bin ich da", verabschiedete ich mich. Sie nickte und humpelte wortlos weiter. Wahrscheinlich bezweifelte sie, dass ich mein Versprechen einhalten würde.

Ich öffnete die Gartenpforte und suchte den Hausschlüssel. Oh nee! Der war weg. Entweder hatte ich ihn im Zelt oder beim Boot am See verloren. „Hühnerdreck!", rief ich und hob den Käfig auf Augenhöhe. Das Huhn glotzte mich fassungslos an. Ich stellte es an der Hausecke ab.

Zurückgehen und suchen schaffte ich in meinem steifbeinigen Zustand keinesfalls.

Paul wird mich killen!

Ich stakste ums Haus und guckte, ob ich ein Fenster offen stehen gelassen hatte. Das hohe Badfenster hinter dem Carport war gekippt. Aber wie kam ich da hoch? Ich schaute mich um. Die Gartenbank mit den schmiedeeisernen Füßen kriegte ich alleine nicht bewegt. *Ich könnte die Mülltonnen samt hölzerner Verkleidung unter dem Fenster postieren.* Die Idee!

Nach fünf Minuten hatte ich mein Werk vollbracht. Aber wie kam ich auf die Mülltonnenverkleidung?

Der Stapel Autoreifen in der Garage fiel mir ein. Die Seitentür war nicht abgeschlossen. Das hatte ich gestern vergessen.

Ich rollte Reifen für Reifen von seinem Platz und wuchtete sie neben den Tonnen übereinander zum Stapel. Dann holte ich meinen Hauptgewinn, hievte ihn und mein schlaffes Fleisch auf die Mülltonnenverkleidung. Dabei schnaufte ich wie ein Asthmatiker, der einen Achttausender erklimmt.

Nun hieß es, wie ein Einbrecher zu denken. Paul hatte mir immer eingebläut, nachts keines der Fenster auf Kippe stehen zu lassen. Als ich infrage stellte, wie der Dieb denn bitte durch so einen schmalen Schlitz den Fensterhebel greifen soll, ohne sich dabei die Finger zu brechen, hatte er es mir mit drei Handgriffen demonstriert. Ich wendete sie an, und, zack, sprang das Fenster auf.

„Psst! Du hetzt uns mit deinem Gegacker noch den Hausherren auf den Pelz", warnte ich das Huhn und zwängte mich rückwärts durch die schmale Öffnung, die höchstens dreißig Zentimeter maß. Dabei riss ich mit den klobigen Gummistiefeln an den Füßen den Behälter mit den Ohrenstäbchen um, der auf dem Schränkchen neben dem Fenster stand. Es schepperte.

Ich biss mir auf den Finger und hielt die Luft an. Alles war wieder still, selbst das Huhn hielt den Schnabel. Mein Wachhund Paul hatte es Gott sei Dank nicht gehört.

Vom Fensterbrett stieg ich hinab auf den Toilettendeckel, hob den Hühnerkäfig herein und kam mit Hauptgewinn und Krone auf dem Kopf – wie ich im Spiegel bewundern konnte – unbescholten auf dem weißen Fliesenboden an. Meine Gummistiefel hinterließen fette Dreckspuren. Egal. Das war in unserer Familie ja die neue Sitte.

Fürs Erste parkte ich das Huhn im Waschbecken. Dann kroch ich auf allen vieren herum, um die Wattestäbchen einzusammeln.

Im nächsten Moment wurde die Badtür aufgerissen, knallte gegen mich, und ich lag mit auf dem Rücken gedrehten Arm vor der Dusche.

„Au, spinnst du!", brüllte ich Paul an, der im Schlafanzug über mir kniete und meine Arme zu Boden drückte. Das Huhn gackerte, als wollte *ihm* jemand den Hals umdrehen. Dabei hatte doch jetzt *mein* letztes Stündlein geschlagen!

Paul ließ los und brüllte mit heiserer Stimme zurück: „Klara! Wieso steigst du durchs Fenster ein? Ich habe dich für einen Einbrecher gehalten." Er half mir hoch. „Alles in Ordnung?"

Ich nickte und presste heraus: „Ich habe den Schlüssel verloren."

„Wo kommst du überhaupt her?"

„Vom Weihnachtsmarkt“, sagte ich sarkastisch. Ich merkte, wie mein Kreislauf durch den Adrenalinschub überfordert war. Mir wurde mit einem Mal schwarz vor Augen. Mein Atem ging ganz flach, und ich musste mich am Waschbecken festhalten.

Paul sah erst das Huhn und dann mich fragend an.

„Hab ich extra für dich geschossen.“

„Klara? Alles in Ordnung?“, wiederholte er.

„Weg da!“ Ich schob ihn zur Seite, riss den Klodeckel auf und hängte den Kopf über die Schüssel – gerade noch rechtzeitig.

Der Kommissar schlussfolgerte: „Du bist betrunken.“

Blitzmerker. Das wäre mir gar nicht aufgefallen.

Nachdem sich mein Magen von selbst ausgepumpt hatte, hob ich den Kopf, hievte mich in den Stand und hielt das Gesicht unter kaltes Wasser. Paul tätschelte mir hilflos die Schulter. Ich spülte den Mund aus. Das Handtuch, das er mir reichte, verschmähte ich brüsk.

Mit erhobener Hand wies ich ihn von mir. „Lass mich, bitte!“ Wie ferngesteuert fand ich den Weg auf das Sofa im Arbeitszimmer, ließ mich der Länge nach fallen und schloss die Augen. Alles drehte sich. Um die Karussellfahrt zu beenden, hängte ich ein Bein heraus und bremste. Es funktionierte. Langsam dämmerte ich weg und fiel in einen tiefen Schlaf.

Kapitel 14

Als ich aufwachte, war ich felsenfest davon überzeugt, dass sich mein Kopf zum Würfel verformt hatte. „Lieber Körper, ich verspreche dir heute hoch und heilig: Ich werde nie wieder einen Tropfen Alkohol anrühren." Allein der Gedanke an Bier, Wein und Cola mit Schuss verursachte mir erneut Übelkeit. Ich fror, trotz Decke. *Bleib einfach liegen, Klara, und schlaf noch ein Weilchen, dann vergeht …*

Jemand klingelte Sturm, registrierte mein Unterbewusstsein beim zweiten Versuch, die Augen zu öffnen. Die Post. Also ist es bereits Mittag.

Dass Anke schon wieder auf den Beinen war? Hab ich was bestellt?

Nö!

Doch!

Ich schreckte hoch. Das Ergebnis der DNA-Analyse. Als ich hörte, dass Paul bereits hustend die Treppe herunterschlich, sprang ich auf und erreichte mit letzter Kraft noch vor ihm die Haustür. „Geh ins Bett zurück!", forderte ich ihn auf. „Ich mach das!"

Er blieb neugierig an der Treppe stehen.

„Du erkältest dich!", mahnte ich mit belegter Stimme.

„Ich bin vielleicht schon krank?"

„Dann kriegst du eben einen Rückfall! Los, ins Bett mit dir! Wie sollen die Leute Respekt vor der Polizei haben, wenn sie ihnen im Schlafanzug gegenübertritt. Herrgott, du bist Beamter."

Paul trollte sich stirnrunzelnd nach oben. Ich schleppte mich zur Gartenpforte. Die warme Frühlingssonne blendete so schmerzhaft, dass ich blinzeln musste.

Eine mir fremde Postbotin mit eingetrocknetem Gesicht überreichte mir die Zeitung und einen braunen Briefumschlag. „Dafür bekomme ich eine Unterschrift von Herrn Himmel."

„Der liegt mit Fieber im Bett. Das kann ich doch machen, oder?"

„Das ist aber ein amtlicher Brief."

Lächelnd hielt ich den Kopf schief und war kurz davor, ihr den Umschlag zu entreißen.

„Ausnahmsweise. Sie sind seine Frau?"

„Ja, für die Tochter bin ich zu alt und für die Mutter zu jung", sagte ich scherzhaft.

Das Rosinengesicht hatte seinen Humor offenbar zu Hause vergessen. Ich nahm an, sie grämte sich, dass sie samstags arbeiten musste, wenn alle anderen ausschlafen durften. Vielleicht hasste sie aber auch ihr Leben und diese ganze böse Welt. „Wir haben aber eigentlich unsere Vorschriften", fuhr sie mich barsch an.

In meinem Zustand hatte ich überhaupt keine Lust auf eine Grundsatzdiskussion. „Selbstverständlich. Es tut mir leid, aber es geht wirklich nicht anders. Mein armer Mann ist soooo krank", sagte ich übertrieben verzweifelt, um der Mitarbeiterin des staatlichen Briefbeförderungsmonopols den Respekt zuzugestehen, den sie ihrer Meinung nach verdiente.

Es funktionierte. Schließlich war ich eine gute Schauspielerin. Mit eiserner Miene hielt sie mir ihren elektronischen Scanner und einen Stift vor die Nase. „Bitte nur den Nachnamen."

Ich machte meinen Kringel. „Ich übergebe den Brief sofort", log ich dreist und dachte: Steife Pute! Lächeln ist wohl unter ihrem Niveau, oder hatte es die Post ihren Mitarbeitern verboten? Um ihren Mund bildete sich ein verkniffener Zug. „Na, dann schöne Ostern und gute Besserung für Ihren Mann!" Mensch, da war die eingetrocknete Weintraube jetzt aber über ihren Schatten gesprungen.

Ich ging rein, besser gesagt, ich schlich. Mein Kreislauf spielte immer noch verrückt. Paul rief von oben: „Was hat denn da so lange gedauert? Hast du wieder was bestellt? Die Post klingelt doch sonst nicht."

Ich versteckte den Brief in der Handtasche im Flur und schleppte mich in Zeitlupe hoch ins Schlafzimmer. Dort krachte ich mit ausgestreckten Gliedern neben Paul aufs Bett und blieb regungslos in seinem Kissen liegen.

Mühsam formten meine Lippen die Worte: „Sei nicht so neugierig. Morgen ist Ostern."

Bloß den Kopf ruhig halten. Ich starrte an die Decke, atmete tief ein und aus. Aus dem Augenwinkel sah ich, wie Paul, der auch steif wie ein Trockenfisch auf dem Rücken lag, schmunzelte. „Erst ein Huhn und jetzt noch ein Geschenk?" Ich schloss die Lider. Er drehte das Gesicht zu mir und fragte: „Wie heißt er denn?"

Ich klappte ein Auge auf und sah ihn an. „Wer?"

„Dein Untermieter?"

„Hä?", fragte ich und blinzelte.

„Der Kater."

„Hör auf, dich lustig zu machen."

Paul grinste. „Ich mache mich nicht lustig."

„Bloß nicht!" Ich klappte das Auge besser wieder zu.

„Eine Aspirin?", bot er an.

Ich stöhnte: „Zwei!"

„Dann handelt es sich um ein ausgewachsenes Exemplar von einer Miezekatze." Er schraubte sich ächzend in den Sitz.

„Katze? Du beleidigst ihn. Er ist ein schwarzer Panther!", hauchte ich schwerfällig.

„So schlimm!" Paul stand auf und brachte mir ein Glas mit

sprudelndem Wasser aus dem angrenzenden Badezimmer und legte sich wieder neben mich.

Ich trank in kleinen Schlucken, kuschelte mich mit unter seine Decke und jammerte: „Jetzt stecke ich mich bei dir an."

„Dann eröffnen wir ein Lazarett. Sophie wird uns schon pflegen." Er strich mir die Locken aus dem Gesicht.

„Das arme Kind. Ich glaube, sie hat was mit Dr. Ackermann."

Paul runzelte die Stirn. „Ihrem Chef?"

„Kollege."

„Brisant. Ist der nicht verheiratet?"

Ich stellte das leere Glas auf den Nachttisch. „Mit der Bürgermeisterin von Brisenow."

„Wenn er unserer Tochter das Herz bricht, bring ich ihn um." Paul schlang seinen Arm besitzergreifend um mich. Früher ging diese Geste in ein erotisches Streicheln über, und wir fielen übereinander her wie ausgehungerte Tiere. Heute regte sich nichts, stellte ich enttäuscht fest und sagte: „Sophie ist erwachsen und weiß selbst, worauf sie sich einlässt."

Nach zwanzig Minuten Totenstarre wirkte das Aspirin. Ich öffnete die Augen und kehrte zu den Lebenden zurück.

„Ich stehe auf", sagte ich und wartete. Vielleicht gelüstete es ihn ja doch noch nach mir? Fehlanzeige! Aufreizend rieb ich meinen Hintern auf dem Laken hin und her.

Okay, da regte sich wohl gar nichts. Ich gab auf und fragte: „Tee? Hast du Hunger?"

„Keinen Appetit. Ich bin froh, dass ich lebe."

„Frag mich mal!", sagte ich ernüchtert, und das nicht nur vom Alkohol.

Im Sitzen fühlte ich seine Stirn. „Du fieberst immer noch. Hast du die Antibiotika genommen?"

„Es hat sie mir ja keiner gegeben", murmelte er beleidigt.

„Paul“, schimpfte ich. „Das ist nicht dein Ernst!“

„Keiner kümmert sich um mich. Die eigene Frau geht die ganze Nacht aus und betrinkt sich. Die Tochter treibt sich mit einem verheirateten Mann herum. Da kann man hier verrecken, und es interessiert niemanden.“

„Paul! Damit macht man keine Witze.“

„Das ist kein Witz. Ich meine das völlig ernst.“

Ich schob ihm die Tablette in den Mund, öffnete das Fenster und schüttelte ihm das Bett auf. „Geh ins Bad! Ich bringe dir einen frischen Schlafanzug und beziehe die Kissen. Du bist ja vollkommen nass geschwitzt.“

Stöhnend stand er auf. „Jaja, jetzt, wo es fast zu spät ist, plagt dich das Gewissen. “

Ich schubste ihn mit gespielter Empörung zur Tür hinaus und machte klar Schiff im Schlafzimmer, bevor ich ihn wieder auf sein Krankenlager verfrachtete, mit einem Tee versorgte und mich selbst ausgiebig duschte.

Mit nassen Haaren vor einer Tasse dampfendem Kaffee sitzend, fiel mir als Erstes mein Versprechen ein, das ich Isabel Schlönkamp heute Morgen in einem Zustand geistiger Umnachtung gegeben hatte. Welcher Esel hatte mich da geritten?

Nüchtern betrachtet kam mir das Vorhaben, die genauen Umstände von Schlönkamps Tod zu recherchieren und seinen imaginären Mörder zu fassen, wie eine blöde Idee vor. Was mischte ich mich in fremde Angelegenheiten ein? Es konnte mir doch egal sein, was mit Siggi Schlönkamp passiert war.

Aber nicht, dass über Paul als einen unfähigen Dorfsheriff hergezogen wurde. Das hatte er trotz aller Differenzen, die wir im Moment miteinander ausschwiegen, nicht verdient. Außerdem war es ja irgendwie meine Schuld, dass wir hier gelandet waren.

Hach! Ich hatte das Gefühl, etwas gutmachen zu müssen! *Wenigstens werde ich seinen Ruf retten.*

Enthusiastisch fegte ich mit der Hand über den Tisch und dabei die Kaffeetasse um. Ups! Welches Missgeschick. Ich sprang auf und titschte die Pfütze mit *Wisch und weg* trocken.

Voll motiviert nahm ich mir Stift und Papier in Form eines abgerissenen Kalenderblatts, das herumlag. Besser, ich schrieb alles gleich in das Notizbuch, sonst produzierte ich wieder eine unüberschaubare Zettelflut. Eine Macke, die ich mir einfach nicht abgewöhnen konnte. Ich war und blieb in dieser Hinsicht eben eine Chaotin.

Wild kramte ich in der Schreibtischschublade im Arbeitszimmer, wo ich gestern meine Gedankenstütze vor Paul versteckt hatte, und fluchte. Bereits einen Monat nachdem ich das Haus eingeräumt hatte, nistete sich wieder das obligatorische Durcheinander in einigen Ecken ein. Wieso schaffte ich es einfach nicht, in diesen kleinen Dingen Ordnung zu halten?

In Berlin hatte ich eine Putze, Veronica. Hier blieb die Hausarbeit an mir kleben, na ja, fast. Paul hängte auch mal die Wäsche auf, räumte das Geschirr in die Spülmaschine und brachte den Müll raus. Eigentlich hatte ich Zeit, sogar zu viel Zeit. Es war etwas anderes. Mich lud eben jegliche Art von Schublade dazu ein, so Zeugs aus dem Blickfeld verschwinden zu lassen. Dinge gleich an Ort und Stelle zu räumen, war unser beider Schwäche, dachte ich, während ich ausgetrocknete Kugelschreiber in den Papierkorb entsorgte. Äußerlich war ich ein ordentlicher Mensch mit einem gewissen Maß an ästhetischem Empfinden. Die Möbel unserer Berliner Wohnung und hier im Haus waren in Stil und Farbe so ausgewählt, dass sie für mein Auge ein harmonisches Bild ergaben, gradlinig sowie Ton in Ton mit einem Schuss Kontrastfarbe und Stilbruch in der Form als interessantes Gewürz. Ich würde nie in ein schwarz-weiß gekacheltes Bad blaue Handtücher hängen, aber ein weinrotes mit Paisleymuster neben schwarz-weiß gestreifte sowie einen silbernen Spiegel mit neobarockem Rahmen.

Dafür war ich durch und durch eine Waage. Manchmal ertappte ich mich sogar dabei, wie ich unbewusst meine Kleidung farblich auf die Umgebung abstimmte. Dabei war Grün meine Lieblingsfarbe. Die passte eben am besten zu meinen Augen, die im Kontrast zu den roten Haaren leuchteten. Außerdem stand Grün für Harmonie, mein Grundbedürfnis in allen Lebenslagen. Auch so eine typische Macke der Waage.

Wer mich auf eine Dschungelexpedition mitnimmt, dem garantiere ich, dass ich jeden angreifenden Tiger mit einem Lächeln in die Flucht schlage.

Zwischen der Schlange und ihrem Opfer vermittelte ich so lange, bis sie sich selbst in den Schwanz biss. In mir tobte aber auch ein Sturm der Leidenschaft wie in jeder Waage, der Wunsch nach Abenteuer und der Begegnung mit dem Fremden, auf der Suche nach dem Schatz. Den ich eben in meinen Schubladen auslebte.

Ich sollte mich lieber auf den Schurken konzentrieren, der so gerissen war, dass er den erfahrenen Paul davon überzeugt hatte, dass Schlönkamps Tod ein Unfall war. Ich fischte ein anderes, altes neongrünes Notizbuch aus der hintersten Ecke der Schublade und betrachtete es kurz. Wann war mir denn diese ästhetische Entgleisung passiert?

Ich schlug es auf und wusste: Das Büchlein hatte mir Sophie zum dreißigsten Geburtstag geschenkt. Klar! Ich las ihre Widmung in kindlicher Krakelschrift: *Für meine Mama, damit ihr immer etwas einfällt.*

Liebevoll streichelte ich darüber und sah meine Tochter als kleines Kind mit Rattenschwänzen, Zahnspange und Brille singend vor mir am Bett stehen, als sie mir das selbst gebastelte Geschenk überreicht hatte. Hach!

Und durch meine Finger rinnt die Zeit … Plötzlich musste ich an diese Liedzeile von Donna aus dem Musical *Mamma mia!* denken. Ich hatte unsere gemeinsame Zeit auch oft verschenkt.

… Auch wir wollten so vieles unternehmen, an den See fahren oder eislaufen im Park …

Und jetzt? Führte meine Tochter ihr eignes Leben, an dem ich nur noch als Randfigur teilhaben durfte. Ihr Vorwurf am Donnerstag war berechtigt.

Tapfer kämpfte ich mit den Tränen. Ich schnappte mir einen Kuli, erhob das Büchlein zum Glücksbringer und pinselte alle Gedanken zu den Tatverdächtigen, ihren Motiven und den Indizien, die meine Theorien untermauerten, dort hinein. Im Moment die beste Methode, um die aufkommende Melancholie im Keim zu ersticken.

Neben den Namen von Schlönkamps Witwe gesellten sich Piotr, Hannes Birke und … Zögernd drehte ich den Stift mehrfach in der Hand, bevor ich *Fritz Asmussen* schrieb. Der Streit mit seiner Frau lief wie ein Film vor mir ab. Das war schließlich vor dem vollkommenen Alkoholabsturz passiert.

Ich rief mir den Blick von Martina Schlönkamp ins Gedächtnis, den sie der Backwarenfachverkäuferin beim Eintritt ins Festzelt zugeworfen hatte. Eifersucht war ein sehr starkes Motiv, wusste ich aus eigener Erfahrung und schämte mich in diesem Moment vor mir selbst. Wegen meines Misstrauens war schließlich sogar ein Mensch gestorben.

Wer liebt, muss handeln! Pauls geheimnisvolles Getue hat mir die Gefährdung unserer Beziehung signalisiert. Ich habe sie nur verteidigt. So wie Martina Schlönkamp?

Nein, ich hatte Katharina Wolff nicht ermordet oder jemanden dazu angestiftet, sie zu beseitigen. Trotzdem fühlte ich mich schuldig. Auch wenn mir Pauls Vorgesetzte beteuert hatten, dass ich nicht schuld war, dass die bildhübsche Informantin meines Mannes vom Mafiaboss Ricardo Perez erschossen worden war. Wie weit wäre ich in meinem Schmerz gegangen, wenn mich Paul wirklich mit ihr betrogen hätte? Schließlich bin ich ein sehr emotionaler Mensch.

Ich las die Aufzeichnungen. Vier Verdächtige waren genauso hilfreich wie gar keiner. Ich kaute auf dem Stift herum. Wer zog den meisten Vorteil aus Schlönkamps Tod?

Asmussen hatte keinen Nebenbuhler mehr. Er konnte sich seiner Frau als liebevoller Vater beweisen. Mit der Zeit fand er sich vielleicht damit ab, nicht der Erzeuger zu sein. Der Nutzen von Schlönkamps Tod war für ihn sehr groß.

Die lustige Witwe? Ihr Mann hatte sie nicht mehr geliebt. Hätte er sie für Meike Asmussen und das gemeinsame Kind verlassen, hätte sie ohne finanzielle Sicherheit dagestanden.

Schlönkamp wäre auf seinem Hof geblieben. Seine Frau hätte keine Ansprüche stellen können, weil sie damals nur mit einem Koffer voller dreckiger Klamotten zu ihm gezogen war. Mit Siggis Tod konnte sie nach dem Verkauf des Bauerngehöftes mit reichlich finanziellem Polster zurück in die Stadt und ein neues Leben beginnen. Das waren alternativ zu Hartz IV und Sozialwohnung lukrative Aussichten.

Wen hatte ich noch? Piotr Kravzyk.

Was gewann er durch Schlönkamps Tod? Den Arbeitsplatz wollte er freiwillig nicht zurückhaben. Im Kuhstall von Fries ging es ihm sichtlich besser. Dafür hätte Schlönkamp aber nicht sterben müssen.

Sollte er aus Rache für die Demütigung gehandelt haben? Das passte nicht zu dem Piotr Kravzyk, den ich kennengelernt hatte. Hatte er aus Hass gehandelt, weil der Schweinebauer den Respekt vor der Schöpfung verloren hatte? Die Polen sind doch so gläubig. Aus seiner Sicht beging Schlönkamp mit der strikten Biohaltung Tierquälerei. Schon auf dem Parkplatz des Rowo-Marktes hatte ich Piotrs Ansicht als Mordmotiv eingeschätzt, nachdem ich dort den Bericht eines ehemaligen Biobauern im Internet gelesen hatte.

Vielleicht wollte er ihn einfach nur aufhalten. Piotr Kravzyk, der Schweineretter?

Gedankenverloren legte ich den Kopf schief und polierte mit der Zunge die oberen Schneidezähne glänzend. Wenn Isabel und Martina die Zucht im gleichen Stil weiterbetrieben, war alles umsonst. Dann änderte sich für die Tiere nichts. Außer, er ging davon aus, dass …

Nee, Martina Schlönkamp hatte ihre geheimen Wünsche und Zukunftspläne wohl kaum mit dem polnischen Stallburschen besprochen. Ich richtete mich auf. Außer, sie hat von seinem Zorn gewusst und ihn dazu gedrängt, etwas zu unternehmen? Im schlimmsten Fall ging er in den Knast, und sie wäre frei. Damit rächte sie zugleich ihren verschmähten Annäherungsversuch.

Ich sollte die Frau nicht unterschätzen. Von wegen geistige Umnachtung! Das morgendliche Versprechen gegenüber Isabel hatte ich instinktiv gegeben. Innerlich lobte ich mich nun für den cleveren Schachzug. Wer den Schatz bergen will, muss in den Hades herabsteigen, auch wenn es einem vor Gestank die Atemwege verätzt.

Ich stierte aus dem Fenster, vor dem Nachbars Tauben saßen und beim Entleeren ihre Bürzel fröhlich an meiner Scheibe abschmierten. „Sehe ich aus wie Aschenputtel?“, rief ich ärgerlich, sprang auf und klopfte gegen das Glas. „Verpisst euch, Rukkediku, sonst gibt's Taubenragout.“

Erneut warf ich einen Blick in meine Aufzeichnungen. Tatverdächtiger Nummer vier. Was war mit Hannes Birke? Was hatte er von Schlönkamps Tod? Die Gewerbeaufsicht und das Finanzamt hatten ihn am Haken. Daran änderte Schlönkamps Ableben nichts.

Rache im Affekt? Vernichtung, nach dem Motto: Gehe ich unter, mach ich dich platt. Vielleicht wollte er ihn nur dazu bringen, die Anzeige zurückzuziehen? Dann kam es zu einer Auseinandersetzung an der Grube? Der abgebrochene Ast am Strauch! Der körperlich überlegene Schlönkamp hatte vielleicht Birke eins auf die Nuss gehauen, ihn ausgelacht und war dann mit dem Sauerstoffgerät in die Grube geklettert. Birke hätte dann aus Wut die Leiter wegziehen können, vielleicht erst nur, um den Biobauern zu erschrecken. Ein Mittel, um Schlönkamp seine Macht zu demonstrieren, dass er dessen Leben jederzeit beenden könnte. Wenn es so war, war das Ganze gründlich schiefgegangen.

Die Frühlingssonne brach durch die Wolken und erhellte den Raum. Ich starrte abermals aus dem Fenster, das nun von Taubenschiss bekleckert war. Die Natur im Garten strahlte plötzlich wie auf Hochglanz poliert.

Nee, Hannes Birke wäre selbst in die Grube gestiegen und hätte versucht, ihn zu retten. So viel Skrupellosigkeit traute ich dem Döskopp nicht zu. Oder? Eigentlich war er ein armes Würstchen.

Die Zigarettenkippen! Der Brief vom Labor mit der DNA-Analyse wartete in der Handtasche nur darauf, geöffnet zu werden. Ich huschte auf Socken in den Flur. Von oben schwappte absolute Stille herab. Vorsichtig zog ich den braunen Umschlag heraus. Es knisterte nur ein bisschen. Mein Wachhund rief krächzend: „Klara?"

Ich zuckte zusammen. „Wer sonst?"

„Was machst du?"

„Ich räume das Arbeitszimmer auf. Und hole mir eine Packung Taschentücher aus der Handtasche."

„Kannst du mir bitte auch welche bringen? Meine Nase läuft mir davon."

„Moment!" Ich verdrehte die Augen und legte den Brief auf der altweißen Kommode ab. *Zu gefährlich!*

Besser, ich versteckte ihn in der Mützenschublade darunter. Immer wenn ich etwas vor Paul verbergen wollte, passierte etwas Unvorhergesehenes. Zum Beispiel könnte es an der Tür klingeln. Ich würde öffnen und, warum auch immer, an die

Gartenpforte gerufen werden. Inzwischen bekäme Paul Durst, oder er hatte keine Geduld zu warten, bis ich ihm das verlangte Taschentuch brächte. Er käme die Treppe herunter, sähe den Briefumschlag und würde ihn garantiert öffnen. Mein Gatte war verdammt neugierig.

Noch während ich darüber nachdachte, stand Paul plötzlich schniefend hinter mir. Bloß gut, dass ich so geistesgegenwärtig reagiert hatte und der Brief bereits im Mützenfach steckte.

„Was schleichst du denn durchs Haus? Du gehörst ins Bett!", sagte ich eine Spur zu barsch, als ich herumfuhr.

„Was plärrst du mich so an? Ich will meinen grünen Schal. Der hier kratzt." Er hatte schon fast seine Hand in der Mützenschublade.

Manchmal fragte ich mich, ob es so etwas wie eine höhere Macht gab, die unser Tun beobachtete und alles so lenkte, dass Dinge zum richtigen Zeitpunkt passierten, um Weichen zu stellen. In diesem Moment war es allerdings genau der falsche Zeitpunkt, dass Paul nach seinem grünen Schal verlangte, der unmittelbar unter dem Briefumschlag lag, den er auf keinen Fall sehen durfte. „Ich bringe ihn dir, genauso wie Taschentücher!", sagte ich und wich keinen Millimeter von der Kommode zur Seite.

Paul sah mich irritiert an. „Wenn ich einmal da bin, kann ich ihn mir doch nehmen?"

„Hast du mal an die Bakterien gedacht, die du im ganzen Haus verbreitest, wenn du alles betatschst? In dem Schubfach liegen auch meine Mützen."

„Spinnst du jetzt?"

„Dein Schal ist in der Schmutzwäsche im Keller. Ich wollte ihn vorsorglich waschen", erfand ich eine Ausrede.

Paul grinste. „Klara, warum darf ich nicht an die Schublade? Was versteckst du vor mir?"

Ich wurde so was von rot.

Er zeigte auf mein Gesicht. „Dunkelviolett! Mir machst du nichts vor. Ich kenne dich!"

Ich druckste herum und stellte mich schützend vor die Kommode. „Mann, morgen ist Ostern. Eine Überraschung!"

Mein neugieriger Paul fummelte aufgeregt wie ein kleines Kind hinter meinem Rücken an der Schublade herum. „Verrätst du es mir?"

„Nein! Nimm deine Finger weg!"

„Nur mal illern."

Ich trat zur Seite und machte ein enttäuschtes Gesicht. „Bitte, schau nach und verdirb mir den Spaß! Dich kann man einfach nicht überraschen", maulte ich, wohl wissend, wie er darauf reagierte.

„Nun sei nicht sauer. Ich warte ja bis morgen", versprach er zähneknirschend. „Aber einen klitzekleinen Hinweis kannst du mir doch geben."

„Es ist etwas, das du dir immer gewünscht hast", log ich und dachte krampfhaft: Verdammt, was hatte er sich jemals gewünscht, dass in eine Mützenschublade passte? Ich hatte kein Geschenk zu Ostern für ihn. Wir hatten uns zu Ostern noch nie Geschenke gemacht. Die letzte Eiersuche hatte vor fast fünfzehn Jahren stattgefunden, als Sophie elf gewesen war.

„Wie teuer?", wollte er wissen.

„Verrate ich nicht."

Er setzte sein Verhör fort: „Wann habe ich es mir gewünscht?"

„Das ist länger her", wiegelte ich ab.

„Geht es bitte etwas konkreter? Zu welchem Ereignis oder in welcher Situation habe ich den Wunsch ausgesprochen?"

„Du nervst. Das ist kein Polizeiverhör."

Er zog mit hängenden Schultern ab. Ich atmete auf.

An der Treppe drehte er sich um. „Wenn es in die Mützenschublade passt, kann es ja nicht allzu groß sein. Und es kam mit der Post. Stimmt's?"

Energisch verschränkte ich die Arme vor der Brust. „Paul!"

Er trollte sich nach oben und murmelte vor sich hin: „Es kann natürlich auch sein, dass du es vorgestern Abend aus Neustrelitz mitgebracht hast. Dass du deshalb extra in der Stadt warst und nicht wegen zwei Bechern Quark, wie du mir weismachen wolltest. Du hast es im Auto gelassen und vorhin reingeholt, als die Post …" Er drehte sich zu mir um. „Bin ich auf der richtigen Fährte?"

„Knallroter Hering!" Mahnend sah ich ihn an, die Arme hatte ich dabei immer noch vor der Brust verschränkt. „Wage es ja nicht, vor morgen heimlich herumzustöbern!", drohte ich ihm.

Er hob die Hand mit gekreuzten Fingern zum Schwur. „Ganovenehrenwort!"

Ächzend schlurfte er wieder nach oben, und kurz darauf klappte die Schlafzimmertür laut zu.

Das war knapp. Was schenke ich ihm bloß? Darüber mache ich mir später Gedanken.

Bevor ich die Schublade aufzog, vergewisserte ich mich noch einmal, dass Paul ins Schlafzimmer gegangen war. Die Tür klappte doch etwas zu laut zu? Ein alter Trick. Aber darauf fiel ich nicht herein. Ich schaute nach und stieg die halbe Treppe hoch. Nein, er war tatsächlich im Bett verschwunden.

Im Arbeitszimmer öffnete ich den Brief, setzte mir die Brille auf und las. Dabei kratzte ich mich nervös am Kopf. Die DNA an den beiden Zigarettenkippen war nicht identisch. Die Kippe, die ich neben der Güllegrube auf dem Schlönkamphof gefunden hatte, stammte vielleicht von Hannes Birke. Also doch? Ich grübelte.

Der abgebrochene Ast des Strauches neben der Grube tauchte vor meinem geistigen Auge auf. Dort hatte die Auseinandersetzung stattgefunden, von der das Veilchen an Hannes' Augenbraue stammte. Er hatte die Prügelei selbst zugegeben, aber nicht, dass sie am Tatort stattgefunden hatte.

Hatte Schlönkamp Hämatome von einem Schlag? Mein Wissen war zu gering. Ich musste unbedingt gezielter und systematischer vorgehen.

Paul besaß doch neuerdings wieder das Handbuch für kriminalistische Tatortarbeit, das ihm die Bürgermeisterin zum Antritt seiner Stelle als Dorfsheriff vorsorglich für den Umgang mit härteren Fällen im feierlichen Rahmen geschenkt hatte. Hier musste man eben anders als bei der Schutzpolizei in der Stadt alles können, von der Aufnahme einer Anzeige wegen Gartenzwergdiebstahls bis zur ersten Tatortarbeit bei Mord.

Er hatte in dem Moment, als er das Buch überreicht bekam, ganz schön geschluckt. Schließlich hatte er selbst vor zehn Jahren in seiner Funktion als Honorardozent an der kriminalistischen Fakultät daran mitgeschrieben. Bloß gut, dass es kein Foto der drei Autoren auf dem Cover gab, sonst wären wir in dem Moment gleich aufgeflogen.

Ich suchte das Buch aus dem Regal heraus, blätterte darin herum, las quer und machte mir einige Notizen.

Den genauen Todeszeitpunkt, Todesursache und andere körperliche Merkmale, die mit dem Ableben in Zusammenhang gebracht werden konnten, kriegte ich durch einen Besuch bei Sophie heraus.

In einem weiteren Gespräch mit der Bauerntochter im Stall würde ich mehr über die Beziehung ihrer Eltern erfahren. Obwohl Birke grade mein Hauptverdächtiger war, durfte ich die anderen Tatverdächtigen noch nicht aus dem Blick lassen. Ob Isabel wusste, dass Meike ein Kind von ihrem Vater erwartet?

Ich packte mein Notizbuch ein und verstaute das Handbuch wieder im Regal.

Sollte ich Paul Bescheid sagen, dass ich der Schlönkamp-Tochter ein bis zwei Stunden im Stall helfe? Ich musste es ihm erzählen, sonst ... Er würde es sowieso rauskriegen, wenn ich nach Schweinemist riechend zurückkäme. Es war ja nichts dabei, jemandem zu helfen, der in Not war.

Ich zog mich um und eilte hoch, steckte nur den Kopf zur Schlafzimmertür herein und sagte knapp: „Ich bin zwei Stunden weg, Isabel Schlönkamp helfen."

„Hä? Wem? Wie helfen?"

„Im Stall!"

Paul setzte sich, riss übertrieben die Augen auf und fragte völlig entgeistert: „Du willst im Stall arbeiten? Was hast du mit den Schlönkamps zu tun?"

„Vorgestern habe ich Sophie auf ihren Hausbesuchen begleitet. Falls du dich erinnern kannst, ich brauchte frischen Quark. Sie musste noch mal nach der Witwe sehen, sie stand unter Schock. Ich bin derweil mit der Tochter im Stall gewesen. Sie hat mir alles gezeigt. Ich wollte sie nur ablenken. Da hat sie mir erzählt, dass sie alleine mit Füttern und Ausmisten dasteht. Ihr Vater hat den Stallburschen Piotr Kravzyk entlassen."

„Ich weiß. Komm auf den Punkt! Was hat das mit dir zu tun?"

„Das Mädchen tat mir leid. Sie humpelte mit ihrem kaputten Fuß und schmerzverzerrtem Gesicht über den Hof. Ich bin dann mit Sophie zu Bauer Fries gefahren und habe versucht, Kravzyk zu bewegen, Isabel zu helfen. Der arbeitet jetzt dort im Kuhstall. Er hat sich geweigert."

Ich atmete tief durch und sagte kleinlaut, während ich mir die Nase kratzte: „Und da habe ich letzte Nacht beim Osterfeuer ein Versprechen abgegeben, besser gesagt heute früh, als mich das Mädchen vor einem Dumme-Jungen-Streich bewahrt hat, der fatale Folgen hätte nach sich ziehen können."

Paul fragte skeptisch: „Isabel Schlönkamp war tatsächlich beim Osterfeuer?"

„Sie hat nur ihre Mutter abgeholt."

„Spuck aus! Was ist passiert?"

„Deine Anette und ihre Landfrauen haben mich abgefüllt, sozusagen als Willkommensgeste zur Aufnahme im Club der Dorfschönen. Und sie haben mich zur Tortenkönigin gewählt. Soweit ich mich erinnere, war das Huhn der Hauptgewinn. Ich würde es übrigens gerne zur Erinnerung an meinen Sieg über deine Lieblingskollegin Pai no joō taufen."

„Pai no was?"

„Pai no joō. Das heißt Tortenkönigin auf Japanisch", warf ich hektisch dazwischen und redete weiter: „Und dann haben mir alle einen ausgegeben. Wir haben wild getanzt, und irgendwie bin ich in diesem Boot an der Badestelle gelandet."

Pauls Augen sprühten Funken wie bei einem eifersüchtigen Stier, registrierte ich wohlwollend.

„Allein!", betonte ich lautstark und redete in normaler Lautstärke weiter. „Dort hat mich Isabel heute Morgen aufgesammelt, als sie mit ihrem Schwein Gassi ging. Sie hat mich davor bewahrt, dass mich drei Halbwüchsige schlafend mit einem Algenbart fotografieren und die Bilder ins Internet stellen."

„Verstehe", grummelte Paul.

„Auf dem Nachhauseweg hab ich dann versprochen, dass ich ihr heute im Stall helfe. Und meinen Schlüssel habe ich auch irgendwo verloren." So, nun war es raus!

„Das ist nicht dein Ernst?"

„Doch." Ich presste die Lippen aufeinander und wartete auf eine Standpauke.

Er verdrehte die Augen: „Prima! Jetzt müssen wir das Schloss austauschen."

„Es steht kein Name am Schlüsselbund. Niemand weiß, wem der Schlüssel gehört."

„Und wenn es jemand beobachtet hat?"

„Paul, wir sind auf dem Dorf. Hier hilft man sich gegenseitig."

„Auf einmal."

„Ich habe gestern Abend positive Erfahrungen gemacht, die meine Sicht der Dinge ein wenig verändert haben."

Er lächelte schwach. „Dann kannst du dich mit unserer neuen Umgebung anfreunden?"

„Mal schauen. Ich suche den Schlüssel, versprochen! Es kann also länger dauern", verabschiedete ich mich und verschwand, bevor er herausfinden konnte, was mich wirklich dazu bewogen hatte, meine Wenigkeit zum Schweinestall-Ausmisten anzubieten.

Kapitel 15

Notgedrungen lief ich bis zum anderen Ende des Dorfes zu Sophies Wohnsitz direkt über der Praxis. Das Auto ließ ich besser vorerst in der Garage stehen, bis Anette die Suche nach dem flüchtigen Straßengrabenfahrer aufgegeben hatte, und ein Fahrrad besaß ich nicht.

Die Sonne zeigte so richtig, was sie draufhatte. Obwohl es Samstagnachmittag war, spazierten außer mir wieder nur die Katzen herum und beobachteten jeden meiner Schritte misstrauisch. „Tja, ihr werdet euch damit abfinden müssen, mich öfter zu sehen“, rief ich ihnen triumphierend zu.

Mit Primeln und Stiefmütterchen bepflanzte Kübel auf den Treppenstufen an den Hauseingängen leuchteten bunt durcheinander und stahlen den plastikeierbehangenen Zweigen darüber die Show.

Niemand buddelte in seinem Garten herum. Weder Rasenmäher- noch Traktorengeräusche erfüllten die Luft, Kettensägen und Äxte zum Holzhacken hingen unbeachtet in den Garagen. Anscheinend lag die gesamte Dorfbevölkerung nach dem gestrigen Saufgelage noch im Koma.

Ich überquerte die Straße am Dorfteich, den krüppelige Weiden und abgestorbenes Schilf umsäumten. Einige Frösche waren aus ihrer Winterstarre erwacht und quakten die Sonne an.

Bloß gut, dass wir am anderen Ende des Dorfes wohnten. Ich konnte mir vorstellen, was sie im Sommer für Konzerte gaben.

Da würde ich nachts bei offenem Fenster kein Auge zubekommen. Arme Sophie. Wer weiß, ob sie in den Armen von

Nils Ackermann überhaupt etwas von den Froscharien mitbekam. Wenn Liebe blind machte, machte sie vielleicht auch taub …

Ich klingelte unten an der verschlossenen Gartenpforte.

Mein Töchterchen erschien, in Schlabberlook gehüllt, am Fenster. „Mama, du? Moment“, rief sie leicht genervt und knallte das Fenster zu. Störte ich sie etwa schon wieder bei einer „Arbeitsbesprechung“ mit ihrem Chef?

Wenige Augenblicke später watschelte sie in Badelatschen, dicken Wollsocken, Trainingshose und XXL-Minnie-Maus-Shirt über den Vorgartenweg. Das lange, dunkle Haar verfilzt wie bei einem Kamel im Fellwechsel. Nee, nach Arbeitsbesprechung mit Vollkörperkontakt sah das nicht aus.

Ich war erleichtert, wollte ich doch nicht immer die böse Hexe sein, die im entscheidenden Augenblick dazwischenfunkt. „Hab ich dich geweckt?“

Sie antwortete schnippisch: „Ha! Ich hatte heute Morgen schon von 8 bis 11 Uhr Bereitschaftsdienst in der Praxis. Da bist du wahrscheinlich erst nach Hause gekommen?“

„Gegen sieben …“ Etwas verlegen zeigte ich auf ihre Frisur. „Entschuldigung, aber du siehst aus, als hättest du geschlafen?“

„Schön wär's! Seit Mittag habe ich dann am Wohnzimmertisch weitergearbeitet …“ Sie rollte ihr Zopfgummi vom Handgelenk ab und verwandelte den wilden Mopp in ein Vogelnest mitten auf dem Kopf, bevor sie weitersprach: „… und mir die Haare über der Quartalsabrechnung der Praxis gerauft. Ätzend! Ich mache das zum ersten Mal.“

„Dein Chef hilft dir nicht dabei?“, rutschte es mir eine Spur zu spöttisch heraus.

„Mutter, was soll die Anspielung? Ich könnte auch behaupten, dass da was zwischen dir und diesem Hannes Birke läuft, so wie du gestern mit ihm über die Grasnarbe geschwebt bist.“

„Bin ich? Gestolpert trifft es besser.“

Sie nickte. „Und wie!“

Ich hustete verlegen und kniff die Augen zusammen. „Okay, ich habe mit einem anderen Mann getanzt. Der hat aber nicht halb nackt in meinem Flur gestanden“, redete ich mich raus.

Sie wehrte ab und schüttelte den Kopf, dass das Haarnest hin und her schaukelte. Lägen Eier darin, wären sie herausgefallen oder die Bewohner zumindest seekrank geworden.

Sophie verdrehte die Augen. „Wie du dich benommen hast, war echt unmöglich.“

„Sorry, ich hab mich integriert! Ihr wolltet doch, dass ich mich anpasse und Freundschaften schließe …“

„In Gummistiefeln, Latzhose und Kopftuch. Genau wie jetzt. Ist das deine Art von Ironie, wenn du neuerdings rumläufst wie eine Melkerin?“ Verächtlich musterte sie mein Outfit.

„Damit Integration gelingt, muss man auf die Leute zugehen. Integration ist schließlich keine Einbahnstraße, hat selbst unsere Bundeskanzlerin gesagt.“

Sie schnaubte. „Hat die auch nur nachgeplappert. Das Zitat stammt von Dr. Gerhard Wahlers.“

„Aha!“

„Hab ich jedenfalls gelesen.“

Anmutig warf ich mich in Pose und streckte ein Bein vor, um meine Herzchengummistiefel in ihrer vollen Pracht zu präsentieren. „Vielleicht bin ich ja auf dem Weg in den Stall, dafür eignen sich Manolo Blahniks an den Füßen schlecht.“

„Stall? Was hast du jetzt wieder vor?“

Ich erzählte ihr, was ich Isabel Schlönkamp heute Morgen versprochen hatte … und was ich tatsächlich vorhatte. Dann fragte ich: „Du hast Schlönkamps Todeszeitpunkt ermittelt, oder?“

Aber meine Tochter ging nicht darauf ein. Sie verschränkte ihre Arme vor der Brust. „Und Papa, den überlässt du einfach sich selbst, oder was? Hör auf, dich in seine Angelegenheiten zu mischen. Und melde dich bei Anette wegen des Unfalls. Wenn Papa hinter alles kommt, wird er stinksauer."

„Jaja, ich werde mich bei Gelegenheit mit Anette unterhalten. Kannst du mir mal verraten, warum du so aggressiv bist?"

„Ist doch egal!" Sie winkte ab. „Geh zu deiner Verabredung und mach, was du nicht lassen kannst. Ich habe dich gewarnt."

Nun begann ich mir Sorgen zu machen. So verbittert kannte ich mein Kind gar nicht. „Sophie, was ist los?"

„Ich komme mit dieser blöden Abrechnung nicht klar." Ihr Gesicht war verkniffen. Sie sah aus, als würde sie gleich anfangen zu heulen.

Resolut rieb ich mir die Hände. „Zeig her!"

Sie ging voraus in ihre Wohnung. Auf dem Wohnzimmertisch lagen lauter Papiere ausgebreitet. Ich schaute sie mir an. „Du musst …", wollte ich erklären, sah sie an und erkannte in dem Moment, dass es um etwas ganz anderes ging. „Das ist nicht dein einziges Problem, oder?"

Jetzt kullerten ihr dicke Tränen übers Gesicht.

Ich nahm mein Kind in den Arm und strich ihm den Kopf. „Er ist verheiratet, stimmt's?"

Sie wehrte sich gegen die Umarmung und drehte sich schniefend weg. „Hm, und er hat eine Tochter."

„Hat er es dir verheimlicht?", wollte ich wissen und stemmte die Hände in die Hüften.

Kurz sah sie mich an, dann blickte sie beschämt zu Boden. „Nein, sie leben ja seit acht Monaten getrennt."

Ich hakte nach: „Aber?"

„Mathilda." Sophie heulte.

Ich fragte vorsichtig: „Mathilda?"

„Sie ist sieben und total eifersüchtig …", beschwerte sich mein Kind und trat wütend gegen ihren Stuhl.

„Ich kombiniere. Er verheimlicht dich vor seiner Tochter."

„Bravo, Holmes!" Sophie klatschte ironisch Beifall und erzählte: „Sie ist dieses Wochenende bei ihrem Vater. Er war heute Vormittag mit ihr in der Praxis …"

„Das ist doch eine Möglichkeit, sich auf neutralem Boden kennenzulernen", unterbrach ich sie aufmunternd.

Meine Tochter schüttelte den Kopf. „Nils hat mich gesiezt. Und ich habe gehört, wie diese kleine Göre abfällig hinter meinem Rücken geredet hat. Sie hasst mich!"

„Das glaube ich nicht. Kinder spüren nur instinktiv, wenn man ihnen was vorgaukelt. Sie hat sicher gefühlt, dass ihr Vater etwas für dich empfindet. Das macht ihr Angst, weil sie denkt, du nimmst ihn ihr weg."

„Aber das tue ich doch nicht." Sophie seufzte so herzzerreißend, dass ich sie am liebsten sofort wieder in den Arm genommen hätte. „Warum muss immer alles so kompliziert sein? Warum verliebe ich mich immer in die falschen Männer?"

„Hab Verständnis und lass dem Kind Zeit, sich an die Situation zu gewöhnen. Dein Nils kennt seine Tochter. Er will sie nicht verletzen und wird es ihr schonend beibringen. Wenn du ihn liebst und du das Gefühl hast, dass er diese Liebe genauso erwidert, dann vertrau ihm."

„Mathilda hat die Trennung ihrer Eltern nicht verkraftet und will unbedingt, dass sie erneut zusammenkommen."

„Ein normaler Wunsch eines siebenjährigen Mädchens. Denk einmal darüber nach, wie du reagiert hast, als dein Vater und ich wieder zusammengekommen sind, uns kurz darauf getrennt haben und dann doch …"

Sophie unterbrach mich. „Das war etwas anderes. Außerdem war ich da elf."

Plötzlich musste ich kichern. „Weißt du noch? Du hast dir für Papas damalige Freundin lauter fiese Streiche ausgedacht, um sie in die Flucht zu schlagen."

Lachend wischte Sophie sich die Tränen weg. „Die hat doch gar nicht zu Papa gepasst. Wenn er gewusst hätte, dass es mich gab, wäre er mit dir von Anfang an zusammengeblieben. Aber du musstest ihm ja unbedingt deine Schwangerschaft verheimlichen …"

„Ich wollte nicht, dass er nur wegen dir bei mir blieb. Wir hatten uns zu diesem Zeitpunkt ziemlich gezofft."

„Es war einfach nicht fair von dir. Du hast ihn und mich um unsere gemeinsamen ersten Jahre gebracht", warf sie mir zum x-ten Mal vor.

Ich spielte nervös mit einem Kuli und lenkte das Thema wieder auf ihr Problem: „Wer hat sich denn bei den Ackermanns von wem getrennt?"

„Frau Ackermann hat Nils mit einem reichen Immobilienfuzzi betrogen."

„Ist sie noch mit dem Typen zusammen?", fragte ich und legte den Kuli beiseite.

„Ja, sie ist mit Mathilda zu ihm gezogen, in das sanierte Landschloss auf die Halbinsel zwei Dörfer weiter."

„Dann musst du dir doch um sie wenigstens keine Sorgen machen. Die will ihren Mann bestimmt nicht zurück, wenn sie einen Schlossherrn haben kann. Und die Kleine wird sich mit der Zeit bestimmt auch an dich gewöhnen. Alles wird gut."

„Das aus deinem Mund?", staunte Sophie und sah mich mit offenem Mund an.

Ich stemmte mich gegen die Tischkante und protestierte: „He, willst du etwa sagen, ich bin ein Pessimist? Du weißt genau, dass ich ein positiv denkender Mensch bin."

„Das klang vor zwei Tagen aber anders", warf sie ein.

„Das lag an den Stimmungsschwankungen. Ich bin Ende vierzig und komme in die Wechseljahre."

„Haha!" Sie schien mich kein bisschen ernst zu nehmen. Lachend setzte sie sich.

Ich beugte mich über den Tisch zu ihr vor. „Verrätst du mir jetzt, wann Schlönkamp genau gestorben ist?"

„Das fällt unter ärztliche Schweigepflicht", sagte Sophie knapp.

Ich schob ihre Aufzeichnungen beiseite. „Du willst doch, dass ich dir bei der Abrechnung helfe?"

„Du erpresst mich?"

„Das würde ich nicht wagen", erwiderte ich, lehnte mich zurück und überkreuzte die Finger vor meinem Bauch. „Hatte er körperliche Anzeichen, die auf eine vorangehende Prügelei schließen lassen, Hämatome, Hautabschürfungen oder Ähnliches?"

Sophie überlegte und starrte ein Loch in die Luft. „Einen blauen Fleck am Oberarm und unter dem Jochbein im Gesicht." Entgeistert schaute sie mich an. „Das darf ich dir alles gar nicht sagen."

„Keine Angst, Schlönkamp kann dich deshalb nicht verklagen. Ich werde es kaum im Dorf herumposaunen", beruhigte ich meine Tochter. „Was war denn die genaue Todesursache? Darf ich einen Blick in seine Patientenakte werfen?"

„Vergiss es!"

Ich bettelte: „Sophie, bitte!"

„Nein! Mach, was du nicht lassen kannst, schnüffle da draußen rum, aber zieh mich bitte nicht mit rein, okay?" Jetzt verschränkte *sie* die Arme vor der Brust und bockte wie ein sturer Esel.

„Dann sag mir wenigstens noch, wann genau er gestorben ist. Oder schreib es auf einen Zettel, den du aus Versehen fallen lässt, damit ich ihn für dich aufheben kann."

„Du bist unmöglich! Als ob das einen Unterschied macht."

„Es ist doch nur eine Uhrzeit."

„Hier, Sherlock ..." Sie kritzelte die Zahlen 11 und 1130 auf den Rand eines Zettels ihres Papierchaos. „Von mir weißt du aber nichts."

„Danke, Watson!“

„Ich spiele also den Handlanger des Genies.“

„Du irrst. Holmes schätzt Watson als seinen ebenbürtigen Gesprächspartner, als Empfänger seiner Schlussfolgerungen. Ich komme nach dem Stalljob und helfe dir bei der Buchhaltung.“

Sophie knurrte: „Geh bitte vorher duschen und sag Papa Bescheid. Sonst gibt er noch eine Vermisstenanzeige heraus, wenn du ihn den ganzen Tag alleine lässt.“

„Bis später, Schatz.“ Ich warf ihr eine Kusshand zu.

„Viel Spaß mit den Schweinen.“

Im Treppenhaus kritzelte ich mir den Todeszeitpunkt ins Notizheft. Dann machte ich mich auf den Weg zum Festzelt, um den Schlüssel zu suchen. Am besten, überlegte ich mir, lief ich den Weg rückwärts von unserem Haus zur Badebucht am See und von dort zum Sportplatz.

Während ich nach dem Schlüssel suchte, spielte meine linke Gehirnhälfte mit der rechten Tennis. Die Gedanken flogen wie Bälle hin und her, wurden abgeschmettert, angenommen oder verschossen.

Zwischen 11 und 11:30 Uhr stand Schlönkamp in der Grube. Wann bekam Sophie am Donnerstag bei uns den Notruf? 13:30 Uhr, oder? Fast zwei Stunden hatte ihn niemand vermisst? Komisch. Die Tochter hatte mit ihrem Gipsbein die Gelegenheit genutzt, um einmal auszuschlafen. Gründonnerstag war schließlich auch der erste Ferientag.

Ich blieb kurz stehen und zückte meine Gedächtnishilfe. *Ich muss nachher unbedingt systematischer vorgehen, wenn ich Isabel Fragen stelle.*

Die Badestelle war verwaist. Das Boot, in dem ich ein paar Stunden meiner Nacht verbracht hatte, weg. Es schaukelte draußen auf dem See herum. Ein Angler saß gebeugt darin und wartete, dass ein Fisch an der Rute zerrte. Ich dachte an den Fisch, dessen Leben jäh endete, weil er den Köder samt Haken verschlang. Denn in der Gier hatte er übersehen, dass es sich um die tödliche Falle eines ihm überlegenen Wesens handelte. Dieses Wesen überlistete ihn mit der gefährlichsten Waffe, dem Ausnutzen seiner größten Schwäche. Tja, fressen und gefressen werden liegen dicht beieinander.

War Schlönkamp in die Falle eines ihm überlegenen Menschen getappt? Oder war es doch nur seine Gier nach einem perfekt gereinigten Gülleabfluss, die ihm das Leben gekostet hatte? Oh Mann! Irgendwie zweifelte ich gerade an dem, was ich hier tat. Um diese Fragen beantworten zu können, musste ich weiterforschen!

Ich hielt kurz inne und suchte den Boden ab. Also, hier lag kein Schlüsselbund im Sand oder auf der Wiese. Außer ein paar zertrampelten Erdnussschalen, die Isabels Hausschwein aus der Schnauze gefallen waren, fand ich nichts, was an meine morgendliche Anwesenheit an diesem Ort erinnerte. Ich winkte dem Angler mit beiden Armen zu und rief über den See: „Haben Sie im Boot vielleicht einen Schlüsselbund gefunden?"

Der Angesprochene hob den Kopf und schaute griesgrämig aus der Wäsche. *Ja, ich weiß, dass es ein absolutes No-Go ist, einen Angler zu stören und herumzubrüllen, während er auf sein geschupptes Opfer lauert.*

Der Mann taxierte das Boot unter sich und schüttelte mit dem Kopf. Als ich ihm erneut lautstark für die tatkräftige Hilfe dankte, winkte er unwirsch ab. Ich sollte wohl verschwinden. Als ob mich die Fische hören konnten. Die hatten ja keine Ohren. Verstand einer diesen Menschenschlag.

Ich trabte zum Festzelt. Im Gegensatz zu Wilhelm Buschs „Hans guck in die Luft" klebte mein Blick auf dem staubigen Boden der Dorfstraße, die ich letzte Nacht in entgegengesetzter Richtung genommen hatte. Der Schlüssel lag nirgendwo im Dreck oder auf der zertrampelten Grasnarbe des Sportplatzes.

Im Zelt sah es aus, wie es eben am Morgen nach opulenten Partys aussieht, wenn noch niemand in der Lage war, aufzuräumen.

Es stank nach abgestandenem Bier und kaltem Aschenbecher. Ich ließ den Blick schweifen und drehte mich um meine eigene Achse. Dort, wo ich gesessen hatte, kroch ich förmlich unter die Bierzeltgarnituren.

Leider fand ich nur heruntergefallene Trinkbecher und Pappteller mit Senf- und Ketchupresten sowie benutzte Servietten und Zigarettenkippen.

Dann wird Paul wohl das Schloss austauschen müssen.

Es wurde Zeit, dass ich zu Isabel kam.

Kapitel 16

Ich klingelte am Wohnhaus des Bauernhofes. Martina Schlönkamp öffnete und musterte mich irritiert. Sie trug zwar Schwarz, sah aber keinesfalls besonders leidend aus.

„Frau Himmel?"

„Jawohl! Melde mich gehorsamst zum Stalldienst", scherzte ich und versuchte, meine Unsicherheit zu überspielen.

Staunend zog sie die Augenbrauen hoch.

Ich erklärte: „Isabel hat mich als neuen Stallburschen engagiert."

„Isabel hat was? Sie kann doch nicht einfach jemand Wildfremdes …"

Freundlich lächelnd unterbrach ich sie. „Es muss Ihnen nicht peinlich sein. Solange Sie niemand anderen gefunden haben und Ihre Tochter den Gipsfuß hat, helfe ich gern. Sie soll ihr Bein schonen, sagt wiederum meine Tochter. Sie wissen schon, die neue Ärztin."

Frau Schlönkamp runzelte die Stirn. „Isabel ist im Stall. Ich würde Sie ja bringen, aber ich … ich habe das Essen auf dem Herd."

„Verstehe. Ich finde den Weg allein. Sie hat mir ja vorgestern alles gezeigt, als ich Sophie zu Ihnen begleitet hatte. Ich hoffe, es geht Ihnen etwas besser."

„Das Leben muss ja weitergehen. Die Welt hält nicht den Atem an, nur weil ein Mensch stirbt."

Ich presste die Lippen zusammen. „So einen Hof allein zu führen, stelle ich mir schwierig vor."

„Ich denke, ich werde verkaufen, auch wenn Isabel das Herz

blutet und sie sich stur gegen meine Entscheidung stellt. Sie ist da wie ihr Vater. Ich komme aus der Stadt, bin dem Siggi zuliebe hier raus gezogen – die Liebe auf den ersten Blick, obwohl er ein Bauer war."

Sie schaute gedankenverloren in die Ferne. „Eigentlich bin ich Krankenschwester. Den Job hab ich damals für ihn aufgegeben ... wie alles andere", sagte sie bitter. Ihren Mund umspielte dieser verkniffene Zug, den Menschen haben, wenn sie ihren Unmut verbergen wollen.

Und dann hat dich dein Mann so schändlich mit jedem dahergelaufenen Rock betrogen und der Meike sogar ein Kind gemacht.

Um ihr noch mehr zu entlocken, setzte ich meinen verständnisvollsten Kuhblick auf.

Es funktionierte tatsächlich, sie sprach weiter: „Ich will zurück in die Stadt und mich umschauen, ob ich wieder in meinem alten Beruf arbeiten kann. Das ist auch das Beste für Isabel. Dort kann sie ihr Abitur machen und anschließend studieren. Sie ist sehr gut in der Schule. Es wäre schade ..."

Ich hakte ein: „Sie will den Hof weiterführen, stimmt's?"

„Keine Ahnung, wie sich meine Tochter das vorstellt. Sie ist erst achtzehn. Wie soll sie das schaffen? Dafür müsste sie ihre Schule abbrechen. Und dann? Die Schweinezucht nach Biostandard ist jetzt schon ein Minusgeschäft. Wir sind in den letzten Monaten immer tiefer in die roten Zahlen gerutscht."

„Sie kümmern sich um die Buchhaltung?", fragte ich, um das Gespräch in Gang zu halten. Da sie hektisch mit ihrem Fuß auf und ab wippte, fürchtete ich, dass sie sich abwenden wollte.

„Ja! Ich vermeide den direkten Kontakt zu unseren Tieren im Stall." Sie trat einen Schritt zurück und begann die Haustür zuzuschieben.

Mir reichten die Hintergrundinformationen aber noch

nicht. Paul stellte seine Fragen sicher gezielter, wenn er einem Verdächtigen auf den Zahn fühlte. Es war schwierig, den Menschen als verdeckte Ermittlerin die richtigen Informationen zu entlocken.

Was erhoffte ich mir eigentlich von dieser Befragung? Falls sie ihren Mann gekillt oder den Mord in Auftrag gegeben hatte, würde sie mir das kaum auf die Nase binden.

Swienlusen! Ich hätte mich besser vorbereiten müssen. Jetzt musste ich improvisieren.

Mit angstverzerrtem Gesicht fragte ich deshalb: „Die Schweine tun doch niemandem was, oder? Nur, weil ich doch gleich in den Stall gehe …“

„Nein! Ich habe keine Angst vor den Tieren, und Sie müssen sich auch nicht fürchten“, beruhigte sie mich. „Ich kann ihnen nur nicht in die Augen sehen, wenn ich weiß, dass sie am Ende als Bratwurst oder, noch schlimmer, als Spanferkel auf einem Teller landen.“

„Das kann ich total gut verstehen! Ich bin Vegetarierin“, rief ich und dachte: Außer, wenn ich betrunken bin … Jetzt waren wir auf einer Wellenlänge, das spürte ich. Sie öffnete die Haustür wieder ganz und trat einen Schritt auf mich zu. „Das hat doch alles keine Zukunft. Immer weniger Leute essen Schweinefleisch.“

„Stimmt!“, bestätigte ich. „Aber einige doch. Es schüttelt mich jetzt schon, wenn ich an die Schweinshaxe denke, die mein Mann von mir gebraten haben will.“

Sie schlug einen verschwörerischen Ton an: „Bei mir und Isabel kommt auch kein Fleisch auf den Tisch.“

„Und trotzdem möchte sie den Hof weiterführen?“, wunderte ich mich.

Martina Schönkamp zuckte mit den Schultern. „Ursprünglich wollte sie Agrarwissenschaften studieren. Sie hat zu ihrem Vater immer scherzhaft gesagt, dass sie nach dem Studium eine

Idee entwickelt haben wird, wie man den Hof lukrativ auf Pflanzenzucht umstellt, weil der Trend zu Biogemüse geht."

„Hätte Ihr Mann da mitgemacht?"

„Siggi hat darüber gelacht und gesagt, dass bis dahin der Trend längst wieder zum Schwein geht."

„Er hat sie nicht ernst genommen, oder?"

Erneut bekam Frau Schlönkamp diese Gesichtslähmung um den Mund herum. Ihre Stimme klang eine Oktave zu hoch. „Sie haben sich gekabbelt und vertragen, wie das eben so mit pubertierenden Teenagern ist, die gegen die Eltern rebellieren. Das kennen Sie bestimmt auch."

Der Konflikt schien also handfester gewesen zu sein.

Ich winkte ab und sagte: „Sophie hat oft mit ihrem Vater Krieg geführt. Das heißt, mehr mit mir."

„Dann waren Sie die Strengere. Vielleicht können Sie ja bei Isabel ein gutes Wort für meine Entscheidung einlegen, so als Schützenhilfe von Mutter zu Mutter."

„Ich werd's versuchen."

Los jetzt, ab in den Stall! Wenn ich weiter Fragen stelle, merkt sie, dass ich etwas im Schilde führe.

Vielleicht bot sich ja nachher eine Gelegenheit, mehr über die Absichten der schwarzen Witwe herauszubekommen. Ich drehte auf dem Treppenabsatz um. Dann brannte mir aber doch noch was auf den Nägeln, was ich unbedingt loswerden musste. Ich wendete mich ihr wieder zu. „Wenn der Trend zu Biogemüse geht, findet man da heute überhaupt einen Abnehmer für den Hof mit der Schweinezucht? Ich meine, wenn der ins Minus wirtschaftet? Es sollte ja am Ende etwas übrig bleiben."

Sie verschloss sich wie eine Auster.

„Ich war einmal Buchhalterin in einem Familienbetrieb, der rote Zahlen schrieb. Der Sohn wollte ihn nach dem Tod der Mutter gewinnbringend verhökern, fand aber einfach keinen

Käufer", begründete ich ihr mein Interesse und lächelte breit. Das war knapp!

Sie sagte überlegen: „Er hätte es einzeln und scheibchenweise anbieten müssen, die Maschinen, die Ausrüstung und die Immobilien."

„Aha, darauf wäre ich nie gekommen."

„Als Gesamtpaket bekommen Sie ein marodes Unternehmen nicht gewinnbringend verkauft. Vielleicht noch mit der Hoffnung, dass jemand den Laden weiterführt." Den letzten Satz sagte sie mit ironischem Unterton.

Nachdenklich knabberte ich an meinem Finger. „Verkauft man dann in Ihrem Fall die Tiere an den Schlachthof oder an andere Schweinezuchtbetriebe?"

„Die Tiere gehen an den Schlachthof. Das deckt wenigstens die laufenden Kosten."

„Der Städter stellt sich das Landleben auf einem Bauernhof immer so idyllisch vor, dabei ist es ein hartes Geschäft", sagte ich nachdenklich, bevor ich mich abermals zum Gehen wandte. „Entschuldigen Sie mich nun, bitte. Ich will mein Versprechen einlösen. Sonst denkt Isabel, dass ich sie veralbert habe."

Frau Schlönkamp verabschiedete sich freundlich von mir und schloss die Haustür.

Während ich quer über den Hof stiefelte, grübelte ich vor mich hin. *Was hat sie vom Tod ihres Mannes, wenn sie höchstens hoffen kann, mit einer schwarzen Null aus der Nummer rauszukommen?* Viel wahrscheinlicher war doch, dass sie auf den Schulden sitzen bliebe. Mit einer Scheidung wäre sie besser bedient gewesen. Schlönkamp hätte ihr und Isabel Unterhalt zahlen müssen, wenn sie in der Stadt nicht gleich einen Job bekommen hätte.

Ich öffnete die Stalltür. Dabei spürte ich Martina Schlönkamps Blick im Rücken. Als Schauspielerin besitzt man diesen

Instinkt. Ich drehte mich um. Tatsächlich: Die *veuve noire* stand am Fenster und beobachtete mich misstrauisch.

Was hast du bloß zu verbergen?

Oder wunderte sie sich bloß, dass ich freiwillig beim Stallausmisten helfen wollte? Hier roch es oberfaul – und damit meinte ich nicht den Gestank im Stall, der mir im ersten Moment fast den Atem nahm. Die Schweine in ihren Boxen quiekten.

Meine Gedanken kreisten um Martina Schlönkamp wie ein Satellit der NASA über Russland. Ich schätzte die Frau als gerissen ein. Warum? Das konnte ich mir nicht beantworten. Da war nur so ein Gespür. Vielleicht sollte ich ihr meine Hilfe bei der Abwicklung ihrer Buchhaltung anbieten?

Es musste ein stärkeres Motiv als die blanke Eifersucht auf den untreuen Ehemann geben. Ihr fehlte diese gewisse Emotionalität. Dafür reagierte sie auf diesen Schicksalsschlag zu nüchtern, dachte zu rational.

Schnitzel rannte auf mich zu. Ich erstarrte und blieb stocksteif stehen. „Hallo, Schwein", sagte ich fast tonlos, während der Eber mich in die Ecke zwischen Stalltür und Boxenwand drängelte. Er lutschte an meinen Fingern. Ich versetzte mich in die Rolle eines Baumes und drückte dies auch mit meiner Körperhaltung aus.

Ich bin aus Holz, Schwein! Du kannst mich nicht essen!

Hoffentlich roch Schnitzel, dass ich mit dem Restalkohol im Blut für ihn genauso ungenießbar war wie eine Schnapspraline. Am besten stellte ich mich ganz tot, bevor Schnitzel das erledigte.

Das Schwein richtete nun die Nackenborsten auf. Anscheinend mochte es mich nicht. Blickkontakt aufnehmen oder weggucken? Aus dem Augenwinkel schielte ich an mir herunter. Der riesige Vierbeiner mit der unbehandelten Kieferfehlstellung bohrte seine Hauer mit Nachdruck in meine Hosentasche.

Ah, er verlangte eine Art Wegzoll zur Begrüßung. Mit Erdnüssen konnte ich leider nicht dienen. Höchstens mit Lippenbalsam, aber das würde ihm garantiert nicht schmecken. Der Eber grunzte ungeduldig mit tiefer Stimme.

„Sorry, mein Kleiner, das nächste Mal bringe ich dir die doppelte Portion deines Lieblingssnacks mit."

Die hintere Stalltür sprang auf, und Isabel humpelte herein. Sie schob eine leere Schubkarre vor sich her, auf der eine Mistgabel lag. Sofort pfiff sie ihr Schwein zurück. Schnitzel gehorchte aufs Wort. Ich atmete wieder in Normalfrequenz. „Melde mich zum Stalldienst", sagte ich mit wackeligen Knien und knallte die Hacken zusammen.

Isabel stellte die Schubkarre ab und guckte, als sei ihr ein Pinguin in der Wüste begegnet.

„Ich halte meine Versprechen. Du musst mir nur sagen, was ich tun soll. Ich bin zu allen Schandtaten bereit."

Sie drückte mir die Mistgabel in die Hand. „Das Stroh in den Buchten muss ausgetauscht werden."

„Und die Schweine?", fragte ich und umklammerte den Holzstiel.

Sie entriegelte das Gatter einer Box. „Keine Angst, die sperre ich vorher aus."

„Das beruhigt mich", erwiderte ich mit Blick auf den Erdnussliebhaber, der nun wie ein braves Hündchen neben seiner Ziehmutter saß.

Isabel trieb trotz Gipsbein fünf Schweine geschickt in eine andere Box und schloss das Gatter. Ich holte die Schubkarre heran. Dann schaufelte ich im Akkord tonnenweise den feucht stinkenden Dreck der zukünftigen mit Biogütesiegel versehenen Auslagen in der Fleischtheke. Dabei kam mir ein Gedanke, und ich musste schmunzeln: Ich habe so manchen Mist gespielt, aber geschippt habe ich ihn noch nie. Wobei Ersteres einfacher war. Schwitzend wischte ich mir mit dem Ärmel das Gesicht ab.

„Das ist viel zu schwer für dich mit dem Fuß!“, rief ich Isabel zu, die hinter mir frisches Stroh einstreute. Sie lächelte gequält. „Einer muss es ja machen. Meine Mutter kann den Stall wegen ihrer Phobie nicht betreten.“

Das ist eine gute Ausrede, dachte ich. „Sie will den Hof verkaufen?“

„Hat es sich herumgesprochen?“ Isabels Blick verfinsterte sich feindselig.

„Sie hat es mir vorhin erzählt. Auch, dass du dich gegen ihre Entscheidung sträubst.“

Das Mädchen verlor eine Krücke und schwankte. „Ich will nicht in der Stadt in so einem Betonklotz leben, wo man erst mit der S-Bahn fahren muss, um einmal über die Wiese laufen zu können. Eher bringe ich mich um.“ Sie bückte sich umständlich, um ihre Gehhilfe aufzuheben. Ich eilte ihr zu Hilfe.

„He, an so etwas denkst du noch nicht mal! Klar? Du bist achtzehn“, empörte ich mich und hob Isabels Krücke auf.

„Abhängig und damit machtlos gegenüber Mamas Entscheidung. Was soll aus Schnitzel werden? Haben Sie schon mal jemanden gesehen, der ein Schwein in der Neubauwohnung hält?“ Sie riss mir die Krücke aus der Hand, klemmte sie sich wieder unter den Arm und ließ mich einfach stehen. Hastig humpelte sie zur hinteren Stalltür hinaus.

Ich brauchte auch frische Luft. Ihr folgend, jonglierte ich die tonnenschwer beladene Schubkarre. Das ausgewachsene Waisenschwein galoppierte seiner Adoptivmutter hinterher und drängelte sich dann rücksichtlos an mir vorbei, weil es natürlich unbedingt als Erster den Ausgang erreichen wollte. „He, pass doch auf!“, rief ich entsetzt, schwankte … und verlor das Gleichgewicht. Die Karre kippte um und riss mich mit ihrem Gewicht mit. Ich landete kopfüber im Mist und entging nur knapp dem Tod durch Pfählung mit einer Heugabel.

„Blähh!“ Ich wischte mir den Dreck aus Gesicht und Haaren. Der Schweinechor in den Boxen quiekte zum Applaus. Ha! Wer den Schaden hat, braucht für den Spott nicht zu sorgen. Ich sammelte den feuchten Mist wieder ein und karrte ihn zur Stalltür hinaus.

Isabel saß mit Schnitzel an der Seite im Gras und kraulte ihm die Borsten. Sie starrte zum Horizont, über dem Kiefernwald, der sich im Frühlingswind wiegte.

Sie wirkte sehr resigniert. Ich setzte mich zu ihr. „Eure Schweinezucht wirtschaftet ins Minus. Da ist es nur weise, die Notbremse zu ziehen."

„Hat sie das gesagt?"

Ich nickte. „Deine Mutter kennt die Zahlen und hat Angst, dir einen Schuldenberg aufzubürden."

Isabel verdrehte die Augen. „Mein Vater hat den Hof in vierter Generation geführt. Er hat viel falsch gemacht. Ich werde es besser machen. Wir können umstellen auf Biogemüse, das liegt voll im Trend." Sie rupfte ein Grasbüschel aus der Erde.

„Deine Mutter hängt nicht besonders an eurem Familienbesitz, oder?", fragte ich.

„Sie ist eine Zugezogene und wird immer eine Zugezogene bleiben!", erwiderte das Mädchen und kaute auf einem Halm herum.

„Ich bin auch eine Zugezogene."

Isabel musterte mich. „Sie sind anders."

„Findest du?"

„Sie versuchen, sich anzupassen, ohne dabei ihre Identität zu verleugnen. Das macht Sie den Leuten sympathisch."

Ich lachte auf. „Den Eindruck habe ich aber nicht, so wie mich die Leute hier angucken."

„Wir sind in Norddeutschland. So herb wie das Wetter, so herb sind die Menschen. Ein kurzes Zucken um den Mundwinkel kommt da einer Liebeserklärung gleich." Isabel zwinkerte mir zu.

„Und wie geht es deiner Mutter hier?"

„Die hat sich untergeordnet, obwohl sie das Leben und alle Menschen in Mordsacker verachtet."

„Deshalb will sie weg."

Isabel zerhäckselte das Gras mit den Fingern zu einem kleinen Haufen.

„Hat sie gewusst, dass dein Vater sie betrogen hat?"

„Alle haben es gewusst." Ihr Blick wirkte leer.

Ich achtete genau auf ihre Reaktion, als ich weitersprach. „Auch dass Meike … ein Kind von ihm bekommt?"

„Mein Vater, der Zuchteber!", rief sie verächtlich und zerstörte den Grashaufen mit einer Handbewegung.

Liebevoll nahm ich ihre Hand und sah sie verständnisvoll an. „Es muss dich und deine Mutter sehr verletzt haben."

„Ich glaube, ihre Liebe zu ihm ist längst erloschen. Schlimmer war, dass alle hinter unserem Rücken getratscht haben. Dafür hat sie sich geschämt. Sie hat keinen Schritt mehr vom Hof getan und sich regelrecht im Haus versteckt."

„Aber gestern war deine Mutter doch beim Osterfeuer."

„Wahrscheinlich eine Trotzreaktion?"

Ich erinnerte mich, wie sie am Tisch gesessen hatte. Sie hatte Stolz ausgestrahlt und oft gelacht. Das Lachen war mir allerdings künstlich vorgekommen und ihre Sitzhaltung steif, allzeit bereit zur Flucht, mit den Füßen zum Zelteingang gerichtet. Ein Zeichen dafür, dass sie sich unwohl fühlte.

„Warum ist sie bei deinem Vater geblieben?"

Isabel zupfte erneut Halme aus der Erde. „Gewohnheit? Ich bin achtzehn, ich weiß nicht, wie man das aushält, nebeneinanderher zu leben."

„Hast du dich dafür geschämt?", wollte ich wissen.

„In anderen Familien müssen die Kinder auch den Vater teilen."

Ich verscheuchte eine Fliege von meiner Wange. „Dein

Halbgeschwisterchen kann dir später das Erbe auf den Hof streitig machen."

„In zwanzig Jahren. Wer weiß, was da ist. Meike hat sich das Kind von Vadder machen lassen, weil es mit ihrem Fritz nicht geklappt hat. Das ganze Dorf weiß, dass sie herumgedoktert haben. Als sie dann doch schwanger war, hat Fritz sich gefreut. Letzten Sonntag hat er Meike ohne Vorwarnung rausgeschmissen."

„Klar, ein Motorrad fahrender, Lederjacken und Cowboystiefel tragender Macho lässt sich keinen Bastard unterjubeln."

Sie lachte verächtlich auf, als ginge sie das alles nichts an.

„Und dann?"

„Stand Meike am Sonntagabend heulend mit ihrem Koffer vor unserer Tür."

„Deine Mutter weiß es erst ein paar Tage?" Ich starrte Isabel mit großen Augen an.

Sie zuckte mit den Schultern. „Keine Ahnung."

„Das muss ja ein Schock gewesen sein. Was wollte Meike denn?"

„Startkapital für ein neues Leben in der Stadt?"

„Hat sie deinen Vater erpresst?"

Isabel zuckte mit den Schultern. „Keine Ahnung. Ist mir auch egal."

„Ich habe gestern Abend mitbekommen, wie sie mit Fritz Asmussen hinter dem Festzelt gestritten hat. Er ist handgreiflich geworden, bis er mich bemerkt hat."

„Südländisches Temperament."

Ich stutzte.

„Seine Großmutter ist Italienerin."

„Du bist gut informiert."

„Wie gesagt, meine Mutter geht nicht gern im Dorf einkaufen. Bei Bärbel Fries im Laden bekommt man neben dem, was man zum täglichen Leben braucht, auch die neuesten Lokalnachrichten brühwarm serviert."

„Wo war deine Mutter denn am Donnerstagvormittag?"

„Im Haus, in der Küche."

„Woher willst du das so genau wissen? Du hast doch bis Mittag geschlafen."

„Es roch nach frischem Kuchen. Sie hat für den Basar gebacken. Sich dem Aufruf der Landfrauen zu entziehen, kommt der Meuterei auf einem Schiff gleich und wird auf ewig mit übler Nachrede geahndet. Sie glauben nicht daran, dass es ein Unfall war, den mein Vater selbst verschuldet hat, oder?"

„Wie kommst du darauf?"

„Sie fragen mir ein Loch in den Bauch."

„Tue ich das?"

Isabel nickte und stand umständlich auf. Noch sitzend, reichte ich ihr die Krücken. „Bist du nicht daran interessiert, die genauen Todesumstände deines Vaters zu kennen?"

„Verdächtigen Sie etwa meine Mutter?", rief sie empört und riss mir die Gehhilfen aus der Hand.

„Nein." Ich schraubte mich in den Stand. Uff! Meine Knochen rebellierten. Isabels Augen blitzten auf. „Sie würde nie allein durch den Stall gehen und …" Trotz aller Differenzen verteidigt sie ihre Mutter, dachte ich und fragte in eine andere Richtung: „Kann es sein, dass Fritz Asmussen am Donnerstagvormittag bei euch auf dem Hof war?"

„Warum?" Sie stiefelte los.

Ich nahm die Schubkarre samt Mistgabel auf und eilte hinterher. Schnitzel war eindeutig schneller, drängelte sich vor und verteidigte seinen Platz an Isabels Seite. „Vielleicht wollte er deinen Vater zur Rede stellen. Du sagst selbst, er hat viel Temperament."

Isabell verschwand im Stall. Ich hörte noch, wie sie murmelte: „Unser Hoftor steht immer offen. Asmussen läuft nie, fährt jeden Schritt mit seiner Maschine. Das Knattern hätte ich im Schlaf …“ Dann fiel die Tür hinter ihr und dem Schwein ins Schloss und die Klinke gleich hinterher. Ich setzte die Karre ab, bastelte die Klinke vergeblich an und rüttelte an der Tür. Zu. Na prima! Ich klopfte. Oh Mann!

Schnell warf ich Mistgabel und Klinke in die Schubkarre und latschte mit der Fracht einmal um den Stall herum. Durch das vordere Tor gelangte ich wieder hinein. Isabel wunderte sich. Ich drückte ihr die Türklinke in die Hand: „Die ist durchgerostet.“

Sie wirkte abwesend, schien meine Worte kaum zu hören.

„Was ist?“, fragte ich behutsam. „Ist dir noch etwas eingefallen?“

„Ich hab was gehört. Vielleicht war das ein Motorrad? Ganz kurz war es laut, dann habe ich mich rumgedreht und mir das Kopfkissen aufs Ohr gedrückt. Aber woher sollte er wissen, dass Vadder die Güllegrube sauber macht? Außerdem hätte er ja bei uns am Wohnhaus geklingelt. Mudder hätte ihn durchs Küchenfenster gesehen und das der Polizei längst erzählt.“

Kapitel 17

Eine Stunde später stolperte ich mit steifen Knochen nach Hause und merkte erst jetzt, dass meine Füße vor Kälte kribbelten. Ich bog zum Sportplatz ab, denn ich hatte eine Idee: Wenn Asmussen eine Auseinandersetzung mit Schlönkamp hatte und ihm vor Wut die Leiter weggezogen hatte, gab es Fingerabdrücke. Die Vergleichsabdrücke fanden sich an dem Glas, das der Möchtegernrocker gestern Abend hinter dem Festzelt zerdeppert hatte.

Meine neue Clique und eine Handvoll Männer räumten auf. Die Mädels begrüßten mich freudig: „Na, wieder nüchtern?"

Ich knurrte: „Geht so."

Anke verzog schnuppernd die Nase: „Bist wohl in einen Schweinetrog gefallen?" Die Landfrauen gackerten und schlugen sich auf die Schultern.

„Aber schön, dass du uns trotz deines Zustandes helfen kommst", sagte Steffi und stemmte die Hände in die Hüften. „Zum Feiern sind alle pünktlich da, aber wenn es ans Aufräumen geht, drückt sich die Gemeinde erfolgreich vor der Arbeit."

Karen warf einen Lappen auf den Holztisch einer Biergarnitur. „Es sind immer dieselben, die vorher und hinterher die Drecksarbeit machen."

„Das ist doch ungerecht. Warum lasst ihr euch das gefallen?", fragte ich provozierend.

Moni antwortete: „Wenn wir uns nich gümmern, wäre bei uns im Dorfe gar nichds los." Energisch drückte sie mir einen blauen Müllsack in die Hand.

Na toll! Eigentlich wollte ich mir nur das zerbrochene Glas holen und dann in die Wanne steigen, um die Eisfüße aufzutauen. Sophie wartete mit ihrer Buchhaltung auf mich. Und mein armer kranker Mann hatte nicht einmal etwas zu essen von seiner Frau bekommen, als sie vor Stunden das Haus verließ.

Zähneknirschend sammelte ich zuerst ein paar Pappteller mit Senfresten ein, huschte dann um das Zelt und suchte nach dem Glas.

Es lag halb zerbrochen im Gras. Ich hob es mit spitzen Fingern auf. *Wohin damit?*

Karen sprach in meinen Rücken: „Vorsicht, sonst schneidest du dir in die Hand, und wir müssen dich zum Aaazzt bringen."
Ich schreckte hoch. „Sophie wird sich am Samstagabend bedanken."

„Die hat garantiert was Besseres vor, als einen Notfall zu behandeln. Sag mal, deine Tochter hat doch was mit unserem schnuckeligen Landarzt."

Ich schluckte: „Wie kommst du denn darauf?"

„Sie necken sich ständig. Und diese Blicke!"

„Wenn da etwas wäre, hätte sie es mir erzählt", antwortete ich abwinkend.

„Ich war letzte Woche in der Praxis zum Blutdruckmessen. Eindeutig, er himmelt sie an! Ich kenn mich damit aus, glaub mir. Du wirst bald Schwiegermutter und ehe du dichs versiehst Oma." Sie streckte die Finger nach dem Glas aus. „Gib her! Dafür haben wir einen Eimer." Suchend drehte sie sich um.

Ich widersprach: „Lass, ich hab es in der Hand und bringe es gleich zum Glascontainer rüber." Mit ausgestrecktem Arm stiefelte ich quer über den Platz.

Okay, das Vergleichsobjekt war gerettet. Wo verstaute ich es vorübergehend? Ich konnte mich schlecht vor den Mädels verdrücken. Aber ich konnte Kreislaufprobleme vortäuschen.

Nach der durchzechten Nacht würde mir das jeder Arzt abkaufen. Sie dachten sowieso, ich hätte den Rausch im Stall ausgeschlafen. Den guten Willen, beim Aufräumen zu helfen, hatte ich gezeigt.

Ich schnitt mich absichtlich am Daumen und tat so, als werfe ich das Glas in den Container, versteckte es aber, eingewickelt in ein frisches Taschentuch, in meiner übergroßen Hosentasche. Jetzt bloß vorsichtig bewegen, sonst verletzte ich mir den Oberschenkel. Mit blutendem Daumen, den ich zum Himmel reckte, kehrte ich steifbeinig zum Festzelt zurück und krallte mich schwankend am Biertisch fest, den Anke feucht abwischte. Sie guckte zu mir. „Ist dir schlecht? Du siehst ja ganz grün im Gesicht aus."

Sie ließ den Lappen fallen und eilte mir zu Hilfe. „Setz dich! Nicht dass du zusammenklappst und ich dich wiederbeleben muss." Sie rief: „Steffi, Karen, Moni!" Die drei ließen ihre Müllbeutel fallen und eilten ebenfalls zu mir. Steffi kommandierte: „Leg dich mit dem Rücken auf die Wiese und Beine hoch!"

„Ja, dann läufd's Blud zurügg ind'n Gobb, wo's hingehörd", pflichtete Moni ihr eifrig bei.

Karen protestierte: „Pfui, sie kann sich doch nicht in den Dreck …"

„Das ist egal, Hauptsache, sie kollabiert uns nicht", rief Steffi.

In Zeitlupe schüttelte ich den Kopf und blieb stehen.

Die vier Grazien diagnostizierten: „Alkoholvergiftung."

Ich drehte das Gesicht weg, zeigte ihnen den Daumen und widersprach: „Ich kann kein Blut sehen."

„Wie mein Mann", sagte Steffi.

Karen fragte: „Der große starke Ole?"

„Kriegt keinen seiner Fische ausgenommen, fällt um wie eine Fliege." Steffi setzte sich auf die Bierbank.

Anke sah sich die Wunde genau an. „Das muss ordentlich verbunden werden. Sollen wir dich nach Hause bringen?"

„Danke, Anke!", antwortete ich kläglich. „Ich schaff das schon. Ihr wollt doch auch fertig werden."

Ich stakste mit ausgebreiteten Armen davon. Gut gespielt, dachte ich und blieb in meiner Rolle, bis ich unsere Haustür aufgeschlossen hatte.

Aus dem Wohnzimmer hörte ich Stimmen. Fremde Damenschuhe standen im Flur. Es roch nach Essen. Irgendwas Gekochtes. *Anette!*

Ich zog die Gummistiefel aus und stellte sie vor der Tür ab. Unser neuer gefiederter Mitbewohner scharrte sich pickend durch den Vorgarten, hob den Kopf und glotzte mich argwöhnisch wie einen Eindringling an.

Vergessen? Ich wohne hier!

Kopfschüttelnd schloss ich die Tür, schlich auf Socken ins Arbeitszimmer und ließ das Glas in der Schreibtischschublade verschwinden. Im nächsten Moment stand Paul im Bademantel mit seinem grünen Schal um den Hals hinter mir in der Tür. Er war also an der Mützenschublade gewesen.

„Klara! Was schleichst du dich denn wieder ins Haus? Wo kommst du jetzt erst her?"

Ich drehte mich um und musterte ihn. Seine Wangen leuchteten rosig. Er sah überhaupt nicht mehr krank und leidend aus. Ob das an Anettes Anwesenheit lag? Ich sagte barsch: „Das riecht man doch!"

„Meine Nase ist zu", antwortete er kopfschüttelnd.

„Ich habe Isabel Schlönkamp wie versprochen im Stall geholfen. Das habe ich dir heute Mittag erzählt."

Paul widersprach: „Hast du nicht! Du wolltest deinen Schlüssel suchen gehen."

„Und danach zu Schlönkamps. Du hast nicht richtig zugehört, mein Lieber", sagte ich und fragte leicht erbost: „Wir haben Besuch? Was will sie denn?"

Er flüsterte: „Was hast du gegen sie?"

„Nichts. Außer, dass sie dich permanent anbaggert und sich in unser Leben schleicht", flüsterte ich zurück.

„Sie ist meine Kollegin und braucht Hilfe bei einem Fall von Fahrerflucht."

„Du bist krank! Kann sie solchen Pipifax nicht alleine lösen? So ein Gewese wegen einer umgefahrenen Fahrbahnrandmarkierung."

„Woher weißt du das?"

Ich spürte, wie die Röte an meinem Hals nach oben kroch, und sagte abfällig: „Weil sie gestern beim Osterfeuer diesbezüglich eine Belohnung für sachdienliche Hinweise ausgerufen hat."

Paul runzelte irritiert die Stirn.

„Als ob es sich dabei um eine Staatsaffäre handelt." Ich stemmte die Hände in die Hüften: „Und was hat sie in meiner Küche zu suchen?"

„Sie hat mir einen Tee gekocht und die Schweinsrouladen aufgewärmt, die sie mir mitgebracht hat. Du warst ja nicht da", erwiderte Paul vorwurfsvoll.

„Stimmt, deshalb muss sie aber noch lange nicht deine Krankenschwester spielen und sich häuslich bei uns einrichten", ereiferte ich mich mit großer Geste.

Paul musterte mein Gesicht abschätzend, lachte unsicher, und sein Blick wich mir aus. „Wird das zum Dauerproblem?"

„Das liegt ganz bei dir!", zischte ich und funkelte ihn böse an. In mir kochte es wie die Rouladen auf dem Herd.

Jetzt wurde er wütend und erhob die Stimme. „Du glaubst, dass ich mit ihr …?"

„Psst! Leise."

Er packte mich am Arm und flüstert wieder: „Es ist beleidigend, dass du mir das zutraust. Mach nicht alles kaputt."

„Ich gehe duschen und danach zu Sophie, die hat Probleme bei der Praxisabrechnung“, sagte ich abweisend und dann mit einer Spur Sarkasmus in der Stimme: „Es kann spät werden, aber du hast ja genügend Unterhaltung.“

Paul schnappte nach Luft. Ich stürmte an ihm vorbei und verschwand im Badezimmer. Das hatte gesessen. *Wenn er sich seinen Hausfrieden bewahren will, wird er sich in Zukunft genau überlegen, von wem er sich verwöhnen lässt.*

Liebe bedeutet, auch mal zu verzichten … und wenn es sich nur um eine warme Mahlzeit handelt.

Ich ließ meine Sachen fallen. Puh! Die stanken wie durch die Güllegrube gezogen.

Das heiße Wasser tat mir gut. Es spülte nicht nur den Dreck, sondern auch den Ärger über Paul und sein *Verhältnis* zu Anette weg.

Während ich mich abtrocknete und mit duftender Körperbutter einbalsamierte, überlegte ich, wie ich die Fingerabdrücke sichern konnte. Als Kinder hatten wir beim Detektivspielen Grafitpuder hergestellt.

Man reibt einen Bleistift an einem Geldstück ab, dann bestäubt man den Gegenstand, auf dem der Abdruck gesichert werden soll, mit dem schwarzen Staub und nimmt ihn vorsichtig mit einem Pinsel wieder ab. Danach drückt man durchsichtiges Klebeband auf, zieht es ab und presst es auf ein Blatt Papier.

Ich hielt inne und starrte ein Loch in die Duschwand. Bei „CSI Miami“ hatten sie natürlich ein Computerprogramm, das Fingerabdrücke auf ihre Übereinstimmung abgleicht, indem es sie übereinanderlegt und elektronisch ausmisst. Unsere Polizei verfügte garantiert über ähnliche Technik.

Ich musste noch einmal auf Pauls Dienststelle. Dort stand auch der silberne Koffer mit allen Utensilien zur Spurensicherung an einem Tatort neben seinem Schreibtisch, fiel mir ein.

Hurtig zog ich mir frische Klamotten an, vorsorglich komplett in Schwarz, und marschierte ins Wohnzimmer.

Mit steifem Lächeln auf den Lippen wie bei einem Botox-Unfallopfer reichte ich der Barbie in Uniform die Hand zur Begrüßung und sagte zuckersüß: „Anette, das ist aber lieb von dir, dass du Paul einen Krankenbesuch abstattest."

Paul starrte mich mit großen Augen an. Ich setzte mich in den speckigen Ledersessel gegenüber dem ultramodernen Sofa. *(Wie gesagt, ich habe eine Schwäche für Shabby Chic als Kontrast zur sonstigen Aufgeräumtheit.)*

„Sorry, dass ich dich nicht gleich begrüßt habe", entschuldigte ich mich überschwänglich. „Ich bin gerade aus dem Schweinestall von Schlönkamps gekommen und stank wie eine Fuhre Mist. Hi, hi! Hat Paul dir erzählt, dass ich der Tochter nach dem tragischen Unfall des Vaters ein bisschen helfe?"

Sie nickte höflich.

Ich plapperte weiter: „Ich hab ja im Moment nicht allzu viel zu tun. Im Gegensatz zu dir. Hat sich denn eine Spur im Fall der Fahrerflucht ergeben?"

Miss Schwanenfuß schlug die schlanken Beine übereinander. „Leider nein. Die Ergebnisse der Spurensicherung vom Tatort werden erst nach Ostern ausgewertet. Das Kriminallabor arbeitet über die Feiertage nur in Verbrechenstatbeständen."

„Ach!" Ich spielte Erstaunen und fragte scheinheilig: „Auch keine sachdienlichen Hinweise? Trotz angekündigter Belohnung?"

Anette schüttelte enttäuscht den Kopf.

„Das ist ja ärgerlich", heuchelte ich und atmete erleichtert auf. Birke hatte also die Klappe gehalten. Entweder aus Loyalität oder aus Angst, dass ich ihn verpfeife, weil er angetrunken gefahren war. Oder hatte er den Aufruf dank meines Ablenkungsmanövers gar nicht gehört?

Als könne sie meine Gedanken lesen, sagte Anette: „Viele Leute waren ja schon betrunken, als ich die Belohnung angekündigt habe, der Hannes zum Beispiel."

Ihre Wahrnehmung war besser, als ich dachte.

„Aber das ist kein Problem. Diese Leute bestelle ich mir nach Ostern zur Befragung auf die Dienststelle. Die Vorladungen habe ich heute Mittag schon in die Briefkästen verteilt." Ohne dass ich es verhindern konnte, schreckte ich zusammen. Bevor Birke aussagte, musste ich ihm unbedingt noch einmal auf den Zahn fühlen. Ich legte die Hände in den Schoß und spürte ein leichtes nervöses Zucken um meine Mundwinkel. „Dabei ist so eine Fahrerflucht kein Kavaliersdelikt. Immerhin wurde eine Fahrbahnrandmarkierung umgefahren. Ich dachte immer, ihr scannt die gesicherten Fingerabdrücke ein, und den Rest erledigt ein Computerprogramm?", fragte ich und lenkte das Gespräch auf das Thema, das mich brennend interessierte.

Paul mischte sich ein. „Wo sollen denn bei einer Fahrerflucht Fingerabdrücke gesichert werden?"

„Na, vielleicht hat der Fahrer ja versucht, die umgenietete Fahrbahnrandmarkierung wieder aufzurichten. Dafür musste er sie ja unweigerlich anfassen. Und zack, erwischst du ihn. Außer, er ist clever und hat sich Handschuhe angezogen."

„So ein Quatsch!" Paul winkte ab und lockerte seinen Schal. Von Anettes gutem Essen war ihm wohl warm geworden. „Auch ohne Handschuhe nützen dir Fingerabdrücke von einem Unbekannten nur etwas, wenn du einen Vergleichsabdruck in der Datenbank hast, mit dem du ihn identifizieren kannst."

„Und wie macht ihr das?", fragte ich.

Mein Gatte sah langsam genervt aus und sagte ungehalten: „Wie machen wir das wohl? Die Fingerabdrücke werden klassisch von der Oberfläche abgenommen, mit Grafitpulver eingestäubt, vorsichtig ausgepinselt und auf einer Spezialklebefolie gesichert. Danach eingescannt und im Computerprogramm mit den in einer Datenbank vorhandenen Fingerabdrücken durch Übereinanderlegen abgeglichen."

„Also doch wie bei ‚CSI'", triumphierte ich grinsend.

„Hast du gedacht, wir meißeln sie mit dem Faustkeil in Stein?" Er schüttelte den Kopf. Das Thema war ihm eindeutig zu blöd.

Anette, die unserer Unterredung mit offenem Mund stumm gefolgt war, ergriff nun das Wort: „Klara hat recht! An Fingerabdrücke auf der Fahrbahnrandmarkierung habe ich gar nicht gedacht. Damit könnte ich den Täter überführen."

Uh! Hatte ich mir wieder mal selbst ein Ei gelegt?

Meine Muskulatur verkrampfte sich. Paul schloss einen Moment lang die Augen und schnaufte. Anettes Naivität schmerzte ihn sichtlich.

Ich musste unweigerlich über seine Reaktion schmunzeln, fragte aber in völlig ernsthaftem Ton weiter: „Eins interessiert mich in diesem Zusammenhang noch. Kann man zwei Abdrücke von Unbekannten im Computer übereinanderlegen und auf Übereinstimmung vergleichen? Bei ‚CSI' haben sie da ein Programm."

Paul hob ratlos beide Hände. „Na und?" Wenigstens kaufte er mir meine Unwissenheit ab. Dabei konnte ich ihm sonst nicht so leicht etwas vormachen.

„Könnt ihr das auch?", fragte ich im ehrfürchtigen Flüsterton weiter.

Paul raufte sich die fehlenden Haare. „Klara, wo lebst du denn? Etwa im Mittelalter?"

So fühlt es sich im piefigen Mordsacker im Vergleich zum pulsierenden Berlin oft an, hätte ich am liebsten geantwortet, verkniff mir aber die bissige Bemerkung. „Entschuldigung, ich bin kein Polizist", verteidigte ich mich stattdessen und hob beide Hände.

Anette tätschelte ihm beschwichtigend den Arm. „Paul, sei doch nicht so ungehalten und erkläre es deiner Frau. Ich finde es schön, wenn sich der Partner für den Alltag und die Probleme im Beruf des anderen interessiert."

Ich biss mir auf die Lippe und sagte mit Unschuldsmiene: „Siehst du, Anette versteht mich."

Anette rutschte auf die Sofakante und rückte ihren überdimensionalen Busen zurecht. „Wir Frauen müssen doch zusammenhalten. Wenn du Lust hast, dann zeige ich dir mal, wie das funktioniert."

„Das interessiert mich wirklich brennend."

„Dann ist das mein Ostergeschenk für dich. Hast du morgen Zeit? Die Sonntage sind für Alleinstehende wie mich immer besonders öde."

Dann habe ich spätestens morgen Abend das Ergebnis und den Täter entlarvt. „Damit machst du mir wahrlich eine Freude." Ich warf Paul einen überheblichen Blick zu und umarmte Anette, als sei sie meine neue beste Freundin. „Und danach trinken wir alle zusammen bei uns Kaffee. Damit du nicht allein zu Hause herumsitzt."

Nun war sie sichtlich gerührt. Sie schluckte. „Das ist wirklich ganz lieb von dir. Und ich dachte immer, du kannst mich nicht leiden."

„Wer sagt denn so was? Wir sind uns viel zu ähnlich. Ich kann zwar nicht so gut kochen wie du …"

„Dafür aber backen."

Ich winkte ab.

Paul verdrehte die Augen und hustete.

„Ich bringe dir einige Rezepte und Kniffe bei, und du zeigst mir, wie man einen supertollen Käsekuchen backt", schlug die vollbusige Barbie vor.

„Ja, wir können richtige Freundinnen werden."

Paul stand auf. „Ich glaube, ich hol mir einen frischen Tee."

„Bleib sitzen, Schatz, Anette und ich machen das", sagte ich und drückte ihn sanft auf das Sofa zurück. „Du bist krank." Ich wendete mich an seine Kollegin und hob die Hände: „Es fällt ihm schwer, sich verwöhnen zu lassen." Ich lächelte ihn kurz mit eiskaltem Blick zu und setzte meine Unschuldsmiene auf. „Ich hoffe, du bist nicht sauer, dass ich dich danach wieder alleine lasse?" Zu Anette sagte ich: „Ich hab Sophie versprochen, ihr heute noch bei der Quartalsabrechnung zu helfen. Sie steht mit der Buchhaltung auf Kriegsfuß."

„Toll, dass du das kannst."

„Gelernt ist gelernt."

„Du bist Buchhalterin?"

„Ja, so ähnlich."

„Da könnte ich mit meiner Mutter reden, die arbeitet im Nachbardorf im Gemeindezentrum. Wie ich weiß, haben die eine Stelle in der Lohnbuchhaltung frei."

„Danke, aber ich suche keinen Job. Der Haushalt füllt mich total aus." Ich legte meinem Gemahl den Arm auf die Schulter und lächelte schmal zu Anette. „Paul liebt es, dass seine Frau zu Hause ist."

„Echt? Ist das nicht ein bisschen rückschrittlich?"

„Vielleicht fange ich ja auch etwas völlig Neues an." Nun provozierte ich meinen Mann ein wenig. Paul presste beleidigt die Lippen zusammen und fragte: „An was hast du dabei denn gedacht?"

„Ich orientiere mich noch."

„Aha, eine Begleiterscheinung der beginnenden Wechseljahre", sagte er ironisch.

Ich schluckte, während er über seinen Gegenschlag schmunzelte.

„Klara hat recht! Wir Frauen brauchen auch unsere Bestätigung", mischte Anette sich nun ein.

„Wenn ihr meint."

„Na, darüber sollten wir noch mal reden", sagte Anette drohend zu Paul.

Ich machte Anstalten, in die Küche zu verschwinden. Das Uniformluder sprang auf. „Geh du zu deiner Tochter, ich kümmere mich um den Macho." *Das konnte ich mir lebhaft vorstellen …* Aber mir blieb ja keine andere Wahl. Schließlich hatte ich einen Mordfall zu klären.

„Na dann, bis später, Macho!", sagte ich mit einem warnenden Blick zu Paul und ergänzte: „Ich nehme wieder deinen Schlüssel mit, meiner ist leider tatsächlich weg."

Er knurrte nur missbilligend.

Nachdem ich die Wohnzimmertür hinter mir zugezogen hatte, packte ich heimlich das Glas ein und nahm mir seinen Schlüsselbund vom Haken, an dem der Dienstellenschlüssel praktischerweise mit dranhing. Vor der Tür machte ich auf dem Absatz kehrt und stolzierte noch einmal zu Anette in die Küche zurück. Sie hantierte an der Spüle herum und fühlte sich ziemlich heimisch. War es ein Fehler, beide allein zu lassen? Das Risiko musste ich eingehen. Ich fragte: „Wann bekomme ich denn morgen mein Ostergeschenk?"

„Wollen wir uns gegen eins im Revier treffen?", fragte sie lächelnd und räumte das Geschirr in die Spülmaschine.

„Das passt. Bis dann! Den Abwasch kannst du stehen lassen. Tschaui!", rief ich, winkte noch einmal und wettete, dass sie meine Küche blitzeblank aufräumte. Aber das geschah ihr ganz recht. *Wer sich so aufspielt, kann auch die Drecksarbeit erledigen!* Ganz schön fies, aber Strafe musste sein.

Kapitel 18

Draußen am Gartentor checkte ich die Zeit mit einem Blick aufs Handy. Okay, 18:12 Uhr. Solange Anette mit Paul und dem Abwasch beschäftigt war, stattete ich der Polizeidienststelle einen Besuch ab, um mir die nötigen Utensilien für meine Mission zu besorgen. Auf halbem Weg hielt ich. *Grmpf!* Ich hatte die Taschenlampe vergessen. Nicht dass ich nachher in der Dunkelheit in die Güllegrube stürzte, wenn ich mir die Leiter vornahm. Das Handy besaß diese Funktion auch, oder? Ich untersuchte es. Klar! Ich lief los.

Stopp! Sophie erwähnte doch, dass Paul bereits von Leiter und Sauerstoffflasche die Fingerabdrücke gesichert hatte? Die Ergebnisse fand ich sicher in der entsprechenden Akte oder in seinem Computer. Dann konnte ich mir die Aktion sparen und musste mich nur um die Vergleichsabdrücke am Glas kümmern.

Er war vorgestern so schnell zurückgekehrt und hatte sich aufs Sofa verkrochen. Das bedeutete: Mein Gatte hatte den Papierkram oder irgendwelche Spurenauswertung einfach liegen lassen.

Die Dämmerung legte sich sanft wie ein graues Tuch über das Dorf. Die Kirchturmglocken läuteten den Abend ein. Aus mehreren Gehöften ertönte Hundegebell, Spatzen zwitscherten von den Bäumen, und eine erste Hummel surrte brummend durch die Luft. Die war bei den Temperaturen eindeutig noch zu früh dran. Die Welt wirkte in diesem Moment so friedlich, dass es mir beinahe unheimlich vorkam, wie die Ruhe vor einem Sturm.

An der Polizeiwache angekommen, schaute ich mich noch einmal prüfend um. Die Straße war leer. Die Gardinen hinter den Fenstern an den Häusern ringsum wackelten auch nicht. Ich fühlte mich unbeobachtet.

Und wenn schon, ich bin immerhin die Frau des Dorfsheriffs. Mein Mann ist krank und hat mich gebeten, etwas aus seinem Büro zu holen. Das würde meine Ausrede sein, falls jemand fragen sollte. Ich war eindeutig befugt, dieses Haus zu betreten.

Drinnen steuerte ich gleich auf Pauls Schreibtisch zu und guckte darunter, der silberne Koffer war weg. Ich schaute mich um, öffnete Schränke und warf sogar einen Blick in die angrenzenden Räume: Toilette und Gewahrsamszelle. Das gibt's doch nicht! Vorgestern stand er noch … da ging mir ein Licht auf: Anette hatte ihn zum Tatort der Fahrerflucht mitgenommen! Bestimmt hatte sie die Lackspuren abgekratzt und die Bremsspur ausgemessen, vielleicht sogar die Reifenabdrücke mit Gips ausgegossen.

Ich kratzte mich am Kopf. Dann konnte er nur im Streifenwagen liegen. „Schlamperei! Aber bei mir zu Hause alles aufräumen, jaja."

Ich schaute durchs Fenster der offenen Gewahrsamszelle und war erleichtert. Der Wagen stand hinten auf dem Hof. Hoffentlich hatte sie den Autoschlüssel im Büro deponiert. Ich durchwühlte ihren Schreibtisch, dessen Schubladen ebenfalls mit Nippes zugemüllt waren. Nichts!

Geht's bitte einmal ohne Schwierigkeiten? Nachdenklich starrte ich an die Wand. Eine ausgestopfte Eule starrte zurück. Ratlos streckte ich ihr die Zunge raus. Doch dann sah ich etwas Blinkendes in ihrem offenen Schnabel und fischte einen Schlüssel mit einem Anhänger „Ersatzschlüssel Streifenwagen" heraus.

Bingo!

Ich eilte in den Hof und lugte durch die Fahrzeugscheiben.

Auf dem Rücksitz stand ein silberner Koffer. Ächzend hievte ich ihn heraus und schleppte ihn ins Büro. Ganz schön schwer, diese kriminaltechnische Ausrüstung, dachte ich verblüfft.

Im Inneren fand ich alles, was ich benötigte. Ich borgte mir die passenden Utensilien aus und brachte den Koffer an seinen Platz ins Auto zurück. Den Ersatzschlüssel hinterlegte ich wieder in Anettes Geheimversteck.

Wo könnte Paul am Donnerstag die gesicherten Fingerabdrücke gelassen haben? Fotos und anderes Beweismaterial, Atemmaske, Sauerstoffgerät und Schlönkamps Handy mit eingestellter Stoppuhr hatte er doch garantiert mitgenommen.

Die Bilder könnten noch auf der Speicherkarte im Fotoapparat sein.

Ich drehte mich suchend um meine eigene Achse. Anette hatte auch was von Fotos auf der Landstraße gefaselt. Die haben hier garantiert nicht zwei Kameras. Retour! Schlüssel aus Eulenschnabel fischen, zurück zum Streifenwagen. Na klar, den Fotoapparat hatte sie achtlos auf den Beifahrersitz geworfen. „Also wirklich, Anette!“

Ich schaute mir die Bilder auf der Speicherkarte an. Scheiße! Der Lack von unserem Auto und ein braunes Haarbüschel vom Reh klebten wie ein Fingerabdruck an der umgenieteten Fahrbahnrandmarkierung. Würde Anette in unsere Garage gehen und sich das Fahrzeug darin ansehen, wüsste sie sofort Bescheid. Ich könnte den dokumentierten Beweis in Großaufnahme löschen, dann …

Ups! Schon passiert. Sollte sie ruhig an sich zweifeln.

Die Tatortfotos von Schlönkamp fand ich auch in der Kamera. Ich hätte vorsorglich das Tablet mitnehmen sollen. „Hätte, hätte, Fahrradkette!“ Was für ein blöder Spruch war das eigentlich?

Ich konnte ja schlecht die ganze Speicherkarte mitnehmen? Obwohl: Wenn ich sie morgen zu meinem offiziellen Termin mit Anette oder vorher wieder in die Kamera schmuggelte, merkte niemand was.

Ich steckte das kleine Teil in die Hosentasche. Instinktiv warf ich einen Blick in den Kofferraum, weil ich die Kiste mit den Beweisstücken von Schlönkamps Hof darin vermutete. Und tatsächlich stieß ich auf eine prall gefüllte transparente Kiste mit säuberlich eingetüteten Gegenständen, auf der in Pauls Schrift „Tatortspuren 24.03.2016/Tod Schlönkamp" mit schwarzem Edding gekrakelt stand.

Derart achtloses Verhalten, Beweisstücke im Auto liegen zu lassen, passte überhaupt nicht zu meinem Mann. Es musste ihm echt dreckig gegangen sein.

Deshalb war es umso wichtiger, dass ich ihm jetzt ein bisschen unter die Arme griff und den Fall für ihn löste. Auch wenn er das wegen Anette eigentlich nicht verdient hatte.

Niemand würde am Ende merken, dass ihm aufgrund getrübten Urteilsvermögens ein gravierender Fehler in der Einschätzung des Todesfalles Schlönkamp passiert war. Außerdem machte mir das Detektivspielen Spaß.

Wie damals in der Rolle als Fernsehkommissarin Emma Schröter. Meiner einzigen großen Rolle. „Hach", seufzte ich. „Aus mir hätte etwas werden können."

Ich durchwühlte die Plastikbox. Die gesicherten Fingerabdrücke von Leiter und Sauerstoffflasche lagen in beschrifteten Tüten ganz unten. Ich nahm sie heraus und schaute mir den Rest der Kiste an. Dazu fehlten aber die Vergleichsproben von Schlönkamps Fingern, dachte ich und fühlte mich wie ein Experte. Alle anderen Asservaten kamen mir für meine Ermittlung unbedeutend vor. Oder? War Schlönkamps Handy wichtig? Nachrichten, Kontakte? Es würde passwortgesichert sein. Darum konnte mich später immer noch kümmern.

Bevor ich den Kofferraumdeckel schloss, las ich kurz im Notizheft, ob mir der restliche Inhalt des Kartons Antworten auf Fragen lieferte. Nein.

Völlig aufgekratzt marschierte ich zu meiner Tochter. Denn ich konnte es kaum erwarten, die Spuren auszuwerten. Hoffentlich erledigte sich die Quartalsabrechnung der Landarztpraxis flink.

Kapitel 19

Sophies Buchhaltung ging mir zum Glück tatsächlich flott von der Hand. Ich zeigte meinem Kind, das mir in den zwei Stunden keinen Zentimeter von der Seite wich, das Ergebnis auf ihrem Laptop. „Danke, Mama! Du hast was gut bei mir." Sie drückte auf „Daten übermitteln" und gab mir einen Kuss auf die Wange.

„Da nehme ich dich beim Wort", sagte ich und schmunzelte geheimnisvoll.

„Dafür lade ich dich nach Neustrelitz zum Essen oder ins Kino ein, versprochen."

„Ich dachte eher an einen Kakao mit reichlich Sahne obendrauf."

Sophie schlug sich die Hand vor die Stirn. „Sorry, ich hab dir nicht einmal was zu trinken angeboten."

Endlich verschwand sie in die Küche. Flugs kopierte ich die Speicherkarte der Kamera, schickte mir die Datei per Mail und löschte beides. In Sophies Wohnung funktionierte das Internet zwar langsam, aber es funktionierte. Der Computer sagte, dass die Mail versendet wurde. Um sie abzurufen, musste ich mit meinem Tablet eben morgen auf den Henkersberg wandern. Ich rief in die Küche: „Soll ich den Laptop ausschalten?"

„Ja, ich gehe dann ins Bett." Sie brachte mir und sich jeweils eine blaue Tasse, deren Inhalt mit einem weißen Häubchen gekrönt war.

Während ich den Pott nahm, sagte ich: „Könnte ich bitte einen Blick in Schlönkamps Krankenakte werfen?"

Ich zog meine Tochter ins Vertrauen und erklärte ihr offen, welche Schlüsse ich nach meinem Fund im Kofferraum des Streifenwagens in Bezug auf die Ermittlungsarbeit ihres Vaters in diesem Fall gezogen hatte. „So achtlos, wie er die Beweisstücke gesichert hat, so nachlässig wird er am Donnerstag den Tatort untersucht haben. Du hättest ihn in diesem Zustand nicht rufen dürfen. Wir müssen verhindern, dass ihm später etwas angehängt wird!"

Sie schlürfte die Sahne von der Tasse ab. Ein weißer Oberlippenbart zierte ihr Gesicht.

„Wenn wir den Mord lückenlos aufgeklärt haben, präsentieren wir deinem Vater das Ergebnis, sodass er nicht umhinkommt, den Täter zu verhaften. Alle werden denken, er hat den Fall gelöst."

Ich zeigte auf ihren Mund. Sophie leckte sich die Lippen. Ihre Augen drückten Skepsis aus.

„Es geht um die Ehre deines Vaters! Er ist auf unsere Unterstützung angewiesen!" Verzweifelt versuchte ich sie davon zu überzeugen, dass es richtig war, ein Mal die ärztliche Schweigepflicht zu verletzen.

„Na gut! Ich bin dabei. Komm!"

Ich ließ den Kakao stehen.

„Wenn Nils das merkt, bin ich den Job los", sagte Sophie auf der Treppe.

„Ich denke, er liebt dich?"

Sie schloss die Praxis auf. „In dienstlichen Angelegenheiten ist er sehr korrekt."

„Wir missbrauchen die Daten ja nicht zu unserem Vorteil, sondern versuchen, die Wahrheit herauszubekommen, um einen Mörder dingfest zu machen. Das sollte auch in seinem Interesse sein." Ich folgte ihr durch das Wartezimmer, dessen Einrichtung noch aus der Nachkriegszeit stammte. Sophie schaltete das Licht ein und schloss den Metallschrank der

Hängeregistratur mit einem Schlüssel auf, den sie vom Empfangstresen aus dem Bauch eines Sparschweins nahm.

„Hier scheinen alle einen Hang zu Geheimverstecken von Schlüsseln zu haben“, merkte ich an und erntete damit einen skeptischen Blick. „Wen meinst du mit alle?“

„Ach, das war nur so dahergesagt.“

„Ich kenn dich.“

„Anette bewahrt den Ersatzschlüssel für den Streifenwagen im Schnabel einer ausgestopften Eule auf, die im Revier an der Wand hängt.“

Sophie kommentierte meine Antwort mit einem Kopfschütteln, das keinesfalls ihre Verwunderung über das originelle Versteck ausdrückte.

„Um der Wahrheit auf die Spur zu kommen, muss man zur Informationsbeschaffung manchmal Grenzen überschreiten.“

„Das hast du als Fernsehkommissarin Emma Schröter gelernt?“, fragte Sophie ironisch.

„Emma besaß übermenschliche Fähigkeiten. Sie brauchte keinen Schlüssel. Mit ihrem Röntgenblick hätte sie den Aktenschrank einfach durchleuchtet“, übertrieb ich.

„Wurde die Rolle deshalb nach fünf Folgen herausgeschrieben, weil das zu unrealistisch war? Oder weil du zu schlecht gespielt hast?“, konterte Sophie mit einem Augenzwinkern. Sie zog drei Patientenakten unter Schlönkamp aus dem mit „S“ beschrifteten Fach: Martina, Isabel und Siegmund. Die zwei Ersteren sortierte sie gleich wieder ein.

Wir setzten uns ins Sprechzimmer, sie hinter und ich vor dem Schreibtisch. Sophie zeigte mir den Totenschein, den sie ausgestellt hatte.

„Hat man ihn in die Rechtsmedizin gebracht?“

Sophie hob die Arme. „Das hat Papa veranlasst.“

„Heißt das, du weißt es nicht?“

„Nach der gemeinsamen äußeren Leichenschau hat Papa den

Tatort übernommen. Ich bin ins Wohnhaus zu Martina Schlönkamp, die unter Schock stand. Schließlich musste ich mich erst einmal um die Lebenden kümmern“, rechtfertigte sie sich kopfkratzend. „Als ich eine Dreiviertelstunde später wieder rauskam, hatte er bereits alles gesichert und die Anwesenden, also Schlönkamps Tochter, den Fahrer und die Treiber vom Schlachthof, befragt. Der Leichenwagen hat den Toten abtransportiert. Papa hat abgewinkt und gesagt, dass es eindeutig ein Unfall war. Ich hatte ja auch keine Spuren von Fremdeinwirkung gesehen. Und wir haben eine gründliche Leichenschau durchgeführt, obwohl sich Papa zweimal übergeben musste.“

„Dein Vater hat gekotzt?“ Das erstaunte mich. Mein Mann hatte in Berlin weitaus härtere Fälle bearbeitet.

„Er hat keinen Männerschnupfen, wie du annimmst, sondern eine ausgewachsene Angina. Der akute Verlauf schwächt den gesamten Körper und geht einher mit einem starken Krankheitsgefühl. Du hast ja recht! Ich hätte ihn am Donnerstag nicht rufen dürfen. Die Anstrengung hat ihm den Rest gegeben.“

„Ich dachte auch, er übertreibt, wie Männer das bekanntlich tun, weil sie umsorgt werden wollen.“

„Die Gefahr ist, dass die Bakterien seinen Herzmuskel angreifen.“

Beschämt presste ich die Lippen aufeinander und druckste dann herum. „Wenn ich ihn frage, ob er die Obduktion von Schlönkamp angeordnet hat, würde er misstrauisch werden. Kannst du ihn fragen?“

„Ich?“

„Alternativ könntest du dich unter einem Vorwand bei dem Beerdigungsunternehmen erkundigen, das die Leiche abgeholt hat“, schlug ich naseweis vor.

Sophie trommelte nervös mit den Fingern auf den Tisch. „Und was soll das bitte für ein Vorwand sein?“

„Du bist die Ärztin, die den Totenschein ausgestellt hat“,

überlegte ich laut. „Du bist dir unsicher, ob du etwas übersehen hast. Irgendein Detail wird dir doch einfallen? Du musst dir den Toten noch einmal ansehen und willst wissen, wo er in der Tiefkühlbox liegt."

Sie spitzte die Lippen.

„Nur Mut! Was soll denn passieren?" Ich griff zum Telefonhörer und reichte ihn ihr.

Sie zeigte mir einen Vogel. „Es ist Samstag, fast 23.30 Uhr!"

„Das ist ein Notfall! Du kannst wegen des Details nicht schlafen und willst dir morgen früh die Leiche ansehen", leierte ich ihr die Worte vor. „Los! Wenn die Leute ein Wehwehchen haben, klingeln sie dich auch nachts aus dem Bett und verlangen, dass du mit deinem Arztkoffer anrückst. Liegt Schlönkamp noch dort im Kühlhaus, machst du einen Termin für morgen früh. Wir gehen beide hin und nehmen bei der Gelegenheit gleich die Fingerabdrücke des Toten."

„Wozu denn das?"

„Dein Vater hat vergessen, sie zu nehmen. Und wir brauchen einen Vergleich mit den Abdrücken an der Leiter und der Sauerstoffflasche."

„Woher willst du das wissen?" Sophie atmete hörbar aus.

„Sie fehlen bei den gesicherten Spuren in der Kiste. Falls er sie doch irgendwo archiviert hat, sehen wir es ja an der Leiche, wenn sie schwarze Fingerkuppen hat."

„Woran du alles denkst!", staunte mein Kind bewundernd.

Ich hob stolz den Kopf und schmunzelte. „Irgendwo muss deine Intelligenz ja herkommen."

Sophie wählte die Nummer vom Bestattungsunternehmen Grube.

Musik ertönte. Meine Tochter stellte auf laut, sodass ich mithören konnte. Eine sympathische Männerstimme vom Band sagte: „Willkommen im Bestattungshaus Grube, mit uns liegen Sie richtig!"

Unsere Blicke trafen sich. Wir dachten beide das Gleiche: ganz schön makaber. „... Rufen Sie außerhalb der Bürozeiten an, erreichen Sie uns mobil unter 017377885." Ich drängte: „Wähl die Mobilnummer!"

Nach wenigen Augenblicken sagte eine verschlafene Stimme: „Benjamin Grube, Bestattungen aller Art."

„Sophie Himmel am Apparat. Entschuldigen Sie die späte Störung, aber ..."

„Mein aufrichtiges Beileid, der Tod guckt selten auf die Uhr. Möchten Sie den Leichnam gleich abgeholt haben, oder reicht es morgen früh?"

Sophie erstarrte, war für einen Moment sprachlos.

Der Bestatter stöhnte: „Er läuft uns ja nicht weg."

Mein Kind hustete. „Ich bin die Ärztin, die am Donnerstag den Totenschein von Siegmund Schlönkamp ausgestellt hat. Ich muss mir den Toten noch einmal ansehen. Liegt der bei Ihnen?"

Am anderen Ende grunzte es. In dem Augenblick, wo der Bestatter merkte, dass er mit Sophie kein Geschäft machen konnte, änderte sich der Tonfall. „Schlönkamp? Das war doch der Unfall in der Güllegrube, ganz schön unappetitlich. Ja, der liegt in Fach 7 und stinkt uns trotz Waschung den Laden voll. Der geht gleich am Dienstag ins Krematorium zum Einäschern. Wann wolln Se denn anrücken? Etwa heute noch?"

Sophie sagte zaghaft: „Gegen 9 Uhr morgen früh."

„Zum Ostersonntag?", fragte er abweisend.

Mein Kind atmete tief durch und erwiderte dann selbstbewusst: „Ärzte halten sich genauso wenig an Bürozeiten wie der Tod. Außerdem wollen Sie doch, dass ich Ihren Service weiterempfehle?"

Ich zeigte ihr den erhobenen Daumen.

„Sie haben mich glatt überredet", antwortete der Bestatter unterwürfig.

„Vielen Dank. Dann sehen wir uns morgen früh." Sophie legte auf. „Was war denn das für ein Typ?"

„Ein Leichengräber mit Humor." Amüsiert zuckte ich mit den Schultern.

Sie verschränkte die Arme vor der Brust. „Kein Wort von der Rechtsmedizin. Scheiße! Papa hat es echt vermasselt."

„Wir müssen uns beeilen. Wenn nur noch die Asche von Schlönkamp übrig ist, kann die tatsächliche Todesursache nicht mehr nachvollzogen werden. Lass uns die Akte und alle Hinweise, die ich gesammelt habe, einmal gemeinsam durchgehen."

Sophie protestierte: „Mutter, es ist mitten in der Nacht."

„Wollen wir deinem Vater helfen oder nicht?"

Sie gähnte theatralisch.

„Frag mich mal, ich hab seit Donnerstag kaum ein Auge zubekommen."

„Du bist wie früher, total besessen und manisch, wenn du ein Ziel verfolgst. Wahrscheinlich würdest du die Leiche noch eigenhändig ausgraben, wenn es nötig wäre."

Ich zuckte mit den Schultern. „Wer kann schon aus seiner Haut. Außerdem ist das besser für die Gesundheit als sich zu Tode langweilen."

„Über Langeweile kann ich eigentlich nicht klagen."

Sie gab auf, blätterte in Schlönkamps Patientenakte und las noch einmal nachdenklich ihre Notizen zum Zustand des Toten durch. „Auch wenn ich mich wiederhole, die äußere Leichenschau ergab keine Hinweise von Fremdeinwirkungen."

„Keine Hämatome, Platz- oder Schürfwunden, Einstiche, Würgemale?"

„Die Schussverletzung hast du vergessen." Sie verdrehte die Augen. „Bin ich blöd?"

„Das hat niemand behauptet."

„Ein Hämatom am Kopf war älter. Bei der Arbeit mit Schweinen im Stall kommst du um Blessuren nicht herum.

Wäre er in die Grube gestürzt, hätte er andere Verletzungen gehabt."

Ich biss mir auf den Finger. „Und wenn er sich nun vorher geprügelt hat? Ihm ist von dem Stoß an dem Kopf später dort unten schwindelig geworden. Er reißt sich die Atemmaske vom Gesicht."

„Ja, so etwas kann passieren, aber es passt nicht zu den anderen Indizien. Die Sauerstoffflasche war leer. Das hat Papa überprüft."

„Angenommen, Schlönkamp wurde nachträglich durch den Stoß an den Kopf bewusstlos, könnte der Täter doch diesen Umstand ausgenutzt haben und ihm hinterhergeklettert sein. Er manipuliert die Sauerstoffflasche. Falls Schlönkamp die Maske noch aufhatte, könnte er sie ihm vom Gesicht gerissen haben."

„Mama! Dann läge der Täter daneben. Verrückt, oder? Überleg einmal, wie viel Zeit er gebraucht hätte, um diese ‚Manipulationen' vorzunehmen. Ohne Sauerstoff bist du nach zwei bis drei Atemzügen tot." Sophie machte sich lustig: „Das müsste schon so ein geübter Perlentaucher sein, der bis zu fünf Minuten die Luft anhalten kann."

Birke! Der war früher bei der NVA Kampftaucher. Das hat er mir selbst erzählt. Die Erkenntnis durchfuhr mich wie ein U-Boot.

Ich folgerte: „Und dann verschwand er lautlos nach hinten über das Feld."

Sophie lehnte sich grinsend auf dem Stuhl zurück. „Wer kommt denn deiner Meinung nach als Täter infrage?"

„Verdächtige mit Motiv gibt es einige. Piotr Kravzyk, Schlönkamps ehemaliger Stallbursche, wurde vor einer Woche fristlos gekündigt."

Sophie verschränkte die Arme vor der Brust und legte den Kopf schief. „Er ist aber bei Bauer Fries untergekommen. Warum sollte er Schlönkamp umbringen?"

„Ihn schmerzte, wie Schlönkamp seine Tiere behandelt oder eben *nicht* behandelt hat.“ Ich erklärte meiner Tochter, was mir Kravzyk und Isabel über die Folgen der Schweinehaltung nach Bio-Gütesiegel-Richtlinie erzählt hatten.

„Er hätte ihn beim Veterinäramt anzeigen können.“

„Ein polnischer Tagelöhner? Das spricht sich rum. Den stellt doch hinterher niemand mehr ein“, wehrte ich ihr Argument ab. „Er steht aber an Stelle vier meiner Favoritenliste.“

Sophie zog fragend die Augenbraun hoch.

„Er hat ein Alibi für die Tatzeit, war angeln und hat mir als Beweis die Überreste seines Mittagessens gezeigt.“

„Er hat was?“

„Ich habe den Mülleimer mit den Fischgräten inspiziert. Die Fische hatte er allerdings bei Ole Wels gekauft, weil am Vormittag nichts angebissen hatte. Das hab ich ihm geglaubt.“

„Und wer ist Nummer drei auf deiner Liste?“

„Hannes Birke.“

„Wegen seines angeblichen Verhältnisses zu Martina Schlönkamp?“ Sophie grinste überheblich.

„Nein, er hatte einen anderen Disput mit dem Schweinebauern.“ Ich erzählte ihr, was ich Hannes Birke Donnerstagnacht im Auto entlockt hatte.

„Den kannst du ausklammern.“

„Wieso, Rache ist ein handfestes Motiv. Außerdem war er früher Kampftaucher bei der NVA, er könnte …“

Sophie unterbrach mich: „Die alte Frieda Birke saß am Donnerstagvormittag in der Praxis, Bestellzeit 10 Uhr. Sie hat mindestens bis 11 Uhr gewartet, weil es so voll war.“ Sie zeigte auf ihren Kalender.

„Was hat das mit ihm zu tun?“

„Ich kann mich nicht erinnern, dass ich sie zum Ende der Sprechzeit um 11:30 Uhr noch im Wartezimmer gesehen habe. Er bringt sie und holt sie immer ab.“

„Aber …"

„Ich frage morgen bei unserer Frau Schneider nach. Die weiß sicher genau, ob und wann Birke seine Mutter abgeholt hat."

„Also lasse ich ihn noch stehen."

Sie nickte. „Wer belegt denn Platz zwei?"

„Die Witwe."

Sophie zog ungläubig die Stirn kraus.

„Der Schweine-Siggi, berühmt als Dorfbesamer, hat so manche Dame im Umkreis von 20 Kilometern flachgelegt. Martina Schlönkamp hat das gewusst, sagt Isabel. Angeblich war es ihr egal. Was ich aber nicht glaube. Der Nervenzusammenbruch, alles nur gespielt. Hast du gesehen, wie munter sie gestern beim Osterfeuer geplaudert hat? Einen Tag danach!"

„Jeder Mensch verarbeitet seine Trauer anders."

„Trauer? Phhh!", prustete ich los. „Sie wirkte erleichtert. Es hätte nicht viel gefehlt, und sie hätte vor Freude auf dem Tisch getanzt."

„Und das hast du gestern in deinem alkoholisierten Zustand beobachtet?"

„Als Schauspielerin hat man einen Blick für die Mimik eines Menschen und welche Gefühle sie ausdrückt."

„Vor allem, wenn man so erfolgreich war wie du!", lästerte Sophie.

Ich überging ihren Spott großzügig und untermauerte meine These: „Sie hat mir heute selbst erzählt, dass sie den Hof verkaufen und zurück in die Stadt ziehen will. So eine Entscheidung trifft man nicht 36 Stunden nach dem Tod des Ehemanns. Sie hasst die Schweinezucht, ist Vegetarierin und konnte eigentlich nie mit ansehen, dass ihr Mann Tiere aufzieht, die für die Pfanne bestimmt sind. Ich nehme an, dass sie Piotr Kravzyk angestiftet hat, den kranken Schweinchen Antibiotika zu geben, sie ihm vielleicht sogar beschafft hat. Ich wette, dass sie den Piotr bei ihrem Mann verpfiffen hat, weil der Stallbursche ihren Annäherungsversuch abgelehnt hat."

„Woher weißt du das denn?"

„Von Kravzyk", sagte ich stolz. „Das ist übrigens der Grund, warum er den Frauen nicht helfen will. Die waren beide auf ihn scharf."

Sophie fragte erstaunt: „Isabel auch?"

„Er hat es gesagt, und so emotional, wie er darauf reagiert hat, glaube ich ihm das."

„Wie soll Martina Schlönkamp es denn angestellt haben? Meinst du, sie ..."

„Warte!" Mit erhobener Hand unterbrach ich ihren Redefluss. „Dazu komme ich gleich. Vorher musst du noch einiges andere wissen."

Ich erzählte alles, was ich über die Bauersfrau an Informationen zusammengetragen hatte, auch dass sie verkaufen wollte. Sophie lehnte sich auf ihrem Drehstuhl zurück. „Ich bezweifle, dass das verbaute Wohnhaus und die Ställe so viel bringen, oder?"

„Da gehören sicher einige Hektar Land dazu", gab ich zu bedenken.

Sie überlegte, drehte den Zopf durch ihre Finger und sagte: „Es könnte natürlich sein, dass sie vorhat, großflächig an diese Immobilienfirma zu verkaufen, die den Ferienpark bauen will, gegen den alle sind."

„Aha! Was denn für eine Immobilienfirma?"

„Holländer, glaub ich. Mehr kann ich dazu nicht sagen. Ich höre in der Sprechstunde auch nur Bruchstücke von dem, was die Leute im Dorf so umtreibt."

„Das würde passen. Genau, das wäre ihre Chance auf ein neues Leben. Es gibt aber noch einen brisanten Fakt: Meike Asmussen bekommt ein Kind vom Schweinebauern."

Sophie war perplex. „Woher weißt du das alles?"

„Mag sein, dass ich auf der Bühne und im Film als Schauspielerin versagt habe, weil mir das Quäntchen Lockerheit fehlte. In der Hintergrundrecherche zu Figuren und Handlungen war ich aber stets perfekt“, sagte ich stolz, lehnte mich auf dem Stuhl zurück, verschränkte die Arme und schlug demonstrativ die Beine übereinander. „Fritz Asmussen hat erst vor ein paar Tagen davon erfahren.“

„Schlönkamp, der Vater von Meikes Kind? Sie hat mir noch beim letzten Ultraschall vor anderthalb Wochen gesagt, ihr Mann freue sich riesig auf seinen Sohn. Scheiße!“

„Ich glaube ja kaum, dass Meike es ihm auf die Nase gebunden hat.“

„Du denkst an Martina Schlönkamp?“

Verschwörerisch senkte ich die Stimme und beugte mich nach vorn. „Vielleicht haben sie die Tat gemeinsam geplant und ausgeführt. Vielleicht kam eins und eins zusammen.“ Ich zuckte mit den Schultern und sprach weiter. „Die Möglichkeit, mit dem Verkauf der Ländereien an Geld für ein neues Leben zu kommen … Dafür musste sie ihren Siggi loswerden.“

Jetzt spann Sophie den Faden weiter: „Was Fritz Asmussen erledigt, wenn der erfährt, auf wessen Sohn er sich fälschlicherweise freut.“

„Den glücklichen Zufall, dass Isabel sich ausgerechnet Mittwochnachmittag den Fuß anbricht und Siggi selbst in die Güllegrube steigt, spielt ihnen das Schicksal in die Hände“, sagte ich.

Sophie schnappte einen Stift und bemalte den Rand der Schreibtischunterlage aus Papier mit Strichmännchen und Mustern. Ein Zeichen dafür, dass sie ernsthaft mitdachte und nach einer Lösung suchte. Sie fragte: „Aber wie ist es abgelaufen?“

„Ich vermute, Asmussen ist auf den Hof gekommen, um Siggi zur Rede zu stellen. Vielleicht hat Martina ihn auch angerufen und ihm berichtet, dass ihr Mann die Güllegrube säubern will. Die beste Gelegenheit zur Vortäuschung eines Unfalls. Er musste nur die Leiter herausziehen."

Sophie hielt inne und hob den Kugelschreiber. „Die Leiter stand aber in der Grube."

Der Muskelkater vom Mistschaufeln erwachte langsam. Der harte Holzstuhl bohrte sich wie ein Dorn durch den Hintern in meinen Rücken. Ich stand auf, streckte mich und lief etwas herum. Stöhnend verteidigte ich die These. „Wenn es so war, können wir es beweisen. Dein Vater hat an der Leiter die Fingerabdrücke gesichert. Ich habe ein Glas dabei, das Asmussen beim Osterfeuer in der Hand hatte, als er sich mit seiner Frau hinter dem Festzelt gestritten hat. Wenn die Fingerabdrücke identisch sind, ist der Fall klar."

Sophie sagte: „Hast du etwa Muskelkater? Wärst du mal zu Haus geblieben ..."

„Das geht vorbei!"

„Dann hör auf zu jammern!"

„Ich jammere doch gar nicht!" Dabei beugte ich mich demonstrativ mit den ausgestreckten Armen vornüber, bis die Fingerspitzen den Boden berührten, und sagte: „Ich mache brav meine Übungen." Ein Wirbel knackte. „Ahhh!" Mit verzerrtem Gesicht blieb ich kopfüber hängen. *Jetzt bloß nicht ruckartig bewegen!*

„Du stöhnst und willst bemitleidet werden."

„Sehe ich etwa aus wie dein Vater? Au!" Ich biss mir auf die Lippen.

„Er kriegt das schauspielerisch jedenfalls authentischer hin."

„Als Ärztin solltest du den Unterschied erkennen, wenn jemand echte Schmerzen hat oder nur simuliert."

Sie machte keine Anstalten, mir hochzuhelfen. „Da hat etwas in meinem Rücken geknackt." Immer noch kopfüberhängend wie eine Bogenlampe, zeigte ich hinten auf die Stelle neben der Hüfte.

„Du bist so eine grottenschlechte Schauspielerin!“ Sie lachte auf.

Ich flehte: „Sophie das ist kein Spaß!“

„Spritze!“, benutzte sie das Zauberwort, das mich wegen panischer Angst, die schon paranoide Züge annahm, eigentlich zu sportlicher Höchstleistung trieb.

Erst als ich anders reagierte, als sie erwartet hatte – nämlich gar nicht –, gestand sie sich ihren Fehler ein. „Rattendreck, Mama, du hast ja wirklich Schmerzen!“

„Meinst du, ich hänge hier zum Spaß so rum? An deiner Menschenkenntnis solltest du nicht nur in Hinblick auf die Wahl deiner Liebhaber gründlich arbeiten.“

„Verfickte Scheiße!“

„Und hör bitte auf, wie eine dahergelaufene Straßenhure zu fluchen! Oder hörst du das etwa von mir?“

Sie beugte sich zu mir herunter und führte mich zur Behandlungsliege.

Ich schrie auf: „Au! Scheißdreck, verdammter!“

„Vorsichtig!“, mahnte sie und bahrte mich auf. Ich fragte unsicher: „Schmerztablette?“

„Moment!“ Sie musterte mich abschätzend, drehte mich mit dem Gesicht zur Wand und fragte: „Und wie willst du die Fingerabdrücke an dem Glas abnehmen?“ Das war reines Ablenkungsmanöver. Ich ahnte, was sie vorhatte, und begann zu schwitzen. „Es reicht, wenn du mir die Stelle mit Kytta einreibst.“ Meine panische Stimme veranlasste Sophie, ihre unbeantwortet gebliebene Frage zu wiederholen: „Wie willst du die Fingerabdrücke an dem Glas abnehmen?“

„Hast du als Kind nie Detektiv gespielt?“

Sie hantierte hinter mir herum. Ich lauschte und wartete auf das Knacken der Ampulle. Normalerweise würde ich jetzt die Flucht ergreifen, aber ich konnte mich ja vor Schmerz nicht einmal umdrehen. „Ihr hattet doch auch immer eine Bande.“

„Wir haben Rockband oder Model-Casting gespielt, doch nie so was Altmodisches wie Detektiv!“ Während ich ihren Worten lauschte, hatte sie mir, zack, die Spritze an die blockierte Stelle im Rücken gejagt. Ich zuckte kurz zusammen und hielt die Luft an. Es brannte, aber das war angenehmer als der stechende Schmerz.

„Du kannst weiteratmen, du hast es überlebt!“

Es war mir peinlich, wegen einer Spritze derart auszurasten. „Diese Phobie stammt aus meiner Kindheit. Es muss ein so traumatisches Erlebnis gewesen sein …“

„Ja, Mama, du musst dich nicht entschuldigen. Alles gut! Wird es besser?“

Ich versuchte, mich zu bewegen, und stöhnte.

„Bleib bitte noch liegen. Es dauert einen Moment, bis das Novaminsulfon wirkt.“

„Ich habe nach dem kurzen Besuch in Papas Büro alles Nötige dabei, um die Fingerabdrücke auf dem Glas sichtbar zu machen“, ächzte ich.

„Du hast im Polizeirevier geklaut?“ Meine Tochter war entrüstet.

Ich richtete mich mit ihrer Hilfe auf. „Geliehen. Ich bring es ja morgen zurück!“

Sophie schüttelte den Kopf.

„Komm!“, forderte ich sie auf. „Wir gehen hoch.“

„Langsam! Sonst rastet deine Blockade gleich wieder ein.“

Eine Stunde später waren die Schmerzen im Rücken wie weggeblasen. Na ja, fast. Wir saßen in Sophies Wohnzimmer. Ich hielt die gesicherten Fingerabdrücke neben die, die Paul an der Leiter abgenommen hatte. „Kannst du eine Übereinstimmung erkennen?“

„Mit dem bloßen Auge ist das schwierig.“

„Hast du eine Lupe?“

„Nein, oder warte." Sie sprang auf und rannte nach unten in die Praxis. Mittlerweile war es 1:53 Uhr.

Sophie ließ sich japsend neben mir nieder und sagte: „Vergrößerungsglas zum Hautscreening. Damit müsste man es besser erkennen."

Wir guckten beide abwechselnd durch. „Die Papillaren verlaufen ähnlich, aber sicher bin ich mir nicht …", murmelte ich. Mein Kind gähnte und steckte mich an. Das Telefon klingelte. Wir schreckten zusammen.

„Wer ist das denn?", riefen wir wie aus einem Munde.

Ein Blick auf das Display reichte. „Papa!" Wir stöhnten. Sophie nahm ab.

Er fragte: „Ist deine Mutter noch bei dir?"

„Ja, Papa. Mach dir keine Sorgen." Sie lächelte gequält und hielt den Hörer eine Armlänge vom Ohr weg, damit ich auch in den Genuss seiner Beschwerde kam: „Mach ich mir aber. Es ist mitten in der Nacht, und Klara ist wieder nicht zu Hause. Was treibt ihr denn so lange?"

Sophie antwortete keck: „Mama weiht mich in ihre Geheimnisse …"

Ich formte lautlos mit den Lippen „Bist du verrückt. Er killt mich!", und zeigte mit dem Finger auf die Quartalsabrechnung.

„… der Buchhaltung ein. Das hat etwas länger gedauert als geplant."

„Du bist doch sonst nicht so schwer von Begriff." Ich hörte heraus, wie sauer er war. „Da kann niemand anrufen und mir Bescheid sagen?"

„Sorry, Papa. Papa?" Sie schaute auf den Hörer in ihrer Hand. „Er hat aufgelegt."

„Ich gehe besser, sonst verärgere ich ihn noch mehr. Ich hole dich um halb neun ab", sagte ich und hielt inne. „Oder kannst du vielleicht mit deinem Auto fahren? Anette ist immer noch hinter dem Fahrerfluchtauto her. Ich will sie im Moment beim

Anblick unserer Familienkutsche mit dem kleinen Lackschaden am Grill nicht auf dumme Gedanken bringen. Falls sie uns über den Weg läuft."

„Verstehe. Ich hole dich ab. Pass auf deinen Rücken auf. Vermeide ruckartige Bewegungen und mach die Übungen, die ich dir gezeigt habe."

Ich packte meinen Kram und die gesicherten Fingerabdrücke ein. „Das Ergebnis haben wir spätestens am Nachmittag, wenn ich Anettes Ostergeschenk bekommen habe."

„Hä?"

„Erkläre ich dir später. Schlaf schön, Kind. Und träum was Süßes, zum Beispiel von deinem Prinzen Nils."

„Mama!" Sophie verdrehte leidend die Augen.

„Er passt zu dir. Ich mag ihn leiden. Du kannst …"

„Geh jetzt", unterbrach sie mich und schob mich unsanft zur Tür. „Papa wartet!"

Kapitel 20

Zu Hause eilte ich gleich ins Badezimmer, wo Paul völlig entkräftet über der Kloschüssel hing. „Was ist denn los?“

„Ich hab das schöne Essen von Anette wieder ausgekotzt.“

Ich half ihm zurück ins Bett. Er sah fahl und verschwitzt aus. „Soll ich Sophie rufen? Sie ist bestimmt noch wach.“

„Nein, lass. Das sind nur die Nebenwirkungen vom Antibiotikum. Ich hab den Beipackzettel gelesen.“

„Ich hab noch nie von Antibiotika gekotzt. Was hast du denn alles gegessen?“

„Schweinsroulade samt Rosenkohl und Klößen. “

„Das war viel zu mächtig für deinen Magen, nachdem du drei Tage kaum etwas zu dir genommen hast.“ Ich strich ihm über den Kopf. „Geht es dir jetzt besser?“

Er schloss erschöpft die Augen und hielt meine Hand fest, als ich gehen wollte. „Wo willst du hin?“

„Dir einen frischen Kamillentee kochen, mich ausziehen und das Bettzeug aus dem Arbeitszimmer holen“, beruhigte ich ihn.

„Du legst dich zu mir, obwohl ich dich mit meinem Schnarchen um den Schlaf bringe?“

Lächelnd sah ich ihn an. „Ich kann dich ja in dem Zustand nicht dir selbst überlassen.“

„Ach, woher kommt denn die späte Erkenntnis?“

„Sophie hat mich über die Brisanz deiner Mandelentzündung aufgeklärt. Sorry, ich dachte, du simulierst und leidest bloß an Männerschnupfen.“

„Na, herzlichen Dank!“, erwiderte er beleidigt.

„Ihr Männer fallt beim kleinsten Wehwehchen um und wollt sterben. Wie sollen wir Frauen denn ohne differenziertes Verhalten erkennen, wenn es euch wirklich erwischt hat?“

„Jetzt meckere nicht mit mir! Ich bin todkrank“, jammerte mein Gatte.

„Siehst du, schon wieder übertrieben.“ Ich verschränkte die Arme vor der Brust. „Antworte ich dann, dass ich dir vorsorglich einen Platz auf dem Friedhof reserviere, bist du beleidigt und fühlst dich veralbert. Obwohl du damit angefangen hast.“

„Das wird mir jetzt zu kompliziert. Ich habe keine Lust auf eine nächtliche Grundsatzdiskussion.“

Der Wecker vibrierte gegen 8 Uhr. Ich drehte mich noch einmal rum und zog mir die Decke über den Kopf, denn Paul schnarchte neben mir mit offenem Mund. Fünf Minuten, dachte ich und versuchte, den abgebrochenen Traum wie einen Fernsehsender herbeizuzappen. Es funktionierte nicht. Der kurze Blick auf die Zeitanzeige in Leuchtschrift ließ mich hochschnellen. Gleich würde Sophie vor der Tür stehen. Warum hatte ich uns das angetan? Es war Sonntag. Ostersonntag. Andere Familien schliefen aus, suchten Eier, brunchten und genossen die wärmende Sonne bei einem Frühlingsspaziergang. Suchen tust du schließlich auch, motivierte ich mich dazu, aus dem kuscheligen Bett zu steigen.

Paul drehte sich um, blinzelte, grunzte und schlief weiter.

Ich klaubte leise Unterwäsche, eine seriöse Stoffhose und einen Rollkragenpullover zusammen.

Paul fragte: „Wo willst du hin?“

„Überraschung!“, log ich, weil mir nichts anderes einfiel.

Er lächelte mit geschlossenen Augen. „Du spielst Osterhase?“

Ach, richtig, er erwartete das Geschenk. Grrrrrr! Er hatte es sich gemerkt. Mir musste irgendetwas einfallen, was in eine

Mützenschublade passte. Auf der Treppe murmelte ich vor mich hin: „Ein Gutschein. Aber wofür?"

Darüber würde ich später nachdenken! Vielleicht hatte Sophie eine Idee.

Wir rumpelten über das Kopfsteinpflaster der Hauptstraße in das drei Kilometer entfernte Lütjendorf. In dem Nest wucherte vor jedem dritten Hoftor das Unkraut aus den Fugen. Schiefe Lehmkatenwände ächzten unter der Schwere ihrer durchlöcherten Dächer. Graue Gardinen flatterten im Wind aus zerbrochenen Fensterscheiben. Unzählige Katzen, die sich auf den Mauern zusammengerollt hatten, bewachten den Verfall und verfolgten uns argwöhnisch mit den Augen. Alles wirkte noch ausgestorbener als in unserem Kaff. Wir bogen vor der Kirche in eine Nebenstraße ab.

Das Bestattungshaus Grube lag direkt neben einem Altenheim mit dem Namen „Wolkenschloss" und Ausblick auf den Friedhof.

Sophie parkte. Wir sahen uns beide an. Ich sagte: „Kommt darauf an, was zuerst da war, Friedhof, Altenheim oder Bestattungsunternehmer."

„Zumindest kann ihm niemand mangelnde Kundennähe vorwerfen."

„Sophie!"

Sie zuckte mit den Schultern. Wir stiegen aus, schlenderten über die Straße und betrachteten das Schaufenster. Neben einem geschmückten Sarg in Originalgröße prangte ein Werbeschild:

Auto geleast, Haus gemietet,
Sarg gekauft …
Schon mal drüber nachgedacht?
Zahl jetzt, stirb später!

Ich konnte mich nicht entscheiden, ob ich das geschmacklos oder originell fand. Typisch Waage.

Ich dachte, der Branche geht es gut. Gestorben wird schließlich immer. Der Standort des Unternehmens müsste zumindest in den nächsten zehn Jahren den Umsatz sichern, denn wie in vielen Orten Mecklenburgs waren zwar die Jungen weggezogen, aber die Alten geblieben.

Die Konkurrenz liegt auch in der Bestatterbranche auf der Lauer. Deshalb musste man mit frischen Ideen ständig um Neukunden werben. Stammkunden, die zum Bestatter ihres Vertrauens gehen, gibt's ja leider nicht.

Wir klingelten. Ein schmächtiger junger Mann im lila Poloshirt, der mit seinem gescheitelten Haar auf mich wie ein Student der Geisteswissenschaften, also etwas verklemmt, wirkte, öffnete uns. Kein Wunder. Als Sohn eines Bestatters war er bestimmt bereits in der Kindheit täglich mit Trauer und Tod konfrontiert worden. Kinder sind ja neugierig.

Ich stellte mir vor, wie er heimlich in Kühlfächer geguckt und sich erschreckt oder sich beim Versteckenspielen in einem Sarg verkrochen hatte. Solche Erlebnisse prägen die Persönlichkeit. Irritiert sagte ich: „Sophie und Klara Himmel, wir haben eine Verabredung mit Ihrem Vater."

Der junge Mann zog die Augenbrauen hoch. „Oh, da muss ich Sie leider enttäuschen."

„Er ist nicht im Haus?"

Der Bestattersohn presste die Lippen zusammen und schüttelte den Kopf.

„Ärgerlich. Wir haben doch gestern miteinander telefoniert und den Termin …", sagte ich enttäuscht.

„Das kann nicht sein."

Sophie entschuldigte sich: „Es war sehr spät, vielleicht hat er vergessen, es Ihnen zu sagen, oder …"

„Wie erreichen wir ihn denn?", wollte ich wissen und

zückte bereits mein Handy, um mir die Mobilnummer zu notieren.

Der junge Mann zeigte auf den Friedhof. „Das könnte schwierig werden."

„Dann warten wir!", sagte ich bestimmend zu Sophie und fragte den Sohn des Bestatters: „Wie lange wird es denn dauern?"

„Was?"

„Na, die Beerdigung."

Seine Augen blitzten auf, und er bekam einen schelmischen Zug um den Mund.

Sophie knuffte mich in die Seite und sagte kleinlaut: „Entschuldigen Sie, *wir* haben miteinander telefoniert, stimmt's?"

Mit einer leichten Verbeugung reichte er uns die Hand. „Benjamin Grube, ich habe Vaters Unternehmen bereits vor zwei Jahren geerbt."

„Mein Beileid!", sagte ich. Er winkte ab und bat uns mit der ausladenden Geste eines Autoverkäufers herein. „Das muss Ihnen nicht peinlich sein, das passiert mir ständig. Vorsicht, Stufe!" Er schloss hinter uns die Tür wieder ab.

„Meine Damen, willkommen im Bestattungshaus Grube."

Ich zögerte beim Schritt über die Schwelle.

„Treten Sie näher. Das ist weder das Tor zur Hölle noch zum Himmel."

Im Inneren dominierten entgegen meiner Erwartung fröhliche Farben. Benjamin Grube schien den skeptischen Blick zu bemerken. „Der Tod ist der letzte Höhepunkt im Leben eines Menschen. Er gehört dazu wie die Geburt. Unsere Zeit ist endlich. Wir malen uns den Tod als ein schwarzes Schreckgespenst mit Sense aus. Viele fragen sich sogar, ergibt es überhaupt Sinn, zu leben, zu lieben und nach dem Glück zu suchen, wenn am Ende doch immer der Tod wartet?" Erwartungsvoll sah er uns an, bevor er mit seinem Monolog fortfuhr.

„Ja! Die meisten Menschen sterben im Alter nach einem erfüllten Leben. Für andere ist der Tod eine Erlösung von schwerer Krankheit. Natürlich ist das schmerzhaft für die Angehörigen. Aber möchten Sie, dass Ihre Lieben nach ihrem Tod in eine tiefe Trauer versinken, anstatt sich an alle fröhlichen Momente mit Ihnen zu erinnern?"

Ich überlegte und sah Sophie dabei an. „Eine Träne sollten sie schon vergießen, aber ja, ich möchte, dass sie sich an die glücklichen Augenblicke mit mir erinnert, wo wir zusammen gelacht haben und das Leben sorgenfrei schien."

Benjamin Grube nickte eifrig. „Genau das ist unser Konzept bei der Trauerbegleitung der Kunden. Wer sagt, dass danach nichts mehr kommt? Auf dieser Erde geht kein Wassertropfen verloren. Wir bestehen zu neunzig Prozent aus Wasser. Ich bin der festen Überzeugung, dass Körper und Seele dem Kreislauf des Lebens erhalten bleiben und in anderer Form wiederauftauchen."

„Reinkarnation?", warf Sophie ein.

„Wo soll denn die Materie hin? Sie verschwindet ja nicht im Weltall. Vielleicht ist das, was wir Tod nennen, in Wahrheit der Anfang des Lebens?", referierte Grube weiter.

Ich fand seine Ideen interessant. „Wer weiß?" Einige Begebenheiten hatten mich dazu bewogen, daran zu glauben, dass es zwischen Himmel und Erde mehr gab, als die Wissenschaft mit heutigem Stand beweisen konnte.

Grube ergänzte: „Wir sind die einzigen Lebewesen, denen bewusst ist, dass sie am Ende sterben werden. Das Drama ist die Verdrängung dieses Wissens." In ihm steckte ein Philosoph, das gefiel mir.

„Oder die Angst vor dem Unbekannten, weil uns niemand sagt, was sich hinter der Tür versteckt", gab ich zu bedenken.

„Deshalb ist das Beste, wir halten es mit den Worten von Marcus Aurelius: Der Tod lächelt uns alle an, das Einzige, was man machen kann, ist zurücklächeln!" Grube wies auf die bunten Wände und den fröhlichen Blumenschmuck und eine Auswahl an Miniaturgegenständen, die man wohl zur Erinnerung an die Vorlieben und Hobbys der Toten mit ins Grab geben konnte.

Ich zeigte auf einen Miniatursarg, auf dem in verschiedenen Farben das Wort „Glückwunsch!" aufgedruckt war.

„Ein Gag für Leute mit schwarzem Humor. Der Miniatursarg wird gern als Verpackung für Geldgeschenke zum Führerschein, zur Hochzeit oder zum Gutschein für Fallschirmsprünge, Kreuzfahrten, Flugreisen und unseren Hochseilgarten gekauft."

Sophie sagte grinsend: „Rabenschwarz, aber irgendwie originell."

„Da hat sich der eine oder andere sicher gut überlegt, ob er seinen Gutschein wirklich einlösen will", merkte ich an.

Der Bestatter winkte ab. „Ach was! Dann dürften wir ja morgens nicht mehr aufstehen."

Mit einladender Geste führte er uns zu einer Treppe und sagte: „Wir haben wenig Platz. Da ich kein Hochstapler bin, werden die Toten in unserem Haus bereits tiefergelegt. Das passt besser ... Wenn Sie mir bitte in den Keller folgen wollen."

Er bemerkte meinen etwas schockierten Blick. „Entschuldigen Sie meine Witze. Der Humor macht den täglichen Umgang mit Toten erträglich. Das heißt aber nicht, dass ich den Respekt vor der Würde des Menschen verloren habe."

Der Bestatter stieg voran die Treppe hinab und öffnete die Tür zu einem weiß gekachelten Raum, in dem sich hinter einer glänzenden Edelstahlwand die Kühlfächer befanden.

Es roch leicht süßlich-scharf nach Formalin.

„Hier haben wir ihn. Schlönkamp, Siegmund, Fach sieben." Er zog den Metallschlitten heraus.

Ein Tuch deckte die Leiche ab, von der ein fauliger Geruch ausging.

Ich zog die Nase kraus.

Grube sagte: „Genau aus diesem Grund muss er am Dienstag sofort eingeäschert werden. Trotz mehrfacher Waschung sitzt ihm der Gestank nach Schweinemist hartnäckig in den Poren."

Ich nickte verstehend und dachte daran, wie ich mir gestern die duftende Erinnerung an den Einsatz im Stall weggeschrubbt hatte. „Danke!", sagte Sophie souverän. „Wir kommen jetzt allein zurecht."

Neugierig blieb Grube stehen. „Sie haben Zweifel, dass es sich um einen Unfall gehandelt hat?"

„Nein, nein, ich will mich einfach noch einmal vergewissern, dass ich alles richtig gemacht habe." Ihr Blick zu mir sagte: *Mutter! Wo hast du mich da bloß mit hineingezogen?*

Grube musterte uns abschätzend. „Mich hat allerdings gewundert, dass der neue Dorfpolizist keine Überbringung in die Rechtsmedizin angeordnet und die Leiche gleich zur Beisetzung freigegeben hat. Das ist eigentlich unüblich." Er verschränkte die Arme vor der Brust. „Normalerweise kommt bei unnatürlichen Todesfällen dieser Schnösel der Kripo aus Neustrelitz." Dann sagte er hinter vorgehaltener Hand: „So ein arrogantes Arschloch." Sophie und ich tauschten erneut einen Blick aus, den der Bestatter registrierte.

„Wahrscheinlich wollte sich der hiesige Sheriff die Zusammenarbeit mit dem Kerl ersparen. Das verstehe ich ja. Andererseits ..."

Sophie presste die Lippen zusammen. Ich sagte: „Kann das hier bitte unter uns bleiben?"

Grube zog die Stirn kraus. „Sind Sie denn auch bei der Polizei? Wollen Sie dem Neuen einen Fehler nachweisen und ihn anschwärzen?"

Ich atmete aus. „Nein, wir wollen ihm helfen. Ich bin seine Frau ..."

Sophie presste die Lippen zusammen, bevor sie zugab: „Und ich die Tochter."

„Dann sind Sie gar nicht die Ärztin, die den Totenschein ausgestellt hat?" Er deckte Schlönkamp mit dem Laken ab und schob die Leiche zurück ins Kühlfach.

„Doch!" Sophie erklärte dem Bestatter, in welchem gesundheitlichen Zustand Paul den Tatort gesichert hatte. „Deshalb möchte ich den Toten noch einmal untersuchen, so wie ich es im Fach Pathologie während des Studiums gelernt habe. Einfach, um sicherzugehen, dass die ermittelte Todesursache stimmt."

„Verstehe!" Er zog den Schlitten mit der Leiche wieder heraus. Ich fragte: „Werden Sie uns verpfeifen?"

„Hätten Sie den Eindruck gehabt, dass ich eine Plaudertasche bin, hätten Sie mich weiterhin belogen und die Umstände verschwiegen."

„Stimmt!", erwiderte ich.

Verschwörerisch lächelte er mir zu. „Ich kann besser schweigen als meine Kunden." Er zeigte auf Schlönkamp. „Aber ich habe eine Bedingung."

„Die ist?", fragte ich.

„Ich möchte bei der Untersuchung dabei sein. Wissen Sie, ich wäre gerne Rechtsmediziner geworden." Die Hände hebend und kurz zum Himmel schauend, sagte er: „Leider hat mir mein Vater, Gott hab ihn selig, das Abitur verweigert. Für den Beruf des Bestatters reicht der Realschulabschluss, hat er gesagt. Dass ich andere Ambitionen hegte, als in seine Fußstapfen zu treten und unser Familienunternehmen weiterzuführen, kam für ihn nicht infrage."

Sophie stimmte zu. „Gerne, wenn es Sie glücklich macht."

„Am besten, wir nehmen ihn rüber auf den Tisch, wo wir die Toten für ihre letzte Reise verschönern."

Der Bestatter, der zwar nicht unattraktiv war, aber auch nicht aussah, als hätte er jemals etwas zum Aufbau seiner Muskeln getan, hievte den Leichnam geschickt samt Tuch auf eine Rollliege aus Edelstahl. Geübt fuhr er damit in einen anderen Raum.

Wir folgten ihm auf dem Fuß. Vor mir eröffnete sich ein Gruselkabinett. Ich fühlte mich wie in der Werkstatt eines Serienkillers. Beim Anblick von Edelstahlwanne und -tisch, auf dem pingelig aufgereiht glänzende Folterinstrumente lagen, musste ich schlucken. Sie setzten ungewollt meine Fantasie in Gang.

Sophie schien ungerührt. Sie deckte Schlönkamp ab und begann mit einer akribischen äußeren Leichenschau. Der Bestatter beobachtete sie dabei aufmerksam.

„Ich komme zu dem gleichen Ergebnis. Auf der Haut sind keine Anzeichen von Fremdeinwirkung sichtbar", schlussfolgerte sie schließlich.

Benjamin Grube nickte. „Dies kann ich nach gründlicher Waschung des Toten nur bestätigen."

„So?" Sophie schmunzelte.

Er zeigte auf die blassblaue Haut des nackten Schweinebauern. „Die Hämatome sind älter, das sieht man an der Verfärbung. Keine frischen Schürfwunden oder andere offene Hautstellen, die auf einen Schlag, Stich mit einem Messer oder einer Nadel hinweisen", gab der Bestatter ungefragt seinen Eindruck preis.

„An Ihnen scheint Tatsache ein Rechtsmediziner verloren gegangen zu sein."

Grube wuchs um zwei Zentimeter. Das blasse Gesicht bekam Farbe. „Finden Sie?" Er verzog den Mund zu einem Lächeln. „Zur Rekonstruktion des Sterbevorgangs müssten Sie ihn öffnen und eine innere Leichenschau durchführen. Gewebe für toxikologische Befunde entnehmen."

Sophie und ich schauten ihn sprachlos an. Er zuckte mit den

Schultern. „Der Mann ist tot, und von mir wird niemand erfahren, wie der Schnitt auf seiner Brust zustande gekommen ist. Die nötigen Utensilien dazu samt Mikroskop und Chemikalien stelle ich gern zur Verfügung."

Mit drei Schritten stand er vor einem Wandschrank und öffnete ihn. Ich staunte wie ein Kind vorm Weihnachtsbaum. Der Mann war ausgestattet wie ein moderner Operationssaal in der Charité. Er wurde mir ein bisschen unheimlich.

Sophie fragte ernst: „Sie nehmen medizinische Untersuchungen an Toten vor?"

„Wer betreibt sein Hobby gern theoretisch? Manche Leichen kommen verstümmelt von der Rechtsmedizin wieder. Da arbeite ich ein bisschen nach und bringe das Innenleben in Ordnung. Dabei vervollkommne ich mein Wissen über die Anatomie des Menschen ganz praktisch."

„Fällt das nicht unter Störung der Totenruhe?", fragte ich fassungslos und schaute ihn vorwurfsvoll an.

Grube hob ergeben die Hände. „Ich richte nur her, was die Rechtsmedizin schlampig hinterlässt. Möchten Sie mit dem Darm im Brustkorb, Herz und Hirn im Unterbauch begraben oder eingeäschert werden?"

Sophie sah mich an, als käme ich vom Mars. „Mama, du glaubst doch nicht im Ernst, dass sich die Pathologie nach Entnahme der Organe die Arbeit macht, alles wieder an seinen Platz zu pflanzen? Ich finde es löblich, dass Herr Grube sich solche Mühe gibt, und bewerte das als ethisch vertretbar."

„Wenn du meinst?"

Er zeigte ihr stolz die Gerätschaften und erklärte, was er alles ausprobiert hatte.

„Mit der Ausstattung kann man eine astreine Obduktion vornehmen." Sophie drehte nachdenklich ein Skalpell in der Hand. Ihre Augen leuchteten. „Haben Sie eine Gummischürze für mich?"

„Ja, natürlich!“, rief der Bestatter freudig erregt, riss einen anderen Schrank auf und gab ihr, was sie verlangte.

Meine Tochter lächelte Grube an. „Ich nehme an, Sie möchten mir assistieren?“

„Keine Frage. Ich bin bereit.“ Er leckte sich die Lippen.

Ich hustete hinter vorgehaltener Hand. „Dann warte ich lieber draußen. Oder hast du etwas dagegen, wenn ich das Auto nehme und dich später abhole? Ich muss noch eine Osterüberraschung für deinen Vater besorgen.“

„Kein Problem. Ich denke, zwei Stunden werden wir brauchen.“

Ich gab ihr die geklauten Utensilien zur Sicherung der Fingerabdrücke aus meiner Handtasche. „Vergiss die Vergleichsabdrücke nicht.“

„Ihr Mann kann stolz auf seine zwei taffen Frauen sein. Sie müssen ihn wirklich lieben“, sagte Grube anerkennend.

„Ja, deshalb brauche ich auch noch ein Geschenk. Sie sprachen vorhin von einem Hochseilgarten. Wo finde ich den?“

„Der Spielplatz für Adrenalinjunkies und Lebensmüde befindet sich gleich um die Ecke im Räuberforst.“

„Haben die um diese Uhr- und Jahreszeit bereits geöffnet?“

Er nickte. „Die Saison beginnt Ostern. Geöffnet ist von Sonnenauf- bis -untergang.“

„Darf ich mir für die Verpackung des Gutscheins einen Ihrer Miniatursärge nehmen?“ Ich zückte die Geldbörse.

Er winkte ab: „Geschenkt!“

Sophie setzte das Skalpell an der Bauernkehle an, schnitt beherzt hinein und empörte sich: „Mama!“

„Dein Vater versteht das als Spaß. Wir haben den gleichen Humor“, sagte ich mit belegter Stimme, weil Schlönkamps Hals und Brust auseinanderklafften.

Grubes Blick folgte dem Messer. Er leckte sich schon wieder die Lippen. „Sie können natürlich auch Eier darin verstecken.“

„Danke für den Tipp.“ Ich schnappte mir Sophies Autoschlüssel und verschwand, bevor meine Tochter ihre Hände im Inneren des Toten versenkte, um die Organe zu untersuchen.

Zu Hause angekommen, rief ich nach oben: „Paul, bist du wach?“

Er röchelte wie ein Untoter.

Da ich die Haustür nicht sofort hinter mir schloss, stakste Pai no joō wie selbstverständlich in den Flur herein und gackerte mich herausfordernd an. Ich schob den Vogel kommentarlos hinaus.

So weit kommt es noch, dass hier jedes Huhn ein und aus geht, wie es ihm gefällt.

Ich eilte die Treppe hinauf. Mit auf dem Rücken versteckten Händen beugte ich mich über meinen Mann, gab ihm einen Kuss auf die feuchtnasse Stirn und sagte: „Schöne Ostern!“ Ich stellte ihm den Miniatursarg mit innen liegendem Klettergutschein auf den Nachtschrank.

Er blinzelte skeptisch. „Sehe ich so krank aus?“

„Mach es auf!“, forderte ich schmunzelnd und erwartete einen Freudenschrei, na ja, wenigstens glänzende Augen. Schließlich wollte er schon immer mal in einem Hochseilgarten klettern.

„Du willst mich also loswerden“, sagte Paul trocken, hustete und drehte sich wieder um. „Dafür musst du mich nicht auf Bäume schicken, den Job erledigen bereits die Bakterien in meinem Körper. Aber das ist dir ja egal. Seit ich hier sinnlos rumliege, treibst du dich ständig irgendwo herum. Ich kann verrecken …“

„Jetzt mach mal halblang! Soll ich mich danebensetzen und Händchen halten? Ich koche dir Tee, gebe dir die Tabletten, beziehe dir das verschwitzte Bett frisch, schüttle dir das Kissen auf … Wenn du vom Herumliegen rammdösig wirst, musst du deine miese Laune nicht an mir auslassen. Als ob ich schuld daran bin, dass du dir eine Mandelentzündung eingefangen hast!“ Wütend machte ich mir Luft. Dann schossen mir die Tränen in die Augen. Ich stürmte hinaus und knallte die Tür zum Schlafzimmer hinter mir zu.

Paul rief von drinnen: „Klara! Komm zurück! Ich hab es nicht so gemeint.“

Schniefend brüllte ich aus dem Treppenhaus: „Ich wollte dir eine Freude machen!“ Ich fühlte mich leer, lief ins Bad und trocknete die Tränen mit Toilettenpapier.

Paul rief versöhnlich. „Die ist dir echt gelungen. Besonders die Verpackung.“

Ich ging wieder hinein. „Ich dachte, du verstehst ein bisschen Spaß.“

„Ha, ha! Das war der reinste Schenkelklopfer. Komm her!“ Er trommelte auf die Bettkante. „Ich will mich nicht mit dir streiten. Du hast ja recht. Das Rumliegen macht mich wahnsinnig, aber mein Körper fühlt sich so schlapp an. Sowie ich mit dem Kopf hochkomme, dreht sich alles, und mir wird schwarz vor Augen. Das Fieber, der Husten und die Halsschmerzen müssen doch einmal weggehen.“

„Sophie hat gesagt, das dauert. Hab Geduld!“

„Geduld ist ja auch eine meiner besonderen Stärken.“

„Paul, du musst dich schonen, sonst besteht die Gefahr, dass der Herzmuskel angegriffen wird. Dann ist das …“ Ich zeigte auf den Miniatursarg. „… kein Scherz mehr.“

Er schloss die Augen und atmete tief durch.

„Ich weiß, dass dir die Untätigkeit schwerfällt. Hör auf deinen Körper und akzeptier es, umso eher bist du wieder fit.“

Er brummte fast unverständlich. „Ich war in den Jahren davor nie krank.“

„Du musstest immer funktionieren. Dieser ganze Stress der letzten Wochen …“ Ich schaute beschämt zu Boden. „… hat dein Immunsystem angegriffen. Du konntest dir in deinem früheren Job keine Schwäche erlauben. Sophie meint, jetzt, wo du zur Ruhe kommst, nimmt sich der Körper, was er braucht. Lass es einfach zu! Apropos Sophie, ich muss noch mal los, sie abholen. Und dann treffe ich mich mit Anette", sagte ich und grinste dabei triumphierend.

Paul reagierte kein bisschen darauf. Er fragte deprimiert: „Wo ist Sophie denn?"

Schnell erfand ich eine Notlüge. „Das Geheimnis unserer Tochter verrate ich dir später."

Er jammerte: „Wer kümmert sich um mich?"

Ich gab ihm einen Kuss auf die Stirn. „Deine beiden Frauen kümmern sich mehr um dich, als du denkst. Bis später! Schlaf dich einfach gesund. Das ist sowieso das Einzige, was hilft."

Kapitel 21

Fünfzehn Minuten später klingelte ich am Bestattungsinstitut. Benjamin Grube stolperte mir entgegen. Seine Wangen leuchteten rot vor Erregung. Wegen des Uhrmacherokulars, das ihm auf einer randlosen Brille saß, hatte er die Stufe übersehen. Er landete mit blutbespritzter Gummischürze in meinen Armen.

Bloß gut, dass er wenigstens die Hände abgewaschen hatte, war mein erster Gedanke, als er sich Hilfe suchend an mir festklammerte.

„Entschuldigung. Diese verdammte Stufe." Er richtete sich auf und rückte instinktiv einen imaginären Schlipsknoten am Hals zurecht.

Hauptsache, die Krawatte sitzt, dachte ich wenig amüsiert. Erst jetzt bemerkte er meinen entsetzten Blick, weil seine Schürze ihre Spuren auf meiner Vorderfront hinterlassen hatte. „Oh Gott, wie peinlich. Kommen Sie, wir reiben die Flecken mit kaltem Wasser sofort raus."

Mir wurde schlecht. Nicht, weil Jacke und Hose versaut waren, sondern weil ich vor dem geistigen Auge den aufgeschlitzten Schlönkamp sah.

Grube lächelte peinlich berührt. Ich schluckte. Er führte mich zum nächsten Stuhl, drückte mich auf den Sitz und verlangte meine Jacke. „Ich übernehme natürlich den Schaden und bezahle Ihnen die Reinigung."

Ich zog sie aus und fragte: „Ist Sophie fertig mit der Autopsie?"

Er eilte mit dem Kleidungsstück davon und rief. „Ja, sie

wäscht sich nur noch die Hände." Er spurtete zurück, kniete vor mir nieder und machte sich mit einem nassen Tuch über die Flecken auf meiner Hose her. „Sophie ist geschickt im Umgang mit dem Skalpell. An ihr ist echt eine Chirurgin verloren gegangen."

„Tja, sie wollte unbedingt Landärztin werden", erwiderte ich bitter und fragte: „Hat sie etwas gefunden?"

Sophie sprach in meinen Rücken. „Nein, die Obduktion hat kein anderes Ergebnis gebracht als das, was wir wissen. Schlönkamp ist eindeutig am CO_2 erstickt. Es gibt keine Spuren von Fremdeinwirkung."

„Das kann ich bestätigen. Ihr Gatte und Ihre Tochter lagen in der Einschätzung der Todesursache richtig", sagte Grube und rubbelte mit dem Lappen an meinem Hosenbein. „Ein Mord ist von unseren Untersuchungsergebnissen her nicht nachweisbar."

Ich drehte mich um und zeigte auf den Mann, der quasi vor mir niederkniete. „Du hast ihn eingeweiht?"

Sophie schlug die Augen nieder. „Benjamin ..." Aha! Sie waren bereits beim vertraulichen Du gelandet.

Bevor sie sich rechtfertigte, hielt Grube inne und ergriff das Wort: „Keine Angst, Ihr Geheimnis ist bei mir sicher."

Er lächelte Sophie verschmitzt an. „Ich kann schweigen wie ein Grab", fügte er trocken hinzu und zwinkerte. „Schließlich haben Sie mir durch Ihr Anliegen ein richtiges Ostergeschenk gemacht. Apropos, wie ist denn Ihr Geschenk angekommen?"

„Er hat den Scherz erst mal in den falschen Hals bekommen. Kranke Männer ticken eben anders", sagte ich abwesend, mit den Gedanken bei Schlönkamps Tod. Ich konnte einfach nicht glauben, dass es wirklich ein Unfall war. Mein Bauch protestierte. Ich fragte Sophie: „Hast du die Fingerabdrücke von Schlönkamp genommen?"

Sie nickte, gab mir das Ergebnis und wendete sich entschuldigend an Grube, der immer noch vor mir auf dem Boden herumrutschte. „Sie ist hartnäckig wie … wie diese Blutflecken …"

„Frau Schlönkamp hatte es ziemlich eilig, ihren Mann zur Beisetzung freizugeben. Erst danach geht das Eigentum offiziell an den Erben über", gab der liebenswürdige Jüngling zu bedenken und beendete die Wischerei.

Ich steckte Schlönkamps Fingerabdrücke und das geklaute Equipment in die Handtasche.

„Danke", sagte ich zu Grube, wobei ich mich dabei eher für seinen Hinweis erkenntlich zeigte als für den vergeblichen Versuch, sein Missgeschick auf meiner Hose zu beseitigen. Die war ruiniert.

Unsicher zuckte er mit den Schultern: „Wie gesagt, die Reinigungskosten stellen Sie mir einfach in Rechnung."

„Ach was! Jetzt zerbrechen Sie sich keinen Kopf wegen der paar Flecken. Es gibt Schlimmeres als ein bisschen geronnenes Blut auf der Hose … Sie denken also, die Witwe hat es eilig, an ihr Erbe heranzukommen?"

„Manche Entscheidungen muss man treffen, wenn sich eine Chance eröffnet", antwortete Grube geheimnisvoll.

„Wie meinen Sie das?"

„Im Moment treiben in der Gegend einige holländische Investoren ihr Unwesen. Sie suchen zusammenhängendes Land in unmittelbarer Nähe des Sees für die Errichtung eines Ferienparks. Von unserer Gemeinde waren die Investoren wenig überzeugt: zu weit entfernt vom See, die heruntergekommenen Häuser, die spärliche, überalterte Bevölkerung … Das schreckt Feriengäste eher ab. Ich weiß, dass sie nach Mordsacker weitergezogen sind. Fries, Tesenow und Schlönkamp sind die Einzigen, denen mehrere Hektar zusammenhängende Flächen gehören. Fries würde nie verkaufen. Tesenow überlegt noch, sagt meine Schwester."

„Und Schlönkamp hat das Angebot zu Lebzeiten auch abgelehnt", warf ich wohlwissend ein. Das hatte mir Isabel ja verraten. Vielleicht war das der Auslöser für einen perfiden Plan der Ehefrau? Diese Vermutung behielt ich erst einmal für mich.

Martina Schlönkamp steckt Asmussen, dass ihr Mann Siggi der Vater von Meikes ungeborenem Kind ist, und bringt damit Bewegung ins Spiel. Sie hofft oder weiß, dass der Möchtegernrocker das nicht auf sich sitzen lässt.

Benjamin Grube las schmunzelnd in meinem Gesicht und sagte: „Man kann schließlich nur verkaufen, was einem gehört."

„Danke für Ihre Hilfe!" Ich drückte ihm die Hand. Er verbeugte sich galant wie ein Gentleman alter Schule, und ich hätte den Arsch verwettet, dass er selbst seine Socken und Unterhosen bügelte. Aber diese Gedanken behielt ich ebenfalls für mich.

„Es war mir eine Freude, meine Damen."

Als mich Sophie an der Polizeidienststelle absetzte, war es zehn Minuten nach der verabredeten Zeit. Anette stand mit dem Rücken zur Straße. Entweder war sie auch gerade erst gekommen, oder sie hatte das Warten bereits aufgegeben und wollte gehen. Selbst am dienstfreien Sonntag trug sie ihre Uniform. Sie war eben eine Polizistin mit Leib und Seele.

„Sorry, wir hatten eine kleine Havarie", entschuldigte ich mich wieder einmal mit einer Notlüge. Meine Nase musste in den letzten Tagen mindestens um das Doppelte gewachsen sein.

Anettes Lächeln verrutschte. Ihr Blick glitt an mir herunter: „Was ist denn passiert?"

„Nichts Besonderes."

„Du bist ja voller Blut."

„Ach so, das. Das ist vom Nase... Nasenbluten, unterwegs. Wir waren unterwegs, Osterspazierfahrt und Osterspaziergang ... die Sonne, also die erste Frühlingssonne, muss man ja ausnutzen, und du?“, stotterte ich vor mich hin.

„Ich wollte gerade wieder gehen, aber nun bist du ja da.“ Frau Polizistin schien beleidigt, dass ich sie hatte warten lassen.

Mit dem ausgestreckten Arm wies ich auf die Tür. „Schön, dann können wir doch loslegen, oder?“

Anette schloss auf. Im Büro angekommen, schaltete sie das Licht an und fuhr den Computer hoch.

Ich holte mir Pauls Stuhl heran und setzte mich neben sie hinter ihren Schreibtisch. Dabei prägte ich mir jeden Klick ein, den sie mit der Maus vollführte. Äußerlich lächelte ich naiv und gab meine Verwunderung kund.

Stolz erklärte sie mir das Programm.

„Jetzt brauchen wir nur ein paar Fingerabdrücke, dann kann ich es dir demonstrieren.“ Sie stand auf.

„Wo willst du hin?“

„Die Fingerabdrücke nehmen wir hier noch klassisch. Das LKA verfügt natürlich über entsprechende Scanner, die auch mobil eingesetzt werden können. Da legt man einen oder mehrere Finger gleichzeitig auf eine Fläche zum Erfassen des biometrischen Abdrucks.“

„Wie bei ‚CSI Miami‘!“, jubelte ich begeistert.

Sie nickte. „Wir verwenden immer noch Grafitpulver und Pinsel. Ich hole schnell den Kriminaltechnikkoffer aus dem Auto. Dann können wir probeweise deine Fingerabdrücke nehmen und in das System eingeben.“

Mir stockte der Atem, hatte ich doch das Equipment dazu in meiner Handtasche. Panik erfasste mich. Ich begann zu schwitzen. Was sollte ich machen? Das Set einfach auf ihren Schreibtisch legen? Heute ist Ostersonntag, da kann man auch mal was verstecken.

Ich pflückte es auseinander, drapierte den Pinsel unauffällig aufs Fensterbrett zwischen ihren Nippes und verschwand in der Gästetoilette, wo ich den Rest in dem kleinen Schrank verbarg, in dem sie das Reservetoilettenpapier aufbewahrten. Ich spülte, ging zurück und sagte mit Unschuldsmiene: „Kaum trinke ich eine Tasse Kaffee mehr am Morgen, drückt mir ständig die Blase."

Anette stand ratlos vor dem geöffneten Kriminaltechnikkoffer und kratzte sich am Kopf. „Das kenne ich …" Sie starrte mich schweigend an, dann sagte sie: „Ich bin mir sicher, dass ich es in den Koffer getan habe."

„Stimmt was nicht?"

„Das Fingerabdruckset ist nicht an seinem Platz."

„Vielleicht hast du es woanders hingelegt?"

„Ich habe es am Freitag im Koffer gesehen, als ich die Spuren des Fahrerflüchtigen draußen auf der Landstraße …" Mitten im Satz brach sie grübelnd ab.

Arglos fragte ich: „Du hast aber gestern gesagt, dass du keine Fingerabdrücke an der Fahrbahnrandmarkierung genommen hast. Also kann es doch sein, dass du dich verguckt hast …"

Sie unterbrach mich: „Stimmt, das wollte ich heute noch nachholen. Gut, dass du mich daran erinnerst."

Was für ein Eigentor! Mir wurde heiß. Wenn sie jetzt meine Fingerabdrücke probeweise nahm, sie einspeiste und später die an der Fahrbahnrandmarkierung sicherte und in das System eingab, hatte sie ihren Täter überführt.

Da ich noch genau vor mir sah, wie ich versucht hatte, den schiefen Plastikpfahl ohne Handschuhe wieder gerade zu biegen, war ich mir einhundert Prozent sicher, dass sie fündig werden würde.

Meine Gedanken fuhren Achterbahn. Ich könnte ihr natürlich zuvorkommen und meine Abdrücke an der schwarz-weißen Säule abwischen. Da ich sie jetzt an ihr Versäumnis erinnert hatte, würde sie es aber gleich im Anschluss erledigen, um es nicht erneut zu vergessen … Ohne Auto, ich konnte ja unseres nicht benutzen, hatte ich null Chancen …

Mist! Mist! Mist! Ich brauchte irgendeine Idee, um aus dieser Nummer rauszukommen.

Mir fiel ein, dass man unbekannte Fingerabdrücke ohne Vergleichsabdruck keiner Person zuordnen konnte. Ich verschränkte die Arme vor der Brust und schlug vor: „Anstatt meine Finger zu nehmen, können wir doch beide rausfahren, und du zeigst mir, wie du real am Tatort Fingerspuren sicherst? Das wäre echt aufregend!“ Dabei riss ich die Augen so übermotiviert auf, dass ich die Aufnahmeprüfung an der Universität der Künste in Berlin damals bestanden hätte, wenn mir diese Nummer bei der Improvisation eingefallen wäre. Leider hatte ich es nur an eine Privatschule geschafft, aber zum Lügen reichte mein Talent.

„Dann erledigst du zwei Fliegen mit einer Klappe, Anette. Du musst es mal zeitökonomisch betrachten. Wir wollen ja auch noch bei uns Kaffee trinken.“

Anette schluckte den Köder. „Das können wir gerne tun, aber dafür brauche ich das Set.“

„Es kann doch nicht verschwunden sein. Du hast es bestimmt nur irgendwo verlegt. Wie sieht denn dein Set aus?“

„Pinsel, Grafitpulver, Stempelkissen und die Spezialklebefolien.“

Ich schaute mich suchend im Raum um: „So was klaut doch keiner.“ Ich tippte mir an den Kopf, als käme mir gerade die Erleuchtung. „Paul ist am Donnerstag zum Tatort von Schlönkamps Unfall gerufen worden. Musste er da nicht auch Fingerabdrücke nehmen?“

„Bei unnatürlichen Todesfällen sicherst du ringsum alle Spuren“, beantwortete Anette meine Frage.

„Vielleicht hat er das Set ja verlegt. Ihm ging es doch so

schlecht. Dann war es schon gar nicht mehr im Koffer, als du zum Unfallort gefahren bist." Wie zufällig trat ich in diesem Moment ans Fensterbrett und zog den Pinsel zwischen dem Nippes hervor. „Gehört der dazu, oder ist der zum Blumenentstauben?", fragte ich scheinheilig und hielt ihn hoch.

„Ja, was macht der denn auf der Fensterbank?"

„Ich sage doch, Paul ging es schlecht. Du glaubst ja nicht, wie chaotisch er ist."

Sorry, mein Schatz, es geht um Leben und Tod.

Wir untersuchten seinen Schreibtisch, schauten sogar in den Papierkorb. Ich sagte: „Jetzt bleibt nur noch euer WC übrig. Vielleicht hat er es ja dort ..." Wir drängten uns beide in den kleinen Raum. Ich ließ Anette jedoch den Vortritt, damit sie die restlichen Utensilien fand. Sie freute sich sichtlich, und ich kam mir vor wie der Osterhase.

„Dann können wir ja jetzt fahren", forderte ich sie auf, bevor sie es sich anders überlegte und doch noch meine Fingerabdrücke nahm.

Als wir aus dem Streifenwagen stiegen, blendete die grelle Sonne. Die Luft war angenehm warm. Auf den Feldern ringsum schien jemand über Nacht einen grünen Teppich ausgerollt zu haben. Soweit ich mich erinnern konnte, war hier vorgestern noch alles grau gewesen. Es roch nach Erde und frischem Gras.

Anette hievte den silbernen Koffer vom Rücksitz und stellte ihn neben sich ab, setzte ihre verspiegelte Sonnenbrille auf und rückte die Waffe im Holster am Gürtel ihrer Uniform zurecht.

Als sie mit entschlossenem Schritt auf den umgefahrenen Plastikpfosten zustiefelte, erinnerte sie mich an die furchtlose Videospielheldin Lara Croft. Wer weiß, welches Kindheitstrauma Anette mit dem Entschluss, Polizistin zu werden, überwinden wollte. Vielleicht wurde sie ja wegen ihrer piepsigen

Stimme und der mörderischen Oberweite zu den platinblonden Haaren nicht ernst genommen. So eine Uniform mit einer Heckler & Koch am Gürtel verschafft einem schon den nötigen Respekt, dachte ich anerkennend.

Wir überquerten die menschenleere Landstraße, die von Kirschbäumen gesäumt war, deren Knospen heute im Sonnenlicht langsam aufbrachen. Beinahe versanken wir in der feuchten Wiese vor dem Straßengraben. Anette drückte mir Pinsel und Grafitpulver aus dem Koffer in die Hand. „Du darfst."

„Wirklich? Ich kann aber …"

„Keine Angst, du kannst nichts verkehrt machen. Tauch den Pinsel in das Pulver, und dann verteilst du es vorsichtig im oberen Drittel ringsum auf der Oberfläche", dozierte sie geduldig.

Ich zögerte gespielt.

Sie stupste mich in die Seite. „Nur Mut!"

Mit voller Absicht stellte ich mich etwas ungeschickt an, drückte ein bisschen zu derb auf, in der Hoffnung, dass sich meine Spuren einfach verwischen ließen.

Anette betrachtete das Werk skeptisch. „Na ja, wenigstens einen Finger haben wir." Das Kopieren mit der Klebefolie übernahm sie doch lieber selbst, bevor ich den einzigen stichhaltigen Beweis durch Unfähigkeit vernichtete.

„Den geben wir jetzt ins System ein, und dann … habe ich ihn."

Ich stellte mich dumm. „Das reicht aus, um den Täter zu überführen?"

Wir gingen zum Auto zurück. Während sie den Koffer auf dem Rücksitz verstaute, sagte sie siegessicher: „Wir haben als stichhaltige Beweise den Fingerabdruck, die Fotos von den Lackspuren, den Fellrest und die Fotos von der Bremsspur. Da soll sich der Täter erst mal rausreden!"

Wir stiegen ein. Anette holte den Fotoapparat aus dem Handschuhfach und wollte mir die von ihr gemachten Bilder zeigen.

„Hier ist ja gar kein Chip drin. Das verstehe ich nicht." Ratlos schüttelte sie die Kamera, als würde der Chip so auf magische Weise wiederauftauchen. „Also langsam zweifle ich an mir."

Mist, der Chip ist noch in meiner Tasche! Wieso kann ich nicht ein Mal die Klappe halten und vorausschauend denken, was meine blöden Fragen beim anderen auslösen?

Ich könnte mich in den Hintern beißen! Blitzartig täuschte ich einen aufkommenden Niesanfall vor. „Huch! Paul hat mich bestimmt angesteckt." Ich suchte nach einem Taschentuch in der Handtasche und ließ dabei den Chip unter den Beifahrersitz gleiten. Lautstark putzte ich mir die Nase und sagte: „Vielleicht bist du unbemerkt an einen dieser Knöpfe gekommen …" Wahllos zeigte ich auf irgendwelche Knöpfe an der Kamera. „… und dann ist die Speicherkarte herausgefallen. Das ist mir mal im Urlaub passiert." Dann sah ich im Handschuhfach nach und zuckte mit den Schultern, weil ich dort natürlich nichts fand. Hilfsbereit stieg ich aus, guckte unter den Sitz und fischte den Chip hervor. „Das sieht doch aus wie eine Speicherkarte."

Anette atmete erleichtert auf. „Puh! Kann das bitte unser Geheimnis bleiben?"

„Paul muss schließlich nicht alles wissen", sagte ich verschwörerisch.

Sie steckte den Chip in den Fotoapparat und klickte sich durch die gespeicherten Bilder. „Sie sind weg!"

„Was ist weg?"

„Alle Fotos, die ich am Freitag geschossen habe."

„Echt?"

„Hier, schau! Es sind nur die Bilder von Paul drauf, die er

vom Tatort bei Schlönkamps gemacht hat. Aber ich habe sie gespeichert! Oder doch nicht?“

Ich zuckte schweigend mit den Schultern.

„Dieser verdammte Fotoapparat mit den tausend Funktionen!“ Anette stieg aus und fotografierte die Fahrbahnrandmarkierung von allen Seiten.

Prima! Das Löschen der Bilder hätte ich mir sparen können.

Sie kontrollierte ihr Werk und übergab mir den Fotoapparat treuhänderisch. „Dieses Mal werde ich die Fotos sofort im Computer speichern, damit mir das nicht noch einmal passiert.“

Zurück auf der Dienststelle, brachte die pflichtbewusste Polizeimeisterin ihr vermeintliches Missgeschick gleich in Ordnung. Die Beweisfotos meiner Fahrerflucht waren sicher im Intranet des Polizeiservers gespeichert.

„Nun aber zu dir.“ Anette wendete sich mir zu.

Kurz zuckte ich zusammen, ließ mir aber sonst nichts anmerken.

Sie scannte den gesicherten Finger ein. Ich merkte mir genau, in welcher Reihenfolge sie die Tasten drückte. Und dann starrte ich auf den Bildschirm, verfolgte gespannt, wie der Computer den biometrischen Abdruck auslas und in der Datenbank seinen Zwilling suchte. Ich schwitzte, fiel mir doch ein, dass mir einmal als junger Studentin nach der Festnahme bei einer Demonstration gegen Atomkraftwerke Fingerabdrücke abgenommen worden waren.

Hühnerdreck, warum habe ich nicht vorher daran gedacht? Und dann durchfuhr mich die nächste Hitzewelle. Diese Fingerabdrücke gehörten Franziska Bach, damals noch unverheiratete Wendler. Wenn Anette weiter recherchierte, würde sie herausfinden, dass Franziska Bach, geborene Wendler, mehr als einen Monat tot war.

Oh, sie wird weiterforschen wie ein Hai, der sich in das Bein eines Surfers verbissen hat. Irgendwo gab es garantiert ein Bild von mir, und dann würde ihr einfallen, wo sie diese Augen, dieses Gesicht und die roten Haare schon einmal gesehen hatte. Dann flog unsere Tarnung auf. Verdammt!

Der Computer suchte immer noch. Ich saß auf glühenden Kohlen und rutschte hin und her. „Das dauert aber lange“, sagte ich, um meine Nervosität zu überspielen.

„Spannend?“

„Spannend!“, bestätigte ich mit heiserer Stimme.

„Das kann bis zu fünf Minuten dauern.“

Bis dahin bin ich vor Aufregung an einem Herzinfarkt gestorben, dachte ich und knabberte nervös an einem Fingernagel.

„Du bist neugierig, stimmt's?“

„Absolut.“

Der Computer beendete das Rechnen. Ich verschloss die Augen vor der Wahrheit.

„Hä, der Finger gehört einer Toten“, sagte Anette verwundert.

Ich hielt kurz die Luft an. „Das ist bestimmt ein Irrtum.“

„Nein, schau her! 99,8 Prozent Übereinstimmung mit dem Finger einer Franziska Wendler, geboren am 15.10.1968 in Berlin, gestorben am 19. Februar 2016.“

Ich starrte auf mein eigenes Fahndungsfoto, das, in Schwarz-Weiß aufgenommen, kaum noch Ähnlichkeit mit mir hatte. Ich war ganz schön pausbackig gewesen. „Vielleicht war sie ja vor ihrem Ableben in der Gegend und hat in Mordsacker oder einem anderen Dorf am See Urlaub gemacht?“

„Wie kommt dann ihr Fingerabdruck auf genau die Fahrbahnrandmarkierung, die umgefahren wurde?“

„Zufall. Nehmen wir an, sie hat ihre Ferien hier in der Region verbracht. Sie könnte bei einer Radtour genau an der Stelle gerastet haben, hat ihr Fahrrad gegen die Fahrbahnrandmarkierung gelehnt und diese dabei angefasst. Das kann Monate, Jahre zurückliegen, oder lösen sich die Fingerabdrücke irgendwann von alleine auf?“

„Nein, nein, die bleiben ewig haften, wenn sie niemand mit seinen eigenen überdeckt oder abwischt.“

„Siehst du, ich würde der Sache keine Bedeutung beimessen.“

Anette ließ nicht locker. Ich sah, wie sie grübelte.

„Das ist genau der Punkt. Angenommen, es war so, dann müsste ihr Fingerabdruck von dem Fahrerflüchtigen überdeckt worden sein.“

„Anette, du verrennst dich da in was.“

„Findest du?“

Ich nickte und gab zu bedenken: „Wir haben nur einen Finger von dieser Frau gefunden. Für mich sieht es so aus, als hätte dein Flüchtiger Handschuhe getragen, als er den Plastikpoller gerade gerückt hat. Dabei hat er die anderen Finger der Frau Wendler überdeckt.“

„Sie hieß Bach.“

„Wie?“ Ich schluckte.

„Na, hier steht, sie hat 2001 geheiratet und hieß dann Bach mit Nachnamen.“ Eifrig zeigte sie auf den Bildschirm.

„Aha, aber das ist doch irrelevant. Wenn sie bereits am 19. Februar gestorben ist, kann sie ja kaum letzten Donnerstag Fahrerflucht begangen haben.“

Anette lehnte sich zurück. Trotzdem spürte ich, wie es weiter in ihr arbeitete. „Was machst du nun?“, fragte ich nervös.

„Ich denke, ich werde noch einmal mit Paul über den Fall reden. Irgendwas ist an der Sache faul.“ Sie aktivierte den Drucker.

Ich zuckte zusammen. „Warum druckst du das Bild einer Toten aus?“

„Weil mir das Gesicht so bekannt vorkommt. Es erinnert mich irgendwie an eure Tochter.“

„Sophie? Die hat aber 1968 noch nicht gelebt.“ Lachend überspielte ich meine Unruhe.

„Klar. Mich fasziniert nur diese verblüffende Ähnlichkeit.“

„Zeig das bloß nicht Paul, der ist sonst beleidigt, schließlich denkt er doch, Sophie sieht aus wie er.“

„Komisch, dass es immer einen Menschen gibt, der einem wie aus dem Gesicht geschnitten ist“, sagte Anette, zog mein kopiertes Jugendfoto aus dem Drucker und betrachtete es.

„Ich habe einmal so eine Sendung über die Verbreitung von Doppelgängern auf der Welt gesehen. Das kommt viel häufiger vor, als man denkt. Kein Wunder, stammen wir doch alle von einer kleinen Gruppe Menschen ab, die als einzige die Eiszeit überlebt hat.“

„Vielleicht hast du ja recht.“ Anette legte den Ausdruck auf den Papierstapel in ihrer Ablage.

Das war haarscharf.

Sie sah mich nachdenklich an, zeigte auf mein Gesicht und fragte: „Brauchst du ein Taschentuch? Du bist ganz schön ins Schwitzen gekommen.“

„Oh, das liegt an den Wechseljahren“, stotterte ich und nahm ihr Angebot dankend an.

Ich wischte mir die Stirn ab und dachte: Eigentlich wollte ich doch nur Schlönkamps Tod aufklären. Aber in der letzten Stunde war ich ausschließlich damit beschäftigt gewesen, meine Taten zu vertuschen. Mich beschlich ein eigenartiges Gefühl. Genauso musste es demjenigen ergehen, der den Schweinebauern auf dem Gewissen hatte. Er wird auch versuchen, seine Spuren zu verwischen. Wenn ich das in meinen Überlegungen berücksichtigte … Ich könnte den Täter entlarven, indem ich bluffte und einen angeblichen Beweis als Köder auslegte.

Genau! Das war der Schlüssel zum Erfolg.

Er wird versuchen, das Indiz verschwinden zu lassen, und ich kann ihn überführen.

Dann musste ich es so aussehen lassen, dass es Pauls Verdienst war. Das kriegte ich hin. Aufatmend schöpfte ich neuen Mut.

Jetzt hieß es aber erst einmal, in den sauren Apfel beißen und Anette zum ostersonntäglichen Kaffeeklatsch mit nach Hause nehmen. Okay! Die zwei Stunden würde ich überleben. „Wollen wir?“, fragte ich. „Der Kaffeetisch wartet. Nochmals vielen Dank, dass du deine Zeit geopfert und mir das alles gezeigt hast.“ Ich umarmte sie.

„Das habe ich doch gerne getan.“ Sie schnappte sich mein ausgedrucktes Jugendfoto. *Sie will es Paul zeigen, oh Gott!* Ich hielt die Luft an, bevor ich sie lächelnd darauf hinwies: „Es ist nicht selbstverständlich, schließlich ist Ostern. Du hast frei.“

Sie winkte ab und faltete das Bild so zusammen, dass es in ihre Hosentasche passte.

Ich betonte: „Also, Paul möchte in der Freizeit nicht gerne an den Job erinnert werden.“

„Echt?“ Sie zögerte einen Moment.

„Er reagiert da immer so gereizt. Deshalb sollten wir wegen der Harmonie jetzt das Thema Arbeit, also diese Fahrerfluchtgeschichte, für heute ruhen lassen. Verstehst du?“ Dabei hypnotisierte ich ihre Hand, die das Papierpäckchen in die Gesäßtasche der Uniformhose schob. Anette fragte: „Hast du etwa Angst vor ihm?“

„Nein, aber ich mag uns nicht die gute Laune verderben.“

Sie winkte ab, schaltete das Licht aus und ging voran.

„Ich meine, er liebt seinen Job, und gerade jetzt, wo er unfreiwillig ans Bett gefesselt ist, macht es ihn vielleicht knurrig, weil er nicht selbst … Kranke Männer sind echt schwierig.“ Sie wollte abschließen. Ich weiche nicht aus dem Büro, bevor sie dieses Fahndungsfoto zurückgelegt hat, dachte ich stur.

Anette lächelte schmal. „Du kennst dich da besser aus. Ich bin ja unverheiratet. Kommst du?“

„Kranke Männer sind zerbrechlich wie rohe Eier“, belehrte ich sie und verharrte wie festgeklebt vor ihrem Schreibtisch.

„Verstehe.“ Ihr Blick wurde verschwörerisch. „Wir verlieren kein Wort über den Fall.“

Puh! Mir fiel ein Felsbrocken, was sage ich, ein Gebirge vom Herzen. Ich sagte: „Bei mir verschwinden die wichtigen Zettel, zum Beispiel mit Telefonnummern, in den Hosentaschen immer spurlos …“

Sie unterbrach mich und warf ein: „Ich kann das Foto ja jederzeit neu ausdrucken.“

„Ha!“, lachte ich künstlich. „… und dann ist nicht nur die Nummer weg, sondern ich vergesse auch, dass ich denjenigen anrufen wollte.“

„Also, mir ist das noch nie passiert. Ich lege mir die wichtigen Zettel mit den Sachen, die ich am nächsten Tag erledigen will, unter die Lampe auf meinen Nachttisch.“ Dabei packte sie sich demonstrativ an ihre Gesäßtasche und tätschelte mir den Arm. „Danke für deine Fürsorge.“

Ich gab es auf. Jetzt blieb mir nichts anderes übrig, als diese Nacht in ihr Schlafzimmer einzubrechen. Aber wie sollte ich meine Bilder aus der Polizeidatenbank löschen?

Zu Hause empfing uns Paul mit Pai no joō an der Tür. Während das Huhn feindselig nach mir hackte, weil ich darauf bestand, dass es im Garten blieb, musterte mein Mann mich abschätzend, als hegte er irgendeinen Verdacht. Hatte er etwa in der Garage den zerschrammten Kühlergrill des Autos gesehen und sich einen Reim darauf gemacht?

Dünn lächelnd fragte ich: „Du bist aufgestanden? Dann geht es dir besser?“

Ohne eine Antwort abzuwarten, schob ich mich an ihm vorbei und täuschte Geschäftigkeit vor: „Ich decke schnell den Tisch und setze den Kaffee auf. Kümmere du dich um Anette.“

Ich zog die Schuhe aus und drehte mich kurz zu ihm um:

„Hast du ihr eigentlich schon deine Tomatenzucht auf dem Fensterbrett gezeigt?“ Dabei streifte mein Blick die Polizeimeisterin, die den Wink verstand und Paul im nächsten Moment mit ihren Fragen ablenkte.

Wir schafften es, anderthalb Stunden über belangloses Zeug zu reden. Dann ging Anette. Wir brachten sie zur Tür und winkten ihr hinterher. Fürs Erste war ich erleichtert. Nur das Fahndungsfoto in ihrer Hosentasche machte mir Sorgen.

Kaum, dass sich seine Kollegin außer Sicht- und Hörweite befand, ließ Paul die Bombe platzen. Er hielt mir meine Aufzeichnungen aus dem Arbeitszimmer unter die Nase und fragte in scharfem Ton: „Was soll das? Bist du deshalb ständig unterwegs, weil du im Fall Schlönkamp herumschnüffelst?“

„Quatsch!“ Ich nahm ihm das Notizbuch weg. Bloß gut, dass ich den Brief von der Rechtsmedizin und alle anderen Indizien in den Untiefen der Handtasche mit mir herumgetragen hatte. In Zukunft musste ich die Aufzeichnungen besser verstecken.

„Klara! Ich kenne dich.“ Er hob mein Kinn hoch, um mir direkt in die Augen gucken zu können. Ich spürte, wie mein Mundwinkel unkontrolliert zuckte. „Ich würde es nie wagen, mich in deine Ermittlungen einzumischen.“

„Verkauf mich bitte nicht für blöd. Meinst du, ich kriege nicht mit, dass du mir etwas verheimlichst?“

„Ich habe einen Liebhaber im Dorf.“

Seine Gesichtsmuskulatur entglitt ihm. „Witzig!“

„Traust du mir keine Affäre zu?“, fragte ich beleidigt und verschränkte die Arme vor der Brust.

„Du lenkst bewusst ab.“ Er kniff die Augen zusammen.

„Okay! Das sind Aufzeichnungen für einen Krimi. Du hast am Donnerstag selbst gesagt, dass ich jetzt die Zeit hätte, die mir in unserem alten Leben dafür immer gefehlt hat. Damit hast du bei mir etwas angeschoben … Na ja, und der Fall

Schlönkamp hat mich inspiriert. Ich habe in den letzten Tagen den Faden weitergesponnen: Was wäre, wenn es kein Unfall gewesen wäre? Ich wollte es dir erst verraten, nachdem die Geschichte fertig geschrieben ist. Ich gebe ja zu, dass ich den Stalleinsatz bei den Schlönkamps auch zur Reality-Recherche genutzt habe. Schließlich muss ich wissen, wie das Tagesgeschäft in der Schweinezucht aussieht, und erleben, wie es sich anfühlt und riecht, wenn man Mist schaufelt", rechtfertigte ich mich, fast ohne Luft zu holen.

Pauls Blick wurde wieder versöhnlich. Seine Körperhaltung entspannte sich. Er hatte mir die Halbwahrheit also abgekauft. „Möchtest du frischen Erkältungstee?" Schnell wechselte ich das Thema, ging ins Wohnzimmer und räumte den Tisch ab.

„Nein, meinem Hals geht es besser."

„Dann solltest du trotzdem nicht übermütig werden und dich hinlegen."

„Was hast du vor? Du willst mich doch bloß wieder loswerden?"

„Du irrst dich! Soll ich uns was kochen?"

„Kein Appetit."

„Ein Zeichen dafür, dass deine Bakterien noch längst nicht ausgerottet sind, sondern höchstens einen Waffenstillstand vortäuschen. Das Beste ist, du gehst zurück ins Bett."

Paul maulte: „Ich liege seit vier Tagen im Bett."

„Sei vernünftig, so eine bakteriell verursachte Angina ist heimtückisch."

„Dann bist du mich endlich los."

„Das ist nicht lustig!"

„Heißt das, du machst dir Sorgen um mein Leben?"

Ich ließ entwaffnet die Arme fallen. „Du hast mich an der Achillesferse erwischt: Leider liebe ich diesen komischen Kauz, der neuerdings zum Gärtner mutiert ist und auf der Fensterbank Tomaten züchtet."

„Echt? Dann sollte er dir seine Liebe dringend erwidern." Paul zog mich mit einem Griff an mein Hinterteil an sich heran und küsste mich mit verklärtem Blick.

„Du bist krank." Spielerisch wehrte ich ihn ab.

„Ich kenne da eine Medizin, die den Genesungsprozess beschleunigt."

Seit Monaten wartete ich auf genau dieses Signal, aber jetzt passte mir sein Annäherungsversuch überhaupt nicht in den Kram. Halbherzig folgte ich ihm dennoch ins Schlafzimmer.

Kapitel 22

Als ich mich leise aus dem Bett schälte und meine Klamotten am Boden zusammensuchte, war es bereits stockdunkel. Paul schnarchte mit offenem Mund. Ich lächelte sanft auf ihn herab und schlich auf Zehenspitzen aus dem Zimmer.

Jetzt oder nie, dachte ich, schnappte mir seinen Schlüssel zum Polizeiposten, um endlich das Geheimnis der Person zu lüften, die zu den gesicherten Fingerabdrücken an der Leiter von Schlönkamps Grab gehörte.

Die Dorfstraße wirkte ausgestorben. Hinter den zugezogenen Fenstervorhängen flimmerte das Licht der Fernseher. Die Ureinwohner saßen gemütlich in ihren Wohnzimmern und ließen den Ostersonntag beim „Tatort" ausklingen.

Ich drückte mich an Mauern und Hecken entlang wie ein Dieb. Selbst die Katzen verschmähten heute den Dorfplatz. Einige Hunde schlugen an. Wenn ich ihre Reviergrenzen übertrat, rasten sie kläffend gegen die Toreinfahrten der Gehöfte.

Der Wind rauschte in den Baumwipfeln und zupfte so lange an den Regenwolken, bis sie ihre schwere Fracht losließen. Es begann zu nieseln. Ich lief schneller, drehte mich um und spähte vor der Dienststelle noch einmal in alle Richtungen. Niemand war zu sehen. Trotzdem kletterte mein Adrenalinspiegel in ungeahnte Höhen. Dabei handelte es sich aber mehr um diese vorfreudige Aufregung, wie damals als Kind, wenn wir am nächsten Tag verreist waren.

Ich schloss das Revier auf und huschte hinein. Drinnen ließ ich zuerst die Jalousien herunter. Im Dunkeln fuhr ich nur Pauls Computer hoch.

Das Intranet hatte er natürlich passwortgesichert. Ich überlegte und dachte an sein iTunes-Konto.

„Schuhsohle1965." Ich tippte die Buchstaben und Zahlen ein. *Tata!* Ich war drin. Hurtig warf ich den Scanner an und speiste die Abdrücke von Asmussens Glas, die unbekannten von der Leiter und die von Schlönkamps Fingern in das System ein.

Gebannt starrte ich auf den Bildschirm und verfolgte, wie das Programm rechnete. Ungeduldig mahnte ich mich zur Ruhe. Oh, ich kam mir vor wie bei der Ziehung der Lottozahlen. Ich spielte höchstens einmal im Jahr. Natürlich in der Hoffnung, dass ich an diesem Tag die einzig volle Coladose herausgefischt hatte, die sich in der Reihe leerer Dosen zwischen München und Hamburg befand. Welcher Schwachsinn! Aber ohne Illusion Lotto zu spielen ist wie Sandkämmen.

Das Fenster auf dem Bildschirm verschwand wie von Zauberhand. Ein neues öffnete sich. Okay, gleich hat er's!

Die Haustür fiel ins Schloss. Schritte kamen näher. Ich horchte und schaltete den Bildschirm aus. Geistesgegenwärtig huschte ich in die angrenzende Gewahrsamszelle hinter die offen stehende Tür.

Anette murmelte beim Hereinkommen ins Büro: „Komisch, ich bin mir sicher, dass ich abgeschlossen hatte."

Was machte die denn wieder hier?

Das Licht ging an. Sie bewegte sich durch den Raum direkt auf mich zu. Stille.

Sie schaut in die Gewahrsamszelle.

Ich hielt die Luft an. Anette schloss die Tür vor meiner Nase und drehte den Schlüssel zweimal herum. Ich saß in der Falle. Mir klappte der Unterkiefer herunter.

Die Polizeimeisterin wühlte in Papier oder Akten, suchte offenbar etwas auf dem Schreibtisch. Ich hörte es rascheln.

In meiner Hose vibrierte es lautlos. Das Handy. Ich war einem Herzinfarkt nah. Paul vermisste mich bereits.

Ich wagte es nicht, durch das kleine vergitterte Fenster in der Tür zu gucken, um herauszufinden, was Anette machte. Ein Geräusch verriet mir, dass sie den Computer hochfuhr und sich auf ihren Drehstuhl setzte. Somit kehrte sie mir den Rücken zu. Ich nahm meinen Mut zusammen und lugte durch das winzige vergitterte Guckloch. Dabei sah ich direkt auf ihren Bildschirm.

Sie recherchierte zu Franziska Bach, geborene Wendler. So viel Taktik hätte ich ihr gar nicht zugetraut. Hatte ich sie unterschätzt? Fotos von mir als junger Schauspielerin leuchteten hell. Bloß gut, dass die Visagistin damals hervorragende Arbeit geleistet hatte. Anette zog den Ausdruck meines Jugendfotos aus der Gesäßtasche und verglich die Bilder miteinander. Dann lehnte sie sich mit verschränkten Armen über dem Kopf zurück, dass ihr Stuhl nach hinten schwang.

Sie starrte zu Pauls Schreibtisch, wo sein Schlüssel neben dem Monitor lag. Der noch eingeschaltete Computer blinkte grün. *Anfängerfehler!* Anette bemerkte es, stand auf und sagte verwundert. „Paul war im Büro?" Achselzuckend steckte sie den Schlüsselbund ein und schaltete den Bildschirm an. Dabei beugte sie den Oberkörper nach vorn und legte die Unterarme auf die Tischplatte. Irritiert fragte sie in den Raum: „Was will er mit Asmussens Fingerabdrücken?"

Fritz Asmussen! Der Möchtegernrocker hatte also zweifelsfrei die Leiter angefasst.

Anette klickte sich sorgsam aus dem Programm heraus und fuhr Pauls Computer herunter. *Danke!*

Dann kehrte sie wieder auf den Platz hinter ihren Schreibtisch zurück und recherchierte weiter im Fall der toten Fahrerflüchtigen. Dabei machte sie Notizen, die sie im Selbstgespräch kommentierte. „Nachfrage in den umliegenden Hotels, Fahrradverleihe nach Franziska Bach ... Hmmm! Anhand ihrer Kontoauszüge sehe ich, ob sie sich hier in der Nähe aufgehalten hat ..."

Ich verdrehte die Augen und dachte: *Vertane Mühe, meine Liebe.*

Anette murmelte weiter vor sich hin: „Diese Ähnlichkeit mit Pauls Tochter? Vielleicht ist Sophie ja adoptiert." Sie schrieb wieder etwas auf ihren Zettel.

Ich protestierte pantomimisch, während Anette weiterspekulierte: „Und Franziska Bach ist vielleicht die leibliche Mutter, die hier war, um Kontakt zu ihrem Kind aufzunehmen. Was, wenn sie gar nicht tot ist, wie diese Leonie in ‚Amokspiel'? Eine Kronzeugin, die eine neue Identität angenommen hat. Oder hieß das Buch von Fitzek ‚Amok'?"

Amokspiel, korrigierte ich sie in Gedanken. Mir wurde schlecht. Wenn Anette wüsste, wie nah sie mit ihren Vermutungen der Wahrheit kam!

Der Kuckuck ihrer Schwarzwalduhr zerschnitt mit seinem Ruf die Stille. Zwölf schrille Töne, die bis ins Gehirn schmerzten. *Wie hält Paul das tagsüber aus, wenn der Vogel stündlich einen Kommentar abgibt?* Ich hätte den Kasten längst von der Wand gerissen.

Anette schaltete den Computer aus. „Morgen kriege ich dich!", sagte sie entschlossen, legte die Notizen griffbereit und verließ das Büro, das sie ordentlich abschloss.

Der Halbmond guckte durchs Fenster von oben auf mich herab. *Angeber!* „Ja, kiek du nur! Ich weiß auch, dass ich hier drinnen festsitze und mir den Schlamassel selbst eingebrockt habe." Trotzig blendete ich ihn mit der Taschenlampe. Galgenhumor, weil ich angesichts der vergitterten Scheiben und der schweren Metalltür keine Lösung für mein Problem hatte.

Was sagen sie hier? „Geiht nich givt nich!" Ich öffnete das Fenster und rüttelte an den Gitterstäben. Konnte ja sein, dass sie schlampig einbetoniert waren. Nee! Solide Schlosserarbeit.

Und nun? Zum Buddeln fehlte mir der Löffel. Ich hatte ja nicht einmal etwas zum Schreiben und einen Bindfaden dabei, um einer vorbeihuschenden Maus eine Botschaft auf den Rücken zu schnallen, damit sie zu Sophie läuft.

Was gäbe ich jetzt für eine von Hinrichsens Tauben am Fenster: „Ruketiku, entschuldigt die Drohung mit dem Geflügelragout! Ich werde mich nie wieder beschweren, weil ihr mir die Scheibe vollkackt."

Ratlos setzte ich mich auf die Pritsche. Ich konnte bis morgen früh warten. Irgendwann würde der Göttergatte die verschwundene Bettgefährtin finden. *Er rastet aus, wenn er erfährt, was ich so alles mit meinem Detektivspiel in Gang gesetzt habe.* Ich wollte nicht schon wieder daran schuld sein, dass wir aus unserem Leben gerissen und irgendwohin verpflanzt wurden, um noch mal von vorn anzufangen. Gerade jetzt, wo er und Sophie sich einlebten. Verlegen drehte ich das Handy zwischen den Fingern. Vielleicht ist er aber auch dankbar für das, was ich herausgefunden habe?

Nein, dafür ist es zu früh. Zuerst musste ich herausfinden, ob die Schlönkamp-Witwe Asmussen angestiftet hatte. Erst wenn ich den Täter überführt und die Ergebnisse von Anettes Nachforschungen vernichtet habe … Sophie! Ich starrte auf das Handy. Kein Netz. Ich streckte den Arm aus und durchschritt den Raum, richtete das Telefon zum Sendemast im Dorf und kletterte sogar auf die Pritsche.

Ha! Ein Balken. Jetzt bloß nicht bewegen. Mit erhobenen Händen wählte ich Sophies Nummer. Sie wird mich zwar lynchen, dass ich sie wieder nachts rausklingle, aber besser, als Paul alles zu beichten. „Geh ran!"

„The person you have called is temporarily not available", hallte die freundliche Computerstimme durch die Nacht. *Einen Versuch war es wert.*

Ich senkte die Arme und blieb auf der Pritsche stehen. Einen Telefonjoker hatte ich noch. Ich blätterte mich durch die Kontaktliste. Benjamin Grube? Der Bestatter meines Vertrauens.

Ich schmunzelte. Eigentlich hatte ich wegen der versauten Hose etwas gut bei ihm. Er war genauso verrückt wie ich und würde das Dilemma verstehen, in dem ich steckte. Ich wählte seine Nummer und begab mich wieder in die steife Position eines Wünschelrutengängers, der auf die Wasseradern am Himmel zielte.

Das Freizeichen ertönte. Dann knackte es, und er leierte seinen Spruch: „Bestattungshaus Grube. Mit uns liegen sie richtig. Was kann ich für Sie tun?", mit verschlafener Stimme herunter. Ich fragte: „Haben Sie in Ihrer Folterkammer auch Werkzeug, mit dem man aus einem Gefängnis ausbrechen kann?"

Grube lachte irritiert.

„Klara Himmel hier. Sie sind meine einzige Rettung. Ich sitze nämlich fest." In wenigen Worten schilderte ich mein Problem.

„Rühren Sie sich nicht von der Stelle, ich bin in fünfzehn Minuten da."

„Mir wird nichts anderes übrig bleiben", antwortete ich und kletterte von der Pritsche.

Draußen hörte ich schwere Schritte, Jemand drückte mehrmals vergeblich die Klinke der Haustür und klopfte ans Fenster des Büros. So schnell konnte Grube nicht herbeieilen, außer, er verfügte über die Fähigkeiten von Superman.

Das bedeutete: Paul hatte das Krankenlager verlassen und suchte sein Weib bereits im Dorf! Scheiße! Ich duckte mich seitlich so weg, dass er mich von keiner Seite sah. Der Kies knirschte jetzt unter dem vergitterten Fenster der Zelle, das zu allem Übel auch noch offen stand.

Paul lugte hindurch und leuchtete mit der Taschenlampe hinein. Der Lichtkegel streifte meinen großen Zeh. Ich zog die Beine dicht heran. Wegen des Gitters konnte er den Kopf nicht zum Fenster hineinstecken und um die Ecke gucken. „Klara?", fragte er, und dann gab er seiner Stimme etwas Nachdruck: „Ich weiß, dass du da drin bist. Komm raus!"

Ich hielt die Luft an.

Er wetterte: „Wenn du glaubst, du kannst mich für blöd verkaufen, hast du dich gewaltig geirrt." Ich rührte keine Fingerspitze, obwohl ich seine Wut heraushörte. Die Schritte entfernten sich. Paul zog ab. Das schlechte Gewissen saß mir wie ein fauliger Zahn im Fleisch. Hoffentlich malte er sich nicht aus, dass jemand seine Gattin gekillt hatte. Verdammt!

Ach was, soll er ruhig einmal um mich zittern, dann wird er sich vielleicht in Zukunft überlegen, ob ich ihm wichtiger bin als das blöde Gartenimperium und die *liebe* Anette mit ihren Schweinsrouladen.

Zehn Minuten später, ich hatte weder ein Auto noch Schritte gehört, flüsterte eine männliche Stimme meinen Namen durchs Fenster. Erschrocken zuckte ich zusammen: „Frau Himmel, sind Sie hier drinnen?"

Ich stand vom Fußboden auf und guckte hinaus. Der Bestatter schlich sich auf blauen Plastiksocken heran, um mir das Leben zu retten. „Herr Grube, wie schön, Sie zu sehen."

Er witzelte: „Gemütlich haben Sie's."

„Oh, kommen Sie doch rein! Ich hab leider keinen Kuchen", begrüßte ich ihn freundlich. Er verstand meinen Humor und antwortete mit der gleichen Ironie: „Danke für die Einladung. Ich nehme einen Tee mit drei Stück Zucker." Er lief zum Haupteingang und kam nach einer Minute zurück.

„Sie haben echt keinen Schlüssel dabei?"

„Den hab ich irgendwie verlegt."

„Meine Ersatzschlüssel passen leider nicht." Er begutachtete das Gitter.

„Das hab ich mir gedacht."

„Was?"

„Solide Handwerkerarbeit. Schlosser Beckmann, senior, verstand eben sein Fach. Einen Moment Geduld bitte."

Er verschwand abermals im Dunkeln. Die mitgebrachte Doktortasche ließ er auf dem Hof stehen. Nach fünf unendlich erscheinenden Minuten schleppte er eine Gasflasche an, mahnte wie ein Schaffner am Bahnsteig: „Bitte zurücktreten!", und schmiss den Schneidbrenner an. Mir blieb sprachlos der Mund offen.

Die Flamme küsste das Metall. Ein Gitterstab nach dem anderen schmolz an der Stelle wie Butter in der Sonne und fiel klirrend in den Kies.

Beim vierten Stab musterte Grube abschätzend meine Hüften. „Das müsste reichen." Er legte den Brenner weg, verbeugte sich galant und sagte: „Meine Dame, darf ich bitten!"

Huch! Was war denn das? Mir wurde heiß und kalt zugleich, als unsere Hände sich berührten. *Klara, dieser Mann ist mindestens fünfzehn Jahre jünger als du.* Er half mir hinaus. Beim Herunterspringen landete ich in seinen Armen. Er hielt mich eine Nanosekunde zu lange fest. Ich erschauerte, als sein Gesicht wie zufällig meine Haare berührten.

Er roch überhaupt nicht wie jemand, der täglich Leichen wusch. Im Gegenteil. Ich inhalierte seinen Duft. *Klara, du bist verheiratet! Glücklich verheiratet. Du liebst deinen Mann! Vor Kurzem hast du ihm noch eifersüchtig hinterherspioniert.*

Ich befreite mich aus Grubes Griff und ordnete geschäftig meine Frisur. „Was bin ich Ihnen schuldig?", fragte ich verlegen.

Er hielt den Kopf schief: „Die neueste Erkenntnis im Fall Schlönkamp und einen Tango."

„Einen … aber …", stotterte ich.

Grube guckte verschmitzt wie ein Zehnjähriger: „Nächsten Freitag lädt Lütjendorf zur alljährlichen Tangonacht auf den Henkersberg vor der Burgruine ein. Meine Tanzpartnerin ist mir in diesem Jahr abhandengekommen." Er deutete einen dicken Bauch an.

„Doch nicht etwa die hiesige Backwarenverkäuferin, die Schlönkamps Ei ausbrütet?"

Er nickte irritiert und sagte: „Sie bewegen sich so elegant und sehen aus, als könnten Sie die Schritte schnell lernen."

Was sprach dagegen? Geschmeichelt willigte ich ein und freute mich auf die kulturelle Abwechslung in meinem öden Landleben, das seit Schlönkamps Tod alles andere als langweilig war. Außerdem ...

Klara, du denkst diesen Gedanken nicht zu Ende! Ich leckte mir die Lippen.

Benjamin Grube hatte etwas, was mich magisch anzog. Es gibt keine zufälligen Treffen. Die Menschen, die unseren Weg kreuzen, sind entweder ein Test, eine Strafe oder ein Geschenk. Benjamin – oh!, jetzt duzte ich ihn schon in Gedanken – war eindeutig Letzteres.

Ich würde Paul mitnehmen, dem jegliches Rhythmusgefühl fehlte. Sollte er ruhig einmal spüren, dass seine Frau für andere Männer interessant war, zumindest als Ersatztanzpartnerin. Ich ertappte mich dabei, wie es mich befriedigte, ihn eifersüchtig zu sehen.

Mein Retter fragte neugierig: „Wieso Schlönkamps Ei?" Ich erzählte ihm, was ich bis jetzt herausgefunden hatte und was das mit seiner Tanzpartnerin zu tun haben könnte. „Asmussen hat eindeutig die Leiter angefasst. Das hat die Auswertung der Fingerabdrücke ergeben." Dass Anette mir auf der Spur war und unseren Zeugenschutz damit in Gefahr brachte, verschwieg ich allerdings.

Das Gesicht des Bestatters verfinsterte sich.

„Sie sehen aus, als verbinden Sie negative Erinnerungen mit dem Namen Asmussen? War der kein bisschen eifersüchtig, dass Sie mit Meike Tango ... Also, dabei kommt man sich ja nah."

„Ziemlich nah." Die beiden Worte in Kombination mit Grubes warmem Lächeln und seinem Blick in meine Augen entzündeten mich wie einen Grill, der zuvor mit einer Menge Spiritus übergossen worden war. Ich brannte lichterloh und spürte das kochende Blut bis in den kleinen Zeh.

Wann hatte Paul das zum letzten Mal bei mir geschafft? Lange her! Ich lächelte sprachlos mit starrem Blick. Er, der Traum jeder Schwiegermutter, sollte keinesfalls bemerken, was sich bei mir im Inneren abspielte. Schließlich war ich kein Teenager mehr, sondern im Alter der potenziellen Schwiegermutter. Oh, wie kriegte ich diesen Mann bloß wieder aus dem Kopf?

Mein heimlicher Schwarm redete weiter: „Fritz war nicht eifersüchtig. Ich glaube, er denkt, ich bin schwul."

„Sind Sie's etwa?", warf ich ein und schämte mich im nächsten Moment, weil ich die drohende Enttäuschung spürte, wenn er die Frage bejahen sollte.

„Nein, aber Fritz hat mich zusammen mit Birke in der Schule verprügelt und mit dem Kopf ins Klo gesteckt."

Ach so! Ich lächelte debil.

Er redete weiter: „Ich war eben anders als diese derben Jungs und habe lieber gelesen, Klavier gespielt oder getanzt, anstatt Fußball zu spielen oder auf Bäume zu klettern."

Wie niedlich. Ich stellte ihn mir als Kind vor.

„Außerdem war ich der Sohn des Bestatters, das hat ihnen Angst gemacht. *Ich* habe ihnen Angst gemacht, weil ich im Umgang mit Leichen und dem Tod als etwas Natürlichem aufgewachsen bin. Das konnten sie nicht verstehen."

„Birke hat Sie auch drangsaliert?"

„Der arme, benachteiligte Hannes ist so ein Grobian, der dachte, seine Probleme mit der Faust lösen zu können. Stets waren die anderen schuld, dass er nicht auf die Füße kam. Dabei ist er der hinterhältigste Bastard, den ich kenne. Ein listiger

Fuchs, der für eine Flasche Schnaps die eigene Mutter verkaufen würde."

„Oh!" Das überraschte mich wirklich. Anette wollte Birke nach Ostern befragen. Sie hatte für sachdienliche Hinweise zur Ergreifung des Fahrerflüchtigen fünfhundert Euro in Aussicht gestellt. Wenn er so tickte, wie Benjamin ihn beschrieb, würde er sich die Belohnung keinesfalls entgehen lassen.

„Birke steht auch auf der Liste meiner Verdächtigen. Ich glaube, ich muss ihm wegen einer anderen Sache noch einmal dringend auf den Zahn fühlen." Verdammt, ich hatte nichts Stichhaltiges in der Hand, um ihn zu erpressen. „Was hat er denn gegen Sie in der Hand?" Benjamin war kein schwerfälliger Bär, sondern hatte blitzschnell eins und eins zusammengezählt.

Ich berichtete von meiner Fahrerflucht. Allerdings nur so weit, dass ich Angst vor Pauls Reaktion hatte. Mit verkniffenem Mund gab ich kleinlaut zu: „Im Zusammenhang mit der heimlichen Ermittlung habe ich einige Grenzen bei der Wahrheitsfindung überschritten. Meinem Mann ging es dreckig, was sollte ich tun? Einfach zusehen, wie er ins Messer läuft? Ich habe seine Kompetenz angezweifelt. Das wird er mir nie verzeihen."

Benjamin zwinkerte mir verschwörerisch zu. „Birke hält die Klappe, verlassen Sie sich drauf!"

„Wirklich?"

„Vertrauen Sie mir!"

Mein Blick fiel auf die herumliegenden Gitterstäbe. „Wie bringen wir das wieder in Ordnung, ohne dass Paul oder die eifrige Polizeimeisterin bemerken, dass ein blinder Passagier gewaltsam aus ihrem Gefängnis ausgebrochen ist?"

Mein Retter kratzte sich unterm Pony und wischte alle Fingerspuren am Fensterbrett und dem Rahmen ab, wo wir angefasst hatten. „Sollen sie doch ermitteln. Dann hat die Polizei was zu tun. Sie werden aber nichts finden." Er lächelte mich wieder mit diesem Blick an, mit dem sich verwandte Seelen zu erkennen geben.

Er verstaute die Gitterstäbe in seiner Doktortasche, sagte: „Kommen Sie!", und zog einen kleinen Laubbesen heraus, mit dem er hinter uns den Kies fegte, um die eingedrückten Fußspuren zu beseitigen. Er kontrollierte die Sohlen meiner Gummistiefel, pulte ein Steinchen aus dem Profil und verlangte, dass ich ihm über den Friedhof folge, damit die aufgeweichte Erde der unbefestigten Wege sich in den Gummifurchen festsetzte. Ein Täuschungsmanöver, falls Paul mich verdächtigen sollte.

„Ihr Mann wird fragen, wo Sie waren. Erzählen Sie ihm von mir. Wir haben uns zum Osterfeuer kennengelernt, und ich habe sie gebeten, nächsten Freitag meine Tanzpartnerin zu ersetzen. Wir haben heute Abend in der Friedhofskapelle geübt." Er zückte einen Schlüsselbund und schloss die Kapelle an der Seitentür auf. Drinnen ertönte Tangomusik aus einem CD-Player. Er schaltete ihn aus. Woran der Mann alles gedacht hatte!

„Viel Glück bei der weiteren Recherche. Wir sehen uns Freitagabend um zehn auf dem Henkersberg", sagte er und packte den CD-Player ein. Ich wurde rot. Bloß gut, dass er zeitgleich das Licht in der Kapelle ausschaltete.

„Wir üben nicht vorher?", fragte ich und schluckte.

„Nein. Das macht ja den Zauber aus. Ich nehme an, Sie besitzen auch ordentliche Schuhe und einen Rock, der Ihre atemberaubenden Hüften umschmeichelt", sagte er kein bisschen anzüglich.

„Aber wenn ich die heutige Tanzstunde als Alibi angebe, könnten wir …", stotterte ich in dem Verlangen, ihm hier und jetzt bei einem kleinen Tänzchen ganz nah zu kommen. Sein Blick wanderte zu meinen Gummistiefeln, und ich verstand.

„Keine Angst, ich führe Sie. Vertrauen Sie mir und geben Sie sich einfach der Musik hin. Der Rest geschieht von allein, wie so vieles im Leben, wenn wir unsere Verkrampfung lösen." Er schloss die Kapelle ab. „Sollten Sie sonst noch meine Hilfe in Ihrem Fall benötigen, ein Anruf genügt. Schlafen Sie gut." Eilig schritt er mit Tasche und Gasflasche zum Leichenwagen, der hinter dem Friedhof parkte.

Ich huschte in die andere Richtung nach Hause. Hunde verbellten mich von allen Seiten aus ihren Revieren. Ich kam mir vor wie eine Aussätzige, die nirgendwo erwünscht ist.

Die Begegnung mit Benjamin Grube, sein Geruch, seine Art schwirrten hartnäckig durch meinen Kopf wie ein Schwarm Mücken. Hinter den Fenstern unseres Hauses brannte kein Licht. Gedankenverloren fasste ich mir vor der Tür in die Jackentasche, um den Schlüssel ... Fuck! Den hatte ja Anette. „Mrrrr!", knurrte ich und verschränkte die Arme vor der Brust. Mir blieb nichts anderes übrig, als wieder den unbequemen Weg über das Badfenster zu nehmen. Kaum hatte ich den Gedanken beendet, tippte mir jemand von hinten auf die Schulter. „Suchst du *den* hier?" Ich schreckte zusammen. Paul! Langsam drehte ich mich um. Er hielt mir seinen Schlüssel vor die Nase. Pai no joō stand ihm wie eine Gattin zur Seite. Es fehlte nur noch, dass der Vogel die Flügel vor der Hühnerbrust verschränkte.

In der nächsten Sekunde fing ich mich und fragte streng: „Wieso rennst du mitten in der Nacht draußen rum? Du bist krank und gehörst ins Bett."

Er baute sich breitbeinig mit verschränkten Armen vor mir auf. „Ersteres frage ich dich auch."

„Na ... ich hab ... den ... Schlüs...sel ge...sucht", stotterte ich.

Mein Göttergatte zog die Augenbrauen hoch, verharrte in seiner Position und bemerkte, ohne eine Miene zu verziehen: „Stottern wird zusammengeschrieben."

Er glaubte mir kein Wort. Ich lächelte zuckersüß. „Meinen

Schlüssel. Ich hatte da vorhin im Bett mit dir, also danach, also im Traum, als wir miteinander geschlaf…"

„Klara", unterbrach er mich.

Ich redete unbeirrt weiter: „… so eine Eingebung, wo ich ihn am Freitag verloren … und da wollte ich die Gunst der Stunde nutzen, bevor sich der Traum wieder verflüchtigt und ich ihn vergesse … Dabei muss mir der unbemerkt aus der Tasche gefallen sein." Ich zeigte auf seine Hand.

Er stand starr wie die Cheopspyramide und durchbohrte mich mit seinem Blick.

Ich sagte: „Shoppen, Konzert oder dass ich beim Aperol Spritzz in Oles Fischbude hängen geblieben bin, kaufst du mir auch nicht ab, oder?"

Er schüttelte den Kopf. „Anette hat den Schlüssel auf der Dienststelle gefunden." *Ach du Scheiße, dann hatte sie ihm doch längst die Erkenntnisse ihrer Recherche unter die Nase gerieben. Hatte sie?*

Ich presste die Lippen zusammen. „Du besuchst Anette mitten in der Nacht?" Empört griff ich ihn an und spiegelte seine Körperhaltung. *Los, du warst Schauspielerin! Du wirst es doch schaffen, deinen Mann zu belügen.*

„Also gut. Ich habe ein Geheimnis. Nächsten Freitag findet auf dem Henkersberg eine Tangonacht statt. Während des Osterfeuers habe ich den Bestatter, Benjamin Grube, aus dem Nachbardorf kennengelernt. Ihm ist die Tanzpartnerin abhandengekommen." Pantomimisch deutete ich einen Schwangerenbauch an. „Er hat mich gefragt, ob ich nicht … weil ich ihre Statur habe, also davor, bevor sie sich von Schlönkamp hat … na ja, du weißt schon … also, das tut ja nichts zur Sache. Ich habe mit ihm in der Friedhofskapelle geübt, also nicht mit Schlönkamp. Geht ja auch schlecht, der liegt ja im Kühlfach 7 und wartet auf die Einäscherung." Ich kicherte über meinen eigenen Witz und sprach dann langsam und formte die

Worte deutlich, weil Paul mich immer noch anstierte, als käme seine Frau vom Jupiter. „ICH HABE TANGOSCHRITTE GEÜBT MIT BENJAMIN GRUBE IN DER FRIEDHOFSKAPELLE."

Er knurrte mit heiserer Stimme: „Wieso liegt der Schlüssel dann neben meinem eingeschalteten Computer auf der Dienststelle, und der Bildschirm zeigt Fritz Asmussen als Ergebnis einer Fingerabdruckauswertung an?"

„Verrückt, oder?", stellte ich eine Gegenfrage und gab meinem Gehirn damit die Gelegenheit, eine Ausrede zu produzieren.

„Heute hat mir deine geschätzte Kollegin doch anhand ihrer Spurensicherungsergebnisse im Fahrerfluchtfall gezeigt, wie man Fingerabdrücke auswertet. Wahrscheinlich hatte sie das bei ihrer Schwärmerei für dich schon wieder völlig vergessen." Ich merkte, wie er die Erklärung schluckte. Ha! Das bedeutete auch, sie hatte ihm die Ergebnisse ihrer Recherche verschwiegen.

Mein Adrenalinspiegel fuhr herunter. Gelassen ergänzte ich: „Sie hat mich mit ihrem Wissen so zugetextet, kann sein, dass ich den Schlüssel dort liegen lassen habe. Wir haben danach geklingelt, falls du dich erinnerst. Und vorhin bin ich ohne Schlüssel aus dem Haus. Können wir jetzt bitte reingehen? Es ist dringend." Ich kreuzte die Beine. Paul runzelte die Stirn und schloss auf. Ich drückte mich an ihm vorbei und rannte ins Gäste-WC, obwohl ich gar nicht musste.

„Puh! Das war knapp", rief ich erleichtert durch die Tür und meinte damit keinesfalls die Lösung meines Blasenproblems. Ich betätigte die Wasserspülung. Wenigstens hatte ich den Schlüssel zurück, und mir blieb erspart, bei Anette einzubrechen. Aber einmal musste ich diese Nacht noch aus dem Haus.

Kapitel 23

Paul schlief tief und fest. Er schnarchte wie ein ausgewachsener Elch. Ich stahl mich aus dem Bett und schlich zurück auf die Dienststelle, um Anettes Rechercheergebnisse samt Notizen zu vernichten.

Im Halbdunkel meiner Taschenlampe durchwühlte ich ihren Papierturm auf dem Schreibtisch und zweifelte an mir. Sie hatte es doch vorhin, vor Verlassen des Reviers, obendrauf abgelegt. War ich blöd? Ich bückte mich und suchte unter der Arbeitsplatte. Vielleicht waren die Notizen und die Jugendfotos ja heruntergesegelt.

Da schlich wieder jemand draußen herum. Mein Gott, ein Betrieb herrschte hier! Konnte man nicht einmal nachts um drei in Ruhe seine Spuren verwischen?

Ich schaltete die Taschenlampe aus. Dieses Mal huschte ich auf die Toilette, anstatt mich in der Gewahrsamszelle zu verstecken. Den Schlüssel nahm ich auch mit und verriegelte die Gästetoilette von innen. Ich horchte: Anette oder Paul? Die Tür zum Büro flog auf. „Klara!“

Paul! Ich stieg auf die Toilettenschüssel, um aus dem schmalen Fenster zum Innenhof mit der aufgeklebten Sichtschutzfolie zu klettern. Wenn er drinnen war, konnte ich durch das Tor zurück auf die Dorfstraße schleichen und lag noch vor ihm wieder im Bett, dachte ich. Geschickt kletterte ich auf das Fensterbrett und drehte meinen Hintern hinaus. Dann ließ ich mich langsam hinuntergleiten. *Geschafft!*

Paul stand im Schlafanzug breitbeinig mit verschränkten Armen da und beobachtete stumm, wie ich auf dem Kies landete.

„Was machst du hier?“

„Hast du mich vielleicht erschreckt, ich dachte schon, du wärst ein Einbrecher.“ Ich fasste mir an die Brust und lachte hysterisch auf.

„Klara!“, sagte er streng. „Und komm mir jetzt nicht mit irgendwelchen Ausflüchten, von wegen Schlafwandeln und so! Ich sehe dir an, wenn du in deinem hübschen Köpfchen nach einer fadenscheinigen Erklärung suchst.“

„Danke für das Kompliment!“, erwiderte ich keck.

Paul blieb hart. „Was hast du auf Anettes Schreibtisch gesucht?“

„Du hast mich also länger beobachtet?“, fragte ich, um zu checken, was er gesehen haben könnte.

Paul grinste überlegen. „Du checkst ab, was ich gesehen haben könnte.“

Mein Mann war Bulle und kannte alle Tricks.

„Die Wahrheit!“

Ich machte auf Unschuldslamm und beichtete ihm den Wildunfall. „*Ich* habe am Donnerstagabend die Fahrbahnrandmarkierung umgenietet“, sagte ich kleinlaut. „Anette ist hinter *mir* her.“ Ich erzählte ihm auch, wie wir die Fingerabdrücke auf der Landstraße genommen haben. „Beim Einspeisen in die Polizeidatenbank ist sie dann auf Franziska Bach, geborene Wendler, samt Jugendfoto gestoßen und hat sich natürlich gewundert, wie die Fingerabdrücke einer Toten nach Mordsacker kommen.“

Bei der Schilderung wechselte Pauls Gesichtsausdruck von besorgt zu amüsiert.

„Ich habe nur versucht, die Spuren zu verwischen.“

„Ich bin überrascht, wie viel kriminelle Energie in dir steckt.“

„Das ist nicht mehr witzig. Sie ist hartnäckig wie Herpes in der Aufklärung dieser Lappalie. Wegen der Ähnlichkeit meines Jugendfotos mit Sophie denkt sie sogar, wir haben unsere Tochter adoptiert. Sie nimmt an, Franziska Bach ist die leibliche Mutter und sucht ihr erwachsenes Kind."

Seufzend fügte ich hinzu: „Wenn sie herausbekommt, dass Klara Himmel und Franziska Bach, geborene Wendler, eine Person sind, fliegen wir auf."

„Ich verstehe nicht, wieso du in der Polizeidatenbank zu finden bist. Das müsste eigentlich alles gelöscht worden sein, seit wir im Zeugenschutzprogramm sind."

„Da hat jemand geschlampt?"

Er nickte. „Wenn wir zurück sind, rufe ich gleich Thomas an, dass er das in Ordnung bringt. Gibt es sonst noch etwas, was ich wissen sollte?"

„Nein", log ich und schaffte es gerade so, seinem Blick standzuhalten.

Kapitel 24

Ostermontag hielt ich mich weise zurück, um Pauls Misstrauen nicht weiter anzuheizen. Wir schliefen aus, frühstückten lange und redeten. Ich schenkte ihm Kaffee nach und reichte ihm als treusorgende Ehefrau seine Brötchen. Dabei hörte ich ihm mit äußerlich interessiertem Gesichtsausdruck zu, als er von seinem Plan sprach, neben Pflanzen- auch Tierzucht zu betreiben.

Meine Gedanken drehten sich um Asmussen und Martina Schlönkamp. Ich stimmte Pauls Vorhaben wohlwollend zu: „Mit unserem Ein-Huhn-Haushalt werden wir kaum den Eierbedarf decken."

Halbherzig äußerte ich den Wunsch nach einer Gartenlaube.

Anscheinend spielte ich die Rolle überzeugend. Mein Mann hielt den Kopf schief und sagte: „Du müsstest dann bitte am Mittwoch eine Holzlieferung entgegennehmen."

„Du hast das Sommerhaus für den hinteren Garten schon bestellt?", fragte ich und freute mich wirklich, denn so einen romantischen Rückzugsort zum Schreiben konnte ich mir in meiner zukünftigen Rolle als Jessica Fletcher gut vorstellen.

„Ja, allerdings ist das die Unterkunft unserer neuen Mitbewohner, die am Freitag eintreffen werden."

Ich starrte ihn mit offenem Mund an.

„Ein Hahn und fünf Hennen."

Mir klappte der Unterkiefer bis zum Anschlag herunter.

„Eben hast du meinen Plänen wohlwollend zugestimmt, dass Pai no joōs Produktion den Bedarf nicht deckt und wir uns zukünftig mit Eiern, Gemüse, Obst, Milch, Fleisch und Honig selbst versorgen."

Ich verschluckte mich beinahe am Kaffee. „Da muss ich irgendwas überhört haben."

„Du bist doch hier die Biotante, die genau wissen will, was sie sich in den Mund stopft", sagte Paul. „Frischer als aus dem eigenen Garten, dem Huhn und der Kuh kannst du deine Nahrung nirgendwo bekommen."

„Du hast eine Kuh gekauft?"

„Nein, aber zwei Schafe, drei Ziegen, einen Bienenstock, vier Kaninchen, acht Enten und sieben Gänse."

„Was wird das jetzt hier, unsere kleine Farm? In Berlin hast du dich damals wegen Sophies heimlichem Hamsterkauf aufgespielt, als hätte sie uns ein Krokodil angeschleppt."

„Das war etwas anderes. Tiere gehören nicht in eine Stadtwohnung." Paul griff nach meiner Hand auf dem Tisch. „Klara."

Ich entzog sie ihm. „Du hättest mit mir reden müssen. So viel zum Thema Ehrlichkeit …" Wütend erinnerte ich ihn an seinen Auftritt von gestern Abend und verschränkte die Arme vor der Brust.

„Hab ich doch! Du hast mir nicht zugehört."

„Vorher! Bevor du dich entschieden hast, Bauer zu werden. Weißt du, wie viel Arbeit das macht? Wer betreut die Tiere, wenn wir in den Urlaub wollen? Und ausschlafen kannst du auch vergessen." Ich redete mich in Rage.

Paul versuchte, mich zu beschwichtigen. „Schatz! Sei nicht sauer. Die Selbstversorger-Erstausstattung war im Set billiger. Ich musste mich schnell entscheiden. Erstens warst du nicht da, und zweitens hättest du es mir ausgeredet."

„Genau! Ich will keine Schafe, Hühner und Ziegen in unserem Garten, die alles vollscheißen. Wer kümmert sich darum, wenn du auf Arbeit bist? Ich nicht! Das kannst du vergessen." Ich sprang auf und wetterte: „Woher kommt diese Schnapsidee? Die hat dir doch Anette eingeredet."

„Ich habe mir schon als Kind einen Bauernhof gewünscht. Das weißt du."

„Ja, ich wollte auch Astronautin werden und zum Mond fliegen. Stell dir meinetwegen auf dem Dachboden eine Modelleisenbahn auf oder richte dir draußen im Nebengebäude eine Tischlerwerkstatt ein, wo du Boote baust. Ich habe nichts dagegen, dass du angeln gehst, aber …" Resigniert ließ ich die Schultern hängen, winkte ab und verschwand in den Garten. Gedankenverloren starrte ich zur Grenze unseres zehntausend Quadratmeter großen, brachliegenden Geländes. Jetzt wurde mir klar, warum wir *hier* gelandet waren.

Pai no joō stakste friedlich gackernd über den Rasen. Bestimmt würde das Huhn sich freuen, nicht mehr alleine zu sein …

Ich stapfte wieder rein und setzte mich Paul gegenüber an den Tisch. „Du hast das mit deinem Bauernhof schon geplant, als wir ins Zeugenschutzprogramm aufgenommen wurden, stimmt's?"

Paul wich meinem Blick aus.

„Wo hätten wir noch untertauchen können, außer im Ruhrpott?"

„Zur Auswahl standen München oder Stuttgart", erinnerte ich ihn. „Orte, die dann als ungeeignet eingeschätzt wurden."

Ich hatte ihn ertappt. Pauls Gesicht färbte sich rot, er sprang auf und sprach Richtung Terrassenfenster. „Ich habe den Wunsch nach einem großen Haus mit viel Land geäußert. Ich wollte nach alldem nicht mehr in der Stadt leben. Wenn ich schon neu anfangen muss, dann wenigstens dort, wo ich mich wohlfühlen kann."

„Du! Und ich? Und was ist mit Sophie? Sie hätte in München oder Stuttgart in ihrem Traumberuf als Chirurgin arbeiten können. Warum haben wir nicht darüber geredet? Du hast total egoistisch gehandelt."

Paul drehte sich wieder zu mir und sagte kleinlaut: „Ich

dachte, ihr werdet euch an die Natur gewöhnen und es schön finden." Er schaute mir tief in die Augen. „In den letzten zwölf Jahren habe ich mich deinem Lebensmodell untergeordnet. Ich konnte dich nicht einmal bewegen, nach Berlin-Friedrichshagen zu ziehen."

„Orr! Die Gärtnerei. Ich habe eben die kurzen Wege zur Akademie und das Flair vom Ku'damm geschätzt."

„Dabei hast du auch nur an dich gedacht. Selbst Sophie musste sich dem unterordnen. Weißt du, wie schön es für sie gewesen wäre, wenn sie als Kind in einem Garten hätte frei spielen können?"

„Ich bin auch ohne Garten groß geworden, und mir hat nichts gefehlt."

„Aber mir, in all den Jahren inmitten der Betonwüste und des Straßenlärms. Freiwillig hätte ich dich nie aufs Dorf gekriegt. Ja, ich habe die Gelegenheit genutzt, an der du mit deinem Misstrauen nicht ganz unschuldig warst."

Mir fehlten für einen Moment die Worte. Ich musste die Erkenntnisse erst einmal verdauen und räumte den Tisch ab. Die Vorstellung, dass es in den nächsten Tagen auf dem Hof schnatterte, gackerte, blökte und summte, wollte genauso wenig in meinen Kopf wie die Tatsache, dass Paul nie mit unserem Leben in Berlin glücklich gewesen war.

Ich erinnerte mich an einige Vorstöße von ihm, wenigstens ein Wochenendhaus am Müggelsee zu kaufen, nachdem ich mich geweigert hatte, in sein Erbe einzuziehen: ein Einfamilienhaus mit angeschlossener Gärtnerei in Berlin-Friedrichshagen, das ihm seine verstorbene Tante hinterlassen hatte.

Seinen Hang zur Natur hatte ich nie ernst genommen. Irgendwie schämte ich mich jetzt dafür. Scheiße, dachte ich und hatte das Gefühl, daran schuld zu sein, dass sein unterdrücktes Verlangen nach einem Leben in der Natur wie eine Bombe explodiert war. Mit der Gründung eines Bauernhofes auf unserem Gelände wollte er nun mit einem Mal nachholen, was er all die Jahre verpasst hatte.

Paul schaute mich fragend an. „Du verlangst also nicht, dass ich die Idee mit den Tieren, der Selbstversorgung vergesse?", fragte er, während er die letzte Tasse abräumte.

Ich öffnete den Geschirrspüler. „Was soll ich sagen? Du hast deine Entscheidung getroffen. Wenn es dich glücklich macht, muss ich mich damit abfinden."

„Das würdest du für mich tun?" Er umarmte mich lächelnd.

Ich versteifte mich und sagte eher vorwurfsvoll als einsichtig: „Es tut mir leid, dass ich nie bemerkt habe, wie es dir fehlt, barfuß über die Wiese zu rennen oder in der Erde herumzubuddeln."

Er schwärmte: „Weißt du, die Ferien und Wochenenden in der Gärtnerei meiner Tante zwischen den Pflanzen und Tieren waren das Schönste für mich. Nie habe ich mich als Kind oder später wieder so frei gefühlt."

Resigniert ließ ich die Schultern hängen. „Ich helfe jetzt Isabel im Stall. Das hab ich ihr versprochen. Außerdem sammle ich dort die nötige praktische Erfahrung im Umgang mit Tieren und ihren Exkrementen. Wenn du also was über Schweinezucht wissen willst, bin ich der Experte", flapste ich herum, um meine wahren Gefühle zu verbergen.

„An die Anschaffung von Schweinen hatte ich eigentlich vorerst nicht gedacht."

„Wie schade! Wenn Martina Schlönkamp den Hof auflöst, hättest du gute Chancen, einige Borstenviecher zum Schnäpp chenpreis zu ergattern."

„Die Witwe verkauft den Hof?", fragte Paul spitzbübisch.

„Denk nicht einmal daran!" Ich befüllte die Spülmaschine.

Paul gab mir eine Reinigungstablette. „Keine Angst, das war ein Scherz."

Mit gemischten Gefühlen gab ich ihm einen Kuss und verschwand zu meiner Mission.

Kapitel 25

Auf Schlönkamps Hof parkte der Krankenwagen vor der Tür. Seine Witwe wurde gerade eingeladen. Isabel stand mit besorgtem Blick daneben und unterhielt sich mit dem Notarzt.

Ich eilte dazu und fragte: „Was ist passiert?"

Isabel weinte. „Zum Mittagessen ging es ihr noch gut. Dann hat sie über Kratzen und Brennen im Hals geklagt, später bekam sie Bauchweh und Durchfall. Als sie erbrochen hat und es ihr danach immer schlechter ging, hab ich den Notruf gewählt. Es sieht nach einer Vergiftung aus."

„Pilze?"

„Spaghetti mit Bärlauch. Meine Mutter liebt Bärlauch und pflückt ihn immer frisch. Sie kann nur einige Blätter mit Maiglöckchen verwechselt haben. Aber eigentlich kennt sie sich aus."

„Und du hast keine Symptome."

„Ich hasse Bärlauchpesto, das ist mir zu bitter. Ich hatte zu den Nudeln Spinat." Sie schniefte. „Sie hätte tot sein können, hat der Arzt gesagt."

„Mach dir keine Sorgen, alles wird gut", beruhigte ich das Mädchen.

Der Rettungssanitäter mischte sich ein: „Möchte jemand von ihnen mitfahren?"

Isabel antwortete zuerst. „Ich muss die Schweine versorgen."

„Wir kommen später nach", sagte ich.

Die zwei Männer nickten mitfühlend. Die Krankenwagentüren schlossen sich. Das Auto rollte mit Martinshorn vom Hof.

Was für ein Drama!

Ich nahm Isabel in den Arm. „Wir erledigen die Stallarbeit. Dann bringe ich dich zu deiner Mutter. Du kannst heute Abend auch bei uns schlafen, wenn du nicht allein auf dem Hof sein willst“, bot ich an und reichte ihr mein Taschentuch.

Isabel schnäuzte hinein und wischte sich die Tränen ab. „Danke, aber jemand muss bei den Tieren bleiben.“

Paul saß auf dem Bett und schaute mit ernster Miene zu, wie ich am Fußende die Reisetasche mit den nötigsten Sachen für eine Nacht packte. „Ich lasse dich doch nicht mit dem Mädchen auf dem einsamen Hof übernachten. Da kriege ich ja kein Auge zu.“

„Mir wäre auch lieber gewesen, dass sie mit herkommt.“

Mein Gatte murmelte etwas in seinen Fünftagebart.

Ich verstaute das Nachthemd. „Du solltest dir das mit unserer kleinen Farm noch einmal überlegen. Spontane Wochenendtrips an die Ostsee kannst du mit Ente, Huhn und Schaf vergessen.“

„Ich komme mit.“ Er sprang auf.

„Schatz, ich glaube nicht, dass es Isabel gefällt, wenn wir beide dort einziehen“, sagte ich und legte ihm meine Hand auf die Brust. „Sie kennt dich nur im Zusammenhang mit dem Tod des Vaters. Wer weiß, was du für ein Trauma bei ihr auslöst? Für das Mädchen gab es in den letzten Tagen einiges zu verkraften. Lass mich mal machen. Was soll denn passieren? Wir leben auf dem Dorf.“

Ich zog den Reisverschluss zu. Er ließ sich wieder auf sein Krankenlager fallen und zog den Schal fester um den Hals. „Was, wenn irgendein perverser Penner mitkriegt, dass ihr … zwei Frauen allein …“

„Paul! Ich habe mein Telefon dabei“, beruhigte ich ihn und warf mir die Tasche über die Schulter. Er setzte zum Widerspruch an. Ich kam ihm zuvor. „Du kannst ja zu unserer Sicherheit Anette im Streifenwagen vor dem Hof postieren.“

Mein Gatte gab es auf, mit mir zu diskutieren, und trug mir die Tasche nach unten.

„Bis morgen früh. Nimm, dein Antibiotikum und geh ins Bett“, befahl ich liebevoll und drückte ihm einen Kuss auf die Wange, bevor ich mir Gummistiefel und Anorak anzog.

„Ich kann doch nicht den ganzen Tag schlafen.“

„Dann leg dich aufs Sofa und guck Fernsehen oder lies, aber renn bloß nicht so halb nackt draußen herum“, mahnte ich und huschte noch einmal ins Arbeitszimmer.

Paul fragte mit Blick auf das Notizbuch in meiner Hand: „Was willst du denn damit?“

„Falls ich heute Nacht in dem fremden Bett kein Auge zubekomme, schreibe ich an meiner Geschichte“, log ich lächelnd.

Wenn ich erst mal im Hause Schlönkamp bin, nutze ich die Gelegenheit und ermittle weiter.

Isabels Mutter lag mit geschlossenen Augen und bleichem Gesicht im Kissen des Krankenhausbettes. Ihre Hand war mit dem Beutel am Tropf verkabelt. Auf dem Nachtschrank standen eine Kanne Tee und eine Schnabeltasse. Die anderen beiden Betten waren mit einer Folie abgedeckt. Anscheinend war gerade wenig los und die Zimmer unterbelegt.

Der Frühling weckte eben die Lebensgeister der Menschen und ließ sie ihre Wehwehchen vergessen. Vielleicht lag es aber auch an den Feiertagen. Ab morgen würde hier bestimmt wieder im Akkord gepflegt.

Ich holte Isabel einen Stuhl heran. Sie setzte sich und legte ihre Krücken ab. Dann nahm sie die Hand ihrer Mutter und starrte sie stumm an.

Martina Schlönkamp öffnete die Augen, drückte Isabels Finger. Sie wich dem wütenden Blick ihrer Tochter aus. *Waren da etwa Schuldgefühle im Spiel, und hatte Martina vielleicht versucht, sich das Leben zu nehmen, weil sie ihren Mann und damit die Zukunft ihres Kindes auf dem Gewissen hat?* Meine Alarmglocken schrillten.

Ein Arzt steckte kurz seinen schwarzen Lockenschopf ins Zimmer. Ich ging ihm nach und fragte: „Ist sie über den Berg?"

Er musterte mich kühl. „Madame?"

„Klara Himmel", stellte ich mich vor, reichte Dr. Dufour, wie ich auf seinem Namensschild las, die Hand.

„Sie sind mit Frau Schlönkamp verwandt?"

„Ich bin die Tante", log ich ungeniert. Mittlerweile eine meiner leichtesten Übungen, wenn es der Wahrheitsfindung diente.

Der Arzt kniff irritiert die Augen zusammen.

Ich erklärte: „... die Tante der Tochter, also die Schwester ihres verstorbenen Mannes." Der Arzt konzentrierte sich, sein Gesichtsausdruck wirkte angestrengt. Deshalb nahm ich die Hände zu Hilfe.

„Nicht von der Tochter. Von ihr ist es ja der Vater, verstehen Sie?"

„*Je sois!*" Ich weiß. Er winkte ab. Aha, er wollte sich keine Blöße geben. Ich war überzeugt, dass er mittendrin den Faden verloren hatte. „Sie hatte Glück. Die Giftkonzentration war nur gering. Wahrscheinlich hat sie zwei falsche Blätter gegessen. In drei Tagen ist sie wieder fit. Vielleicht sollte ihre Schwester ...?", sagte er.

„Schwägerin."

„Ihre Schwägerin sollte besser keinen Bärlauch sammeln, wenn sie ihn nicht von Maiglöckchen unterscheiden kann. Das ist in höherer Dosis lebensgefährlich. Sagen Sie ihr das bitte auch noch einmal. Sie schien mir diesbezüglich unbelehrbar."

„Werde ich machen. Könnte es sein, dass sie es mit Absicht getan hat?"

„Ein Selbstmordversuch?" Die Augen des Arztes blitzten auf.

Ich erklärte: „Sie ist im Moment labil, ihr Mann ist am Donnerstag bei einem Unfall ums Leben gekommen."

„Wir passen auf sie auf", versicherte er mir und tätschelte meinen Arm.

Als ich wieder ins Zimmer kam, saßen Mutter und Tochter immer noch schweigend da.

Martina Schlönkamp hatte mittlerweile die Augen geöffnet und starrte auf ihre Hände. Isabel stand abrupt auf und fragte: „Brauchst du noch irgendwas?"

Die Witwe schüttelte verneinend den Kopf und lächelte mich entschuldigend an.

„Können wir dann wieder fahren?", fragte das Mädchen entschlossen, und ich spürte die atmosphärische Spannung zwischen den beiden. Über irgendetwas hatten sie sich gestritten, dessen war ich mir sicher. Aber was?

Ich zuckte mit den Schultern, weil ich mich wunderte, dass Isabel kein Interesse hatte, ihrer kranken Mutter länger als zehn Minuten Gesellschaft zu leisten. Da hätten wir uns die Fahrt nach Neustrelitz ins Krankenhaus auch sparen können.

Damit ich Zeit und Benzin nicht umsonst vergeudet hatte, sollte ich die Gelegenheit nutzen, Martina damit zu konfrontieren, dass wir Asmussens Fingerabdrücke auf der Leiter gefunden hatten. *Vielleicht redet sie, wenn ich sie in die Enge treibe?* Das konnte ich aber schlecht in Isabels Anwesenheit.

Deshalb verabschiedete ich mich erst mal von Frau Schlönkamp, reichte Isabel die Krücken, stellte den Stuhl an seinen Platz zurück und schob ihn unter den Tisch. Dabei ließ ich meinen Autoschlüssel unbemerkt aus der Tasche gleiten.

Im Foyer des Krankenhauses wühlte ich übertrieben hektisch in meiner Handtasche und suchte in den Jackentaschen.

„Mist! Der Autoschlüssel ist weg. Der kann mir nur oben beim Jackeausziehen herausgefallen sein. Setz dich doch einfach hierher, Isabel." Ich zeigte auf die rote Ledergruppe in der Eingangshalle des Krankenhauses. „Warte kurz, ich bin gleich zurück."

Schnell joggte ich zurück zu Martina Schlönkamps Krankenzimmer und drängte mich vorbei an verwirrt guckenden Krankenschwestern. So viel Hektik waren sie in ihrem winzigen Krankenhaus wohl nicht gewohnt.

Nachdem ich kurz verschnauft hatte, klopfte ich an Martinas Tür. Ohne abzuwarten, dass sie „Herein!" krächzte, trat ich ein und nahm mir als Erstes meinen Schlüssel. Dann sah ich der Witwe tief in die Augen. „Den habe ich mit Absicht vergessen. Ich wollte noch einmal allein mit Ihnen reden."

Die Kranke atmete tief durch, als wappnete sie sich für das, was gleich kommen würde.

„Wir haben Fritz Asmussens Fingerabdrücke auf der Leiter gesichert, die in der Güllegrube stand", sagte ich und machte eine Pause, bevor ich behauptete: „Er muss sie als Letzter, nachdem Ihr Mann dort hinuntergestiegen war, angefasst haben." Ich beobachtete ihre Mimik. Es wirkte nicht so, als würde sie diese Erkenntnis überraschen.

„Was wollte er am Donnerstagvormittag von Ihrem Mann?" Ohne Umschweife wagte ich den nächsten Vorstoß.

Jetzt blitzten ihre Augen auf. Sie schluckte und starrte aus dem Fenster, während sie sprach. „Der wollte Siggi zur Rede stellen, ihm die Meinung geigen."

Erfreut registrierte ich ihre Bestätigung, dass Fritz Asmussen am Donnerstagvormittag auf dem Hof gewesen war. Meinen Triumph ließ ich mir jedoch nicht anmerken und bohrte weiter: „Woher wüsste er auf einmal, dass *Ihr* Gatte der Vater von Meikes Kind ist? Wenn die Backwarenverkäuferin es in den ersten sechs Monaten der Schwangerschaft verschwiegen hatte, gab es letzte Woche auch keinen Grund, ihm die Wahrheit auf die Nase zu binden."

Martina seufzte. „Von mir. Das gesamte Dorf hat sich jahrelang amüsiert, weil Siggi alles angebaggert hat, was ihm über den Weg lief. Bisher ist aber noch keine von ihm schwanger geworden. Ich hab diese Demütigung nicht mehr ertragen. Wir hatten uns wieder einmal wegen dem Hof gestritten. Ich wollte, dass er endlich mal eins auf die Fresse bekommt, weil er nicht ein Mal vor der Ehefrau eines Kumpels haltmachte."

„Die beiden waren befreundet?" Das war mir neu. Sie nickte. „Seit dem Sandkasten. Fritz sollte ihm aber nur eine Lektion erteilen und ihn nicht gleich umbringen."

„Sie haben Fritz Asmussen also am Donnerstagvormittag auf Ihrem Hof gesehen?"

Sie wich meinem Blick aus und sagte zögerlich: „Ja, er kam mit dem Motorrad, hat es neben dem Brunnen abgestellt und geklingelt."

„Und dann?"

„Hat er mich gefragt, ob Siggi zu sprechen sei."

„War Siggi zu sprechen?"

„Der war bereits auf dem Hof unterwegs. Das habe ich Fritz gesagt und bin wieder rein. Ich wollte nichts damit zu tun haben, wenn die zwei Männer wie Platzhirsche ihren Revierkampf austragen."

„Verstehe, Sie haben den Stein nur ins Rollen gebracht."

„Sind sie schon einmal von Ihrem Mann betrogen worden?"

Ich schluckte und sagte hastig: „Nicht dass ich wüsste."

„Dann haben Sie auch keine Ahnung, wie beschissen sich das anfühlt." Zumindest wusste ich, wie sich Misstrauen anfühlte, die schreckliche Ungewissheit, die einen zerriss.

„Ich bin müde. Bitte gehen Sie jetzt." Martina schloss die Augen, und ich verließ leise ihr Zimmer.

Die Rückfahrt zum Hof der Schlönkamps verbrachten Isabel und ich schweigend. Auch als sie mich im Gästezimmer einquartierte, blieb sie wortkarg und sah mir mit heruntergezogenen Mundwinkeln zu, wie ich meine Tasche auspackte.

Dann zeigte sie mir das Haus, damit ich mich zurechtfand, wenn ich auf Toilette musste oder Hunger oder Durst verspürte. Selbst den Fernseher im düsteren Wohnzimmer erklärte sie mir in mürrischem Ton. Ich hatte das Gefühl, sie würde viel lieber alleine sein. Vielleicht tat ihr Bein auch gerade sehr weh. Vorerst ließ ich sie deshalb in Ruhe und stellte keine weiteren Fragen.

Zum Abendessen bereitete ich uns ein einfaches Mahl aus Rührei, Brot und Tomaten zu. Den Rest der Bärlauchnudeln entsorgte ich im Mülleimer, bevor wir uns am Tisch der Wohnküche zusammenfanden. Isabel stocherte appetitlos auf ihrem Teller herum.

„Keinen Hunger?“, fragte ich mehr rhetorisch, um überhaupt etwas zu sagen. Ich kann es nicht ertragen, wenn Menschen, die sich in einem Raum befinden, die ganze Zeit schweigen.

Isabel legte die Gabel beiseite, musterte mich abschätzend und sagte: „Macht es Ihnen was aus, wenn ich ins Bett gehe? Ich bin müde, mein Bein schmerzt.“

„Kein Wunder, so viel, wie du tagsüber rumrennst.“ Ich zeigte auf ihren Gips. „Morgen früh bringe ich dich als Erstes zu Sophie. Die Nachkontrolle ist fällig.“

„Als Erstes müssen die Schweine versorgt werden“, widersprach sie trotzig und stand stöhnend vom Stuhl auf. „Gute Nacht!“

Ich half ihr mit den Krücken und bot ihr eine Schmerztablette an. Sie lehnte ab, und ich hatte das Gefühl, sie wollte sich mit ihren Schmerzen selbst bestrafen. Wenn die Eltern sich nicht mehr verstehen, sind die Kinder immer die Leidtragenden. Häufig suchen sie die Schuld bei sich. Schon lange war die

Ehe der Schlönkamps ein Scherbenhaufen. Vor vier Tagen war dann das Leben des armen Mädchens völlig durcheinandergeraten und ihr Zukunftstraum zerplatzt wie ein Autoreifen während der Fahrt. Klar, dass man da aus der Spur geriet.

Ich bestimmte: „Du bleibst morgen erst einmal liegen! Um die Schweine kümmere ich mich."

„Aber ...", setzte Isabel zum Widerspruch an.

„Keine Sorge, ich weiß, was zu tun ist", unterbrach ich sie. „Dein Bein heilt sonst nie."

„Danke!" Schuldbewusst presste sie die Lippen aufeinander, bevor sie mit ihren Krücken aus der Küche humpelte.

Während ich den Tisch abräumte und das Geschirr in die Maschine einsortierte, dachte ich über das Gespräch mit Martina Schlönkamp im Krankenhaus nach. Warum glaubte ich ihr nicht, dass sie Asmussen nur von dem Kind erzählt hatte, damit Siggi eins auf die Fresse kriegte? Warum hatte sie es ihm gerade jetzt verraten?

Ich hielt inne, weil mir der holländische Investor einfiel, der Siggi die Ländereien abkaufen wollte. Vielleicht gab es hier irgendwelche Unterlagen dazu, die Licht ins Dunkel brachten?

Ich horchte ins Treppenhaus. Alles ruhig. Vorsichtig stieg ich die alte Holztreppe hoch. Sie knarrte bei jedem zweiten Schritt, als würde sie gleich durchbrechen. Isabels Zimmer lag am hinteren Ende des Flurs im ersten Stock.

Ich lauschte. Musik drang durch ihre Tür, und es polterte. War sie gestürzt? Ich klopfte an.

Sie rief: „Moment!"

Zögernd trat ich ein. Sie steckte bis zum Hals zugedeckt unter einem dicken Federbett. Ihre Krücken lagen kreuz und quer zwischen den ausgezogenen Klamotten auf dem Fußboden.

„Alles okay? Ich dachte, du wärst gestürzt."

„Ich hab nur die Ersatzbeine von mir geschmissen."

„Brauchst du noch etwas?", fragte ich freundlich.

Sie schüttelte mit dem Kopf.

„Dann gucke ich noch ein bisschen Fernsehen", sagte ich und schloss die Tür.

Im Wohnzimmer schaltete ich Stehlampe und Mattscheibe an, zappte mich einmal mit der Fernbedienung durch die Programme und blieb beim beginnenden „Tatort" mit dem vieldeutigen Titel „Zwischen zwei Welten" hängen. Zwischen zwei Welten hing ich auch.

Abwesend verfolgte ich im Vorspann den Mord an einer jungen Frau, die von einem Mann von einer Brücke gestoßen wurde. Bestimmt ein interessanter Fall. Heute interessierte es mich aber gar nicht. Wichtiger war mein eigener Fall.

Nachdem ich den Fernseher etwas leiser gemacht hatte, lauschte ich. Von oben war nichts zu hören. Anscheinend war Isabel nun eingeschlafen, und ich konnte endlich herumschnüffeln.

Auf Zehenspitzen schlich ich mich ins angrenzende Arbeitszimmer. Beschriftete Ordner standen übersichtlich sortiert in den Regalen. Es wirkte aufgeräumt. Martina Schlönkamp hatte die Buchhaltung des Schweinezuchtbetriebes offenbar im Griff. Eigentlich hätte ihr Mann doch froh und dankbar sein können, so eine patente Frau zu haben, die ihm diese lästige Arbeit vom Hals hielt. Stattdessen hatte Siggi sich alles andere als dankbar gezeigt und sie mit seinem Verhalten zum Gespött des ganzen Dorfes gemacht.

Ich durchstöberte die Ablagefächer auf dem Schreibtisch, ohne genau zu wissen, wonach ich suchte.

Im Papierkorb fand ich den zerrissenen Prospekt eines holländischen Ferienanbieters, der Fünf-Sterne-Bungalowparks mit Golfplatz und Wellnessangeboten sowie Boots- und Fahrradverleih an der Nordsee, Ostsee, in der Lüneburger Heide und im Allgäu betrieb.

Das ist der Investor, von dem Benjamin Grube gesprochen

hat! Schade, ein Angebot des Konzerns fand ich nicht. Ich blätterte den Klappkalender neben dem Computer durch. Vielleicht war ja in den letzten Wochen der Termin des Gesprächs vermerkt, an dem der Vertreter des Holländers mit Schlönkamp gesprochen hatte? Leider fand ich nichts.

Resigniert steckte ich den zerrissenen Flyer ein und schlug wieder die aktuelle Kalenderseite auf. Dienstag früh, morgen, stand hinter 9 Uhr eine Handynummer ohne Namen. Ich holte mein Handy, um sie zu speichern. Auf dem Display fand ich mehrere Nachrichten.

Paul hatte dreimal vergeblich versucht, mich zu erreichen. Mist! Wenn ich mich nicht meldete, rückte er garantiert bald hier an. Ich rief ihn vom Festnetz des Hauses auf unserem Festnetz an, weil ich mit dem Mobiltelefon in dieser Einöde natürlich schlechten Empfang hatte.

Zuerst ließ er mich kaum zu Wort kommen.

„Klara, warum gehst du nicht ans Telefon? Ich mache mir schreckliche Sorgen!"

Langsam ging mir seine Fürsorge auf den Keks. Ich beruhigte ihn: „Alles in Ordnung! Niemand schleicht ums Gehöft. Ich sitze mit dem Jagdgewehr im Anschlag hinter der Tür."

Kurz verdrehte ich genervt die Augen. Das konnte mein Gatte ja zum Glück nicht hören. „Spaß beiseite! Isabel schläft, und ich gucke ‚Tatort'. Keine Ahnung, wer heute der Mörder ist. Wir sprechen uns morgen, nachdem ich mit dem Mädchen bei Sophie zur Nachkontrolle ihres Beines war. Schlaf gut!"

„Du mich auch!", brummte er mürrisch.

Ich lächelte in mich hinein. Paul hasste es, allein zu sein, aber da musste er jetzt durch. Ich legte auf.

Die Telefonnummer aus dem Kalender ging mir nicht aus dem Kopf. Ich zögerte erst, rief dann aber doch an. „*The person you have called is temporarily not available.*"

Tja, Handy ausgeschaltet. Also probiere ich es morgen um

9 Uhr, dachte ich und ließ mich auf dem durchgesessenen Sofa nieder. Auf dem Bildschirm nahm das Luzerner Ermittlerduo, Flückiger und Ritschard, einen Mann im Vernehmungsraum ins Kreuzverhör. Ich hatte keine Ahnung, worum es ging, holte mir das Notizheft aus der Handtasche und las meine Aufzeichnungen durch. Martina belastete Asmussen. Auf der Leiter waren seine Fingerabdrücke. Er hatte ein Motiv. Wie kriegte ich ihn dazu, dass er gestand?

Vielleicht sollte ich ihn einfach mit der Zeugenaussage und den Indizien konfrontieren und ein bisschen aufscheuchen. Dann würde sich ja zeigen, wie er reagierte. Mein Instinkt sagte mir, dass hier mehr dahintersteckte als reine Eifersucht.

Martina Schlönkamp war mir zu gerissen. Die Rolle des naiven, unbeholfenen Frauchens passte nicht zu ihr. Ich hatte ihren eiskalten Blick im Krankenhaus vor Augen, als sie Asmussens Anwesenheit auf dem Hof zur Tatzeit erwähnte. Ihn ans Messer zu liefern, war die einzige Möglichkeit, ihren Kopf aus der Schlinge zu ziehen. Aber wenn sie den Möchtegernrocker wirklich angestiftet hatte, würde er das nicht einfach so hinnehmen.

Ich war ganz nah dran.

Gegen sechs wurde ich noch vor dem Weckerklingeln vom Quieken der hungrigen Schweine geweckt.

Benommen schälte ich mich aus dem Bett, schlüpfte ungewaschen in die mitgebrachten Arbeitsklamotten. Im Bad benetzte ich nur das Gesicht mit kaltem Wasser. Duschen und Zähneputzen sparte ich mir für später auf. Den Schweinen war es egal, ob ich nach Veilchen oder Misthaufen stank.

Noch einen Kaffee hinter die Kiemen gegossen, und dann ging es los.

Ob Paul sich bewusst war, was auf ihn mit der Anschaffung des Minizoos zukam? Ich hätte ihn doch um Hilfe bitten sollen, eine Art Praktikum für den Start-up-Farmer. Gedankenverloren trank ich den letzten Schluck aus der Tasse mit der Aufschrift: *Der frühe Vogel schläft heut aus.*

Dafür ist diese Woche noch genug Gelegenheit! Vor der Tür schlüpfte ich in die Gummistiefel. Wenigstens war es schon hell. Ich stapfte quer über den Hof, öffnete den Stall und rief in das Geschrei: „Ruhig, Kinder! Mutti ist da und hat euch etwas mitgebracht."

Kurz vor neun war ich nicht nur fertig, sondern fix und fertig. Also, Hut ab vor den Bauern. Die Stallarbeit ist so was von anstrengend! Von der Geruchs- und Lärmbelästigung ganz zu schweigen.

Ich sehnte mich nach einer warmen Dusche, und Hunger hatte ich auch.

Als ich aus dem Stall kam, parkte ein schwarzer BMW mitten auf dem Hof. Isabel öffnete auf ihren Krücken einer Blondine im perfekt sitzenden Designerkostüm die Haustür. Entweder hatte sich die Dame verfahren, oder sie war die Person, die sich hinter der Telefonnummer in Martinas Kalender verbarg.

Die beiden wechselten ein paar Worte, die ich aus der Entfernung nicht verstand. Isabel wirkte abweisend. Als ich näher kam, hörte ich sie noch sagen: „Wie bereits erwähnt, meine Mutter ist nicht da, und ich soll Ihnen ausrichten, dass sie kein Interesse mehr hat, den Hof zu verkaufen."

„Aber …", protestierte die fremde Dame.

Isabel fiel ihr ins Wort „Tut mir leid, dass Sie extra den Weg auf sich genommen haben. Sie hat es sich anders überlegt."

Ohne mich zu grüßen, drehte die Modepuppe ab, stolzierte ungelenk auf ihren hochhackigen Pumps zum Auto und brauste mit dem Luxusschlitten davon.

„Wer war das?"

„Unwichtig", sagte Isabel. „Sind Sie schon mit der Fütterung fertig, oder brauchen Sie noch Hilfe?"

„Das war eine Immobilienmaklerin, die den Hof ansehen wollte, stimmt's?" Ich zeigte in Richtung Einfahrt und redete auf Isabel ein. „Du kannst nicht einfach behaupten, dass deine Mutter es sich anders überlegt hat. Das gibt Ärger. Sie wird verkaufen."

Die Bauerntochter lächelte siegessicher. „Nein, wird sie nicht. Wer kauft schon einen verschuldeten Landwirtschaftsbetrieb?"

„Ein Ferienparkunternehmen, das nur Interesse an eurem Land hat. Die Frau war von Smalle Hüttchendorf?"

Isabel druckste herum. Ich sagte augenzwinkernd: „Holländisches Kennzeichen", und fragte: „Wann war sie das erste Mal da? Als dein Vater das Angebot abgelehnt hat?"

„Vor zwei Wochen."

„Haben Sich deine Eltern deshalb gestritten?"

Sie ließ die Schultern hängen. „Ja, meine Mutter wollte, dass er das Angebot annimmt. Sie hat ihm mit Scheidung gedroht."

„Wie hat dein Vater das aufgefasst?"

„Er hat darüber gelacht."

Ich zog fragend die Augenbrauen hoch.

„Die Ansage kannte er bereits. Mudder hat öfter damit gedroht und es nie umgesetzt. Wo sollte sie hin? Sie war von ihm abhängig."

Genau, der Verkauf an das Ferienparkunternehmen war ihre einzige Chance, diesen Albtraum zu beenden und neu anzufangen. Dafür stand allerdings Siggi im Weg. Den sollte Fritz Asmussen erledigen. Vielleicht hatte Martina ihm ja eine Beteiligung am Erlös des Verkaufs geboten?

Meine Gedanken behielt ich für mich. Martina war schließlich Isabels Mutter. Sie gegenüber der Tochter zu beschuldigen, wäre emotional zu belastend für das Mädchen gewesen. Ich musste mit Asmussen reden. Heute, am besten jetzt!

Deshalb sagte ich zu ihr: „Nach dem Duschen fahre ich dich

in die Landarztpraxis, damit Sophie sich dein Bein ansieht. Ich gehe in der Zeit einkaufen."

Isabel fiel die Kinnlade herunter. Sie murrte: „Ich will nicht zum Arzt. Mir geht es gut. Ich habe wirklich andere Probleme."

„Keine Widerrede!"

Kapitel 26

Isabel stieg vor der Arztpraxis aus. Ich half ihr mit den Krücken. „Ruf mich an oder schick mir eine SMS, wenn du fertig bist."

„Das Stück nach Hause kann ich auch laufen."

„Wie du meinst." Lächelnd verabschiedete ich mich und wartete noch, bis sie hineingegangen war.

Im Hofladen von Bärbel Fries füllte ich meinen Korb mit Lebensmitteln. Ganz nebenbei fing ich einen Schnack mit ihr an, schwärmte vom Osterfeuer und erkundigte mich nach dem Mann mit Lederjacke, Zopf und Cowboystiefeln. Ich musste rauskriegen, wo er wohnte. „Du meinst den Fritz, Fritz Asmussen."

„Den habe ich vorher noch nie im Dorf gesehen, wohnt der überhaupt in Mordsacker?"

Bärbel nickte: „Am anderen Ende in Richtung Henkersberg, das knallorange Siedlungshaus aus den Sechzigern. Den siehst du kaum, weil er auf Montage arbeitet. Was willst du denn von dem?"

„Nichts. Ich wollte nur wissen, wo ich den kernigen Typen einordnen soll", antwortete ich augenzwinkernd und überlegte, wann wir Brüderschaft getrunken hatten, denn sie duzte mich, als hätten wir zusammen im Sandkasten gespielt. Egal.

„Der Fritz sieht vielleicht kernig aus, ist aber ... na ja, wie soll ich sagen ..." Sie schaute sich suchend um, dass uns niemand belauschte, und flüsterte hinter vorgehaltener Hand: „... zeugungsunfähig. Ich schätze, der ist auch impotent. Die Anke hat ihm einmal ein aufgerissenes Päckchen von so einer neumodischen Versandapotheke ausgeliefert. Da musste er wegen der Reklamation vor ihren Augen nachsehen, ob noch alles drin ist, was er bestellt hatte. Jedenfalls waren da blaue Pillen dabei, die die Anke von ihrem umtriebigen Vater aus dem Altersheim kannte.“

„Schade“, rutschte es mir heraus.

Bärbel zog die Stirn in Falten. „Du hast doch selbst so eine Sahneschnitte an der Seite. Bringt er es etwa auch nicht?“

Oh Gott, hoffentlich erzählte sie nun nicht überall herum, dass Paul seine Ehepflichten vernachlässigte.

„Doch, doch mein Mann ist die reinste Granate, wenn du verstehst …“

Bärbel leckte sich mit neidischem Blick die Lippen.

Ich sagte selbstbewusst: „Wir Frauen haben aber genau so ein Recht, anderen hinterherzugucken, oder?“

„Na, du bist ja ’ne Durchtriebene. Hat dich Steffi eigentlich zur nächsten Peni-Party eingeladen?“

„Nö.“ Oder doch? Ich überlegte.

„Wir treffen uns am Freitag, 19 Uhr. Dieses Mal bei Karen in der Pension. Du bist herzlich eingeladen.“

„Und du meinst, ich kann da einfach so dazustoßen?“, fragte ich unsicher.

„Dazustoßen, ha!“ Bärbel lachte süffisant und wedelte mit ihrem Zeigefinger vor mir herum. „Du hast echt Humor. Ich sag den Mädels Bescheid.“

Zwar verstand ich nur Bahnhof, wollte aber nicht weiter nachfragen, weil mich etwas anderes interessierte. „Noch mal zum Thema Fritz Asmussen zurück, nur damit ich hier einmal im Dorf den Durchblick bekomme. Die Schwangere beim Osterfest, die ich vom Bäcker kenne, ist das dann Asmussens Schwester?“, fragte ich scheinheilig.

„Die Meike. Das ist die Frau von Fritz.“

„Aber sie ist schwanger?“

Bärbel kam jetzt mit ihrem Gesicht ganz nah und flüsterte verschwörerisch: „Den Braten hat ihr Schlönkamp in die Röhre geschoben."

„Und der Ehemann weiß das?", flüsterte ich zurück, obwohl uns niemand hören konnte, weil wir allein im Laden waren.

„Er hat es erst letzte Woche erfahren, ist ausgerastet und hat sie im Affekt rausgeschmissen. Dabei ist Meike seine große Liebe. Aber welcher Mann verkraftet das schon."

„Wollte die Meike etwa diesen tollen Typen wegen dem Schweinebauern verlassen, der ja nun alles andere als sexy war?"

„Ach was, die hat sich nur das Kind machen lassen, weil es mit Fritz nicht geklappt hat."

„Dumm, dass sie es ihm dann gesagt hat."

„Hat sie doch gar nicht. Der Fritz weiß das von Martina Schlönkamp." Bärbel Fries verdrehte die Augen.

„Brisant ... Du, ich muss los, Paul wartet."

„Ist dein Mann immer noch krank?"

„Ja, leider." Ich bezahlte und stahl mich davon.

Sie stemmte die Hände in die breiten Hüften und rief mir hinterher: „Ich kenn das, kranke Männer sind wie kleine Kinder."

Nachdem ich den Einkauf nach Hause getragen und in der Küche verstaut hatte, suchte ich Paul und fand ihn zu meiner Überraschung im Garten. Ich hatte vermutet, dass er noch schlief, und war besonders leise ins Haus geschlichen.

Er steckte im hinteren Teil eine Rasenfläche ab. Wenigstens hatte er sich eine Mütze aufgesetzt und warm angezogen. Denn die schwache Vormittagssonne wärmte nicht wirklich. Ich winkte ihm zu und rief: „Ich hab dir was zu essen gebracht. Möchtest du einen Kaffee mit mir trinken?"

Paul ließ Hammer und Holzpfosten fallen und kam ins

Haus. Er gab mir einen Begrüßungskuss und fragte: „Alles klar? Wie hast du im fremden Bett geschlafen?"

„Gut. Du scheinst das Alleinsein überlebt zu haben?"

„Mein Hals ist besser. Das Fieber ist weg. Ich gehe morgen wieder arbeiten." Ich schrak zusammen. Mir fehlten noch 24 Stunden, um den Fall zu lösen. Das kriegte ich nie unbemerkt hin, wenn er mir quasi vor den Füßen herumsprang.

Empört stemmte ich die Hände in die Hüften. „Übertreibst du es nicht ein bisschen? Sophie hat gesagt, du sollst es langsam angehen lassen." Ich zeigte nach draußen: „Was machst du da?"

„Ich baue das Gatter für die Hühner."

„Ich sollte dich einen Tag zu Schlönkamps mit in den Stall nehmen. Dann wirst du dir das mit der kleinen Farm noch anders überlegen", seufzte ich und streckte meinen schmerzenden Rücken.

„Kein Problem, ab morgen helfe ich gern."

„Nee, lass mal! Nachher steckst du noch die Schweine mit deiner Grippe an."

Er runzelte ungläubig die Stirn. „Läuft das nicht umgekehrt?"

„Du verwechselst das mit der Vogelgrippe."

Ich gab ihm einen Kuss auf die Glatze. „Ich muss zurück, und du legst dich bitte nach dem Zaunbau hin. Ich habe nämlich keine Lust, wie Martina Schlönkamp als Witwe zu enden", sagte ich energisch und dachte verzweifelt: *Wieso ist Paul bloß auf einmal wieder fit?*

Für dieses Problem musste ich später eine Lösung finden. Jetzt hieß es erst, Asmussen auf den Zahn fühlen.

Der grelle Anstrich des Siedlungshauses, in dem der Möchtegernrocker wohnte, schmerzte in meinen Augen. Einfach geschmacklos. Aber ich war nicht gekommen, um Fritz Asmussen Tipps für ansprechende Farbgestaltung zu geben.

Die Jalousien waren heruntergelassen. Unter einem schief zusammengeschusterten Selbstbau-Carport stand sein Motorrad. Als Resultat meiner Observierungen zog ich den Schluss: Er schläft noch.

Ich klingelte. Nichts rührte sich.

Komm, schäl dich aus den Federn, Junge! Ich hielt den Klingelknopf einige Sekunden länger gedrückt. Eine Jalousie quälte sich knarrend hoch, und Asmussen öffnete im Halbschlaf das Fenster. Er sah aus, als hätte er sich letzte Nacht ins Koma gesoffen. „Welch Dösbatton bimmelt hier loter, as een Kuh blökt?"

„Himmel, mein Name. Ich muss unbedingt mit Ihnen reden."

„Mutt? Wat de Mann nich mutt, dat deit he nich."

„Schon klar. Es ist wirklich ..." Er knallte das Fenster mit voller Wucht zu und ließ mich einfach stehen.

Ich klingelte erneut Sturm. Hartnäckigkeit ist eine meiner Schwächen. Er riss das Fenster auf und brüllte: „Wollen Sie, dass ich die Polizei rufe?"

„Ich bin die Polizei", rutschte es mir heraus. Manchmal sind Lügen das einzige Mittel, um ans Ziel zu kommen. Ich bat ihn höflich, aber rigoros: „Öffnen Sie mir jetzt bitte!"

Asmussen trat vom Fenster zurück, das er offen ließ. Dreißig Sekunden später stand er in ausgeleiertem T-Shirt mit der Aufschrift „Sex, Drugs and Rock 'n' Roll", einer fleckigen Jogginghose und Cowboystiefeln an der verschlossenen Gartenpforte. Sein Anblick war abscheulich, sein Geruch noch viel schlimmer. Ich schluckte den Ekel herunter und merkte, wie meine Lippe zu kribbeln begann. Ein Herpesbläschen kündigte sich an.

Der Hardrock-Stinker verlangte: „Kann ich mal Ihren Ausweis sehen?"

„Welchen Ausweis?"

„Ihren Dienstausweis."

„Ach so!“ Ich wühlte demonstrativ in der Gesäßtasche meiner Hose. „Orrr! Weg. Jetzt kann ich den wieder überall suchen.“

„Sie verarschen mich doch.“

„Warum sollte ich Sie verarschen?“

„Sind Sie so etwas wie eine Trickbetrügerin? Die sich Einlass in mein Haus verschaffen will, um mich auszurauben?“, fragte er und musterte mich skeptisch.

Ich stemmte die Hände in die Hüften. „Entschuldigen Sie mal! Ihre Hütte sieht ja nun nicht gerade aus, als gäb's da die Kronjuwelen zu klauen.“

„Bin ich zu schnell gefahren, oder hab ich irgendwo falsch geparkt? Was wollen Sie von mir? Anette Schwanenfuß ist doch für diesen Ort zuständig.“ Er strich sich fahrig durch den Bart, den er so früh gegen Mittag noch offen trug, und wirkte wie Rumpelstilzchen, gefangen im Körper eines Riesen.

„Erstens kommt wegen solcher geringfügigen Delikte kein Polizist zu Ihnen ins Haus. Zweitens ist mein Mann, Paul Himmel, seit vier Wochen Anettes Chef. Da er krank ist und sie ihren wohlverdienten Urlaub nimmt, bin ich sozusagen die Vertretung, um Ihnen ein Paar Routinefragen bezüglich Schlönkamps Tod zu stellen, damit der Fall endlich abgeschlossen werden kann.“

„Ich habe nichts damit zu tun!“ Er blinzelte und wirkte einen Moment verunsichert. Ein Zeichen dafür, dass er log.

Breitbeinig baute ich mich vor ihm auf und verschränkte die Arme vor der Brust. „Ich halte Sie für schuldig. Beweisen Sie mir das Gegenteil, und Sie sind aus dem Spiel. Ich würde Ihnen drinnen gerne ein paar Fragen stellen“, sagte ich eiskalt.

Er knurrte feindselig.

Ich wies mit einem Kopfnicken auf den älteren Herrn, der zehn Meter von uns entfernt im Nachbargarten hinter der Ligusterhecke buddelte und schon neugierig die greisen Lauscher aufstellte. „Wir können auch offen am Gartenzaun darüber reden, dass Ihre Frau sich von Schlönkamp ein Kind hat machen lassen, wenn Sie vor Ihren Nachbarn keine Geheimnisse haben."

Seinem Gesichtsausdruck nach hatte das gesessen.

„Kommen Sie!" Er öffnete das Gartentor und schlurfte mit hängenden Schultern ins Haus voran.

Entgegen meiner Erwartung sah es drinnen recht aufgeräumt aus. Das Wohnzimmer war schlicht und modern in Naturtönen eingerichtet.

„Hübsch haben Sie es", sagte ich anerkennend.

„Meikes Werk." Sein Ton wurde sanfter. „Sie hasst zu viel Schnickschnack und grelle Farben. Als Nächstes wollte ich die Renovierung der Fassade angehen. Die Farbe hat sie so gestört. Wir haben das Haus erst vor einem Jahr gekauft und Stück für Stück nach ihren Vorstellungen umgebaut."

„Und welche Vorstellungen hatten Sie?"

Er winkte resigniert ab. „Ich wollte nur, dass sie sich wohlfühlt."

Wir setzten uns an den Esstisch. „Sie lieben Meike sehr."

Er schwieg und senkte den Blick.

„Ihre Frau wollte unbedingt ein Kind."

„Wir beide wollten das. Ich vielleicht noch mehr als sie. Leider hatte ich im Gegensatz zu meiner Frau nie eine richtige Familie."

„Und dann hat es einfach nicht geklappt."

„Sagt wer?" Er kniff die Augen zusammen und stierte mich prüfend an.

„Schon vergessen, Sie leben auf dem Dorf?"

„Drei Jahre haben wir herumgedoktert. Wissen Sie, wie frustrierend das ist?"

Ich nickte verständnisvoll. „Und die biologische Uhr tickt und tickt …"

„Meike ist zehn Monate älter als ich und hatte immer Angst,

dass sie den Zenit überschreitet und wir gar keine Chance mehr auf Nachwuchs haben."

„Haben Sie sich nicht untersuchen lassen, um herauszufinden, woran oder an wem es liegt?"

Er starrte zum offenen Fenster hinaus: „Ich habe mich geweigert. Ich wollte es gar nicht wissen. Vielleicht hätte ich ihr dann die Schuld gegeben."

„Oder sie Ihnen", ergänzte ich.

„Vielleicht."

Kurzes Schweigen. Ich spürte, wie er verkrampfte. „Sie hat behauptet, es für mich getan zu haben. Angeblich mit der Bechermethode", sagte er und stieß die Luft geräuschvoll durch die Nase.

Ich legte die Beine übereinander. „Also quasi künstliche Befruchtung ohne ärztliche Hilfe und ohne Geschlechtsverkehr. Sie haben ihr das nicht geglaubt, oder?"

„Wir haben uns so gestritten." Er ließ den Kopf hängen.

„Hätten Sie denn ein Problem damit, das Kind eines anderen großzuziehen?"

Er zuckte ratlos mit den Schültern.

„Wenn Sie zeugungsunfähig sind, aber eine Familie wollen, was gibt es für Alternativen? Adoption, künstliche Befruchtung mit fremdem Sperma? Sie wären in jedem Fall nicht der biologische Vater", stellte ich klar.

„Das würde mich nicht stören. Es ging um die Tatsache, dass Meike mit Siggi ... Na, Sie wissen schon! Nachdem mir seine Frau von der Affäre erzählt hat, dass das Kind ..."

Ich unterbrach ihn: „Wann hat sie es Ihnen erzählt?"

„Vorletzte Woche."

„Wieso erst jetzt, nach einem halben Jahr?"

„Keine Ahnung, vielleicht hat sich Siggi verplappert. Vielleicht hat Martina eins und eins zusammengezählt wegen Meikes Bauch ..."

„Die Schwangerschaft sieht man ihr doch schon länger an.“

Fritz ballte die Fäuste. „Was weiß denn ich, was der Grund war.“

Ich fragte: „Was wollten Sie am Donnerstagvormittag von Schlönkamp?“

„Wie kommen Sie denn darauf, dass ich am Donnerstagvormittag bei ihm war?“, stellte er eine Gegenfrage, sprang auf, schloss das Fenster und die Jalousie.

Was hatte er vor? Wollte er mich jetzt umbringen, weil ich der Wahrheit zu nahe gekommen war und mit meiner Vermutung in ein Wespennest gestochen hatte? Damit hätte ich dann wohl mein Ziel, ihn aufzuscheuchen, erreicht. Dummerweise hatte ich aber die Konsequenzen außer Acht gelassen.

Oh Gott, wieso war ich nur so blöd, ihn allein in seinem Haus aufzusuchen? Niemand wusste, dass ich hier war. In Gedanken ging ich den Hinweg durch. Mir war wieder mal kein Mensch begegnet. Einzig dem Heckenlauscher könnte mein Verschwinden komisch vorkommen.

Egal. Todesmutig konfrontierte ich Asmussen mit dem gefundenen Indiz: „Wir haben Ihre Fingerabdrücke auf der Leiter gesichert, die in der Güllegrube stand, in der Schlönkamp erstickt ist. Sie müssen also am Tatort gewesen sein.“ Ich spürte seine Unruhe, die er mit übertriebener Gelassenheit zu verbergen versuchte. Seine Augen verdunkelten sich. Rasch ergänzte ich: „Mehrere Leute wissen das. Es bringt gar nichts, wenn Sie jetzt darüber nachdenken, wie Sie mich beseitigen können.“

„Du kannst doon un laten, wat du wullt, aber versöök nich, een’n rintoleggen. Kommen Sie mit!“, befahl er, stand auf und ging voran in den Hausflur Richtung Kellertreppe. „Na los! Du olle Bangbüx! Ümsünst is de Dood, un de köst dat Leven.“ *Umsonst ist der Tod, und der kostet das Leben, du Feigling.*

Wo hatte ich mich gerade hineinmanövriert? Scheiße! Ich

schwitzte und folgte ihm zögernd. Er blieb am Treppenansatz stehen. „Ich gebe zu, dass ich Siggi zur Rede stellen wollte. Ich wollte von ihm hören, dass er Meike flachgelegt hat, und ihm dafür eine reinzimmern. Deshalb war ich Mittwochabend bei ihm“, sagte er und nötigte mich, in den Keller voranzugehen.

Ich drehte mich zu ihm um und blieb auf halber Strecke stehen. „Wann?“

„Gegen 17 Uhr. Er war hinten bei den Güllegruben und hat sie abgelassen.“

„Und dann?“

„Hab ich ihm geholfen, die Leiter in die Grube zu stellen.“

„Zusammen mit Hannes Birke?“

„Wie?“

„Na, der Hannes Birke war auch am Mittwoch gegen 17 Uhr bei Schlönkamp. Hatte Siggi da schon das Veilchen?“

„Wie?“

„Von der Prügelei mit Birke. Der hat übrigens nicht erwähnt, dass Sie dabei waren. Komisch nur, dass Martina Schlönkamp Sie am Donnerstagvormittag auf dem Hof gesehen hat. Sie haben sogar geklingelt und nach Siggi gefragt.“ Trotz schlotternder Knie ließ ich die Katze aus dem Sack.

Niemand kann sagen, dass ich ein Feigling bin.

Er atmete tief durch und schob mich weiter. Unten öffnete er eine Stahltür zu einem finsteren Verlies ohne Fenster, in dem sich die Heizung und Öltanks befanden. Er nahm ein Brecheisen aus der Ecke und drängte mich mit seinem massigen Körper in den nach Heizöl stinkenden Raum. Ein Würgereiz schnürte mir die Kehle zu. Asmussens verstörtes Grinsen erinnerte mich an Moriarty, bevor er Sherlock töten will, weil dieser ihm den Mord lückenlos nachgewiesen hat. Ich konnte seine Erregung regelrecht riechen. Drohend hob Asmussen die Eisenstange an. Ein Hieb von seiner Pranke, und ich war Matsch. Ich kniff die Augen zusammen und hielt die Luft an.

„Ja, ich war Donnerstagvormittag da, aber ich habe Martina nicht nach Siggi gefragt und auch nicht geklingelt. Allein Isabel hetzte mir völlig hysterisch entgegen“, blaffte er und ließ das Brecheisen unter den Rand eines Bottichs niedersausen, dass der Deckel hochsprang.

„Moment mal! Isabel?“, fragte ich und guckte ihn fassungslos an.

„Sie hat eines der Schweine, die für den Schlachter bestimmt waren, Richtung alter Pferdestall vor sich hergetrieben. Als es wie wild auf mich zugerannt kam, hat sie es mit Erdnüssen weggelockt.“

„Woher wollen Sie wissen, dass das Schwein für den Schlachter bestimmt war?“

„Es hatte grüne Sprühfarbe am Hintern. Ich bin der Sohn eines Metzgers, ich weiß, wie die Bauern ihre schlachtreifen Tiere markieren.“

Mir fielen die Scheuklappen von den Augen. *Schnitzel sollte zum Schlachter?* „Erzählen Sie weiter.“

„Es gibt nichts weiter zu erzählen. Ich habe Isabel nach ihrem Vater gefragt. Sie meinte, er sei kurz wegen einer Absprache zur Schlachterei gefahren. Ich bin dann wieder weg.“

„Aber wie kommen Ihre Fingerabdrücke an die Leiter, wenn Sie diese gar nicht berührt haben?“

Er zuckte ratlos mit den Schultern und öffnete einen zweiten Bottich.

„Sie waren in Rage. Sie haben sich mit Isabels Ausrede nicht zufriedengegeben. Also haben Sie ihn gesucht“, bluffte ich, in der Hoffnung, ihn in Anbetracht seines schwachen Nervenkostüms in die Ecke zu treiben.

„Ja, verdammt! Erst bin ich vom Hof gefahren und dann über den Feldweg hinter dem Grundstück zurück, weil mir

Schlönkamps Auto in der offenen Garage aufgefallen war. Mir wurde klar, dass Isabel gelogen hatte. Wahrscheinlich ahnte sie, warum ich da war, und wollte ihren Vater schützen."

„Und Sie haben ihn hinten bei den Güllegruben gefunden, ihn zur Rede gestellt. Hat er Sie ausgelacht? Oder einfach nur stehen lassen?"

Asmussen starrte vor sich hin.

Ich half ihm auf die Sprünge: „Schlönkamp ist mit seinem Atemgerät in die Grube gestiegen, und Sie haben ihm gedroht. Sie wollten nur, dass er zuhört und Ihnen die Wahrheit sagt. Um ihm ein bisschen Angst einzujagen, haben Sie ihm die Leiter weggezogen."

„Nein! Als ich bei den Güllegruben angekommen bin, stand seine Ersatzflasche daneben auf der Wiese. Ich dachte, dass er in der Grube steckt und das Ventil säubert, was üblich ist, nachdem die Gülle ausgepumpt wurde. Ich hab nach ihm geschaut und wollte warten, bis er wieder hochgestiegen ist. Er lag tot mit heruntergerissenem Atemschutz unten auf dem Boden."

„Sie haben keine Hilfe geholt oder selbst versucht …"

„Bin ich lebensmüde? Siggi war nicht mehr zu helfen. Das weiß hier jeder, dass zwei Atemzüge in der Güllegrube ausreichen, um zu ersticken. Ich bin wieder über den Feldweg abgehauen. Mich hatte ja niemand gesehen."

„Warum?"

„Alle hätten mir den Tod in die Schuhe geschoben. Ich habe schließlich ein Motiv, oder? Werden Sie mich verhaften?"

„Äh, nein, bis auf Weiteres nicht, aber halten Sie sich als Zeuge zu unserer Verfügung."

„Sie glauben mir?"

„Ja, vielleicht sollten Sie das ihrer Frau auch."

Er senkte schuldbewusst den Blick, atmete tief durch, zeigte auf die Bottiche, die Fassadenfarbe enthielten, und fragte: „Sand oder Grau?"

„Sand wird ihr besser gefallen."

„Danke!" Er verschloss die Farbeimer.

„Eine Frage habe ich noch: Sie sagten, Isabel kam Ihnen entgegengehetzt. Sie meinen sicher: an Krücken gehumpelt."

„Sie ist mit ihrem Gips gerannt."

Ich starrte ihn gedankenverloren an und bat: „Kommen Sie bitte heute Abend um 22 Uhr zur Güllegrube."

Kapitel 27

Wie in Trance lief ich durch das Dorf zurück und musste alle Informationen erst einmal sortieren. Hatte Isabel die ganze Zeit gelogen und gar kein verletztes Sprunggelenk? Jedenfalls würde das erklären, warum sie sich der Nachkontrolle bis heute Morgen verweigert hatte. Sophie hätte den Schwindel bei der Untersuchung erkannt.

Ich bog zur Landarztpraxis ab und schaute mich nach dem Eintreten um.

Das Wartezimmer war bis auf den letzten Platz mit blassen Schniefnasen gefüllt, die große Ähnlichkeit mit meinem Paul vom Donnerstag aufwiesen. Von Isabel keine Spur. Ich beugte mich über den Empfangstresen. „Hallo, Frau Schneider. Ist Isabell Schönkamp schon fertig oder ist sie gerade bei Sophie im Behandlungszimmer?"

„Isabel Schlönkamp? War heute nich' da", brummte die Sprechstundenhilfe und schob sich die Brille auf die Nasenspitze, als sie von ihrem Computer hochguckte. Hatte ich es mir doch gedacht!

Ich fragte: „Sophie hat sicher alle Hände voll zu tun, aber ich müsste sie trotzdem in einer wichtigen Angelegenheit sprechen. Könnten Sie mich kurz dazwischenschieben?"

Die resolute Frau mit dem Topfschnitt, Herrscherin über die Einhaltung der Reihenfolge und Termine, knurrte verächtlich. „Glauben Sie ernsthaft, ich riskiere hier einen Aufstand? Keine Chance."

Als der nächste Patient das Behandlungszimmer verließ, wollte ich einfach hineinhuschen. Der laute Protest der wartenden Patienten rief Frau Schneider auf den Plan. Sie sprang hinter ihrem Tresen vor und stellte sich mir mit vollem Körpereinsatz in den Weg. „Frau Himmel, bitte!“

Ein rüstiger Rentner mit Hüftproblemen drängelte sich an mir vorbei und drohte dabei mit seinem Stock. Frau Schneider sagte: „Das gibt hier Mord und Totschlag!“ Ich trollte mich und verließ das Wartezimmer. Schnurstracks umrundete ich das Haus zu dem Fenster, hinter dem Sophies Sprechzimmer lag, und klopfte an die Scheibe. Sie sprach mit dem Rentner, der es sichtlich genoss, seinen nackten Oberkörper von meiner Tochter untersuchen zu lassen. Jetzt drehte sie sich irritiert herum, ließ von dem Alten ab und öffnete das Fenster. Der Mann protestierte im Hintergrund.

„Was willst du denn? Bist du krank?“, fragte sie genauso schlecht gelaunt wie ihr Vorzimmerdrachen.

„Nein, es geht um Isabel. Ich komme gerade von Asmussen und …“

Sie unterbrach mich genervt: „Mama, falls du es mitbekommen hast, ich untersuche einen Patienten. Das Wartezimmer platzt aus allen Nähten.“

„Das ist ja das Problem. Dein Wachhund lässt mich nicht zu dir.“

„Richtig! Setz dich hin und warte, bis du dran bist.“ Sie schloss das Fenster und kümmerte sich weiter um den Rentner. Sofort, nachdem sie den Patienten mit einem Rezept hinausgeschickt hatte, klopfte ich erneut.

Sie riss das Fenster wieder auf. „Mutter!“

Nils rief sie per Wechselsprechanlage zu sich. Sie ließ mich stehen und eilte aus dem Zimmer. Ich nutzte die Gelegenheit und kletterte über die Bank unter dem Fenster hinein. Langsam war ich darin geübt, auf ungewöhnlichen Wegen in und aus Häusern zu gelangen.

Ich setzte mich brav auf den Stuhl gegenüber von ihrem Schreibtisch und wartete.

Sophie kam zurück und lächelte verlegen in sich hinein. Als sie mich sah, blieb sie mitten im Raum stehen, verschränkte die Arme vor der Brust und hob zum Protest an.

Ich kam ihr zuvor und bettelte, ohne Luft zu holen: „Du sollst ja nur im Neustrelitzer Krankenhaus anrufen und dich nach deiner Patientin Isabel Schlönkamp wegen ihres verletzten Sprunggelenkes erkundigen, das sie am letzten Mittwoch dort in der Notaufnahme hat behandeln lassen. Vielleicht hast du als ihre Hausärztin das Ergebnis ja bereits zugeschickt bekommen. Es gibt doch immer so einen Behandlungsbrief."

„Du lässt nicht locker, oder?" Sie griff den Telefonhörer und fragte bei Frau Schneider nach, ob ein derartiges Schriftstück vorlag.

Dann sah sie mich an. „Nein, wir haben nichts bekommen."

Ich lächelte besserwisserisch und hob die Hände. Sophie wählte eine Nummer und ließ sich mit der Notaufnahme des Krankenhauses in der Kreisstadt verbinden.

Nach einem kurzen Wortwechsel legte sie auf und sagte: „Die Kollegin kümmert sich und ruft später zurück. Wenn ich mit dem Patientenansturm heute irgendwann fertig bin, statte ich Isabel einen Hausbesuch ab. Jetzt muss ich weitermachen, sonst lyncht uns der niesende Mob."

„Du findest mich auf Schlönkamps Hof. Ich helfe dem Mädchen, weil die Mutter seit gestern im Krankenhaus liegt."

„Ach?"

„Sie hat eine leichte Vergiftung vom Maiglöckchenblatt im Bärlauchpesto, ein Versehen."

„Oder Absicht."

„Du denkst an einen Selbstmordversuch?"

Frau Schneider steckte den Kopf durch die Tür. „Ich will ja nicht drängeln, aber die Leute werden langsam unruhig, weil es nicht vorwärtsgeht", sagte sie in schärfer werdendem Ton, als sie mich auf dem Patientenstuhl sitzen sah. Ihre Verwunderung amüsierte mich. Ja, wie war ich wohl in das Sprechzimmer gelangt?

Sophie schnappte sich die nächste Patientenakte und sagte zu mir: „Lass uns das bitte heute Abend klären, ja?"

Ich nickte grübelnd.

„Geht es Papa eigentlich besser?"

„Er fühlt sich wieder stark und will ab morgen arbeiten gehen."

„Prima!"

Gar nicht prima, dachte ich. Er wird mir dazwischenfunken und garantiert als Erstes den Bericht über die Umstände von Schlönkamps Tod schreiben. Wenn ich ihm jetzt meine halb fertigen Ergebnisse präsentierte, gab es einen Riesenkrach. „Apropos vergiften, entgiften, hast du ein Abführmittel, was zuverlässig wirkt? Ich leide seit Tagen an chronischer Verstopfung und würde mich im Frühjahr gerne von innen reinigen."

„Du trinkst zu wenig." Sie stand auf und gab mir eine braune Flasche aus ihrem Medizinschrank. „Nils' Spezialmischung. Nimm aber bitte nur die empfohlenen 30 Tropfen. Das Zeug wirkt Wunder."

Ich verließ das Sprechzimmer durch die Tür und grüßte den vor Wut schnaubenden Mob überfreundlich, als ich das Wartezimmer durchschritt. Dabei spürte ich Frau Schneiders ungläubigen Blick im Rücken.

Gegen 14 Uhr war ich zurück auf dem Hof mit dem halben Topf von der Nudelsuppe, die Anette Paul am Donnerstag mitgebracht hatte. Weil er so appetitlos war, hatte ich sie die letzten Tage im Kühlschrank vergessen. Ich hatte keinen Nerv, heute zu kochen.

Die Suppe roch noch gut. Die andere Hälfte hatte ich zu Hause aufgewärmt und meinem Gatten einen Teller vorgesetzt, dem ich 60 Tropfen von Dr. Ackermanns Spezialmittelchen beigemischt hatte. Schließlich war Paul fast doppelt so schwer wie ich. Mit der Entschuldigung, dass die vollkommene Entschlackung ihn von allen unliebsamen Bakterien reinigen und sein Immunsystem wieder auf Trab bringen würde, rechtfertigte ich mich dabei vor meinem Gewissen für diese vorsätzliche Körperverletzung.

Isabel saß am Küchentisch und las in der „Bravo", während ich die aufgewärmte Suppe servierte. „Möchtest du Brot dazu?", fragte ich und schnitt mehrere Scheiben von einem Laib ab.

Sie antwortete abwesend: „Gern. Und Senf."

Ich öffnete den Kühlschrank und suchte das Glas. „Wo ist denn der Senf?"

Isabel sprang auf, lief zu dem alten Holzbuffet und bückte sich.

Demonstrativ beobachtete ich sie. „Deinem Bein scheint es ja viel besser zu gehen", sagte ich betont erstaunt.

Sie musterte mich abschätzend, verzog das Gesicht schmerzerfüllt und humpelte mit dem Senf zurück an ihren Platz.

Ich wagte den Vorstoß: „Was hat denn Sophie zu deinem Bruch gesagt? Alles in Ordnung?"

„Ja, ja, ich bin aber bei Dr. Ackermann drangekommen", nuschelte sie fast unverständlich.

Soso, du kleine Lügnerin.

Sie senkte den Blick und löffelte stumm die Suppe in sich hinein.

Ich setzte mich ihr gegenüber und biss von meiner Brotscheibe ab. „Eigentlich will ich dich nicht damit belasten, aber ich muss mit jemandem reden. Traust du deiner Mutter zu, das alles geplant zu haben?"

Isabel starrte mich entgeistert an.

„Sie steckt Fritz Asmussen vor einer Woche, dass seine Frau von deinem Vater schwanger ist. Nachdem dein Vater das Angebot der Ferienparkgesellschaft für den Kauf eures Hofes und des dazugehörigen Landes abgelehnt hat. Warum erst jetzt?" Ich unterbreitete ihr meine Hypothese. Das Mädchen schüttelte nachdenklich den Kopf.

Ich beharrte: „Jedenfalls muss Asmussen am Donnerstagvormittag da gewesen sein. Das beweisen die gesicherten Fingerabdrücke an der Leiter." Ich schlürfte die heiße Suppe vom Löffel und kaute sie im Mund, bevor ich schluckte. „Es machte ihn nervös, als ich ihm gesagt habe, dass es Zeugen gibt."

„Welche Zeugen?", fragte sie und ließ den Löffel auf den Teller fallen.

„Ich wollte ein Geständnis aus ihm herauslocken und habe geblufft. Irgendwie müssen seine Fingerabdrücke ja auf die Leiter gekommen sein."

„Er hat Ihnen aber geglaubt."

„Ja, ich habe nur erwähnt, dass mein Mann, wenn er ab morgen wieder gesund ist, mit der Mordkommission noch einmal die Umgebung des Tatortes zum Beispiel nach Fingerabdrücken absucht."

„Auch geblufft?"

Ich zwinkerte ihr zu: „Wenn Asmussen es war, wird er aus Angst versuchen, seine Spuren zu verwischen. Wir müssen uns also nur auf die Lauer legen, um ihn dabei zu ertappen. Dann wird er sich selbst verraten."

„Ist Ihr Mann eingeweiht?"

„Ich muss dir was beichten", sagte ich geheimnisvoll und beugte mich vor. „Das bleibt aber unter uns!"

Sie hob die Finger zum Schwur.

„Ich habe auf eigene Faust ermittelt. Paul ging es am Donnerstag mit seiner Angina so schlecht. Ich hatte Angst, dass ihm der gleiche Fehler wie beim letzten Mal passiert ist. Danach hatte er ein Disziplinarverfahren am Hals mit dem Ergebnis, dass er hierher aufs Dorf versetzt wurde. Die Polizeiarbeit ist eigentlich nicht sein Ding. Ihm fehlt einfach das Gespür. Bauer wäre der bessere Beruf für ihn gewesen. Hach! Verstehst du? Ich will ihm diese erneute Demütigung ersparen. Er war doch krank." Ich schob mir einen Löffel Nudelsuppe in den Mund.

„Er denkt also immer noch, dass es ein Unfall war."

„Ja." Ich klimperte mit den Wimpern.

Sie legte ihren Löffel beiseite. „Okay. Ich bin dabei."

„Aber dein Bein?", fragte ich, kaute und schluckte runter.

„Das geht. Fritz wird im Dunkeln kommen. Wir positionieren uns am besten im hinteren Stall", sagte Isabel, während sich ihre Augen zu Schlitzen verengten.

Kapitel 28

Nach der abendlichen Schweinefütterung wies mir Isabel einen geeigneten Beobachtungsposten in der Futterkammer zu, wo die Fensterscharten zur Güllegrube geöffnet waren. Mit zwei Decken richteten wir uns auf den Strohballen davor häuslich ein. Isabel fragte skeptisch: „Was haben Sie mit ihm vor, falls er tatsächlich kommt?"

Ich zückte das Handy. „Ich dachte, wir fotografieren ihn dabei, wenn er versucht, seine Fingerabdrücke an der Leiter abzuwischen. Die kann ich Paul zeigen, und er wird die Ermittlung morgen neu aufnehmen."

Sie stimmte meinem Plan zu. „Ist der Akku ausreichend geladen?"

„Ja."

Nach einer Weile Schweigen fragte Isabel: „Haben Sie auch solchen Durst?"

„Es geht."

„Ich hole uns was zu trinken." Sie humpelte leise hinaus. Ich nutzte die Gelegenheit und rief Paul an, um ihm zu sagen, wo ich bin und dass er sich bereithalten soll. „Hrrrr! Kein Empfang." Ich versuchte es mit einer SMS. Die Nachricht konnte nicht übermittelt werden.

Isabel kam mit zwei Flaschen Apfelschorle zurück.

„Bitte!", sagte sie und drückte mir eine davon in die Hand.

Der festsitzende Deckel ließ sich schwer öffnen. Es zischte ziemlich laut. Isabell hielt die Luft an und lauschte nach draußen. Alles ruhig. Asmussen konnte nichts gehört haben. Wir tranken beide einige Schlucke aus unseren Flaschen und warteten.

Die Dunkelheit hatte längst eingesetzt. Ich schwitzte. Scheißwechseljahre, dachte ich und wischte mir über die tropfnasse Haut.

Isabel schaute mich von der Seite an und fragte: „Geht es Ihnen nicht gut?“

„In meinem Alter bringen Hormonschwankungen manchmal den Kreislauf durcheinander“, sagte ich lapidar und winkte ab. Sie lächelte mitleidig.

Draußen raschelte es. Ich legte mir den Finger auf den Mund.

Mein Bauch begann zu rumoren. „Hältst du die Stellung? Ich muss dringend …“, flüsterte ich und sprang hoch.

„Nehmen Sie gleich das Plumpsklo im Stall“, flüsterte sie zurück und wies mir mit dem Finger den Weg.

Vorerst erleichtert, saß ich mit nacktem Hintern auf dem rauen Holz in dem winzigen Verschlag, den eine Glühbirne nur schwach beleuchtete. Fette Spinnen hingen in allen Ecken in ihren Netzen.

Gute Platzwahl, dachte ich, um den Schmerz im Unterleib zu verdrängen. Der scharfe Gestank nahm mir fast den Atem. Fliegen umkreisten mich. Mein Bauch rumorte, als würde ich gleich entbinden. Der nächste Schweißausbruch durchnässte mir die Klamotten. Mir wurde schwindlig.

Verdammt, das hatte nichts mehr mit den Wechseljahren zu tun. Eher, als hätte ich was Falsches gegessen. War die Suppe etwa doch schlecht? Oje, hoffentlich hatte ich Paul nicht damit umgebracht. Er hatte ja sogar dazu noch eine Dosis Abführtropfen verabreicht bekommen.

Zu weiteren Gedanken war ich nicht fähig, denn mir wurde so schwarz vor Augen, dass ich mich festhalten musste. Eindeutig Sauerstoffmangel! Ich zog mir die Hosen hoch. Schnell raus hier!

Ich brauchte Luft. Der Gestank brachte mich sonst um. Ich drückte gegen die Tür. Sie klemmte. Mit voller Wucht warf ich mich dagegen. Gleich war es zehn, und Asmussen würde kommen. Von draußen hörte ich nur, dass die Schweine aufgeregt quiekten. Flüsternd rief ich nach Isabel. Hörte sie es?

Das Licht flackerte und ging schließlich aus. Ich drückte hysterisch auf dem Schalter herum. Scheiße!

„Isabel!“, rief ich ein zweites Mal, horchte und malte mir aus, wie die Spinnen sich in Bewegung setzten. Eine Spinne im Zimmer zu sehen, ist schlimm. Schlimmer ist, sie kurz darauf nicht mehr zu sehen. *Huuu.*

„Isabel!“ Sie musste doch merken, dass ich zu lange wegblieb. „Isabel! Die Tür klemmt.“

Meine Augen gewöhnten sich an die Dunkelheit. Ich stellte mich auf Zehenspitzen und lugte durch das ausgesägte Herz im Türblatt. Da klemmte eine Schippe unter der Klinke. Deshalb ging die Tür nicht auf. Wie blöd war ich eigentlich?

Sie hatte mich hier eingesperrt!

Sie wollte Asmussen beseitigen, weil er sie am Donnerstagvormittag gesehen hatte. Ich verscheuchte die Fliegen vor meinem Gesicht.

Scheiße! Scheiße! Hühnerscheiße! Was habe ich mir bloß gedacht? Dass sie dem Fritz in meiner Gegenwart auf die Schulter klopfte? Asmussen war in Gefahr. Ich musste Paul ... Oh nein, mein Handy lag noch bei Isabel im Stroh!

Ich horchte: Isabel redete mit jemandem. Ich erkannte Fritz Asmussens Stimme. Die Schweine quiekten. Bleibt ruhig, versuchte ich ihnen durch Telepathie zu vermitteln und lauschte weiter.

Der Möchtegernrocker fragte: „Was hast du jetzt vor, Isabel? Willst du mich mit der Mistgabel erstechen? Du hast am Donnerstagvormittag gelogen. Dein Vater war nicht zum Schlachthof gefahren. Die Garage stand einen Spaltbreit offen, und sein

Auto war darin. Ich dachte, du wolltest ihn vor mir schützen. Ich bin nicht gegangen, sondern hinten über die Felder zurück, und da hab ich dich an der Güllegrube gesehen, wie du die Leiter hineingehievt hast. Ich bin dann hin, um nachzusehen, ob er da unten ist. Er lag tot im Schlamm. Du hast deinen Vater ermordet, indem du ihm die Leiter weggenommen hast."

„Ich wollte ihn nicht töten", erwiderte Isabel mit monotoner Stimme.

„War das der gemeinsame Plan von Martina und dir, damit ihr das Arschloch endlich loswerdet und gewinnbringend verkaufen könnt?"

Sie schrie: „Vadder wollte Schnitzel schlachten lassen! Ich wollte das bloß verhindern. Ihn für zehn Minuten in der Güllegrube festzuhalten, war die einzige Gelegenheit, Schnitzel von den verladefertigen Schweinen zu trennen und zu verstecken. Schnitzel ist mein einziger Freund. Ich habe ihn mit der Flasche großgezogen. Er war doch meine Familie, wenn sich meine Eltern angebrüllt und mich vergessen haben."

„Nimm die Mistgabel runter!"

„Nein, das werde ich nicht. Wir gehen jetzt zu der Güllegrube, wo du, wie von Klara erwartet, deine Fingerabdrücke an der Leiter abwischst. Dann steigst du hinunter. Nach zwei Atemzügen bist du tot. Das verläuft völlig schmerzlos."

Er lachte auf: „Damit kommst du nicht durch. Klara Himmel hat mich hierher bestellt, weil sie dich überführen will."

Eine kurze Pause folgte. Isabel war sprachlos. Sie stotterte: „Deshalb … wird sie dir auf die gleiche Weise folgen. Zwei tragische Unfälle. Oder besser, du hast bemerkt, dass sie dich in eine Falle gelockt hat, und sie hineingestoßen. Du hast jeweils ein Motiv. Bei meinem Vater Rache und bei Klara, um deine Tat zu vertuschen, weil sie dir auf die Schliche gekommen ist."

Eins musste man Isabell lassen. Sie war clever. Panik erfasste mich. Ich brüllte so laut ich konnte: „Wenn es bisher keine Absicht von dir war, jemanden zu töten, dann ist das jetzt Mord, sogar Doppelmord. Kannst du damit leben, Isabel?"

Sie brüllte in meine Richtung zurück: „Ich gehe nicht ins Gefängnis."

„Glaubst du wirklich, es kommt nicht heraus, dass du gar kein Gipsbein hast? Du warst weder am Mittwoch in der Notaufnahme des Krankenhauses noch heute bei Dr. Ackermann zur Kontrolle. Ich wollte dich abholen, Frau Schneider hat dich aber gar nicht gesehen. Sophie hat heute Mittag in Neustrelitz angerufen, weil sie immer noch keinen Behandlungsbrief erhalten hat. Du warst nie im Krankenhaus, das weiß sie", behauptete ich verzweifelt. „Willst du Sophie auch umbringen?"

„Wenn es nötig ist."

„Mein Mann wird nicht lockerlassen, bis er die Wahrheit herausgefunden hat! Dann kommst du für lange Zeit in den Knast und Schnitzel zum Schlachter."

Sie lachte: „Ihr Mann ist ein Trottel, haben Sie selbst gesagt!"

„Das war jetzt aber ziemlich beleidigend, junge Dame. Klara, darüber müssen wir unbedingt reden!", beschwerte sich eine Männerstimme, die nicht zu Fritz gehörte.

Paul! Mein Paul!

Mir fiel der sprichwörtliche Stein vom Herzen.

Er drohte: „Nimm die Mistgabel von Asmussens Hals, oder willst du, dass der ‚Trottel' sie dir aus der Hand schießt? So schlecht, wie ich schieße, garantiere ich nicht dafür, dass ich nicht eventuell aus Versehen dieses komische Schwein mit der unbehandelten Kieferfehlstellung schräg hinter dir treffe."

Ich biss mir auf die Lippen, hielt die Luft an und hörte es poltern. Dann klickte Metall auf Metall.

Paul sagte in hektischem Ton zu Asmussen: „Passen Sie kurz auf das Kind auf." Dann rief er angestrengt: „Klara?"

„Hier!"

Die Tür sprang auf. Paul schubste mich raus und verrammelte den Verschlag hinter sich. Er grunzte erleichtert. „Das war knapp."

Als er wieder rauskam, sah er blass aus und schwitzte. „In meinem Bauch rumort es wie ..." Er brachte den Satz nicht zu Ende und verschwand erneut. „Sorry!"

Ich hörte ein: „Ohhhhhh! Also, die Suppe von Anette muss schlecht gewesen sein."

Ich kratzte mir schuldbewusst den Kopf und fragte durch die Tür: „Woher wusstest du, dass ich in Gefahr bin?"

„Sophie hat sich Sorgen gemacht, weil sie dich nicht erreicht hat. Sie war den ganzen Tag mit ihren Patienten beschäftigt und danach vor Erschöpfung zu Hause auf dem Sofa eingeschlafen. Sie hat erst vor einer halben Stunde im Neustrelitzer Krankenhaus angerufen und erfahren, dass Isabel am Mittwoch nicht dort behandelt wurde. Da hat unser Kind die Gefahr gespürt, in die du dich hineinmanövriert hast. Sie hat mich alarmiert und mir alles erzählt."

„Alles?"

„Alles!" Er trat aus dem Plumpsklo.

„Petze!"

„Sei froh, sonst lägst du jetzt tot neben Asmussen im Schlamm. Du hast blauäugig gehandelt." Er verzog das Gesicht und verschwand erneut hinter der Tür mit dem ausgesägten Herz.

Ich sagte: „Letztendlich zählt das Ergebnis, das du morgen der übergeordneten Dienststelle präsentieren kannst."

Erneut verließ er den Donnerbalken, küsste mein Ohr und flüsterte hinein: „Danke für deinen Rettungsversuch."

Er ließ mich los und drohte ächzend, während er abermals im Plumpsklo verschwand: „Über den Trottel und die Unterschriftenfälschung reden wir aber noch!"

In meinem Bauch begann es auch wieder zu rumpeln. Ich

trampelte hin und her. „Beeil dich bitte, Paul!“ Er öffnete die Tür. Ich stürmte an ihm vorbei.

Völlig erschöpft kehrten wir dann zu der am Schweinegatter festgeketteten Isabel und ihrem Aufpasser zurück. „Sorry, wir hatten nur ein kleines Verdauungsproblem“, entschuldigte ich mich und holte dann mein Handy und die Flasche mit dem Rest Apfelschorle aus dem Stroh.

„Schnitzel sieht durstig aus“, sagte ich zu Isabel und öffnete den Deckel.

„Nein!“, rief sie und warf sich schützend vor das Schwein, soweit ihr das die angeketteten Handschellen am Gatter ermöglichten.

„Was hast du da hineingemischt?“

Sie schloss schuldbewusst die Augen und sagte: „Den Saft von Maiglöckchenblättern.“

„Du wolltest mich vergiften?“ Ich wandte mich meinem Mann zu. „Da kann ich ja froh sein, dass ich nur ein Viertel der Flasche getrunken habe.“

Paul schaute kopfschüttelnd auf die weinende Isabel, die ihr geliebtes Schnitzel wie einen Plüschteddy im Arm hielt. „Mannomann, das alles wegen einem Schwein?“

Kapitel 29

Fünf Tage später …

Isabel hatte ein umfassendes Geständnis abgelegt. Im besten Fall kam sie mit einer dreijährigen Haftstrafe davon, die bei guter Führung nach der Hälfte der Zeit zur Bewährung ausgesetzt werden würde.

Am Dienstagabend vor Ostern hatte ihr Vater bei einem handfesten Streit mit seiner Tochter endgültig entschieden, dass ihr geliebtes Schwein am Donnerstag mit den anderen zum Schlachter kommen sollte. Es machte ihm Freude, sie zu quälen, und sie wusste, dass er es ernst meinte. Sie sah keinen anderen Ausweg, als es kurz vorm Verladevorgang, wenn alle Schweine bereits zusammengetrieben waren, vor ihm zu verstecken.

Da er ihr verkündet hatte, dass sie sich zum Güllegrubesäubern am Donnerstagvormittag bereithalten solle, musste sie nur dafür sorgen, dass er dieses Mal hinunterstieg.

Für den Kauf einer Gipsschiene samt Verband hatte ihr Taschengeld nicht gereicht. Sie hatte sich Mittwochmittag kurz vor Sprechstundenschluss Einlass in die Landarztpraxis verschafft und sich in der Besenkammer versteckt. Nachdem Frau Schneider abgeschlossen hatte, hatte Isabel ihren Pseudoverband gestohlen und war über das hintere Fenster wieder hinausgeschlüpft. Am heruntergefallenen Blumentopf im Behandlungszimmer war also keinesfalls der abendliche Sturm schuld, wie Sophie am nächsten Morgen gedacht hatte.

Martina Schlönkamp hatte geahnt, dass Isabel etwas mit dem

Tod von ihrem Siggi zu tun hatte. Um ihr einziges Kind zu schützen, lenkte sie mir gegenüber den Verdacht auf Asmussen, den sie am Donnerstagvormittag überhaupt nicht auf dem Hof gesehen hatte. Verständlich. Paul hat mich schließlich auch vor Anette gerettet und dafür gesorgt, dass sie die Ermittlungen im Fall der Fahrerflucht einstellte.

Das war sehr gut. Langsam fing ich nämlich an, mich mit meiner Umgebung anzufreunden. Na ja, so ein bisschen. Nur für den Roman hatte ich bisher noch keine Zeit gefunden. Wie auch?

In den letzten Tagen war ich ständig unterwegs gewesen: Auf der Polizeidienststelle – Paul arbeitete wieder, und ich brachte ihm aus reiner Neugier das Essen. Im Stall – Isabel war in Untersuchungshaft gekommen, und es fand sich sonst niemand, der die Tiere versorgte. Und auch meine Mitgliedschaft im Landfrauenclub hatte mich auf Trab gehalten.

Die obskure Peni-Party meiner neuen Freundinnen brachte mir dann neben knallroten Krallen auch ein Werbegeschenk ein, das ich bei meiner Ankunft zu Hause eigentlich sofort im Mülleimer entsorgen wollte. Ich ging nur schnell aufs Klo. Ausgerechnet in dem Moment suchte Paul die Geldkarte in meiner Handtasche. *Zack!* Plötzlich hielt er das eingeschweißte Sexspielzeug in der Hand. Ich sah noch, wie er es irritiert wieder zurücklegte.

Aha! Es beunruhigte ihn also, dass seine Frau … Nein! Den Satz dachte ich nicht zu Ende, nutzte aber die Erkenntnis, dass da ein Funke an Interesse an mir brannte, um ihn beim Tangoabend auf dem Henkersberg ein bisschen zu provozieren. Ich zerschmolz regelrecht in Benjamins Arm, gab mich ihm und der Musik voll und ganz hin.

Gegen Nachmittag versanken Paul und ich mit den Gummistiefeln bis zu den Knöcheln im Morast, als wir über die Wiese zum hinteren Ende unseres Grundstücks gingen. Wir befreiten die Hühner, Schafe, Enten und Gänse aus ihren Transportkisten und entließen sie in ihr Zuhause, ein Freilaufgehege mit Luxusstall, der wie eine Sommerlaube aussah. Wir konnten uns beide kaum bücken.

Vier Tage Stalldienst bei Schlönkamps Schweinen hatten ihre körperlichen Spuren an den Knochen hinterlassen. Ich hatte noch zusätzlichen Muskelkater von der nächtlichen Tanzorgie, die Paul ja nur als Zuschauer verfolgt hatte.

Leider hatte er sich nicht dazu hinreißen lassen, Benjamins Rolle zu übernehmen. Im Gegensatz dazu schreckte ihn aber das Praktikum im Stall nicht davon ab, seinen Minibauernhof auf unserem Grundstück einzurichten. Die Schufterei hatte ihn eher darin bestärkt, die richtige Entscheidung getroffen zu haben.

Skeptisch beobachtete ich ihn von der Seite: Seine Augen leuchteten, er nahm mich in den Arm und zeigte mit den Fingern auf die Hühner: „Was hältst du neben Pai no joō von Anna, Berta, Clementine, Doro und Emilie?"

„Die kann ich sowieso nicht auseinanderhalten. Ich sag einfach: Hallo, Hühner. Und den Hahn nenne ich Casanova." Lächelnd begrüßte ich unsere Eierfabrik.

„Dann sind die Damen seine Mätressen." Er lächelte süffisant. Hatte das was zu bedeuten? Ich seufzte zähneknirschend. „Zufrieden?"

„Wenn es läuft, kaufen wir noch eine Kuh." Verschmitzt grinste mein Mann mich an.

Als ich zum Protest ansetzte, zwinkerte er mir zu: „Das war nur ein Scherz!"

„Da bin ich mir im Moment nicht ganz sicher."

„Oh, sind die süß!", rief eine Kinderstimme überschwänglich hinter uns. Wir drehten uns um und staunten. Sophie hatte ein blondgelocktes Mädchen an der Hand, das sich losriss und zu den Ziegen stürzte. Beherzt schnappte sie ein Tier und knuddelte es. Also zimperlich war die Kleine nicht.

Meine Tochter verdrehte die Augen. Ihr Mundwinkel zuckte. „Darf ich vorstellen: Mathilda. Als ich ihr davon erzählt habe, dass ihr ab heute stolze Besitzer eines Minizoos seid, wollte sie euch unbedingt besuchen."

„Hallo, Mathilda!", sagten wir freundlich. Das Mädchen vergrub ihr Gesicht im Ziegenfell. Ich fragte: „Soll ich dir einen Kakao mit Sahne machen?" Sie guckte hoch und antwortete: „Ich bin nur wegen der Tiere hier. Du brauchst dir keine Mühe zu geben. Ich werde nicht euer Enkelkind. Mein Papa hat bloß eine Affäre mit Sophie. Das hat er mir selbst erzählt."

Epilog

Sommersonnenwende: Feuchtwarme Hitze stand unerträglich in den Häuserschluchten der Großstadt und sorgte bei ihren Bewohnern für Schweißflecken auf den Hemden. In Berlin warteten die Menschen händeringend auf das reinigende Gewitter, das in Bayern bereits mit seinen Wassermassen Ortsteile einer Kleinstadt weggespült hatte.

Hier draußen auf dem Land merkten wir von der extremen Wetterlage kaum etwas. In Mordsacker hatte die Sonne die Natur fein herausgeputzt. Überall duftete es nach Rosen, Hortensien, Clematis und reifendem Korn. Der Raps war längst verblüht. Doch roter Mohn, weiße Kamille und blaue Kornblumen färbten als illegale Einwanderer die eintönigen Felder am Rand bunt.

Heute Morgen hatten die Nachrichten verkündet, dass Ricardo Perez, auch ‚der Pelikan' genannt, sich aus Mangel an Beweisen wieder auf freiem Fuß befand. Er hatte angeblich nichts mit dem Tod von Katharina Wolff, der Exfrau seines Vaters, zu tun. Sicher hatte ihn sein Anwalt für ein hübsches Sümmchen herausgeboxt.

Paul hatte bei der Nachricht bedrückt die Stirn gerunzelt und vor sich hin gemurmelt: „Das hab ich erwartet."

Er schaltete den Fernseher aus, drehte sich zu mir und sagte: „Ich hoffe, der Kerl und sein Anwalt haben geschluckt, dass du, also dass wir bei einem Autounfall bis zur Unkenntlichkeit verbrannt sind."

„Müssen wir Angst haben?"

„Nein, hier sind wir sicher", versuchte mein Mann mich zu beruhigen und verschwand schnell mit einem Eimer im Garten.

Ich kannte ihn gut genug, um zu spüren, dass er sich Sorgen machte.

Gegen Mittag saß ich im Badeanzug mit grünem Strohhut auf dem Kopf und einem Pareo um die Hüften barfuß am Holztisch, den mir mein Mann an einen schattigen Platz auf der Obstwiese gestellt hatte. Freudig erregt tippte ich das Wort „Ende" unter das Manuskript meines ersten Romans. Ich rief „Fertig!" zu Paul, der oben im Kirschbaum steckte und den Eimer mit Früchten füllte. Zufrieden lehnte ich mich zurück und verschränkte die Arme hinter dem Kopf. Das Postauto parkte vor unserem Haus. Anke sprang heraus und winkte mit mehreren Briefen. Ich schlüpfte in meine Badelatschen und eilte an den Gartenzaun.

Sie übergab mir zwei Umschläge und eine Postkarte. „Urlaubsgrüße von Anette an Paul … Sie vermisst ihn", sagte sie vieldeutig schmunzelnd. „Eure Stromrechnung und ein Brief aus München von einem Literaturagenten."

„Gib her!" Ich riss ihr unsere Post aus den Fingern. „Du hast die Karte gelesen?", fragte ich vorwurfsvoll. Anke zuckte gleichgültig mit den Schultern. „Was soll ich machen, wenn der Text offen neben der Adresse steht? Mir die Hand vors Gesicht halten? Huch! Da schreibt ja jemand eine ganz persönliche Botschaft: Wetter ist gut, Essen schmeckt, ich gehe wandern und habe schon dreimal im Meer gebadet …"

Vehement schüttelte ich den Kopf: „Ich will aber nicht, dass du meine Post liest."

Anke entriss mir die Postkarte. „Hab ich ja auch nicht. Die Karte ist an Paul adressiert. Die geht dich also genauso wenig an wie mich."

Sie rief laut Richtung Kirschbaum, an dessen Stamm die Leiter lehnte: „Post für dich, Paul!" Mein Mann steckte den Kopf aus dem Geäst. „Gib sie Klara!", rief er genervt zurück.

„Es ist aber eine Karte von Anette, extra für dich."

„Na und!"

Ich schnappte mir die Karte und las. Anke lachte. „Da hat wohl die Neugier gesiegt?"

„Haha!", sagte ich leicht angesäuert, nicht wegen Anke, sondern wegen des Textes, der eindeutig zweideutig geschrieben war. Anke klopfte mir auf die Schulter. „Sie ist eben ein einsames Mädchen, das in deinem Mann ihren Traumprinzen sieht." Ich zerriss die Karte und warf die Schnipsel in die Mülltonne.

Anke grinste. „Hätt ich auch gemacht. Schönes Wochenende!" Sie trollte sich und stieg in ihren Transporter.

Mit gemischten Gefühlen ging ich zurück zu meinem Sitzplatz im Grünen. Paul rief aus der Baumkrone: „Was schreibt sie denn?"

„Wer?"

„Nettchen!"

Ich stemmte die Hände in die Hüften. Hatte ich mich verhört, oder hatte er seine Kollegin gerade mit einem Kosenamen bedacht? Aber darüber wollte ich jetzt nicht nachdenken. Viel mehr beschäftigte mich der Brief aus München. Ich hatte ein Exposé samt Leseprobe an die Literaturagentur verschickt, damit sie mich unter Vertrag nahmen.

Zusage oder Absage? Ich traute mich gar nicht, den Umschlag zu öffnen. Ach was! Wenn es ihnen missfallen hatte, dann probierte ich es eben woanders. Ich riss ihn auf und überflog die Zeilen. *So gut gefallen … mehrere Verlage … Interesse …*

Im Haus klingelte das Telefon. Freudig erregt hüpfte ich zur Terrassentür hinein. „Juhu, sie nehmen mich, und das Manuskript ist fast verkauft."

Ich nahm den Hörer ab: „Klara Himmel."

„Mama, gib mir mal Papa!"

„Der steckt aber oben im Kirschbaum. Was gibt's denn Dringendes?"

„Ach, nur eine Leiche."

– ENDE –

DANKSAGUNG

Typisch, wieder auf den letzten Pfiff!

Zwischen Lesung zur Buchmesse Leipzig gestern Abend und Abflug in den internetfreien Urlaub morgen früh bleibt mir nur ganz wenig Zeit, um mich noch schnell bei allen zu bedanken, die maßgeblich an der Entstehung dieses Buches beteiligt waren oder mich in irgendeiner Form unterstützt haben.

Zuerst einmal danke an Julius, der mich gestern mit *AchtNacht* von Sebastian Fitzek (mit Signatur) überrascht hat, weil ich es mir unbedingt noch als Urlaubslektüre besorgen wollte und zwischen meinen Buchmesseterminen keine Gelegenheit dazu fand.

Warum mir das so wichtig war? Fitzeks Thriller inspirieren mich.

Und deshalb bedanke ich mich auch bei *meinem* Großmeister des Psychothrillers, denn sein Werk *Amokspiel,* das ich vor zwei Jahren auf Gran Canaria gelesen habe, hat meine Fantasie zur Hintergrundgeschichte von Mordsacker erst in Gang gesetzt.

Ich danke meinem wunderbaren Mann für seinen einzigartigen Humor mit dem er mich nach 34 Jahren immer noch zum Lachen bringt. Ja, ich liebe dich, auch wenn du wahrscheinlich manchmal denkst, dass ich durch dich hindurchgucke, weil ich mit meinen Gedanken noch in einer Geschichte feststecke. Ich vertraue dir! Und würde, wenn es nötig wäre, überall mit dir hingehen.

Ich danke meinen Kindern. Ihr habt euch prächtig entwickelt. Ihr meistert euer Leben, sodass ich mir keine Sorgen machen muss und den Kopf zum Schreiben frei habe. Ich bin verdammt stolz auf euch!

Ich danke meinen Eltern, ohne die ich nicht wäre, wie ich bin. Bleibt noch lange gesund und erfreut euch an euren Enkeln und dem Urenkel! Liebste Mutti, du bist außerdem die beste Käsekuchenbäckerin, die ich kenne. Wenn ich nur an deine *Tränchentorte* denke, kriege ich Hunger. Leider hast du es nicht geschafft, mir dieses Talent zu vererben. Ich bin genau so eine grottenschlechte Bäckerin wie Klara. Rouladen krieg ich aber hin wie Anette ;-)

Maya, was wäre diese Geschichten ohne dein Gespür für die Lesbarkeit? Sie würde holpern, und die Protagonistin hätte so manchen Satz nicht gesagt, gerufen, geflüstert, sondern gezuckt, sich an der Schubkarre aufgespießt und ein Atemproblem gehabt. Du hast so manches schiefe Bild gerade gerückt, und auf den *Laborheini* wäre ich nie gekommen. Es macht einfach Spaß, mit dir zusammenzuarbeiten!

Sophie, meine liebste Agentin: Du berätst mich, hörst dir meine unausgegorenen Ideen an, und ich kann dich immer anrufen, wenn ich an mir zweifle. Dafür einfach: Danke!

Und natürlich danke ich auch dem weltbesten Team von HarperCollins Germany / Mira Taschenbuch – allen voran Jasmin Strauß –, das sich so rührend um mich kümmert. Ihr habt mich wieder mit einem tollen Cover überrascht. Und ich bin echt froh, dass ihr meine Idee abgelehnt habt, dem Huhn eine schwarze Sonnenbrille zu verpassen.

Last, but not least: Danke, liebe Leser und Leserinnen für Euer Feedback, egal ob Lob oder Kritik! Mit Euren Nachrichten und E-Mails verschafft Ihr mir den emotionalsten Moment in meinem Autorenleben und motiviert mich zum Weiterschreiben. Also schreibt mir an: moellercat@gmx.de! Ich freue mich.

Nun muss ich aber echt los, der Flieger wartet nicht. Vielleicht sehen wir uns ja mal in Mordsacker?

Habt eine schöne Zeit!

Cathrin Moeller, im März 2017

Originalausgabe

Cathrin Moeller

Wolfgang muss weg

ISBN: 978-3-95649-193-1
9,99 € (D)

Da liegt er nun, ganz friedlich – in der Tiefkühltruhe zwischen Erbsen und Möhrchen: Wolfgang, Annemies Gatte. Einst erfolgreicher Polizist, bekennender Macho, einfallsloser Liebhaber. Jetzt mausetot. Dass es nur ein Unfall war, dafür hat Annemie keine Zeugen. Zum Glück weiß sie als gute Hausfrau, wie man Blutflecken entfernt. Doch als sich plötzlich die anstrengende Schwiegermutter bei ihr einquartiert und Wolfgangs bester Freund beginnt herumzuschnüffeln, begreift Annemie, dass ihr Mann seinen Frieden nicht dauerhaft in der Tiefkühltruhe finden wird. Mit ihrer Schwiegermutter und ihrer besten Freundin Dörte begibt Annemie sich auf eine irrwitzige Odyssee. Vorbei an neugierigen Zöllnern, verzweifelten Ex-Geliebten und einem viel zu attraktiven Carabinieri – immer mit der Leiche im Gepäck ...

Originalausgabe

Cathrin Moeller
Die Spreewaldgurkenverschwörung

So ein Schiet: Die gutmütige Apothekenhelferin Helene steht unter Mordverdacht! Dabei ist sie doch nur zufällig über diese Leiche gestolpert, und dann hat sie halt dummerweise das Messer aus der Wunde gezogen … Ihre einzige Chance auf Freispruch ist nun, den wahren Mörder zu finden. Mit ihrer unerträglich perfekten Schwester Lisa folgt sie einer heißen Spur in den idyllischen Spreewald. Doch dort lauern nicht nur blutrünstige Mücken auf sie, und das Chaos ist stets nur ein Gurkenglas entfernt ...

ISBN: 978-3-95649-588-5
9,99 € (D)

Originalausgabe

Tanja Janz

Krabbe mit Rettungsring

ISBN: 978-3-95649-568-7
9,99 € (D)

War es wirkliche eine gute Idee, an einer Abnehm-Show teilzunehmen? Das fragt sich Mittdreißigerin Nina, als sie in Seenot im kalten Wasser vor St. Peter-Ording treibt. Und das nur, weil ihre blöde Weight Fight-Kollegin Silke mit den Katzenfoto-Shirts ihre Surfkünste maßlos überschätzt hat. Können Nina und ihr Team nun noch gewinnen? Und warum muss ausgerechnet Rettungsschwimmer Veit sie aus dem Meer fischen, der die Abnehmer abschätzig „Krabben mit Rettungsring" nennt? Ja, sie sind alle füllig und sie haben vielleicht zu lange in der Sonne gebrutzelt. Aber sie wird es ihm und allen anderen zeigen - zusammen mit Silke, Paul und Edwin, der besten Abnehmtruppe der Welt.